JN158269

トマス・ハーディの文学と二人の妻

「帝国」「階級」「ジェンダー」「宗教」を問う

土屋 倭子 著

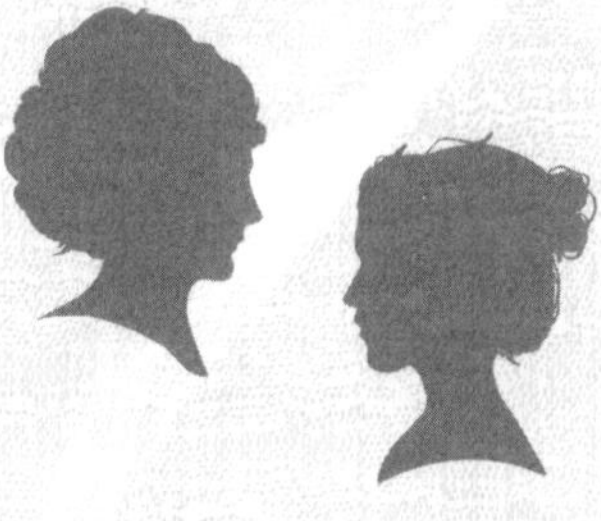

音羽書房鶴見書店

ドーチェスター郊外ハイヤー・ボックハムプトンのハーディの生家。
Hardy's Cottage

目次

図版について

口絵表，3, 4, 8, 10, 13, 14, 16, 17, 19
Dorset County Museum 所蔵

5, 6, 9, 12
内田能嗣・大榎茂行編『トマス・ハーディのふるさと』京都修学社、1995 年より転載。

11
National Portrait Gallery 所蔵

口絵裏，1, 2, 7, 15, 18
筆者撮影

序章　トマス・ハーディの文学と二人の妻

イギリス南西部ドーセット州の州都ドーチェスターの町外れの高台にトマス・ハーディ（一八四〇―一九二八）の座像がある。高台からは遥かに麦畑や牧草地が望めるが、ハーディの像はあたかも自らがウエセックスと呼んだ、愛する田園をいつもそこから見渡しているかのように坐っている。ハーディは一八四〇年六月二日、ドーチェスターから三キロほど離れた小村ハイアー・ボックハムプトンの石工の家に生まれた。石工といっても時により数名の職人を雇って石工業を営んでいたから、けっして一労働者の家庭ではない。しかし、階級意識の鮮明な当時のイギリス社会にあっては、下層階級の上位を占めた階級ではあっても、田舎屋《コテジ》生まれであることは歴然とした事実として、終生ハーディにつきまとうことになる。彼は田舎屋《コテジ》生まれの出自をひたすら隠し恥じ続けた。

しかし、母のジマイマは、教育熱心で、上昇志向が強く、ハーディにその階級にはふさわしくないほどの教育の機会を与えて、建築家の徒弟として人生をスタートさせた。文筆家としての修業期間ともなるこの間のハーディの読書量やその広範な範囲、さらに建築家としての修行で身につけた知識などには瞠目させるものがあり、のちのハーディ文学の礎石となった。建築家とあれば、中流階級の入り口に立つことになる。

次第に文学への傾倒を深め、先の見通しのない文学に進むか、建築家として世間的な成功の道を選ぶか、岐路に立つハーディの前に現れたのが、最初の妻エマ・ラヴィーニア・ギフォード（一八四〇—一九一二）であった。彼女の忠告と献身的なサポートによって、作家の卵は作家へと成長していく。やがてハーディと中産階級出身のエマとの間には階級と信仰をめぐって、あるいは結婚や「女」の生き方をめぐって深刻な軋轢が生じることになる。一九一二年一一月二七日エマは亡くなるが、その後ハーディはフローレンス・エミリー・ダグデイル（一八七九—一九三七）と再婚、死を迎えるまで彼女の賢明な支えを得て旺盛な創作力を発揮した。フローレンスはハーディの晩年に稀に見る豊かな稔りをもたらしたが、彼女の内部には抑えがたい不満がくすぶってもいた。

ハーディの第一作は一八六七年夏から書き始められ、その年に大体書き終えられたとされる「貧乏人と淑女」だが、この作品はよく知られているようにジョージ・メレディス（イギリスの小説家、一八二八—一九〇九）の忠告によって当時陽の目をみなかった。フローレンス・E・ハーディ著とされている『ハーディ伝』[1]には次のように書かれている。

この物語は事実上、地主階級、貴族階級、ロンドン社交界、中流階級の低俗さ、当世のキリスト教、教会修復、そして政治、家庭の道徳一般に向けた広範な、鋭い風刺劇となっている。著者の立場は、実際どうみても世直しに情熱を傾ける若者のもの——彼の時代の前後の多くの若者の見方であり、その傾向は革命的とは云わないまでも、社会主義的であった。

多くの作家の第一作が彼らの関心の在りかとその後の発展の萌芽を胚胎しているように、この作品もハーディの「階級」や「女」の問題が凝縮されることになった。若きハーディは『ハーディ伝』が記すように、たしかに若者の「世直しの情熱」に燃えていたのだ。

その後の長い作家生活においてハーディが問い続け、書き続けた問題は全て彼にとってはどうしても、問い続け、書き続けなければならない問題であった。彼は一四編の長編小説、四九編の短編小説、詩人としては九一九編を含む八冊の詩集と未収録の約三〇の詩、および叙事詩や詩劇など膨大な作品を残し、彼の作品とその生き方は時代の歴史的、社会的、文化的なコンテクストとその課題をまさに包含し体現するものとなった。ハーディの文学は「帝国《エンパイア》」「階級《クラス》」「ジェンダー」「宗教」といった時代のもっとも切実な課題を色濃くにじみ出すものとなり、ハーディは一九世紀後半から二〇世紀半ばに至るイギリス文学を代表する作家となったのである。

一九二八年一月一一日、八七歳で亡くなったハーディの葬儀は、三カ所で行なわれたが、一月一六日、ウエストミンスター寺院で執り行われた葬儀はまさに「時の人」を葬送する国家的行事となった。王室は代理の者を参列させ、棺に付き添った人々は時の首相スタンリー・ボールドウィン、野党党首ラムゼイ・マクドナルド（ハーディと親交があり、一九二九年五月首相となる）、オックスフォード、ケンブリッジ両大学の学寮長、そして当時の一流の文学者たちであった。生涯を通しての友であったサー・エドマンド・ゴス（文学者・批評家、一八四九―一九二八）、サー・ジェイムズ・バリー（スコットランドの劇作家・小説家、一八六〇―一九三七）、ラディヤード・キップリング（インド生まれの小説家・詩人、一八六五―一九三六）、ジョン・ゴールズワージー（イギリスの劇作家・小説家、一八六七―一九三三）、ジョージ・バーナード・ショウ（アイルランド生まれの劇作家・批評家、一八五六―一九五〇）、ジョン・メイスフィールド（桂冠詩人、一八七八―一九六七）、ヴァージニア・ウルフ（イギリスの小説家・批評家、一八八二―一九四一）などの姿がみられた。壮麗な葬儀は田舎屋《コテジ》生まれの下層階級出身の人間が登りつめた人生の栄光を示すものとなったのである。

　ハーディはその膨大な作品群のなかで何を論じたのだろうか。ハーディが扱った主題は、一九世紀半ばから二〇世紀中葉へと激変していく大英帝国と世界の情勢の中で、もっとも重要な課題であった。そしてそれらは、また、二一世紀の私たちを捉えている「帝国」、「ポストコロニアリズム」「戦争」「階級」、「ジェンダー」、「女性の地位」、「神の死」、「農村と都市」、「自然環境とその破壊」といった問題意識と密接に関係している。ハーディはまさに彼が生きた時代の「知」がもっとも喫緊の課題としたことと真正面から真剣に取り組んだ。パトリシア・インガムはハーディの関心のなかでもっとも明白なものは「彼が成長し、一八八一年に帰郷し定住したドーセットと、社会階層とその影響、女性の役割と社会的地位、信仰の痛ましい衰退」だと鋭く指摘している。(2)

　歴史的にみてハーディが生きた長い時代はイギリスが次第に大英帝国として世界に君臨し、パクス・ブリタニカを享受した最盛期から、徐々にその落日へと向かう微かな兆しを見せ始める道と呼応する。世界に先駆けて産業革命を達成し世界の工場となったイギリスは、いわゆる「自由貿易帝国主義」を掲げて後進諸国を圧倒し、世界の海にその植民地を一段と拡大していくことになる。それはまたパクス・ブリタニカのもとに、大英帝国が覇権を求めて、世界各地に植民地争奪のための戦争を展開し、究極的には勝ち続けた時代でもあった。

ハーディが生まれた年にアヘン戦争が起こったことを考えると、ハーディの生涯はまた戦争の時代であったことがわかる。一九世紀の初めから第一次世界大戦が始まるまでの時代、イギリスは「主要な戦争を一三回闘い、一八三七年から八〇年の間により小規模な軍事作戦を一五〇回行った」[3]という。イギリスの覇権はインド、支那、東南アジア、オーストラリア、カナダ、アフリカ、南米などへと広がり、戦争はクリミア戦争（一八五三―五六）を除いて、多くは非ヨーロッパ勢力に対して行われた。「帝国」の概念はハーディの時代を織る基本的なテクストである。

ハーディの小説の舞台を考えてみれば、それがいかに世界の涯まで広がっているかがわかる。『青い瞳』（一八七三）でスティーブン・スミスがエルフリード・スワンコートの愛を得ようとして、一攫千金の夢を託すのは酷暑のインドであるし、『はるか群衆を離れて』（一八七四）のトロイ軍曹が行方不明になっていたのも、またゲイブリエル・オウクが去って行こうとするのも新天地アメリカであった。『帰郷』（一八七八）のユーステイシァ・ヴァイの悲劇に決定的な影響を与えることになるデイモン・ワイルディーヴに突如転がり込んでくる一万一千ポンドの遺産はカナダで財を築き急死したおじから贈られたものであった。『塔の上の二人』（一八八二）のコンスタンティン准男爵はアフリカへ出かけたままだし、『カースタブリッジの町長』（一八八六）のファーフリーはアメリカで一旗揚げようと思っていた。『森に住む人々』（一八八七）のチャーモンド夫人を殺すのは遥かサウス・カロライナからやってきたかつての愛人だし、ティムとシューク はオーストラリアへの移住を決意する。『ダーバヴィル家のテス』（一八九一）でエンジェル・クレアに魂の覚醒を促すのは、遠い異国のブラジルである。そして『日陰者ジュード』（一八九六）のアラベラが往復し、運命の少年リトル・ファーザー・タイムを連れてくるのは、イギリスの裏側にあるオーストラリアからである。小説の舞台はそのまま拡大した大英帝国であった。「帝国」は普通の人々の日常生活の身近に存在していたのだ。この大英帝国というテクストを織り進めていたのは「階級」「ジェンダー」「宗教」といった社会の諸制度であったといえよう。

この対外的にはパクス・ブリタニカと呼ばれる時代はまたイギリス国内における改革と大変動の時代でもあったことは歴史に詳しい。歴史学者E・J・ホブズボームが論ずるように、言わばイギリスが「資本の時代一八四八―一八七五」から「帝国の時代一八七五―一九一四」へと発展する社会の中核を担ったのは中産階級であり、彼らは上流階級やジェントリー（貴族に準ずる大土地所有者など）と並んで、強力な経済的実力階級として、大英帝国の発展を押し進めた。中産階級の台頭とともに、労働者階級の権利獲得の運動も激しさを増し、それは第一次（一八三二）、第二次（一八六七）、第三次（一八八四）選挙法改正への大きなうねりとなる。労働者階級の権利もまた波乱万丈のなかで徐々に獲得されていった。

勿論、こうした中でしばしば指摘されるように、イギリスは依然として階級社会であり続けた。上流階級やジェントリー階級はこの国の支配層であり、上昇した中産階級は競って上流階級を見習い、労働者階級は少し上の中産階級を仰ぎ見ていたので、イギリスは極めて階級意識の強い社会であったことはよく知られている。ところがこの階級社会が結婚や教育や財力によって面白いよう撹拌されていく。そして興味深いことには階級の流動化の兆候はいっそう「誰が紳士か」という鋭い階級意識を醸成したと言える。ジェイン・オースティン（一七七五―一八一七）以来、いなダニエル・デフォー（一六六〇―一七三一）以来、イギリス小説はいかにしばしば「誰が紳士か」という主題を論じてきたことだろう。そこでは微妙な階級差が問題視され、紳士の資格が問われ、少しでも上の階級に成り上がろうとする俗物根性が嘲笑の的となった。『はるか群衆を離れて』のなかで、バスシーバ・エヴァディーンが女中のメアリアンに、「お前など、もうさっさとお嫁にいってなくてはならない年頃じゃないの」と言う場面がある。それに対して、メアリアンはこう答える。「はい、奥様――そうでございますよ。でも、貧乏な人には嫁ぎたくないし、かといってお金持ちは私などもらってくれません」。社会の階級という梯子を皆が必死によじ上る。うまくよじ上る者、そこから転げ落ちる者、彼らの悲喜こもごもの状況を描く事こそ、ハーディの独壇場であろう。そしてそうした階級の壁に、そして階級を支える諸制度に阻まれる人間の悲劇こそが『日陰者ジュード』の主題となる。「階級」はこの時代の、そしてハーディ文学のキーワードである。「階級」が問題となっていないハーディの小説はない。そしてその「階級」がいかに人間の真実と尊厳を阻んできたかを書いたのもハーディであった。

次にハーディ文学において「女」また「ジェンダー」はどのように扱われているのだろうか。順次実現されていく選挙法の改正が個としての人間の権利を目覚めさせるなかで、男性の隷属物としてしか認められていなかった女性の社会的地位が問題とされるのも当然のことであろう。「女」の問題は時代の焦点となる。

この時代まで女性には結婚以外の途はほとんどなく、娘たちは様々な「たしなみ」を身につけさせられて、少しでも有利な結婚をするためにと結婚市場に送り出された。それは『高慢と偏見』（ジェイン・オースティンの代表作、一八一三）の冒頭の有名な一文が皮肉をこめて描き出す世界であった。結婚市場では女性の純潔は当然のこととして求められた。間違いなく夫の子供を産むためには、女性は結婚までは純潔、結婚後は貞節でなければならなかった。結婚と離婚には当時広く受け入れられていた性の「二重基準」が適用されていた。女性の純潔のみが強く求められ、男性の過去は若気の至りとして放任された。『青い瞳』や『ダーバヴィル家のテス』でハーディはこの点について強い怒りを表明している。ようやく一八五七年に成立した「婚姻訴訟法」においても、性の「二重基準」はそのまま残り『森に住む人々』のグレイス・メルベリーの離婚を許さない。

さらにこうしたなかで運良く結婚できた女性の立場は法的には実在しない人としての意味しかなかった。インガムによればそれは一八世紀にサー・ウィリアム・ブラックストーン（法律家、一七二三—八〇）によって表された原則論に拠っているという。(4) それによれば結婚により、妻は夫の庇護のもとにある“coverture”（夫の保護下にある身分）と呼ばれる立場となる。法的には一人前の人間としては認められていない。若干の例外はあったものの、原則として結婚により妻は自分の財産の全てを失う。妻の所有する動産、不動産の全ては夫のものとなり、夫は自分の意志でそれらを自由に処分できたのである。『はるか群衆を離れて』のバスシーバ・エヴァディーンの場合がその良い例であろう。

女性がおかれたこのような不平等に対して、イギリスにおけるフェミニズム運動の嚆矢と云われるメアリー・ウルストンクラフトの『女性の権利の擁護』（一七九二）やJ・S・ミルの『女性の従属』（一八六九）がまさにバイブルとなって一九世紀を通して女性の権利獲得運動が進んだ。法的には「既婚女性財産法」(一八七〇)、(一八八二)、「婚姻訴訟法」(一八五七)、「離婚法」(一八八四)などが成立していった。もっともダブル・スタンダードが改善され、夫と妻がまったく対等の立場に立って離婚請求ができるようになるには一九二三年の「離婚法」まで待たなければならなかった。この女権拡張運動の大きなうねりは世紀末から二〇世紀初頭にかけての、サフラジェットと呼ばれた、凄まじいとも云える過激なエメリン・パンカーストらによる女性選挙権獲得運動へと結集していくことになるのだ。

また女性の自立のために女性に高等教育の機会が開かれた。家庭教師としての訓練を与えるために、ロンドンにクイーンズ・コレジ(一八四八)やベドフォード・コレジ(一八四九)が設立された。さらに一八六〇年代、七〇年代にはケンブリッジにはガートン・コレジ(一八六八)やニューナム・コレジ(一八七一)が創立され、オックスフォードではレイディ・マガレット・ホール(一八七八)、サマヴィル・ホール(一八七九)などが開寮されて、女子高等教育への途が開かれた(ただし、男子と同じ資格で授業に出席できる権利は一九二三年まで与えられなかった)。

さらに女性の社会進出を助成するために「女性雇用促進協会」(一八五七)が発足し、女性の自立を助けた。それまで下層階級出身の女性の仕事は圧倒的に家事使用人であり、中産階級の女性にはその品位を落とさずにできた仕事は低賃金の三種類しかなかったとされている。それらのどれにも求職者が殺到した。三種類の仕事とは、住み込みの家庭教師と、小規模な私立学校の先生と、金持ちの婦人の話し相手として住み込むカムパニオンと呼ばれたものに限られた。『窮余の策』(一八七一)のシセリア・グレイは新聞広告を出してもなかなか職が得られず、ミス・オールドクリッフのカムパニオンの職を得て安堵する。こういった状況から、やがて一九世紀後半にかけて女性の地位が向上し、その社会進出がいかに多岐な分野に及んでいったかは今更述べるまでもないであろう。

このように様々な装置や言説によって、女性たちを「女という制度」に取り込もうとしていた時代にあって、ハーディはそれまでのイギリス文学に描かれた女たちはただの人形にすぎないとした。一八九一年一二月三一日のH・W・マッシンガム（イギリスの自由主義的なジャーナリスト・編集者、一八六〇―一九二四）に宛てた手紙で、ハーディは「もしもイギリスがとにもかくにもフィクションと呼べる一派を形成しようとするならば、イギリスのフィクションにみられる人形は粉砕されなければならない」と書いている。人形ではない生身の人間を描くこと、それこそが作家のなすべきことだと実践したのである。ハーディは知性も健康な肉体も健全なセクシュアリティも備えた女、まさに等身大の女を初めてイギリス文学に登場させた。このことはハーディの小説のヒロイン像をみれば明らかであろう。[5]「女」また「ジェンダー」の問題は終生ハーディの関心の中心にあった。『ダーバヴィル家のテス』はヴィクトリア朝の「女」の言説を覆す驚くべき小説となったのである。

さらにハーディの世界の根底を揺るがしたのは、「神の喪失」であった。国教会の聖職者になることすら考えていたハーディは、チャールズ・ダーウィンの『種の起源』（一八五九）から強い衝撃を受ける。「若き日彼は『種の起源』のもっとも早くからの称賛者であった」と『ハーディ伝』は記している（一五三）。

一九世紀を通して天文学、地質学（チャールズ・ライエルの『地質学原理』は一八三〇―三三）、生物学などにおける発見は、聖書による天地創造の世界観を根底から揺るがした。神が造り給うたとされた世界はそのタイム・スパンもスペイス・スパンも共に否定され、時間と空間は無限の世界へと広がった。科学上の諸々の発見は聖書が説く神の存在を否応なしに否定することになる。創造主である聖書の神は死に、無限の時間と無限の空間の交錯するただなかに人は投げ出されたのである。その結果として様々な懐疑論者が生まれた。トマス・ハックスリー（生物学者、一八二五―九五）が「不可知論者」と呼んだ人々である。彼らはキリスト教の世界観に懐疑的であり、この世界には不可知の領域があることを認めた。この呼び名は結果的には信仰を失った様々な懐疑論者を包括する言葉となったが、ハーディも友人のレズリィー・スティーヴン（イギリスの文人・批評家、一八三二―一九〇四）もこの立場をとった。ハーディにとって、キリスト教的な神の喪失は自明のこととなった。『日陰者ジュード』の主人公ジュード・フォーリィがクライストミンスター（オックスフォード）への憧憬から絶望へと苦悩する姿はハーディ自身の苦悶に重なる。ジュードは最後にはキリスト教の神を否定し、慈愛“loving kindness”というメッセージを残して死ぬ。ハーディは創造主としてのキリスト教の神を否定し、「体制」、「階級」と一体化した制度としての英国国教会を非難した。しかし他方でハーディは、英国国教会の全てを否定したわけではない。国教会の典礼や賛美歌には心情的な共感を持ち続けて、晩年の一九二二年一〇月のある日、スティンスフォード教会へ墓参に訪れたハーディは知人に次のように洩らしている。「私は教会に通うことの意味は信じています。それはひとつの修練であり、人はなにか大切なものを持たなければなりません。もし田舎の村に教会というものがなかったら、村には何もないのと同じだからです」(6)とジェイムズ・ギブソンは伝えている。キリスト教徒としての信仰は失っても、ハーディは生涯にわたって、キリスト教が与える道徳的、文化的世界には惹かれていた。心情的には自分が充分に「教会寄り」だと認めていた。

しかしハーディは生涯をかけて思索する。キリスト教による神の正義という観念への信頼を失った人間は、それではこの宇宙、自然、社会、人間をどのように考えればよいのだろうか。この世界に見られる、不合理な、悲惨な現実はどのように解釈すればよいのか。神でなければ何がこの世界を動かしているのか。ここからハーディの全生涯をかけての模索が始まったといえよう。

ハーディがいかに貪欲な読書家であり、勉強家であり、知の巨人であったかは、その膨大な作品のみならず残された手紙類やノート類からも想像できる。ハーディの思索が「全生涯をかけての模索」と書いたが、興味深いことにはハーディ自身が第二詩集『過去と現在の詩』の序文で同じ趣旨のことを述べている。わたしが人生の諸現象を多様な詩として書いていることは「人生の真の哲学へと至る道」なのだと。さらに一九〇一年の暮れの日記には次のようにも書いた。「様々な哲学思想の理論を読んできて、それらの矛盾や空虚さを強く感じるようになったから、わたしは次のような結論に達するにいたった――すべての人間に、自らの経験から自らの哲学を築かせよ」と（『ハーディ伝』三一〇）。

最晩年に至るまで、彼は神にとって代わる真理を求めて模索を続けた。一九二四年六月二一日付けのアーネスト・ブレンネッケ（イギリスの小説家・詩人、*The Life of Thomas Hardy* (New York, 1925) の著者）への手紙でハーディは書いている。「私の書いたものはダーウィン、スペンサー、コント、ヒューム、ミルなどなどの考えのハーモニーを示しているのです。私はショーペンハウアーだけに近いわけではないのです」[7]と。ハーモニーといみじくも自ら述べているように、彼はけっして科学的にあるいは哲学的に明確な解答を与えているわけではない。だから彼の文学を特定の哲学者や科学者のみに結びつけて論じることはできないだろう。彼の考えは様々な思想のハーモニーを求めたものなのだから。ハーディの文学には聖書からの、あるいはギリシャ・ラテン神話からの、あるいはまた前述した思想家たちからの、そしてイギリス文学からの引喩や引用が無数といえるほど散りばめられている。簡単にその思想を腑分けすることはむつかしい。『覇王たち』で繰り返し述べられる「宇宙内在の意志」という思想は彼が到達し、かろうじてまとまりを見いだした一つの答えではなかったのか。しかもその「宇宙内在の意志」の作用と行方についてはハーディは最後まで揺れ動き、悩み続けた。

だからこそ、彼は何度も繰り返したのではなかろうか。「私の書くものは印象であって、信念でもないし議論でもないし、一貫した哲学を顕すものでもない」[8]という弁解を。ハーディの文学はあまりにも多くの哲学や文学からの影響を受けて書かれた模索の上にあるから、けっして一筋縄でつかまえることは出来ないだろう。しかし意味深いことにはハーディは印象にすぎないと断りながらも、哲学のない文学など意味がないとして、答えを模索し続けた。彼の文学とはその模索の総体といえる。何らかの解答があるとして模索したのも、彼の時代の特徴であるなら、その模索が矛盾と葛藤と曖昧さに満ちているのも、また彼の時代を映すものであろう。

このようなハーディの文学者としてのキャリアは二人の妻との栄光と確執にみちた、複雑かつ微妙な関係性のなかでの営為となった。最初の妻エマ・ギフォードはハーディの階層よりは上の中産階級の出身であった。父は知的専門職の事務弁護士を一時務め、一家はプリマスで、祖母の財産により、かなり恵まれた生活をしていた。エマが晩年に書いた自伝 *Some Recollections*[9] によれば、その典型的なゆとりのある中産階級の生活が、幾分の誇張も感じられる自慢した筆致で書かれている。「プリマスでの二〇年間はもっとも幸福な時間であった」と。音楽好きの一家で、エマは音楽やダンスにも堪能で、一〇歳にして読書好きの少女となっていた。その後、父の飲酒癖のために一家の生活は下降し始め、姉のヘレンに続いてエマも住み込み家庭教師の職を得たが、長続きはしなかった。

運命は姉のヘレンが一八六七年キャデル・ホウルダー牧師と結婚したことから、回転し始める。三〇歳になっていたヘレンは息子も孫たちもいる六五歳のホウルダー牧師との結婚を承諾し、牧師はセント・ジュリオット教会への赴任に義妹のエマをともなったのである。その教区はコーンウォール州のボズキャスルに近い切り立つ崖の上に広がる住む人もまばらな淋しい場所だった。エマは愛馬ファニーを巧みに乗り回して野原を駆けまわり、姉夫婦の教区の仕事を助けていた。そしてハーディとの運命的な出会いをする。

聖職者という階層は国家の制度である英国国教会を担う人々であるから、典型的な紳士階級に属する。たとえ後妻といえども姉が牧師と結婚したことはそれなりの誇らしいものであったろう。さらにエマには終生自慢し続けた叔父エドウィン・ハミルトン・ギフォードがいた。この叔父はハーディとエマの結婚を執り行い、のちにロンドン大執事となりセント・ポール寺院の名誉参事会員となり、貴族とも姻戚関係を結ぶことになった。エマは熱心な国教会信奉者であり、終生カトリック嫌いであった。不可知論者ハーディとの接点はない。二人の宗教をめぐる亀裂と確執は次第に深まっていった。

中産階級出身であり、高位の聖職者との縁戚関係を誇りとしたエマの意識には、下層階級の人々は入っていなかった。彼女の意識にあったのは、聖職者や法律、医学、薬学などの知的職業に従事している人たち、あるいは高級官僚とか上級軍人といったあきらかに紳士とされる人々だけであった。エマは田舎屋《コテジ》出身のハーディの家族を生涯軽蔑し続けた。またエマ自身も作家として名をなしたいという秘かな野心を持ち続けながら、ハーディの原稿の清書などを進んで助けて、彼が作家として世に出るのを支えた。ハーディの目覚ましい成功が彼女の焦燥をいっそう掻き立てたとも考えられる。

二番目の妻フローレンス・エミリー・ダグデイルも中産階級出身であった。父はミドルセックスのエンフィールドにある英国国教会付属男子校の校長で、五人の娘たちの二番目として生まれた。厳密にいえば、中産階級のなかの下流といえる階層であり、父親は労働者階級から努力して校長の職を得たという立身出世を実現した人であったから、フローレンスにはエマのようなハーディへのあからさまな階級意識はみられない。不可知論者ハーディへのフローレンスの不満や言及もあまり知られてはいない。出会ったときハーディは既に著名な「時の人」であった。

フローレンスがハーディと出会ったとき、彼女は文筆で身を立てることを目指していた。既に何冊かの子供向けの本などを出版していて、地元の新聞などにも記事を書き、ジャーナリストとしても少しは名を知られ始めていた。しかしエマの急死のあと二番目の妻となったフローレンスには自分の文学を追い続けるゆとりはなかった。彼女はタイピスト・秘書・家政婦・看護師そして妻として力のかぎり奮闘した。その結果彼女の聡明なサポートはハーディに老年には稀な豊穣な稔りをもたらすことになる。しかし残されたフローレンスの手紙からは著名な夫のために献身と奉仕に明け暮れ、自分の才能を開花できなかった彼女の苦悶の声が聞こえてくる。さらに驚くことにはハーディの死後、彼女はハーディとの世にも不思議な共著となった『ハーディ伝』のなかで、ひそやかな、しかし確実な反撃を試みて自分の立場を主張した。

ハーディの文学は時代というコンテクストのなかで、主として「帝国《エンパイア》」や「階級《クラス》」や「ジェンダー」や「宗教」といった時代思想の根幹をなす主題を扱っている。ハーディはそれらをめぐる時代の支配的イデオロギーと真摯に対峙し、模索し、終生なんらかの解答を求めて苦闘した。その飽くなき苦闘は自己の信念の吐露であると同時に矛盾と葛藤と曖昧さにみちたものでもあった。その苦汁は膨大な作品となって残されたといえよう。そしてその文学生成の現場はまたハーディと二人の妻との栄光と確執の歳月でもあった。さらにその複雑で微妙な三人の関係性は皮肉にも、ハーディの主題を内に胚胎し、顕在化させることにもなった。時代のコンテクストとハーディの主題と三人の関係性は互いに複雑に響き合っている。以下は時代の歴史的コンテクストとハーディの文学と三人の関係性のなかに「帝国」「階級」「ジェンダー」「宗教」を問いハーディ文学の「真実」に迫る試みである。

第一章

作家ハーディの誕生
——最初の妻エマ・ラヴィーニア・ギフォード

運命の出会い

一八七〇年三月七日、辺りもすっかり暗くなった七時ごろ、スケッチ・ブックを抱えた一人の青年がセント・ジュリオット牧師館のチャイムを鳴らした。トマス・ハーディ、二九歳はウエイマスの建築家G・R・クリックメイ（ハーディが徒弟として働いていたドーチェスターのジョン・ヒックスの死後仕事を引き継いでいた）の依頼を受けてセント・ジュリオット教会修復の仕事のためにはるばるとやって来たのだった。早朝に家を出て、汽車と馬車を乗り継いで。クリックメイからの手紙を見たとき、コーンウオール、ボズキャスル、セント・ジュリオットと言ったロマンチックな名称がハーディの心を捉えた。コーンウオールとはハーディがライオネスとも呼んだアーサー王伝説の地であり、セント・ジュリオット教会の周りにはアーサー王の城址といわれるティンタジェルを始め様々な伝説の場所があり、いまだにこうした名前はアーサー王にまつわる遥かなロマンの香りを漂わせているのだった。

1. コーンウォール州のセント・ジュリオット教会。教会修復の仕事のために、ハーディが訪ねた。

2. セント・ジュリオット教会の牧師館。ハーディとエマが初めて出会った場所。

招じ入れられた部屋でハーディを出迎えたのはエマ・ギフォード。ハーディと同じ二九歳、茶色の服を着ていた。「その瞬間私はたちまちまるで夢のなかで会ったことがあるかのような彼の親しげな様子に惹き付けられました。すこしなまりのあるアクセント、優しい口調、そしてポケットから一枚の青い紙がのぞいているのに気がつきました。どうやらその方は私のことを訪ねた牧師の娘か妻と勘違いしたようなので、自己紹介をし始めたときに姉が現れたので本当にほっとしました。その方は姉に案内されて二階の牧師の部屋へと上がって行きました」（マイケル・ミルゲイト編『トマス・ハーディによるトマス・ハーディの生涯と作品』）(1)。エマは牧師館の主ホウルダー牧師の義妹であった。

こうして二人は共に「運命の人」に出会った。その後のハーディの多数の小説、短編、詩劇、九四七余編に及ぶ詩へと発展した金字塔のような作家活動の成果は、この出会いを抜きにしては考えられない。ハーディとエマは一八七四年九月一七日に結婚する。出会いの時から約四年半後のことであった。

一人の男と一人の女が出会い、紆余曲折を経て結婚するとき、そこにはたとえ平凡な男女であれ、それなりのそれぞれの内なるドラマが存在するものである。ましてや作家を志し、結果として一九世紀から二〇世紀にかけてイギリスを代表する、小説家、詩人となったハーディのような人物と、その生涯と死後においても彼の人生と密接に関係したエマとの出会いで何が起こり、それはハーディの文学にどのような影響を与えたかは極めて興味深い。それはある意味では、ハーディの文学、そしてこの時代のイギリス文学の中核に迫るものを内包している。

まったく偶然に出会った二人のそれぞれの中にあったものは何か、そしてそれらはどのように交

3. 1870年、Emmaと出会った頃のトマス・ハーディ。

錯し合ったのか。エマは書いている。「私たちはお互いに対してとても興味を持ちました。彼は私にとってまったく新しい研究と喜びの対象でしたし、彼は私のなかに〈宝庫〉があると云ったのです」(*L&W*, 74) と。その時、二人はお互いのなかに何を見たのか、あるいは何を見ることを期待したのか。

セント・ジュリオット教会へ出かけたとき、ハーディには初めて訪れる未知の土地、伝説を秘めた土地への興味があった。ドーセット州からコーンウオール州の間にはデヴォン州があるだけの距離であったが、当時の交通の便からするとけっして簡単にたどり着ける所ではなかった。「距離にすればたいしたことはなかったのだけれど道中は退屈なものだった。この頃のコーンウオールは鉄道がほとんど発達していなかったから。朝四時に起きて、スケッチ・ブック、巻き尺、物差しで身をかため、星空を仰いで田舎の家から出発した」(*L&W*, 67) とある。

凍てつく三月の朝、空にはまだ星がまたたき、仕事のための用具を入れた鞄を抱えドーチェスター駅まで徒歩で行き、そこからヨーヴィル、プリマスと乗り換え、ローンストンに着いた時は午後四時になっていた。そこからさらに馬車を雇って一六マイルの寂しいボドミン・ムアを行かなければならなかった。セント・ジュリオット教会はまさに大西洋の荒波に洗われる、切り立つ断崖に囲まれたコーンウオール州の北の外れに位置していたのである。人里離れた教会はデニス・ケイ・ロビンソンによれば「最寄りの駅から一六マイルも離れていただけでなく、しかるべき隣人との交際にも九マイルやそれ以上も行かなければならなかった。教区には交際するに足りる人もいないし、外から訪れる人といえば、時折やってくる仲間の牧師か説教師か学校の視学官であり、きまってや

ってくるのはキャメルフォードに住んでいる歯医者だった」。(2)

三月七日セント・ジュリオット牧師館を訪ねたハーディは仕事のためにあちこちのスケッチをしたり、測量をしたりしながら、牧師一家とティンタジェルやボズキャスルやビーニィ・クリッフへの遠出を楽しみ、夕べにはエマと姉ヘレンのデュエットでもてなされた。そして四日目の朝早く、ハーディはエマに別れを告げた。この出会いとそれに続いた四日間の出来事がハーディに生涯の伴侶を与えることになったのだが、それは生成期にあった作家ハーディにとって決定的に大きな事件となった。

エマと出会ったハーディの心弾む想いがもっとも良く表されているのが、後になって書かれたが、出会った年の一八七〇年と付された「ライオネスに出かけた日」(3)であろう。ハーディはうたう。「わたしが小枝におりた霜を眺め　星空を仰いでライオネスに旅立ったとき　わたしはそこで何が待つのか　予測できなかった」。ところが

わたしがライオネスから帰って来たとき
　わたしの目には魔法の光が宿っていた
　人々はみな驚いてものも云わず
その目の光は類いなく測り知れない深さをみせていた
わたしがライオネスから帰って来たとき
　わたしの目には魔法の光が宿っていた

4. 1870 年頃の Emma Lavinia Gifford。1870 年 3 月 7 日ハーディとエマは出会った。

リフレインとして繰り返される「わたしの目には魔法の光が宿っていた」の一行に恋を得た若者の悦びが凝縮している。そしてこの一行はまたハーディの詩才を見事に顕すものともいえよう。

「〈さよなら〉のひと言に」には、恋が決定的なものとなるある事件がうたわれている。それは四日目の朝、ハーディがエマに与えた小さなキスであった。「三月一一日、暁、さよなら」（『ハーディ伝』七五）と書かれた日に起きたことは、ハーディによって次のようにうたわれている。「朝まだ薄暗いなか、雲のなかから舞い降りた小鳥のようにせわしげに、出発する私のために朝食の準備をする彼女。部屋に灯されたろうそくがぼんやりとその周りを明るくはしていたが、部屋の内も外もすべてはまるでぼーっとして、ものみなが亡霊のように現実性がなかった。そのとき私たちが生まれる昔から、結ばれることになっていたという運命が、ついに実現しょうとしていたことなど、私にはわかっていなかった」と。

そのとき　ひとつのドラマへと続くプレリュードが始まっていたことに
　わたしは少しも気づいていなかった
また　運命がこんなに小さな始まりから
　何を織り出していこうとしているのか
少しもわかっていなかった
　それなのに　わたしは運命に弾みをつけられたかのように立ち上がり
それから　開き戸をあけて歩み寄った

薄暗がりのなかに　独りいる彼女のそばに
「お別れです……ごきげんよう！」わたしは言った
　彼女の後について行きながら
葉を落とした木々が枝を広げる小道を通り
　「もうすぐ　発たなければなりません！」
その時でさえ　愛の天秤はほんの羽一枚の重さで
　反対に傾いたかもしれなかったのに
——しかし　二人が部屋に一緒に入ってきたとき
　彼女の片方の頬は紅に染まっていた

　こうして二人の愛は確としたものになった。この後ハーディは何度かセント・ジュリオット教会を訪ねることになるが、この間に書かれたとされる詩にはハーディの熱い思いが溢れている。ただマイケル・ミルゲイト著『ハーディの伝記』[4]によれば、同じ頃に書かれたとされる「小唄」にはハーディのエマを見いだした悦びと、一方的に自分が想像したエマのイメジをうたう作家の身勝手さもみられる。「人里離れた、訪ねる人も無い小さな谷間にわたしは彼女を見いだした」と。ちょうど『青い瞳』のヘンリー・ナイトがエルフリード・スワンコートに無垢な乙女を夢見たように。

「もし二人が出会っていなかったなら　お互いがお互いにとって　何でもないものになっていた

などと　考えると胸が痛む」と希有の出会いを讃える。そして最後の第五スタンザは次のように締めくくられる。

そして「愛の女神」も
　わたしたちの誰もがまさに
「偶然という神」の奴隷にすぎないことを知るとき
　頭をうなだれてしまうでしょう
わたしは道に迷い　なにもわからずに進んでいて
村はずれの　その場所に入り込んだから
彼女を見つけたのです
地上のどんな場所よりもまさった
　彼女の住む場所よ！

「偶然という神」の奴隷という意味深い言葉をこの時期において既にハーディが用いていることは注目すべきであろう。「会う前の一分」や「独占主義者を愛してくれ」といった出会いの頃の詩は天啓のように思えたエマとの出会いと彼女への恋情を隠さずうたっている。

ところでエマと出会ったとき、作家ハーディはどのような状態にいたのだろうか。エマと出会ったときハーディの上着からのぞいていた一枚の青い紙は詩を書き留めたもので、このことはエマを驚かせたのであるが、この旅から帰った時、ハーディはマクミラン社から『窮余の策』の出版を断る旨の手紙を受け取った。ハーディはすぐさま原稿をティンズリー社へ送るのだが、その際すぐに原稿に手を入れ、エマに清書を頼み、残りの章を書き終えたという。こうした共同作業のなかで八月末には「ハーディはエマを婚約者と考えていた」(Millgate, 130) という。

『窮余の策』は結局七五ポンドの保証金を払うことで出版に漕ぎ着け、一八七一年三月二五日ティンズリー社から匿名で出版された。一二三ポンドの全所持金のうちから七五ポンドを払っての出版は文筆で生きる目処もたっていない、先の見えない揺籃期の作家にとっては相当に深刻な賭けであったといえよう。そこそこの好評も得たが、『スペクテイター』（一八七一年四月二二日）の酷評はハーディを打ちのめした。「その後何年もの間思い出したことだが、ボックハムプトンへの帰り道、越えなければならない雌羊の放牧借地に続く踏み板の上に腰を下ろして、この書評を読んだ。あの瞬間の打ちのめされた辛さはけっして忘れない。死んでしまったほうがましだと思った」（『ハーディ伝』八三―四）とある。

建築の仕事に精を出すべきかと再び振り出しに戻った感じのハーディであったが、この夏は気を取り直して『緑樹の陰で』に取り組み、秋には原稿をマクミラン社に送った。マクミラン社の真意をつかめなかったハーディは出版の可能性が無いと思い、返された原稿を書き溜めていた詩などをいれていた箱のなかに投げ込み、こんな状況に嫌気がさして、これからどうしたものかと途方に暮れたのである。ハーディはエマの意見を求めた。ところがエマの意見に迷いはなかった。エマはすぐさま返事をよこして、「作家の道に進むように、それこそ貴方に与えられた真の天職だ」と書い

てきた (*L&W*, 89)。この間に交わされたにちがいない多くの手紙が全て失われた今となっては、二人に起こったことは想像するしかないが、この時点でハーディを文学に向かわせるのに大きな力があったのはエマであったことだけは疑いのないことであろう (Kay-Robinson, 67)。ハーディは絶望のなかで、結果として建築の仕事にも精を出すことになった。しかし、建築の道に進む方が経済的には安定が望め、その方が結婚への早道であるのに、あえて自分のことは考えないで文学への道を勧めたエマの忠告を、自信をなくしかけていたハーディはどのような思いで受け止めたのであろうか。このとき彼の秘めた野心と渇望に一番近いところにいたのは、明らかにエマであったといえよう。

「階級」と「ジェンダー」をあぶりだす──『青い瞳』(一八七三)

揺籃期の作家ハーディにとって幸運なことには、『緑樹の陰で』は一八七二年五月，ティンズリー社から出版された。この幸運は幸運を呼んだ。ティンズリー氏は『緑樹の陰で』が気に入ったと言い、続けて雑誌への連載を勧めてくれたのである。これに向けて書かれたのが『青い瞳』であった。この小説は『ティンズリーズ・マガジン』に一八七二年九月から一八七三年七月まで連載された。そしてこの作品こそセント・ジュリオット教会でのハーディとエマの出会いが下敷きとなって書かれたものだ。連載の二回分はコーンウオールで書かれた。ハーディはエマの傍らで、エマにあちこちの清書を手伝ってもらいながら、六章から八章のエルフリードとスティーブンのいきさつなどを書いたのである。慣れない締め切りに追われて苦闘するハーディにとっては、身近な材料に依拠する事が多かったが、エマとの出会いはその材料を充分に提供してくれたといえる。『青い瞳』はエルフリードをめぐる二人の男、スティーブン・スミスとヘンリー・ナイトの物語であり、題名が示すように、深く青い目をしたヒロインのエルフリードと二人の恋人との間に繰り広げられる恋物語の、悲劇で終わる結末までの経緯を描いている。連載ものであることを考慮していて、プロットにも工夫が凝らされ、二人の男たちの皮肉な鉢合わせという結末にも、形式を整えた小説のエンディングを感じさせる。この小説にはエマとの出会いがそのまま材料として使われており、エルフリードがエマをモデルにしていることは良く知られている。エルフリードとスティーブンの出会いの場面はエマとハーディのセント・ジュリオット牧師館の初対面の場面から生まれた。様々な場面の設定やプロットが実際の事実や事件に基づいていることは『ハーディ伝』にも詳しい。

様々な実体験が作家の想像力により作品へと昇華されていくのは、当然想像できることであり、小説そのものも連載ものとして脚色されている部分が多いことも事実である。しかしここで重要なのは、この小説の主題そのものがハーディとエマの抱えていた問題の核とも云えるものを内包していることである。この時点におけるハーディとエマの核としての問題は何であったのか。それは突き詰めて見ると、ハーディとエマを微妙に隔てていた「階級」と「ジェンダー」の問題となる。この「階級」と「ジェンダー」をめぐりハーディとエマが見せる交錯する眼差しがエルフリードとスティーブンとヘンリー・ナイトの三人の関係に複雑に反映されているのがこの小説の核心であるといえよう。

エマはさびれた教区とはいえ、そこの牧師の義妹として愛馬ファニーにまたがり野山を疾駆しながら教区の仕事を手伝っていた。牧師は紳士階級の典型ともいえる階層である。エマが幼少から娘時代を過ごしたプリマスでの生活は中産階級のものだった。父親は事務弁護士として法曹界で働いていたし、叔父は教会に関係していた。少なくともハーディは直感的にエマの世界がボックハムプトンで石工の親方としては成功しているが、親戚には商人や召使いもいる自分の家庭とは違うことを察知したにちがいない。エルフリードとスティーブンの「階級」の差とそこから派生する数多くのエピソードはエマとハーディとの間に生じたものであることは容易に想像できる。二人の階級の差はエルフリードとスティーブンの階級差の問題として書き込まれることになる。身を落とす結婚をする彼女に気をつけよ、ふさわしい身分になる事が大切だと忠告するスティーブンの母にはボックハムプトンのハーディの母ジマイマを見ることができる。

エルフリードが村の石工の息子にすぎないスティーブンと結婚しようとしているのを知った父スワンコート牧師が激怒する様は凄まじい。スワンコート牧師には、牧師の娘ともあろう者があまりにも身分の違う村人の一人などと結婚することなど、思いも及ばないことだ。エルフリードは父に向かって精一杯スティーブンの弁護をするが、彼は聞く耳をもたない。二人の階級差は厳然と二人の間に立ちはだかり、二人の間を切り裂く。

それでは「ジェンダー」の観点からみてハーディとエマの関係は『青い瞳』にどのように反映されているのか。読書家で文学少女であったエマには華やかなロンドンの演劇、オペラ、コンサートといった文化を知り、詩や散文を書くというハーディは高尚な別世界からやってきた、憧れの人にみえたことであろう。エマは自ら書いているように、家庭教師によらないで、学校に通って教育を受け、フランス語の読み書きもできる少女であった。ハーディの方はまだ先の見通しも立っていない作家の卵にすぎなかったのだが、人里離れた田舎で、一種の文化的な隔絶状態におかれていたエマには、ハーディはプリマス以来初めて出会うもっとも「文化的」な人にみえたのである。文学について話し合えばあうほど、ハーディとエマはお互いが同じ憧憬と渇望を分かち合っていることを知った (Kay-Robinson, 54)。

エマの手紙類はあまり残されていないが、以下にはエマの悦びが溢れている。

……この夢のような生活――いえ、これは夢ではない、私のまわりで本当に起こっている事の方がむしろ夢なのだわ――私はあの方（あの内気なお人）のことを聖書を受け入れるように受け入れます。あの方の内にあるものを見つけたり、あの考えやこの考えを比べることはいたしますが、もう他のことはすべてただひたすら信じるだけですわ。[5]（傍線筆者）

エマはハーディを文学の面で師とも仰いで、ハーディの作家活動を支える助手兼秘書となって、彼の作家としての出発を後押しした。揺籃期の作家にとって自分の才能を信じ、励まし、時には助手として原稿の清書まで手伝ってくれるような理解者を恋人のなかに見出したハーディの喜びは想像にかたくない。ナイトとエルフリードの関係にはエマを微妙に支配し、エマに君臨する男と、喜んで支配され、支配する男を崇拝して仰ぎ見る女が映し出されている。

しかしそれ以上に「ジェンダー」の視点からの『青い瞳』の重要な問題はハーディのヴィクトリア朝の女をめぐる言説への大胆な挑戦にあったことは言うまでもない。エマやエマとの出会いの様々な状況を取り入れながら、この小説でハーディが試みたことは、ナイトのなかに深く根づいた、女の純潔を至上のものとする結婚制度の根幹を問い直すことであった。「一九世紀のような時代には見つけられないと思っていた、自分と同じような無垢でうぶな女性」(6)を求めたナイトはエルフリードの「過去」を知ったときに彼女を棄てる。エルフリードの「過去」を糾弾し、「初めてのキス」を求めたナイトに自分はそれだけで評価される人間ではない、自分の全てをみてほしいと主張する、エルフリードの懇願は悲痛であり涙をさそう。

エルフリードは激しくすすり泣いた。「わたしは初心《うぶ》だ――ということ以外になんの魅力もない、人格もない――ただの玩具にすぎないのかしら？　わたしには知性というものはないのかしら？　あなたはわたしの考えは聡明で独創性があるとおっしゃったけど――それはなんの価値もないのかしら？　わたしを美しいとはお思いにならないの――そう、わたしは少しは綺麗だと思っていますわ。そうよ、綺麗なのよ――綺麗なんだわ！　わたしの声も、わたしの振る舞いも、わたしができる色々な素養も褒めてくださったわ。でも、こんなことはすべてなんの価値もないゴミのようなものだとおっしゃるのね。――そう、わたしがたまたまあなたと知り合う前に他の男の人と会ったというだけで！(三二章、三四三―四四)(7)

ハーディ自身が『青い瞳』の一九一二年の追記で、この小説の主題は「後の小説でいっそう発展させられることになったある着想の、まだロマンチックな段階を示している」と述べている。「初めてのキス」が「純潔」の問題となったとき、『ダーバヴィル家のテス』の主題が展開する。テスからアレックとの「過去」を聞いたエンジェルは、あまりの衝撃に、夢遊病者のようにさまよって、結局テスを棄てる。『ダーバヴィル家のテス』の主題は既にここに胚胎していた。

ナイトに棄てられたエルフリードは傷心のはてに、「誰かのために自分のつまらない命も役立つなら」（四〇章四〇〇）と、妻を亡くした領主ラクセリアンの求婚に応じ、その後流産のために短い生涯を終える。エルフリードの死を招いたのは、ナイトに代表される時代の性のダブル・スタンダードであったし、エルフリードの死はまたテスの死につながるものであろう。この性に関するダブル・スタンダードは『ダーバヴィル家のテス』において徹底的に糾弾されることになる。

出会いの頃の天真爛漫ともいえる生き生きとしたエマは、ここでは「階級」と「ジェンダー」の偏見に立ち向かうハーディの代弁者としての役割を果たし、健康な肉体と健全な批判精神を備えた、愛すべきエルフリードとして取り込まれた。エルフリードはハーディの代弁者となって「階級」と「ジェンダー」をめぐる時代の支配的イデオロギーと戦ったのである。時にはその時代の「女」の言説を引きずられる古さを見せるとしても。(8) エマは小説のなかの、そうした自分の役割に不満は抱かなかったはずである。

晩年の一九一〇年四月二四日、エマはレイディ・ホア（上流婦人の一人でヘンリー・ホア卿の妻。晩年ハーディと親交があった。一八六一―一九四七）に書き送っている。「夫の作品に私が持つ関心はほかの人たちと同じではありません。最初の版から――手書きの原稿の段階から彼の傍に坐って――一字一句（every word）を知っているのですから……」と。この時期、エマはハーディに信頼され、彼女の助言が作品に生かされていくのを見たとき、どんなに感激したことであろう。every wordを熟知しているというのもあながち誇張ではないかもしれない。

しかしながら一八七四年七月という見出しのあるエマのハーディ宛の手紙には、ハーディを助け続けたエマがふと洩らした虚しさがうかがえる。私がしてきたことは何だったのか。私はあなたにとって何だったのかと。「私の仕事って、貴方の書くというお仕事とちがって、あまり私の本当の仕事のように思えません。……貴方の小説（『はるか群衆を離れて』のこと）は時々貴方だけの子供のように見えて、少しも私のものとは思えないのです」。

ハーディは『青い瞳』のあと『エセルバータの手』を書き、『はるか群衆を離れて』によって作家としての地位を確立することになる。エマの激励と援助は着々として実を結んだのだが、このエマから洩れた溜息は何を物語るのであろうか。しかしともかく、セント・ジュリオット教会でのハーディとエマの出会いから二人の運命は共に回り始めたのである。

ひそやかに挙げられた結婚式

一八七四年九月一七日、ロンドンのパディントンにあるセント・ピーターズ教会でハーディとエマは結婚した。式を執り行ったのは花嫁の叔父であるE・ハミルトン・ギフォード博士であったが、この叔父は後にロンドンの大執事となり、またセント・ポール寺院の名誉参事会員となり、さらに貴族と婚姻関係を結ぶことで、ハーディ夫妻がその後上流社交界と交渉を持つのに大きな力になった人物である。エマは終生、ことあるごとにこの叔父を自慢の種にした。

一八七〇年三月七日に運命的な出会いをしてから四年余の歳月が過ぎていた。その間、揺籃期の作家ハーディを支えて来たのはエマであった。『コーンヒル』に一八七四年一月から一二月まで連載された『はるか群衆を離れて』は、一八七四年一一月に出版され好評裡に迎えられた。この作品は小説家ハーディの地歩を固めたと云われ、それまで自信の無さと戦いながら作品を発表してきたハーディにとっては実に嬉しい快挙であった。『はるか群衆を離れて』は一八七四年七月までにはほとんど書き終えられており、最後の何章かは大急ぎで書き終えられた。原稿は八月の初めに編集者に送られた。九月に結婚するためには急いで書き終える必要があったのである。ハーディは仕事の区切りを付けた上で、結婚に臨んだ。

結婚式に参列したのは、式に義務づけられた二人の立会人としてのエマの一番下の弟とハーディがロンドンで下宿していた家主の娘のみであった。エマが身を寄せていたセント・ジュリオット教会もハーディの実家のあるスティンスフォード教会も共に避けて，ロンドンの教会を選び、しかもそれぞれの両親や弟妹も出席しないで、いわばひっそりと、まるで親戚からの非難を逃れるかのように挙げられた結婚式であった。エマの父はコテジ出身のハーディを軽蔑していたし、ハーディの母ジマイマは階級が上だと意識しているエマにあまり良い感情を抱いていなかったといわれる。いずれにしても、ハーディとエマの親兄弟がなぜ式に出席しなかったのか、はっきりした理由はわかっていない。

九月二四日の『ドーセット・カウンティ・クロニクル』の結婚のお知らせの欄にハーディは次のように自身で書いたものを寄せている。「ハーディ＝ギフォード。於パディントンのセント・ピーターズ教会。花嫁の叔父であるウースター名誉参事会員の神学博士E・H・ギフォード牧師による。」ボックハムプトンのトマス・ハーディ氏の息子である、ロンドンのウエストボーン・パーク、セルブリッジ・プレイスに住むトマス・ハーディ氏はコーンウオール、カークランドの紳士J・A・ギフォード氏の下の娘エマ・ラヴィニィア嬢と結婚した。(Millgate, 164)。このハーディ自身が書いた知らせからは明らかにハーディの意図が読み取れる。まず自分がロンドンの住人であることをあえて述べていること、次にエマの父が紳士であり、叔父のギフォード牧師がひとかどの人物であることを短い文のなかに書き込んでいるからである。そこには自分の出自を過度に意識してロンドン住まいを強調し、しかも結婚相手の社会的地位をさりげなく吹聴しているハーディがいる。これはハーディの生涯をとおして見られた哀しいまでの鬱屈した階級意識の現れといえよう。

この後九月二一日に二人は大陸へ渡る。ハーディによって「大陸への短い旅行」(*L&W*, 104) としか書かれていないこの新婚旅行の内実は、幸運なことにエマの日記という形で残されることになった。「結婚した。一八七四年九月一七日」[9]で始まり、「一八七四年一〇月一日、木曜日。ロンドンに帰る——薄汚いロンドン。ひどい雨」に終わるエマの日記は評されるように、旅行中の夫婦の個人的な事情はほとんど書かれていない。そこにあるのはパリ、ヴェルサイユ、ペールラシェーズ（パリの有名な墓地）、セーヌ川のボート遊覧などなどの無味乾燥とも云える描写である。エマはまるで作家のように、スケッチを加えながら、目に映る人々や情景を写し取っている。それはあたかも取材ノートの感があり、常にノートを持ち歩いていたハーディの傍らにあって、自分も将来に備えて取材をしていたのではないかと思わせるほどだ。訪れた場所の様子、街行く子供らや女たち、行き交う人々の群れ。「まるで液体が凝固したように表情の底に悪意を秘めたカトリックの神父らの険しく不機嫌な顔つき」(Emma Hardy, *Diaries*, 27) などなど。エマは自分の文才に酔ったかのように筆をすすめている。

九月三〇日、ルーエンに向かうル・ラザール駅でエマは歌うように書いている。有名になりかけている作家の妻として、エマの高揚した気分が伝わってくる文章といえよう。こうした日記に見られるエマの文章力がかなりのものであることは誰しも認めることかもしれない。

さようなら、パリよ――魅惑の街よ
さようなら、並木通りよ
華やかに連なる店々
通りに面して腰をおろしている紳士たち
いきいきした子供たち
女たちの白いキャップ
流れに浮かぶボートの群れよ
澄んだ空気とあでやかな彩りよ　(Emma Hardy, *Diaries*, 47)

新婚旅行から帰った二人はロンドンで家探しを始める。サービトン、ウエストボーン・グロウブと居を移しながら、ハーディは『エセルバータの手』の材料を集めていた。パリに関しては新婚旅行が役に立った。ロンドンに関する章はロンドン生活を活用したようだ。こうしてハーディは田園生活しか書けない作家とみなされるのを恐れ、「新しい今まで試みたことのない方向へと飛び込んで」(*L&W*, 105)『エセルバータの手』を書いた。これはパリやロンドンを舞台とした一種のコメディであった。

やがて一八七五年七月一二日、夫妻はロンドンでの生活費が高くつくのも一つの理由であったようだが、ボーンマスを経てスワネジに移った。スワネジはパーベック島の小さな港町で海辺のリゾート地であったが、これがノールシーとして『エセルバータの手』で描かれている。一八七五年はここで小説の仕上げに費やされた。

ところが、一八七六年三月始めに、スワネジからサマセットのヨーヴィルに移ったあと、二人は突然とも思えるやり方で五月二九日、ロンドンのリヴァプール駅からオランダ、ライン川、ブラック・フォレスト方面への旅に出る。この旅行がエマの日記二として残された。この旅は五月二九日から六月一八日までのもので、エマの「家もなく、どこに住むかあてもないイギリスに帰ってゆく」(Emma Hardy, *Diaries*, 103) という嘆きで終わっている。そして重要なことは、そのあと七月三日、リヴァーサイド・ヴィラ、スターミンストン・ニュートンと記されていることであろう。スターミンストン・ニュートンこそハーディ中期の代表作である『帰郷』が書かれた場所なのである。

この日記二もエマの得意とするスケッチが所々にみられ、旅の観察による描写に終始したものであり、ハーディやエマの心の内面を測り知る箇所はほとんど無いのであるが、かすかに伝わってくるのは、自分の関心を優先させて強引に旅程を進めようとするハーディとそれに対して、生来の足の痛みから疲れがちなエマの不満である。

エマは六月一〇日ストラスバーグで「非常に気分が悪くブランデーをのんだ」と記している。続いてブラッセルに行った二人はハーディにとっては念願であった郊外のワルテルローの古戦場を見学する。足の痛いエマがどの程度の距離を歩かなければならなかったのかは、はっきりしないが、現場は広々とした畑の広がるなかにある小高い丘であり、歩く以外に見物はできない。「駅までの長い距離を歩いた——ひどく疲れた。ワルテルローの一日が終わった。今日は私はまだひどく疲れているし、トムはそのために機嫌が悪い」(Emma Hardy, *Diaries*, 90) と書き、そのあとのブラッセル見物でも「ワルテルローの見学であまりにも疲れたので」エマは美術館には行かず、ハーディだけが行っている。

こうして足の痛いエマのことをあまりかえりみず、まるで引きずるようにエマをせき立ててワルテルローの見物に行き、見られるものは全て見ておこうとするかのようなハーディの頭には、当然のことながら、いつの日か取り組みたいと心に期していた『覇王たち』のことがあったと考えられる。ナポレオン戦争を扱う『覇王たち』にはワルテルローの古戦場は必見の場所であったから。新婚旅行もそうであったように、ハーディにとってはこの旅行も将来の作品のための取材が目的であったと思われる。ハーディの作家根性ともいえるこの習癖は生涯変わることはなかった。

第二章

農村と都会
――ドーセットとロンドン

「帰郷」の意味を問う――『帰郷』（一八七八）

旅行から帰った二人にとって差し迫った問題は落ち着いて住める家を見つけることであった。「まるで浮浪者のように二人してぶらぶらと彷徨っている」（*L&W*, 114）とささやく親類の声も聞かれた。夫婦もあちらこちらと住処《すみか》を変えることにも疲れてきた。ドーセットの北部、スターミンスター・ニュートンのスタウア川に面したリヴァーサイド・ヴィラと称される格好の家を見つけたとき、二人は早速ブリストルへ行って、二時間で百ポンドも使ってヴィクトリア朝中期の家具を買い込んだ。スターミンストン・ニュートンは当時一五〇〇人余りが住む小さな町だった。

一八七六年七月三日に移り住んだ夫妻はここで約二年間を過ごす。ハーディが「スターミンスター・ニュートンの牧歌時代」と呼んだ二人にとって「もっとも幸せなとき」（*L&W*, 122）であった。J・O・ベイリーによれば家はスタウア川から二、三百フィート離れた小高い崖に立っていて、川は崖下の牧場の向こうで島のようになった中州によって流れが二つに分かれていた。そのため崖下

5. リヴァーサイド・ヴィラから見おろすスタウア川の景色。

のあたりは池のような風情をなしていた。[1] 川の向こうにはキンポウゲなどが群れ咲く広々とした牧草地が見渡せた。「夕方にはスタウア川に船を浮かべた。流れに日が落ちて、その直後にオールを動かすと、水面に微かなモヤがたちこめた。川底に無数にいるウナギやほかの魚の匂いがした。草を刈っている人たちが私たちに声をかける。スイレンの間を漕いで花を摘み取る。長いぬるぬるしたその茎」(*L&W*, 115)。

このようなまさに「牧歌的な」安住の地を、故郷のドーチェスターの近くに得たハーディの胸に去来したものは何であったろう。ここで『帰郷』が書かれることになる。この小説は一八七六年の終わりから書き始められ、一八七七年の終わりにはほとんど完成していた。創作の時期はちょうどスターミンスター・ニュートン時代と重なる。R・L・パーディによれば、この小説はレズリー・スティーブンから「書き出しは気にいったが、ユーステイシア、ワイルディーヴ、トマシンの関係が家庭向きの雑誌としては〈危険なもの〉になるのが心配だから、物語の最後までを全部見ないとなんとも言えない」[2]と『コーンヒル』への掲載を拒絶されたあと、結局『ベルグレイヴィア』に一八七八年一月から一二月まで連載され、スミス・エルダー社から一一月に三冊本として出版された。

『エセルバータの手』というパリやロンドンを舞台とした小説のあとに書かれた『帰郷』は生まれ故郷のボックハムプトンに広がるヒースの荒野での物語となる。エグドン・ヒースという不朽の名を与えられたこの原野は圧倒する重量感で小説の世界を呑み込むのであるが、何故ハーディはこの原野に固執したのか。いや何故この舞台を選び、このタイトルの小説をこの時期に書いたのであろうか。『帰郷』という小説の主題はこの時期のハーディ夫妻がおかれていた状況を考慮しないでは理解することはできない。

The Return of the Native という原題は日本語では『帰郷』と訳されている。これでは原題の意味は充分には伝わらない。直訳すると、ある土地に生まれついた者が土地を離れていて、再び生まれ故郷へと戻ってくるという意味である。故郷を一度出た者が再び戻ってくる、とはどういうことなのか。そのとき戻ってきた者、"the returning native"は何に直面するのか。何が問題となるのか。これは一個人の内面の苦悩であると同時に、農村と都会、自然と文明という時代思潮とも関わってくる大問題となるのだ。

ハーディにとっての「帰郷」とは何を意味したのだろうか。ハーディはハイヤー・ボックハムプトンのコテジで生まれた。生家は祖父の時代から建築業を営んでおり、このことからハーディは一六歳のときにドーチェスターの建築家ジョン・ヒックスのもとに弟子入りすることになった。村の学校やドーチェスターの学校では知的に早熟な子供であった。そのあとロンドンの著名な建築家であるアーサー・ブロムフィールドの事務所に入ることができ、一八六二年四月一七日にハーディは上京する。ハーディ二一歳であり、草深いドーセットの田舎から当時世界一の大都会へ出ていったのである。

ロンドンで建築家としての修行を積みながら、ハーディは大都会の与えるものに次々と目を開かれていく。演劇、オペラ、絵画、文学と若いハーディは貪婪に都会の刺激を吸収していったと思われる。ハーディの目前には学ぶべき「知」の宝庫が広がっていたにちがいない。旧知の牧師の息子であるホレス・モウル（フォーディントン・セント・ジョージ教会のヘンリー・モウル牧師の四男。のちに一八七三年自殺。一八三二―七三）はハーディを新しい時代の芸術や思潮に目覚めさせた、かけがえのない友人であり、メンターであった。この友人の自死はのちにハーディに強い衝撃を与えることになった。

こうしてロンドン時代は青年ハーディにとっては、刺激と興奮に満ちたものになった。やがてこのなかでハーディは建築家として生きるか文学の道に進むか、という悩みに直面することになるのだが、それより前、一八六七年七月のハーディにとっての一大問題は五年余のロンドン生活の結果による肉体の疲労困憊であった。事務所のあるアデルフィ・テラスはテムズ河に面していて潮がひいた時の河底のヘドロからの臭気は堪え難かった。悪名高いテムズ河の汚染である。首都の下水システムはまだ整備されていなかった。この悪臭は田舎育ちのハーディには我慢できないものであった (*L&W*, 54)。その上ハーディは夕方事務所から戻ると、六時から一二時まで自室に閉じこもり、読書に没頭することも多かった。

その結果ハーディは次第次第に健康を損ねていき、健康のために一時田舎に帰らざるをえないところまで追いつめられた。ハーディにとっての一度目の帰郷である。田舎に帰りきりになるのは将来のためにならないと、一〇月にはロンドンに戻るようにとブロムフィールドは諭して帰すのだが、結局ハーディはドーチェスターのヒックスの所で働くことになった。一八六二年四月に上京し、ロンドンで身を立て名を挙げるはずであったのに、五年余を経て、親類や知人の好奇の目にさらされながら、ボックハムプトンに戻ってこなければならなかったのだ。病み衰えた身として。ハーディの胸には一種の痛切な敗北感があったことは想像に難くない。

しかし、ここからハーディの「過去四年間におよぶ漫然とはしているが懸命な文学精進をなんとか形ある結果としてだしたい」(*L&W*, 57–8)という切実な願いを実現しようとする努力が始まった。ハーディは自分こそ片田舎の生活と、そこから出て来て大都会で頼るものは自らの才覚しかないという若者の生活の両方を熟知していると考え、「この二つのコントラストをなす生活の体験こそ、世の注目を集めるすぐれた社会小説を生み出す充分な材料となる」(*L&W*, 58)と考えた。ハーディが文学に目覚めた原点ともいえる。そこから初めての習作「貧乏人と淑女」が書かれたのは周知のことだ。

田舎と都会のコントラストこそ、ロンドンの生活に耐えられず、健康を害して故郷へ帰ったハーディを深く捉えた問題であった。しかし『緑樹の陰で』や『はるか群衆を離れて』はいずれもその田園生活を描いた部分は高く評価されたのに対して、都会を舞台とした『エセルバータの手』の評判はあまりよくなかった。"the returning native" としてスターミンスター・ニュートンに戻って来たとき、ハーディはあらためて自分が何を書くべきかを問うたのではなかろうか。結婚後しばらくロンドンに住み、スワネジ、ヨーヴィルと居を移し、故郷のはずれにもどってきたハーディにとって、これは二回目の帰郷であったといえる。

題名の『帰郷』にはこうした背景があった。故郷を一度出た者が再び戻ってくる。農村と都会の二つの世界を知った者が、その二つの世界の問題点を見つめる。それは二つの世界を知った者にしかできないことであろう。ハーディは自分の主題をあらためて認識し、それを描くことこそ、自分の使命だと考える。この小説は彼がウエセックス・ノヴェルズという独自の包括した世界へと向かう大きなカーヴを切るものとなったと筆者は考える。

しかしながら、このときハーディにとって「帰郷」の問題はハーディだけの問題ではなかった。知り合って以来、文学の道に進むハーディを献身的に支えてきたエマがいた。エマは原稿の清書はもちろんのこと、ハーディが必要とするドーセットの歴史や新聞や雑誌からノートを取った。ミルゲイトが云うようにこの時期二人はハーディのキャリアの成功というプロジェクトのために共同して戦う「チィーム」として行動していた (Millgate, 190)。さらにボックハムプトンのコテジには中産階級出身のエマとは育った環境の違う両親や弟妹たちがいた。ハーディの帰郷はどうしてもエマと母ジマイマとの距離を物理的に縮めてしまうことになる。帰郷にはこのような問題も付随していた。『帰郷』は「帰郷」したハーディが直面した問題を、エグドン・ヒースを舞台にクリム、ユーステイシア、ヨーブライト夫人、トマシン、ワイルディーヴといった人々らの関係をとおして実に見事に展開させた小説となった。

6. ハーディの生家の東に広がる荒野。『帰郷』の冒頭のエグドン・ヒースとして描かれる。

「時はほとんどその跡を残さない面貌」[3]と題された一章のエグトン・ヒースの描写は読者を圧倒する。そこには太古の時から連綿と変わることなく続いてきたエグトンの荒野が描かれる。エグドンとは「今までもそして今もけっして手懐けることなどできない、イシュメイルのような反逆者であり」、「文明はその敵であった」。「この辺りそして足元の一切が、有史以前の太古の昔から、天空の星と同じように少しも変わっていないことを知るとき、変化の波に流され、抑えがたい〈新しさ〉に悩まされる人の心を落ち着かせてくれるのだ」と語り手が繰り返し強調するのは、変わらぬ自然と変わる文明との対比である。わざわざ一章をまるごと変わらぬエグドンの描写に割くのは、ハーディがそこに文明とは対照的に不変の自然を見ているからである。田舎と都会、自然と文明、ボックハムプトンとロンドンという対比の核心がこの一章に凝縮している。

このエグドン・ヒースに帰郷してくるのが主人公のクリム・ヨーブライトである。クリムは幼少の頃から神童の噂が高い、頭のよい少年であった。長じてパリに出て宝石商に勤め、ひとかどの人物として成功をおさめているとの評判であった。クリスマスの休暇を過ごすために、母の待つエグドンへ帰ってくる。しかしこのクリムの帰郷はクリスマスの休暇を過ごすためではなかった。パリでの生活に終止符を打ち、村人のために母の家で学校を開こうとして、生まれた土地に骨を埋めるための「帰郷」だったのである。

クリムを帰郷させたものは、彼の理想主義であろう。エグドンの荒野に広がる村人の生活とは、自然と一体化した生活、たしかにしっかりと不変の大地に足をつけた生活ではあったが、それはまた貧しく、文明の恩恵からはほど遠く離れた、ユーステイシアを本気で魔女と信じてしまうような、野蛮で蒙昧な、呪術や迷信がまかり通る世界であった。この文明から取り残され、時代から置き去りにされたような世界をクリムはなんとかして高めたいと思う。「階級を犠牲にして個人を高めるのではなく、個人を犠牲にしてでも階級を高めたい」と願い、「自分はすぐにでもその最初の犠牲者になってもよい」（一七二）と考えたのである。

非合理的な迷妄の闇のなかに取り残されたエグドンの村人を開化し、彼らの生活を高めるにはどうすればいいのか。自分のパリでの虚飾にまみれた生活は何の役にも立つまい。自らの無知、蒙昧、偏狭さに気づいていない階級を救うために、学校を開き、彼らを教化するということは、クリムの理想を追う夢となる。時代は自然と文明、農村と都会が抱える様々な問題を露呈していたのだから。それは「近代の悩み」といえるものでもあろう。

ところが村人を教化したいという高邁な理想を掲げて「帰郷」したクリムが出会うのが、実に皮肉なことにエグドン脱出の手段としてクリムの到着を待っていたユーステイシアであった。クリムとユーステイシアのエグドンに対する態度ほど強いコントラストを示すものはない。「ヒースを知り尽くしている者がいるとすれば、それはクリムである。彼にはその景色、精髄、匂いが沁み込んでいて、まるでヒースから作られたもののようにみえた」（一七二）。生まれたときからヒースを遊び場として育ったクリムには玩具は石のナイフや矢尻であり、目にする花は紫の壷花と黄色いエニシダであり、蛇やヒース・クロッパーが動物といえるものであったから、彼はあたりのヒースの荒野のまさに隅々までを熟知していた。

このクリムに対してユーステイシアのエグドンへの気持ちはどうであろう。「ユーステイシア・ヴァイのエグドンに対する様々な嫌悪の情をそのまま愛情に置き換えてみるがよい。そうすればクリムの心情がみられであろう」（一七二）。バドマスから移り住み、単調な田舎の生活に飽き飽きしているユーステイシアにとって、エグドンは「地獄」であり「牢獄」であったし、「彼女の十字架であり、恥辱であり、死となるもの」（九七）であった。悠久の姿を見せつけるエグドンにあって彼女はまるでその不変の時に挑戦するかのように、刻々と時の流れを意識させる砂時計を持ち歩く。彼女の願いはこのエグドンを出て、パリで夢のような華やかな生活を送ることであり、クリムはその夢の実現の手段と思えたのである。エグドンで学校を開き、クリムの伴侶としてその生活を支えることなどユーステイシアには想像することもできないであろう。

学校を開くための熱心な読書のために目を患い、エニシダ刈りとなり、嬉々として歌を口ずさみながら、その道を進もうとするクリムを見て、ユーステイシアは思いあまって叫ぶ。「神様、もし私が男であのような立場になったとしたら、私は歌などうたわないで世の中を呪ってやるわ」(二四〇)。教養ある紳士の妻としてのパリでの夢が潰いえ、みすぼらしいエニシダ刈りとなった夫との、人々から嘲笑される生活が目の前に広がるのを見つめたとき、ユーステイシアを救いがたい絶望が襲う。「二人の虚しく費やされた人生、あの人と私。とうとうこんなことになってしまった。私は気が狂ってしまいそう」(二四一)。二人はまったく違うことを夢見ていた。エグドンに戻ろうとする者とエグドンから脱出しようとする者。エグドンという同じ場所にいながら、二人はまったく異なった方向を目指していた。二つの方向は自然と文明、農村と都会という近代がどうしようもなくはらんできた問題を示すものでもあろう。

そして実に興味深いことには、ここで用いられている"Two wasted lives—his and mine"とほぼ同じ言葉がこの時期を回想して書かれたハーディの詩に見出されることである。この詩にはスターミンストンへ移る前の「一八七五年、ボーンマスにて」と書かれている。

彼女とふたり　窓辺に坐り（We Sat at the Window)
（一八七五年、ボーンマスにて）

私たちは窓辺に坐り　外を眺めていた
すると雨が降ってきた　まるで絹の糸が垂れるように
あの聖スウィジンの日　雨樋も樋口も　どれもが
がたがたと忙しげに　喋っていた

意味もないことを
その部屋には　彼女にも私にも
読むものも　見るものもないように思えた
　あの聖スウィジンの日

私たちは眺めにも自分自身にも　飽き果てていた
何故なら私にも　彼女にも見抜けなかった　私のなかに
彼女にとってどれほどの読むべきわかるべきものがあったか
そして私にとってどれほどの見るべき讃えるべきものがあったか
　彼女のなかに
虚しく費やされた二人のこころ　若い人生の盛りのときに
その空費は大きすぎる　あの七月の日
　雨が降ってきたときに

"Two wasted lives"と"Wasted were two souls"という酷似した言葉は何を物語るのだろうか。そこにはクリムとユーステイシア、そしてハーディとエマの行き違いの構図が重なる。ハーディとエマが人生に求めてきたものの違いが浮かび上がる。一作ごとに自分の主題を追求し、人生の「真の哲学」を求めて苦悩していたハーディと、夫が交際し始めた上流階級の華やかさの方に目が向いていたエマ。『帰郷』におけるクリム、ユーステイシア、そしてヨーブライト夫人の関係の背後にはハーディとエマ、そしてジマイマの影がちらつくのである。

『帰郷』ではヨーブライト夫人もクリムの帰郷の真意が掴めない。この母に対してクリムは問い返す。母にとっても息子が出世してくれることが願いなのである。「お母さん、出世するとはどういうことですか」（一七四）。パリでの出世を望み、息子はパリで出世するとしか思えない母にとって、息子の真の目的は理解を超えたものである。

物語はクリムの「帰郷」に反対するユーステイシアとヨーブライト夫人が共に悲劇的な死を迎え、クリムは考えてもみなかった形でエグドンへの「帰郷」を果たすことで終わる。しかしながら村人らの教化に尽くしたいというクリムの決意は人々に理解されたのであろうか。そんなことよりも「自分の仕事をやっていればいいのに」と村人は冷たく言い放つ。

語り手は次のようにコメントする。「ヨーブライトはその考えがやや時代に先駆けていた結果、不幸だったといえるかもしれない。田舎の世界はまだ彼を受け入れるほどには熟していなかった。時代にほんの少し先んじていればいいのだが、あまりにも先頭を切って大志をもつことはかえって危ない」（一七二）。クリムは結局毎日曜日、雨塚の高台で村人たちを集めて説教する巡回野外説教師として生きる道を選ぶ。それからは彼の説教する姿は「公会堂の石段や玄関のそばで、町の十字路のあたりで、あるいは波止場や納屋のまわりで」と、村のいたるところで見られた。クリムはそれを自らの天職として「帰郷」の夢を果たしたのである。

ハーディは『帰郷』を書くことで、自らの「帰郷」という問題に正面から取り組んだ。「憂いにみち、深い皺を刻んだ顔」をして、野外説教師として生きることを天職としたクリムの姿は、ウエセックスの人々が直面した変化と、彼らの問題を凝視し、彼らの苦悩する姿を描く事を天命として生きようとする作家ハーディの決意の表明といえるかもしれない。ハーディはこの小説にギリシャ悲劇の三一致の法則を取り入れ、プロメセウスやオディプスなどの神話を埋め込み、六巻物の壮大な悲劇に仕立て上げた。この時代の悲劇を生きたクリムとクリムを取り巻く人々の物語は普遍的な人類の悲劇へと高められたといえる。作家ハーディは『帰郷』にギリシャ悲劇の衣装を纏わせたのだ。

ロンドン生活

スターミンストン・ニュートンでの「もっとも幸福な二年間」のあと、『帰郷』を書き終えたハーディ夫妻は再びロンドンに居を移した。この上京にはエマの意向が強く働いたといわれる。エマは夫がより広く文壇で認められるためには田舎に引きこもっていては駄目だと思っていたらしい。彼女には彼女なりの野心があった。一八七八年三月二二日夫妻はトッティングのアランデル・テラス一番の借家でロンドンでの初めての夜を過ごす。しかしこのロンドン生活も、結局のところ二年余で終わる事になり、夫妻は再び、ドーセットへと向かうことになる。一八八一年六月二五日にはドーチェスターの東北端のウインボーンに移り、その二年後の一八八三年六月の終わりには、ドーチェスターのシャイアホール・プレイスに引っ越し、ついにマックス・ゲイトに終の住処《すみか》を建てることになるのだ。

さて今回の夫妻のロンドン生活を特色づけたことは、一つには当然予測できたロンドンの文壇や社交界との交流であり、もう一つはロンドン生活への不安とそれを表すような結果となったハーディの病氣であった。

まずエマの希望によって実現したロンドン生活での著名人らとの交流は夫妻の期待に応えるものであった。一八七八年六月にはハーディはサヴィル・クラブの会員に選出されたし、次にはラブレー・クラブの会員にもなった。また近所に住んでいたアレクサンダー・マクミラン家のパーティでは多くの著名な文人たちと知り合った。ハーディの伝記がまるで著名人のリストのように華麗な名前で飾られているといわれるのも不思議ではない。そこにはパーシー・シェリー卿（P・B・シェリーの息子）、レイディ・シェリー、ミス・ブラッドン、マシュー・アーノルド、ヘンリー・ジェイムズ、ロバート・ブラウニング、アルフレッド・テニスンなどなどの名前が列挙されていて、夫妻はこうした文化人のサークルに招じ入れられた。地方出身でまだあまり名を知られていなかった、小柄でおとなしい新進作家は、エマの期待通りに次第に知名度を高めていったのである。

ハーディは一八七九―八〇年、トッティングで『ラッパ隊長』の執筆に集中していた。それは『グッド・ワーズ』に一八八〇年一月から一二月まで連載され、同年一〇月二六日出版された。そして既に一八八〇年の半ばから『熱のない人』に取りかかっていた。次の記録からこの頃のハーディ夫妻の生活を垣間みることができる。リチャード・バウカー（一八四八―一九三三）は当時ハーパー・アンド・ブラザーズ社のロンドン支部長であったが、一八八〇年七月二三日にハーディ夫妻を訪ねたときの様子をこう書いている。バウカーはエマに美しい部屋へ招じ入れられるが、「夫人は夫の作品にたいそう強い関心をみせて」いて、「灰色の短いあごひげをした、落ち着いた、感じの良い、おとなし気な、小柄な、『はるか群衆を離れて』やその後の小説で有名になったことには少しも毒されていない、気取らない、率直な」ハーディは、「自分は自身が書いた物語のなかの登場人物や事件を思い出すのにひどく苦労してしまうので、妻がいつも私のために気をつけてくれていなくてはならないのです」と語ったという (Gibson, 13)。

ここには子供のいない夫婦にとって、夫が生み出す作品がまるで子供のように大切なものであり、夫妻が夫の成功のために一心同体のチィームとなっていたことを伺わせるものがある。こうして力を合わせて、ロンドンの文壇に漕ぎ出した二人ではあったが、表面の華やかさの裏には都会での生活の不安も隠されていた。

その少し前の一八七九年一月一日の『ハーディ伝』(一二四)には次のように書かれている。「〝一月のある夜――一八七九〟という第五詩集『映像の見えるとき』にある詩はこの新年(一八七九)の出来事に関連している。それはこのトッティングで起こったことなのであるが、二人は〈この地上から栄光が消え去ってしまったように〉感じ始めていた。二人の間に問題が生じたのはまさにこの家においてであった」と。この不気味な詩は一体何を物語るのだろうか。

一月のある夜(一八七九)(A January Night 1879)

雨はますます激しく叩きつけ
東風は歯をむきだして唸り音をたてる

がたつくドアの蝶番のところで
　雨水がぜいぜいと息をする

のびたツタの葉先は
隣の葉のうえで身をよじり
わたしたちには突き止めることのできない
　なにか恐怖の企みが隠されているようだ

それは今日その棺を持ち込まれた
下手の家の死んだ男の亡霊が
もしかしてさまよい出ているのだろうか
　わたしたちには判らないけれど

この家で二人に起こったこととは何で、それはこの詩とどんな関係にあるのか。様々なことが推測されているが、多くの批評家の一致するところは、ここからハーディとエマの間の感情の行き違いやストレスが強くなっていったのではないかという。いまだに子供に恵まれない夫婦のやり場のないお互いへの不満やロンドン生活の不安など、夫妻の生活が決して平穏なものではなかったことは、ハーディの次の文からもうかがえる。

『ハーディ伝』（一二三七）には一八八〇年五月一九日のこととしてこう記されている。「時々彼を脅かす不気味な感覚、つまり〈四百万の頭と八百万の目を持った怪獣〉のすぐそばで眠っているという恐怖」のせいか、眠れないままに暁を迎えることがある。トッティングの夫妻の家はやや高くなった台地に建っていたので、空気が澄み渡っている季節には、一番上の窓から遥か遠くまで見渡せた。

「上階の後側の寝室での明け方。ちょうど三時を過ぎたころ。地平線のむこうに金色の光が広がる。この中に四百万人が生活しているのだ。家々の屋根は灰色に濡れていて、通りという通りは、まるで家々の軒下まで暗い淀んだ水で溢れているかのように、夜の暗さでみちていた。天上は明るい。暗闇のなかに一つか二つ光がきらめく。後方にはハイゲイト・ヒルズが見える。もう一方の方角の水晶宮の丘の明るくなったなかで、ガス灯が一つともっている。通りでもまだ灯りがいくつかちらちらと光っている。警官が一人まるで昼間であるかのように歩いていた」。大都会になんとか足がかりを求めて生活を始めたハーディにとって、ロンドンはまるで〈四百万の頭と八百万の目をもった怪物〉のように迫ってきたのだ。やがてこうした夫妻の生活を一大危機が襲うことになった。

一八八〇年一〇月二三日、夫妻で訪れた一週間のケンブリッジ旅行からロンドンへ戻ったハーディは旅行中からの身体の不調がますますひどくなっていた。慌てたエマは隣人のマクミラン家に助けを求めた。かかりつけの医者を回してもらって判ったことは、内蔵に出血があり、（七月にフランス旅行をした際の海水浴のやりすぎも一因とされている膀胱炎と考えられた）危険な手術を避けるためには絶対安静が求められるという深刻な状態であった。

絶対安静を命じられたことはハーディにとって一大事であった。なぜなら『熱のない人』の始めの部分の一三章は既に『ハーパーズ・マガジン』に渡してあり、一一月に出る一二月号の部分は印刷され、ジョルジュ・ド・モーリエが既に挿絵まで描いていた。渡してある一三章分で四回までの連載をなんとか確保するとしても、そのあとをどうするのか。絶対安静のなかで、どうやって連載を続けるのか。ハーディのロンドンでの成功の鍵はこの連載の成否にかかっているというのに。それこそ絶体絶命の危機にハーディは直面したのである。

ハーディは医者に命じられたとおり、何週間か身体の下半身を頭より高く上げて横たわっていなければならなかった。「しかし彼はどんなに苦しかろうと、絶対にこの小説を書くと決め、自分が死んだ場合僅かな蓄えしかまだ残してやっていない妻のためにも、進む以外には道はないと思ったのだ」。このあと一一月からハーディは苦しく、不自由な姿勢のままでエマに口述を始めた。「彼女は敢然として筆記し、看病に専心した」(*L&W*, 150)。

そしてついに翌年の五月初めに粗削りの下書きがなんとか出来上がったのである (*L&W*, 150)。ハーディの涙ぐましい苦闘とそれを必死に支えたエマにとって寒い冬であった。『熱のない人』は一八八〇年一二月から一八八一年一二月まで連載された。ハーディはこう記している。「ベッドでの三ヶ月目だ。雪が降りしきる。細かく、とても早く降るので一つ一つの雪の切片がよく見えない。雪は覆いのある所では時々止まったり、空中にタカのように浮かんだり……。家の中にも入り込んできて、窓辺の鉢植えはまるで戸外にあるように雪をかぶっている。一階の廊下などは少し積もっていて、エマの話では歩くと足跡が残るそうだ」(*L&W*, 151)。身動きもできない苦しみのなかで、原稿の口述を続けるハーディはまた皮肉な感想も洩らしている。

「困難なことが大軍となって押し寄せてくると、そこには救いもあるというものだ――なぜならそれらがお互いを薄め合って中性化するからだ。うまくいっている男に四肢の一つを切断しなくてはならないと言うと、彼は恐慌をきたす。しかしそのすぐ後で彼が乞食に成り果て、一人息子が死んだと言ってみなさい。始めのことはほんの軽いものと感じるだろう」(*L&W*, 151)。このような感想を書いたハーディが病氣のためにいかに追いつめられていたかは想像を絶するものがある。

この頃、ハーディはベッドに寝たまま、ジョージ・エリオットの訃報を聞き、ポジティヴィズムについて考え、またマシュー・アーノルドのプロヴィンシャリズムについてもコメントしている。「アーノルドのプロヴィンシャリズムに関しては間違っている。彼のいうプロヴィンシャリズムが表現上の文体とか様式をいうなら別であるが。感情についての一種のプロヴィンシャリズムというものはかけがえのないほど貴重なものなのだ。それこそ個性の心髄というものであり、主として素朴な熱情から発しているものであり、それなくしては思想は思想ではないし、偉大な行為などなされるものではない」(*L&W*, 151)。ここには自分がドーセットの田舎者であることを充分に認識しているとともに、その田舎者として田舎者であることを書くことこそ自分の個性だとするハーディの自信と気負いがあると思われる。

四月一〇日、ハーディは前年の一〇月以来始めて戸外に出ることができた。五月の初めには、ベッドにはりつけになってから六ヶ月ぶりに、自分の足でワンズワース・コモンを歩くことができた。丘に立って彼は自分にむかって大きな声で繰り返したという。

見よ　イバラのような苦悩のベッドのなかで
　長い間のたうち苦しんでいた哀れな男が
ついに　かつての元気を取り戻し
　ふたたび　息を吸って歩いている

谷間のほんの小さなせせらぎも
天がける大風のほんの微かなそよぎも
いつもの太陽も空気も空の模様も
その男には明けゆく天国なのだ　(*L&W*, 152–53)

快復を心から喜ぶハーディであったが、この長く苦しい病氣は彼に「死に至る扉」を体験させてもいた。「無駄にされた病氣」(第二詩集『過去と現在の詩』)はこの病氣を扱うとされているが、このなかで詩人は熱にうなされ、幻影に怯えながら苦悩の道を進むとき、前方に死に至る扉を見たが、そこから再び現世に戻ってきた思いをうたっている。この病氣の間にジョージ・エリオットに続き、トマス・カーライルとベンジャミン・ディズレリーが死んでいた。トッティングの家の契約も既に切れ、三ヶ月の延長でしのいでいた。夫妻にとってこれからどこに住むかという問題の決定が迫られていた。やっと生き延びたハーディは今後のことを真剣に考えざるをえなかった。夫妻の出した結論は、ロンドンは一年のうちの何ヶ月かを過ごす場所として、普段は田舎に住むということだった。「健康上の理由と、知的なインスピレーションという理由」からであったが、このいずれもがハーディにとってはきわめて重要な意味をもっていた。

今回の大病はハーディに若き日のロンドンでの心身の消耗をありありと思い出させたであろう。スターミンストン・ニュートンから上京して書いた『ラッパ隊長』や『熱のない人』はそれ以前の作品とくらべて今ひとつという感慨があった。ハーディはこう書いている。「自分は都会やその近くに住むと、普通の社交生活とか風習についての、珍しくもない、ありふれた作品しか産みだせないことがわかった」(*L&W*, 154)（傍線筆者）。ハーディの知的インスピレーションはロンドンから故郷へと向けられ、夫妻の生活は再び「帰郷」へと方向を転じたのである。

ドーチェスターへ――ウエセックス・ノヴェルズへの道

ハーディ夫妻の帰郷はドーチェスターの郊外、マックス・ゲイトに家を建てることに帰結することになるのだが、このウインボーン経由でのドーチェスターへの帰郷こそ、ハーディを自らウエセックス・ノヴェルズと呼ぶ独自の世界へと定着させることになった。ウエセックス・ノヴェルズとはアングロサクソン時代の古代王国ウエセックスの名をとってハーディが創り出した虚構の地域ウエセックスを舞台として繰り広げられるハーディの小説群のことである。ノース・ウエセックス、アパー・ウエセックス、ミッド・ウエセックス、サウス・ウエセックス、アウター・ウエセックス、ロウワー・ウエセックス、オフ・ウエセックスといった地域に分かれていて、それぞれがバークシャ、ハムプシャ、ウイルトシャ、ドーセットシャ、サマセットシャ、デヴォンシャ、コーンウォールに対応しているが、その中心にはハーディの故郷であるドーセットシャとドーチェスターがある。

ハーディは自分の小説をこのウエセックスと呼ぶ地域を舞台として展開し、そこに住む人々の社会的、経済的、そして文化的に変貌してゆくさま、そして移り行き、滅びゆくものの姿を描いて、ウエセックス・ノヴェルズの概念を形成してゆくことになる。それがともかくも、まとまった形を取り始めたのが、ドーチェスターで書かれた『カースタブリッジの町長』だといわれている。

ロンドンを去ることを決めた夫妻はまずウインボーンに移った。一八八一年六月二五日のことである (*L&W*, 154)。いずれは家を建てるとして、とりあえずはここに住むことで二人は合意したのであろう。ウインボーンはドーセットシャ州の東端に位置する美しい町であり、ロンドンからドーチェスターに至る主要な連結点であった。ウインボーンに居を定めることは、生まれ故郷の空気に身をさらすことであり、幼少のころから慣れ親しんだ世界に戻ることでもあった。都会に住んで、ありふれた、おざなりの平凡な世界を書くのではなく、自分にしかできないことをする、自分がよく知っている世界を書くことこそ、自分の進む道ではないか、ウインボーンへ、ドーセットへと向かったハーディの心にあったのはそういう想いであったと考えられる。

『アトランティック・マンスリ』から翌年の連載を依頼されたハーディはウインボーンで、早速に話題の新彗星の出現からヒントを得て『塔の上の二人』にとりかかった。『塔の上の二人』は一八八二年五月から一二月まで連載され、一〇月に出版された。この作品の執筆にあたって、ハーディはグリニッチ観測所の見学許可を申請するなど、いつものように精力的で徹底的な取材を行ったことが残された手紙などからわかっている。

　ウインボーンは小さな町ではあったが、夫妻はそこそこの社交を楽しみながら、一八八一年八月の末から九月にかけてはスコットランドへの小旅行をしているし、翌年の九月には周辺のソールズベリ、ライム・リージス、チャーマス、ブリッドポート、ドーチェスターといったハーディにとっては懐かしい土地を巡る旅にも出た。その馬車旅行は行く先々で土地の人々の暮らしへの興味をそそるものであったらしい。ハーディはこのような旅行をとおしてますますドーセットの土地の感覚を蘇らせていった。ウインボーン卿夫妻からも温かいもてなしを受けて、まずまずの生活が始まった。さらに『塔の上の二人』が出版されるや、夫妻はパリへと旅立ってもいる。こうした旅行は作家たるものは当然旅をして暮らすべきだというエマの思い入れがあったともいわれているが、夫妻は二人そろっての旅を繰り返しながら、作家としての充実した道を歩んでいたといえよう。

　この時期の『ハーディ伝』には、ハーディが見聞したいくつかの面白い話が記されている。ハーディが感銘を受けたという次のような話は興味深い。一八八二年一二月にクロス夫人という年老いた農婦から聞いたとして、ある娘が男に騙されて棄てられたが、娘は独りで敢然と子供を育てて立派にやっていた。しばらく経って、男は娘よりも貧しい身になって戻ってきて、娘に結婚を申し込んだ。ところが娘はきっぱりと断った。男は結局救貧院に入ったという話である。これを聞いたハーディは書いている。「この例には女が必ずしも、彼女を凌辱した男の所有物や奴隷にはならないという極めて近代的な考えが体現されている。女性の解放を具現するという曙光の一つだとハーディは感銘をうけた。そしてその後の小説や詩において一度ならずこのことを主題としたのである」(*L&W*, 163)。テスやスーの新しい女としての萌芽はこうした見聞からも影響を受けたのである。こうして自分の生まれ育った故郷で暮らすことにより、ハーディの心のひだには様々な庶民の物語がためこまれていった。

一方ロンドンのシーズンを夫妻で楽しむ事を年中の行事としている二人はロンドンでの社交生活を発展充実させていった。一八八二年四月二六日にウエストミンスター寺院で行われたチャールズ・ダーウィンの葬儀にハーディは参列している (*L&W*, 158)。同時代の作家たちのなかで、ハーディはダーウィンの影響をもっとも強く受けた一人であったといえよう。社交の場ではブラウニングにも度々会い、またニューヨークから来たW・D・ハウエルズにサヴィル・クラブで会ってK・W・エマーソンやH・W・ロングフェローやマーク・トゥエインの噂話に興じてもいる。大西洋の彼方はすでにかなり近くなっていたのだ。

ウインボーンへ住まいを移すことで、ハーディの故郷への関心はますます強くなっていた。『ハーディ伝』にも周りの人たちから聞いた話が数多く記されていることは前述したが、このような故郷の人々への関心と一八八二年八月として記された次の一行を並べてみるときに、そこに見えてくるのはこれから進もうとするハーディの方向である。「広く豊かな主題がある――平凡な普通の人々のなかに脈打つ激しい関心や情熱や策謀を描くこと」(*L&W*, 158)。ごく普通の人々の生活を観察すること、彼らの話をきくこと、記録すること、ハーディは創作のための限りない、無尽蔵な宝庫のなかで生活を始めたのである。

しかしウインボーンはあくまでも永住の地ではなかった。ドーセットに適当な土地を探していた夫妻はウインボーン時代に土地を決めたようだ。ミルゲイトによれば一八八三年八月三一日付のマックス・ゲイトに井戸を掘るためのポンプの取り付けの契約書がその時期を物語っている(Millgate, 245)。家を建てるまでの間、夫妻はドーチェスターの町中のハイ・ウエスト・ストリートの北側にあるシャイアホール・プレイスに移った。ついにドーチェスターのど真ん中に戻ってきたのである。

一八八三年の終わりから一八八四年の始めにかけてのハーディのノートは近隣の古老から聞き集めた逸話でみちみちている。それとともにハーディの精力的な読書の様子もみられる。このころ、ハーディはアーノルド、カーライル、コント、マコーリィ、ミル、スティーブン、スペンサーらを読んだことが蔵書などから考えられる(Millgate, 246)。

ドーチェスターへ戻ったハーディは一八八四年四月にはこの地区の治安判事に任じられ、町の名士として迎えられるという栄誉を与えられた。『ハーディ伝』にはその記録が残されている。「七月一四日。巡回裁判。ドーチェスター。主席治安判事閣下や著名な弁護士などの方々は、この田舎ではロンドンよりも、よりはっきりとその欠点や虚栄心をお見せになる。気が緩むのだろうか、欠点が助長されるのだ。共有地に放火したとして、裁判にかけられたみすぼらしい若者が、何か申し立てることがあるかと訊かれて、主席判事と面白いよくあるやり取りをしていた。証人たちはきまって考えてきたかしこまった言い方で証言を始めるのだが、問題が核心のところにくると、わけのわからない言葉遣いになっていき哀れなばかりに、支離滅裂になっていくのだ」(*L&W*, 173)。こうした経験をハーディはじっくりと観察しながら、小説に生かしていく。たとえばこの巡回裁判の場面は『カースタブリッジの町長』のなかに生き生きと蘇ることになった。

ドーチェスターに戻ってきたハーディにとって、生家のボックハムプトンは目と鼻の先であった。一八八四年六月二日、ハーディは「私の四四歳の誕生日」を生家で迎えている。この日ハーディはプロクター夫人から熱烈ともいえる誕生日カードを受け取っていた。「トマス・ハーディの生まれたこの日はアン・ベンソン・プロクターにとって、なんと素晴らしい日になったことでしょう！　彼女は一八四〇年に生まれたこの赤ちゃんに沢山の楽しい読み物を頂くことになろうとは思ってもみなかったのですから」(*L&W*, 172)。プロクター夫人（一七九九―一八八八）は詩人B・W・プロクターの未亡人であり、ハーディとは一八七四年から親交があり、ハーディがロンドンの文壇で知己を広めるのに、大いに力になった。言って見ればハーディのファンであり、庇護者であった。ハーディはロンドンでの自分の人気を示すためにこのカードを『ハーディ伝』に入れたのであろうか。いずれにしても、文人たちとの交際や、またジョーヌ夫人（エマの叔父の再婚相手との姻戚関係から知り合ったロンドン社交界の話題の人）と知り合いになることなどによって、夫妻は上流階級との交際の輪を広げていった。

こうしてドーチェスターとロンドンの間を行き来しながら書かれたのが大作『カースタブリッジの町長』であった。この小説はドーチェスターでドーチェスターを舞台として一八八四年春から書き始められ、一八八五年四月一七日に書き終えられる。「金曜日、四月一七日。『カースタブリッジの町長』の最後の頁を書いた。一年かかったし、各部を書くのにしばしば中断されたものだ」

(*L&W*, 177) とハーディは書いている。マックス・ゲイトの家が完成して移る二ヶ月前のことであった。この時期にハーディの故郷への強い関心を示すものとして、重要なエッセイについて触れておく必要があろう。それは一八八三年七月に『ロングマンズ・マガジン』に掲載された「ドーセットシャの労働者」[4]（ハロルド・オレル編『トマス・ハーディのパーソナル・ライティングズ』）で、ここには帰郷したハーディが直面せざるをえなかった、生々しい農村の実態があった。

エッセイ「ドーセットシャの労働者」（一八八三）

都会から田舎へ、ロンドンから生まれ故郷のドーチェスターへと帰郷したハーディの関心は「普通の人々のなかに脈打つ強い関心や情熱や策謀を描くこと」にあった。ドーチェスターという一農村のコミュニティに身をおき、そのまわりに起こっていることを凝視する。そこから生まれたものがエッセイ「ドーセットシャの労働者」であり小説『カースタブリッジの町長』であった。

このエッセイは『ロングマンズ・マガジン』の求めに応じて、一八八三年の始め頃書かれたらしく、一八八三年七月号に掲載された。ここでハーディはドーチェスター周辺の農村コミュニティのある意味ではミクロの世界を鋭く見つめているわけだが、当時のイギリスの農村はどのような状態におかれていたのであろうか。

世界に先駆けて産業革命を実現し、急速に工業化を進めていったイギリスだが、一八四〇年、農業は依然として約二〇パーセントの労働力を吸収していたもっとも重要な産業であった。ところが一九〇〇年までには一〇パーセント以下となり、イギリスの農業の将来が危ぶまれるほどになる。(5)この間農村人口は徐々に減少したわけだが、それはどのような状況下で起こったか。

たしかに「農業は一八七一年にはその国民所得が全体の一八パーセントになり、三八パーセントの工業国民所得には云うまでもなく、二二パーセントの商業国民所得にも追い抜かれてしまった。その意味で農業の社会に占める比重は着実に縮小したといってよい」。(6)工業化、商業化するイギリス社会のなかで、一八三二年の第一次選挙法改正が、台頭する市民階級の政治的権力の把握を、一八四六年の穀物法改正がその経済的な実力を示すものであるといった公式的な図式にかわって、イギリス社会が工業化しながらも、いかに大土地所有制度に支えられて地主階級の政治的権力が維持されてきたかということが、いわゆるジェントルマン・イデアールとの関連もふくめて、今日において繰り返し強調されている。

この二一世紀においてさえ、イギリスの地主階級の政治的、経済的基盤はともかくも温存されているのならば、一九世紀中葉のこの時点での商工業階級と地主階級の関係を単純に論じることはできない。農村では何が起きていたのか。農村の変化といっても、地主階級や農場主たちに対して起こったことと、農業労働者たちに起こったことはまったく次元の違うことであった。

事実、穀物法廃止が実施されたあと、一八五〇年から一八七〇年にいたる時代イギリス農業は黄金時代を迎えている。穀物法廃止のあと、穀物輸入量は漸増したが、それまでに囲い込みを完了して充分に効率を高めていたイギリスの農業は為政者が予測していたように、さらに高度集約農業を普及させることで国際競争に耐えていった。その結果一八四〇年から一九〇〇年の間に農業労働者の数は激減したが、農場経営者の数はほとんど変わっていない。この事は農場経営者たちが、穀物法廃止後、さらに一八七五年の悪天候やアメリカなどからの安価な穀物の輸入による二度の農業不況にもかかわらず、地主階級との連帯のもとで地位の保全をはかることができたことを物語る。

地主と借地農場主との間には依然として上下関係が支配していたし、農場主とそこで働く農業労働者の間にも支配関係が続いた。農村においてこのような支配関係が維持され、機能していたからこそ地主階級の政治的権力は安泰であった。大地主や大規模な農場主らは土地を集約化し、灌漑事業や、農業改良に取り組み、かつ安価な農業労働力を手にいれることに抜け目はなかった。コテジの改良なども、自分の農場の労働者のものに限られたし、効率的な農場経営のためには、不要になったコテジは情け容赦もなく取り壊したから、大地主と農場主は依然として農業労働者の生殺与奪の権利を握っていたといえる。

それでは農業労働者の生活はどのように変わったのであろうか。彼らは生まれた農場で死ぬまで働くということは止めた。都会の提供するより高い賃金は多くの労働者を町に引き寄せた。鉄道の発達や教育の普及は彼らの世界を広げ、他の世界を知ることで、今まで通りの生活に満足できなくなっていった。より良い生活とより高い賃金を求めて、ある場合には、コテジを取り壊され住む場所を失って、農場から農場へ、農村から都会へ、また海外へと労働者が移住した。

しかしこうした動きの根底には、コテジの生活の恐るべき惨状があった。狭く汚い不衛生な小屋のなかに、二、三世代が同居していて、しかもそのひどい小屋すら、その農場での職を失ったり、契約が終われば、農場主の意のままに追い出されたり取り壊されたりした。女たち、子供たちも重要な働き手として勘定に入れられていた。子供らの労働はさすがに一八七〇年の教育法の実施や一八七三年の「農業就労の子供のための法律」の実現によって世間の非難を浴びるようになっていく。しかしそのような農業労働者のおかれていた惨状からウオリックシャにおけるジョーゼフ・アーチ（一八二六―一九一九）の農業労働者のユニオン（一八七二）の結成がなされたのである (Orel, 276)。

このようにみてくると、それまでの大地主、農場経営者、農業労働者といった階層化、固定化された農村社会が、国内の工業化、商業化にともなう変化と穀物法廃止という国際的な外因によって、大きく変動し始めたのが、一九世紀後半のイギリス農業の実情であったことがわかる。イギリス農業は今風に云えば、一種のリストラクチュアリングを迫られ、地主や農場経営者らはそれになんとか適応していったということであろう。それまで土地に縛られていた農業労働者の方は同じ土地に縛られて生きるだけが彼らの道ではないことを知ったし、契約によって自由に移動できることもわかってきた。しかし、実際のところは、農村から都会へ、また海外へと大移動した労働者たちはそれぞれが都会で、また異国で苦難の道を歩み、多くがスラムの住人と成り果てたのである。

この農村人口の大移動は農村コミュニティの地滑り的な変動をもたらすことになり、ハーディはその実態をこのエッセイで論じた。ここではハーディが指摘した二点に絞って考える。一点は農村の労働現場に侵入してきた機械についてである。機械がそれまでの農作業のやり方にいかに影響を与えているかはハーディの小説の所々にみられる。『ダーバヴィル家のテス』において脱穀機が過酷な労働を絶え間なく要求するとして、女たちから憎まれている話がでてくるように、機械は農民たちの生活を搾取する道具となっていく。このエッセイでも、一日中脱穀機に麦を入れる仕事をしていた五五歳の農婦が、夕暮れて家に帰ろうと畑を横切っていて、昼間の機械の回転で頭がおかしくなって畑からの出口が見つからず、明け方の三時まで畑のなかをぐるぐる歩き回っていたという話が書かれている。

農場主たちは不況からの損失を最小限に食い止めようとしたが、その一つの方法が耕作機や種まき機や脱穀機を投入することであった。こうした機械類はそれらを扱う職工や技師らと共に村に入ってきた。さらに彼らと一緒に請負人や仲買人といった取引に関係した一群の人間たちも村にやってきた。彼らは農場に住み込んで働く農業労働者とは異なった、いわばプロの職業人であったから、彼らの収入は農業労働者たちよりは高く、あちこちの村で仕事をしてきて、色々と外の世界の話を村人らにきかせた。こうして村人たちのそれまで比較的孤立していた社会は外の世界へ開かれてゆく。(7)

さらにそれまで地主と国教会の牧師を中心としてゆるくまとまっていた教区という単位が、教会のかげに建ち始めたと云われる非国教会派のチャペルの勢いを無視できなくなっていった。新しく村に入って来た人々とともに、非国教会派のチャペルもまた教会に対峙し始めていた。

二点目はこうした農民の大移動により、彼らの生活が非常に不安定で不安に満ちたものとなったことだとハーディは指摘する。農業労働者たちはこうした変動の最中にあって依然として様々な意味で地主や農場主らの支配下にあり、時により彼らの意のままに職や住居を奪われた。契約が切れて、コテジから追い出される農民の姿は『森に住む人々』や『ダーバヴィル家のテス』に描かれている。

この生活の不安感、不安定さは特にキャンドルマス（二月二日）の雨の雇い人市に象徴されるという。新しい雇い主を捜して、雨の中を立ちつくしている、年老いた農民の姿ほど哀れをさそうものはないとハーディは書く。「この農夫の生まれつきの陽気さはけなげにもこの悪天候と不安な立場に耐えているのだが、だんだん日も暮れ始め、衣服は濡れそぼってくるのに、まだ仕事がみつからない。彼の顔には作り笑いが浮かんでいるが、これは他の階級にはめったに見られない自分を抑えた礼儀正しい態度なのだ。しかも彼は自分より運がよくて仕事にありつけた友達に会うと、気持ちよく言葉を交わす」(Orel, 174–75)。

ハーディはこの雨の雇い人市の日、道端に立つ年老いた羊飼いの姿を描く。彼は柄の曲がった羊飼い用の杖を溝に突き立てて、その上に頭をのせて、うなだれて立っている。長い年月の激しい労働で背は丸くなり、目は地面に落としたまま。このような哀れな、職を求める農民の間を縫って雇い主の農場主たちが少しでも安く人を雇おうと右往左往する。このような市で人を雇うことは次第に少なくなってはいたのだが、幼少のハーディにとっては鮮明に記憶された場面であったのだろう。

またハーディが鮮やかに描いているのは契約の結果の農民たちの大移動の様子である。レイディ・デイ、すなわち四月六日、雇い人市で新しい農場がきまった農民たちは大挙して大移動を開始する。農民たちは都会に出て行くこともあったが、また農場を変わることもしばしば起こったので、このレイディ・デイの大移動は農村の年中行事となっていった。

農民の身を案ずる誰もが、この日だけは晴れてほしいと願うのだが、この日の騒動は真夜中のまだ暗いうちから始まる。農民たちはこの日、今までいた農場から新しく移る農場へと、新しい雇い主となった農場主の差し回す馬車によって運ばれる。その日のうちに引っ越しを全て完了するために真夜中から移動が始まるのだ。馬車は三頭の馬を仕立て灯りをともして、六時までには目的の小屋に着く。そしてすぐさま待っていた家族の荷物と人間を乗せて、九時か十時には新しい小屋へと出発する。

そして驚くべきことには、とハーディは書く。「この時間からその日の一時か二時に他の家族がそこにやってくるまでの間、小屋は空き家になるだけである。そしてその短い間に家の中は新しくやってくる家族のために掃除されて石灰を撒いて白くされる。それがどんなに汚れていたか、去っていった家族にどんな病氣が蔓延していたかなどはおかまいなしである」(Orel, 177)。この大移動の場面の一部は『ダーバヴィル家のテス』でも紹介されている。馬車にはまるで申し合わせたように、食べ物や指の跡がついた食器戸棚がノアの箱船のように立っており、赤ん坊を抱いていなければ、大体おかみさんが時計の頭の部分を抱え、姿見はたいてい長女が膝においていたという具合だったと。

このように農民の大移動が年中行事化していくことで、当然ながら今までの農村生活が変化の波にさらされるようになる。ハーディはその変化の喜ぶべき点と憂うべき点をみるわけだが、喜ぶべき点としては、農民たちが都会や他の地域の農場の様子を見聞きすることで、現代でいう権利意識に目覚めたことであろう。自分たちが置かれている環境のひどさに気づき、賃金の値上げを求めての運動がおこっていった。こうした動きの中心に前述したジョーゼフ・アーチの農業労働者のユニオン結成の運動があるのだ。

しかしながら、この変動とともに憂うるべき問題も生じた。地主や農場主たちと農民たちとの関係に残っていた温情主義やセンチメンタルな感情は姿を消し、その代わりにお互いに利益本位の関係が主流となっていった。貧しい農民たちは庇護者を失い、路上や都会へと放り出されることも多かったから、農村の人口は急激に減少を続けたのである。ハーディは学校の先生たちがいかに困ったかを書いている。「農村の男女の先生たちは四月六日の朝、一群の優秀な生徒たちがそっくりいなくなっているのに気づく。平均して七五名の生徒のうちで三三名がレイディ・デイに消えてしまっていた」(Orel, 182–83)。新しく転校してきた生徒が慣れるのに何週間かかかるし、その間に優秀だった子供らも駄目になってしまうというのだ。教育の荒廃は生徒たちの生活やモラルの荒廃につながることになる。

村々には農業に従事する人々のほかにも「農民よりはあきらかに上に属する興味深い，物知りの階級――鍛冶屋や大工や靴屋や行商人や商店主など、農業労働以外に従事する人々」(Orel, 188–89)がいたが、彼らの多くは一代権利保有者で、自分たちが建てた家に住んでいたから契約期間が終わっても、週単位や月単位で借家人として住み続けたい者が多かったが、地主たちはよほどの社会主義者でないかぎり、こうした小さな借地人との契約更新を認めなかったという。家を取り壊され、追い出された彼らは止むなく都会へ、大英帝国の自治領や植民地へと出て行ったのである。このようにして農村生活の「背骨」とも云える中間層が農村から消える事で、彼らのもっていた文化や風俗や習慣や伝統、地域で語り継がれ、守り続けられてきた民間伝承などが共に消える運命となったのである。ハーディが特に嘆いたのはこうした点であった。

ハーディはこのエッセイで農村の劇的な変動が、良くも悪くも農村社会に与えた影響をできるだけ冷静かつ公平にみようとしている。ただ過去をノスタルジックに懐かしんでいるわけではない。ジョーゼフ・アーチのような運動の意義を充分に認めているわけであるが、このような歴史の変動を凝視し、そのなかで失われていくものを鋭く指摘している。ハーディは後期の小説群のなかで、変貌する農村社会が抱える問題をよりいっそう激しく糾弾したのである。

新旧世界対立のドラマ――『カースタブリッジの町長』（一八八六）

『カースタブリッジの町長』はまさにドーセット州の真ん中、州都ドーチェスターという田舎町で書かれた。ロンドンからウインボーンへ、そしてウインボーンからドーチェスターへと「帰郷」の歩みを進めたハーディには心中ひそかに期したものがあったはずである。都市やその近くに住んでいては「普通の社交生活とか風習についての、珍しくもない、ありふれた作品しか生み出せない」から、故郷に帰って自分が良く知っている世界の「平凡な普通の人々のなかに脈打っている激しい関心や情熱や策謀を描くこと」こそが自分の主題であり、使命であるという確信であった。

エマはハーディの大病の経験から「帰郷」に同意したことは確かであろうが、ハーディの生家ボックハムプトンから目と鼻の先にあるドーチェスターへと戻ることをどのように考えていたのかは不明である。ハーディの生家とこうして物理的に距離を縮めていくことに対して、エマの側になんらの抵抗もなかったとはいえまい。離れていれば気にならないことも、物理的に近づけば見えてくるものもあるし、見えてくれば気になるのが人の心というものであろう。それぞれの家庭や家族には目に見えないけれども、それぞれのカルチャーの雰囲気が匂い立つ。ましてやエマの家庭とハーディの家庭のように、あきらかに階級が異なっていれば、両者の間には見えない衝突が繰り返されることになる。

ハーディ家のホームドクターであったフレデリック・B・フィシャー博士（一八五四―一九四〇）は一八七九年から一九四〇年までドーチェスターで開業しており、その間ハーディ家のかかりつけの医者であった。医師は思い出として書いている。「私がハーディ家と初めて関わりを持ったのは、しばしば描かれるあのロマンチックなコテジに彼らがまだ住んでいた一八八〇年の頃でした。コテジはトマスが小説で書いたようにヒースの野のはずれにあったのです。老父が病氣で死が近い状態で、ハーディ夫人が大事に看病していました。ハーディ夫人が聡明な人だということは私にはすぐにわかかりました。絶対に彼女が息子の天才の源でしたよ。彼女の愛読書はダンテの『新曲』でした。家族全員、二人の息子たちと二人の娘たちみんな物語をつくっては語っていて、長い冬の夜にはいつも大きな暖炉の周りに集まってお互いの作品を思うままに批評しあっていたものですよ」(Gibson, 14–15)。

母ジマイマがハーディの教育に示した情熱には並々ならぬものがあったことは、よく指摘されているが、残された資料があまりない今日では、具体的にははっきりとはしていない。しかし彼女が読書家であり、しっかりした手紙などを書ける能力を身につけていたことは知られている。そしてハーディへの贈り物がドライデン訳の『ヴァージル作品集』であり、前述した医者の言うように、彼女の愛読書がダンテの『新曲』であったと知らされるとき、貧しい境遇に育った女性の激しい向上心を感じないではいられない。

ボックハムプトンの生活はこの有能で聡明なジマイマを中心に回っていたようである。二人の息子たちと二人の娘たちはこの母に対して絶対の信頼をおき、また母は子供たちを愛し、特に長男のトマスを誇りにしていた。こうした、この階級にしては珍しく誇り高い一家に、これまた後年「農民」という蔑称を投げつけることになる、中産階級出身を充分に意識したエマが嫁として違和感無く入り込めるとは思えない。物理的にジマイマとエマの距離が近づくことで、否応なく両者の緊張感は高まったといえよう。

がともあれ、ハーディとエマはドーチェスターの中心に居を構えた。ここで『カースタブリッジの町長』は一八八四年春から一八八五年四月一七日まで書かれた。彼の想像力と創造力の源泉であるドーセットシャ、その中心であるドーチェスターを舞台とした小説が、まさにドーチェスターで書かれたのである。このことは非常に重要な点である。『ラッパ隊長』や『熱のない人』はそこそこの成功を収めてはいたが、ハーディには今ひとつ納得できないものがあったようである。自分のもっともよく知っている世界を舞台として、自分のもっともよく知っている人々の生活を描きたい。ハーディにはやっと自分独自のテーマに帰り着いたとの思いがあったのではなかろうか。

ミルゲイトも指摘するように (Millgate, 248–55)『カースタブリッジの町長』において、ウエセックスは初めて一つの概念となり始め、その中心にカースタブリッジ＝ドーチェスターが位置づけられた。そしてこの後に『森林地の人々』や『ダーバヴィル家のテス』や『日陰者ジュード』が続く。

その後のハーディのウエセックス・ノヴェルズの展開を考えるとき、このドーチェスターへの転居とそこで書かれた『カースタブリッジの町長』の重要性は測り知れない。

ドーチェスターはドーセット州の州都ではあるが、人口は一八四一年に三二九四人、一八九一年が九一三三人、今も二万にみたない小さな田舎町であり、町のすぐ周りには麦畑や牧場が広がっている。ここは彼の生地ボックハムプトンからは三キロぐらいで、青年時代のハーディは自宅から徒歩でジョン・ヒックスの建築事務所に通った。この小さな町やその周辺は彼の熟知した世界であり、ここに身をおくことで、ハーディには幼いときからの様々な貴重な体験やなつかしい記憶が鮮明に蘇ってきたと思われる。

ハーディは人々の残された記録を蒐集し始めた。一八八三年から一八八四年にかけてのノートには、近隣の古老から聞き出した話が書き込まれているし (Millgate, 246)、地方紙や『ドーセット・カウンティ・クロニクル』などからの写しもある。ハーディは今後の小説の題材にすることをはっきり念頭において、取材を進めていたようだ。たとえばその中にサマセットにおける「妻を売り飛ばす記事」を見つけ、『カースタブリッジの町長』の冒頭に用いることになる。

『カースタブリッジの町長』は三七章のアルバート皇太子が町を通る事件が一八四九年の七月とあることから、大体その頃の話として設定されており、この一九世紀前半の時間を縦軸として、カースタブリッジというコミュニティの空間を横軸として、その経済的、社会的、文化的な変動をハーディは見つめている。この世界はまた「ドーセットシャの労働者」で扱われた人々が実際に生活する舞台であり、彼らの問題が日々噴き出している世界でもあった。

ハーディがこの小説で描き出したカースタブリッジの町は急激な変貌を遂げていた往事のドーチェスターをモデルにしたものであったが、「実際のドーチェスターよりもよりドーチェスターらしい」(Orel, 191) と評され、ハーディはこのことがひどく気にいっていたという。彼は過去の歴史を繙くことで、現状からは失われた、あるいは失われつつあった多くの貴重な伝統や慣習をすくいあげ、本物よりも本物らしいという架空のドーチェスターをカースタブリッジのなかに構築したのである。

ドーチェスターの地名は語尾のチェスター(ローマ軍の駐屯地)が示すように、ローマ人が築いた町であった。ローマ軍駐屯の名残を示すローマンロードが町の脇を走り、町のあちこちから当時の遺物が発見されている。町の北側には水量豊かなフルーム川がハーディの小説さながらの水藻を気持ちよく泳がせている。町の中央を東西に突っ切ってメインストリートが走る。この大通りに沿って『カースタブリッジの町長』の舞台となるタウン・ホールや宿屋のゴールデン・クラウンやキング・オブ・プラッシャなどが立ち並ぶ。

町の外れにはザ・リングと呼ばれる古代ローマ時代の円形競技場が草の生えた土手となって形を留めている。これはイギリスの遺跡としては立派なものの一つとされている。この円形競技場の一隅にはかつて絞首台がおかれ、一七〇五年には夫を殺した妻が半分首を絞められたままで、一万人の見物人の前で火刑に処せられたという。また町の中心から南西三キロあたりには石器時代からの遺跡であるメイドン・カースルが壮大な土堤のうねりを見せて、太古の歴史を感じさせる。町はこの太古の歴史の名残りをとどめたまま、その過去の彩りを残したまま、一九世紀前半の変貌の時代を生きていた。定期市の立つこの小さな町でその時何が起きていたのであろうか。

物語は次のように幕を開ける。夏の終わりのある夕暮れ、干し草刈りの道具を背負った一人の男と、赤ん坊を抱いた彼の妻らしい若い女がアパー・ウエセックス北方のウエイドン＝プライアーズの村に向かってとぼとぼと歩いていた。何か仕事はないかと、またどこかに借りられる小屋でもないかと尋ねる男に対して出会ったカブラ堀りはこう答える。「家はね、取り壊すってのがここの流儀だよ。去年は五軒が取り壊されたし、今年は三軒さ。それでみんなは行くところもないってわけさ。茅葺きの囲いさえないんだからさ。それがウエイドン＝プライアーズのやり方ってもんでさー」。(8) これが家の取り壊しという状況に直面したウエセックスの農村の実情だったのである。

主人公のヘンチャードがたどり着いたカースタブリッジとはどのような町だったのだろうか。「カースタブリッジは周りの田園生活とあい補う関係にあった。田舎と正反対の都会というのではない。町の高台に接する麦畑のミツバチやチョウは下手の牧場へ行こうとすると、回り道をするのではなくまっすぐに大通りを飛んでいった。まったく慣れない場所を横切っているなどという意識は全然ないのである」(五六―五七)。秋には田園のアザミのふわふわした冠毛や木々の色づいた落ち葉が町の舗道に吹き飛ばされてきた。周りの田園は町のなかに入り込んでいたのだ。

だから「カースタブリッジは多くの点で周辺の田園生活の中心、集中点、神経の結節点にすぎなかった。緑の平野のなかに、なにも共通のものを持たない丸い石ころのように異質なものとしておかれた、多くの産業都市とは異なり」、「町の人々は農村の生活状態のありとあらゆる変動に通じていた。なぜならそのことが農民だけでなく彼らの実入りに影響したからだ。彼らはまた一〇マイル四方の貴族たちの心配や喜びも同じ理由から問題とした」(六〇―六一)のだ。町の紳士方の晩餐の席でさえも、彼らの政治的見解も市民としての権利や特権の見地からというよりは、周囲の農村の隣人たちの立場からというものになるのだった。

「町の人々がその生活をいかに農村の人たちに依存しているかは、店屋の窓に陳列してある商品の種類によってわかるというものだった。金物屋には大鎌、草刈り鎌、羊毛刈りばさみ、なた鎌、鋤、つるはし、鍬などがあったし、桶屋にはミツバチの巣箱、バター入れの小桶、搾乳機、乳絞りの台や手桶、干し草用の熊手、野良用の水飲み、種蒔き用籠などがあった。馬具屋には荷縄や農耕用の馬具が、車大工屋や機械修理屋には麦の種まき機や風速器があり、薬屋には馬の塗り薬が、手袋屋や革細工屋には生け垣用の手袋や、屋根葺き用の膝当て、農夫の膝当て、農夫のパッテンや木靴があった」(二九)。

この神経の結節点のような町には、周辺の農村から様々な人間が馬車で乗り入れてくる。彼らの馬車は所狭しと道を塞ぎ、まるで一部族がやってきたような感じである。町と農村は密接に関係しあった共同体を形成していたのである。そしてこの全コミュニティの利害は小麦の収穫に依存していた。

ハーディは一八九五年のまえがきで述べている。「この小説の読者のなかでまだ中年に達しておられない方は次の諸点にご留意いただきたい。それは、この物語が語られる時代において、国内の小麦取引が問題となっているのだが、それは今日のひと塊のパンが六ペンスという値段にも慣れ、収穫を左右する天候などには関心も持たなくなった一般大衆には考えられないほどの重要性をもっていた」と。

この小説は穀物法が廃止される一八四六年のまさに直前の時代を扱っており、国内の小麦の収穫の多寡はもろに小麦の価格に響いた。だから農場主たちは自分の畑を見渡しては小麦の収穫高を心配した。彼らの収入は小麦の収穫の多寡に左右され、その収穫は天候に左右された。だから天候が頼みの綱だったのである。ハーディ自身は穀物法が廃止されたとき、幼い少年にすぎなかったけれども、ここにはその当時の農村の状況が鮮やかに描き出されている。

天候に自分たちの収入、いや財産を左右される「農場主たちはいつもあたりの空や風に向かって触覚を向けている人間の晴雨計であった。自分の土地の気候が彼らにとっては全てであり、ほかの土地の気候など関係なかった。人々、農場主だけでなく、農村全体の連中が天候という神に今よりもっと重要性を認めていたのである」（一八三）。

このような農村コミュニティにも、しかし時代の変化の波はひたひたと押し寄せていた。穀物法をめぐり、世論は騒然としていたし、鉄道はウインボーン経由でロンドンからドーチェスターまで、一八四七年には延びていた。鉄道は取り立てて産業のないドーチェスターを特別に発展させたということはなかったが、『ダーバヴィル家のテス』にみられるように、牛乳を酪農場から素早く首都に運ぶことを可能にしたし、線路沿いの町々にはそれなりの恩恵があった。さらに鉄道はヴィクトリア時代の人々に初めて海辺での夏の休暇という楽しみを与えた。ロンドン——ドーチェスター間の馬車で一四時間かかった行程は四時間に、やがて三時間に短縮される状況にあった。[9]小説のなかでは鉄道は「カースタブリッジに数マイルのところまで迫っていた」（二六一）。また農村の風景は侵入してきた機械によって大きく変わろうとしていた。

この旧い歴史や慣習をとどめながらも新しい時代の波を被り始めた町に干し草刈りのヘンチャードがやってくる。彼は途中で酒に酔った勢いで妻と赤ん坊を売り飛ばしてしまい、酔いがさめて事態の深刻さに気づき、教会で二一年間の禁酒の誓いを立てていた。ヘンチャードはカースタブリッジで刻苦奮励した結果、小麦の仲買人兼干し草商人として成功し、今や町の町長にまでなっている。そこへ売り飛ばして死んでしまったと思っていた妻と娘が彼を訪ねてくる。ヘンチャードにはルセッタという愛人もできていた。

しかしヘンチャードの強引な商売の手口は評判を落とし始めてもいたので、彼はアメリカに渡ろうとしてたまたま町を通りかかった、スコットランド出身の青年ファーフリーを共同経営者にと口説き落とし、勢いを盛り返そうと試みる。そこからヘンチャードの妻との過去を隠した再婚、妻の死、娘エリザベス＝ジェインの出生の秘密、ルセッタのヘンチャードからファーフリーへの心変わりと結婚、商売敵となったヘンチャードとファーフリーの新旧の価値観の確執、ルセッタの流産と死、ヘンチャードの没落とファーフリーとエリザベス＝ジェインの結婚といった錯綜したプロットが展開する。

週刊誌二〇回の連載ものとして発表されたこの小説は、各回にハラハラさせる山場を巧みに用意してハーディのストーリィ・テラーとしての才能を遺憾なく発揮するものとなっている。これは愛と死、裏切りと復讐などを散りばめた、波瀾万丈の物語である。

マニュスクリプトによると、物語の細部は雑誌掲載から本になる過程でかなり変更されており、たとえばヘンチャードが最初に売り飛ばしたのは二人の子供であったとか、ヘンチャードとルセッタはジャージーで六年も一緒に暮らしていたとか、プロットの変更は所々に見られるし、話の展開は実に複雑である。ハーディお好みの偶然の一致もあちこちに仕組まれている。さらに物語には町のスラムであるミックスン・レインという掃き溜めの住人たちの怪しげな日常や、陰湿な伝統として伝わる、スキミティ・ライドの様子なども組み込まれて、その時代のカースタブリッジの全貌が複雑な筋の発展と共に浮かび上がる。

この複雑な全貌をさらに複雑にしているのは、ハーディによってヘンチャードが悲劇の主人公に仕立て上げられていることであろう。『カースタブリッジの町長』を書き終えたハーディは伝記にこう書いている。「悲劇とは個人の人生において彼が本来もっている目的や欲望を実現しようとするとき、それらを不可避的な力で破滅させてしまう状況のことである」(*L&W*, 182)。ハーディはヘンチャードの内に秘められた火山のような激情と周りの環境との激突を描いたのであり、ヘンチャードは時にはソポクレスの、時にはアイスキュロスの悲劇の主人公に例えられ、また時にはリヤ王の姿が重ねられる。強烈な個性と矜持をもった男が破滅に向かう見事な悲劇になっているのだ。

しかしながら最近の研究はこの小説のタイトルがマイケル・ヘンチャードではなくて、『カースタブリッジの町長』であることに注目し、カースタブリッジの町長という社会的な役割こそがその主題であるとして、単に一人の男の性格悲劇としてのみならず、社会的な悲劇としてもみるべきだという視点を提起している。農村と都会が直面していた変貌の様子をつぶさに体験していたハーディには、当然時代の変化がもたらす問題の核心は見えていたはずであるから。この小説をただの

「性格悲劇」などという言葉で片付けては、ハーディの意図を見落とすことになる。

それゆえにヘンチャードの性格悲劇という点には充分に注意を払ったうえで、この小説を一九世紀中葉のカースタブリッジという時空において考えるとき、これは新旧世界の対立と交代という社会史的なドラマとしての興味深い様相を帯びてくる。物語の冒頭の町長として得意の絶頂にあるヘンチャードは物語の終わりで全てを失い死を迎える。ファーフリーは商売でヘンチャードを打ち負かし、彼の愛人を妻にし、ヘンチャードの家屋敷を手に入れ、ついに町長の役職につく。物語の終わりでヘンチャードとファーフリーの立場は見事に逆転する。

この物語の進展を通して、二人の違いはことごとく対比され、強調されている。ヘンチャードは年老いて、感情的で、情にもろく、迷信や占いにたより、計算に弱く、商売も勘に頼る。他方ファーフリーは若々しく、理性的で、計算に強く、商売も科学的に進める。ヘンチャードが新しい機械に弱いのに対して、ファーフリーは東部や北部では当然のこととして使われている農作業用の機械をすすんで取り入れる。ヘンチャードの旧い、前近代的なやり方に対して、ファーフリーは科学的な、近代的なやり方で仕事を進めていくことで、彼はかならずしも意図していないのに、ヘンチャードを追いつめていくことになる。

ヘンチャードが過去に依存しているとすれば、ファーフリーは未来を志向している。彼の未来にはアメリカ大陸が姿を見せていて、カースタブリッジが駄目なら、彼には新世界の可能性が待っている。この新旧世界対立の構図こそが小説の土台となっている。

ヘンチャードが去り、ファーフリーが新しい町長になることで、カースタブリッジの町は新しく脱皮して近代化されていく。農作業の機械は導入され、商取引も近代化され、町の政治も変化の兆しを見せ始める。

こうして旧弊な田舎町が変貌を遂げていく過程こそ、すなわち新旧世界対立の不可避的なドラマこそがハーディの描きたかったことであったといえよう。『カースタブリッジの町長』はカースタブリッジの町といういわばミクロの世界に起こりつつあったマクロの世界の変動を登場人物の葛藤のなかに見事に浮かび上がらせたのである。ハーディの「ウエセックス・ノヴェルズ」はウエセックスの田舎町に起こる様々な変貌と新旧対立のドラマを描いた見事な第一作としてその姿をみせた。それは一八八五年六月二九日、マックス・ゲイトで夫妻が初めての夜を過ごす直前のことであった。

第三章

田舎屋《コテジ》から邸宅へ

——マックス・ゲイトに移り住む

マックス・ゲイトへ

一八八五年六月二九日、ハーディ夫妻はドーチェスター郊外の新しい自分たちの家マックス・ゲイトで初めての夜を過ごした。新居への引越しは『カースタブリッジの町長』草稿の最後の頁が書かれた直後のことであった。ドーチェスターのハイ・ウエスト・ストリートの北側にあるシャィア・ホール・プレイスの借家で、本物のドーチェスターよりも、ドーチェスターらしいといわれたカースタブリッジを舞台として書かれたのが『カースタブリッジの町長』であった。『カースタブリッジの町長』は『グラフィック』に一八八六年一一月二日から翌年の五月一五日まで週刊として発表され、同年五月一〇日にスミス・エルダー社から単行本として出版された。

『森に住む人々』の方は『ハーディ伝』によれば一八八五年一一月一七─九日に「結局、『森に住む人々』はもともとのプロットに戻った」とあり、一八八六年はその執筆に没頭し、「一八八七年二月四日、午後八時二〇分に『森に住む人々』を書き終えた」とある。「嬉しいかと思ったが、特別

7. ドーチェスター郊外にハーディが自ら設計した住宅。ハーディ夫妻は 1885 年 6 月 29 日この邸宅に移り住み、終生を過ごした。

そうでもなかった――もっともほっとはしたけれど」と感想を述べている。この小説は一八八六年五月から一八八七年四月までの一二ヶ月間『マクミランズ・マガジン』に連載された。単行本は同年三月一五日、マクミラン社から出版された。

こうみてくると、マックス・ゲイトに引っ越した頃のハーディの尋常でない多忙さが彷彿としてくる。一八八八年三月には『フォーラム』に、この時期の小説家ハーディの内面を知るのに重要な評論「小説の効用」が発表されている。そして『森に住む人々』のあとに書かれた「萎えた腕」を含む最初の短編集『ウエセックス物語』が一八八八年五月四日に出版された。そして驚くべきことには、一八八八年の秋には、すでに『ダーバヴィル家のテス』が書き始められていた。ハーディの頭の中はどんなにか目まぐるしく回転していたことだろう。マックス・ゲイトに移ってからのハーディは連載のために、『カースタブリッジの町長』の推敲を続けながら、『森に住む人々』を書き進めて

8. 壮年時代の Hardy、1886 年頃。

いた。二つの作品の間を行ったり来たりしながら。

マックス・ゲイトの呼び名はドーチェスターの郊外、東南約一マイルにある、近くにあった料金徴収所の番人の名をとって「マックのゲイト」と呼ばれた地所の名からきている。この一エイカー半（約一八〇〇坪）の土地を最終的に入手したハーディは、自ら設計して、父と弟に建築を依頼した。赤レンガ造りで、二階建ての堂々とした、中期ヴィクトリア朝風の邸宅である。ドーチェスター市内の借家住まいをしていたハーディ夫妻にとって、自分たちの家を持つことは長年の夢であった。一八八三年一一月二六日から始められた建築は一八ヶ月を要した（Millgate, 245）。老いた父と弟だけに仕事を任せたので、時間がかかったのだが、その間、ハーディは絶えず現場を見回ったという。

ドーチェスターに「帰郷」したハーディにとって、ロンドンは社交シーズンを過ごす場所であって、腰を落ち着けて仕事ができるのは、あくまで故郷であり、そのために彼はドーチェスターの真ん中へと戻ってきたのだった。『帰郷』も『カースタブリッジの町長』も故郷で書かれた大作であった。

赤く輝くレンガの壁に白いドアと白い窓枠の映える中期ヴィクトリア朝風の邸宅は、近隣の家々とも、またボックハムプトンの生家の藁葺きの田舎屋《コテジ》とも異なり、ハーディが、医者や弁護士などと同等のミドルクラスの仲間入りをしたことを宣言するものでもあった。エマにとっても、自分たちの家は新進の作家にふさわしいものでなければならなかったのだ。

マックス・ゲイトはハーディがその後の生涯を過ごす場所となったのだが、そこはその後イギリス文壇の大御所の家として多数の文人たちや称賛者が詣でる「聖地」ともなったのである。その

「聖地」で、畢生の代表作である『ダーバヴィル家のテス』や『日陰者ジュード』が書かれ、『覇王たち』や数々の詩集が発表されていったことを考えると、この転居は四五歳になったハーディの新たなる本格的な出発を意味した。

一階には応接間や食堂、台所など生活のスペースがあり、書斎は二階にあった。ハーディにとって、家の持つもっとも大切な意味は、仕事のできる書斎にあった。書斎は家事の雑音や訪問客に邪魔されない、玄関からなるべく遠い場所にあるべきだというのがハーディの主張であった。その書斎は現在、そのままドーセット・カウンティ・ミュージアム（州立博物館）[1]に移設されている。

興味深いことにハーディの初期の小説『青い瞳』の一三章で、ヘンリー・ナイトのアパートメントがこう描写されている。「キケロは図書室というのは家の魂にあたると言ったが、ここでは家そのものが全て魂と言えた」と。ナイトの部屋は彼の魂の象徴のように書物や様々な蒐集品で埋まっていたのだ。書斎こそハーディが家に求めた全てであった。彼は煙草も吸わず、酒もめったに飲まず、マックス・ゲイトでは生涯を通して一日の大半を書斎で過ごすという生活スタイルを守り続けた。

しかしこのように、故郷ドーチェスターの只中に、自分の書斎を手に入れ、自分にしか書けないものを書くという願いを実現する場を得たというのに、新居に移った年の暮れ、ハーディの日記は驚くほど陰鬱な気分に満ちている。彼はこう記している。

一八八五年一二月三一日。一八八五年の年の終わりを迎えているが、今まで過ごしたどんな年の瀬よりも気分が沈んでいる。マックス・ゲイトにこの家を建てたのは、賢明な金の使い方だったろうか、疑わしいことだ。もし賢明なことではなかったのなら実に気が滅入る。それに他のことも色々とある。だが、『これが大切なことだ。悩むな。なぜならあらゆることは、宇宙のあるべき姿に従っているのだから（マルクス・アウレリウス）』

なぜハーディの気持ちはこのように沈んでいたのだろうか。「他のことも色々ある」とは何だったのだろうか。最大の理由は生家ボックハムプトンとの徒歩一時間余りという近さだったといわれている。もともとドーチェスターの田舎暮らしがあまり気にいらなかったエマにとって、ボックハムプトンのハーディ一家、特にその母ジマイマの存在は、あきらかに緊張の種であった。生家近くに住むようになったハーディは毎日曜日に両親のもとを訪ねた。妹のメアリーとキャサリンはドーチェスターのナショナル・スクールで教え始めていたから、ハーディは一八八〇年代末には彼女らのために小さな家を買い与えてもいる。ハーディの基本姿勢はできるだけボックハムプトンの家族の力になることであった。近くに住むことになって、ハーディの生家とエマとの間に、結婚以来くすぶっていたものが、時々火を噴きはじめる可能性がでてきた。

エマの心の底には結婚以来田舎屋《コテジ》に住むハーディ一家への階級的な優越感があったろうし、ハーディ家からみれば母ジマイマや弟妹の方にはエマに対して「貧しい紳士階級」にすぎないではないかという嘲りがなかったとはいえまい。『青い瞳』の一〇章で、スティーヴンの母親が、息子の恋人である、貧しい牧師の娘エルフリードを皮肉に揶揄するところがある。「……だが、考えてもしかたがないことだけど、もし、あの女が学校にいたときに、ものを書くなんてことより計算のほうを勉強していたなら、財布のほうにはよかっただろうね。だって言ったように、ああいう境遇の娘にとって今ほど懐具合の悪いときはないからね」と。上品ぶってはいても、金に困っている貧乏ジェントルマンの実態が、それなりに現金収入の手だてを持つ、ゆとりのある労働者階級に嘲笑されているのだ。

このように、エマとハーディの家族、そしてエマとハーディの間にはこれから様々な行き違いが重なっていくことになる。だが、この時期には、まだそれらは水面下に隠れていて、表立った問題にはなっていなかったようだ。それらが二人の間の確執のひとつの原因になっていくのは時間の問題であった。

ダーウィニズムから読む――『森に住む人々』(一八八七)の世界

この頃のハーディの仕事を時系列で並べてみると、前述したようにその想像を絶する忙しさに驚かされる。『森に住む人々』は一八八六年を通して書き進められ、一八八七年二月四日に一応の完成をみる。この間に、一八八六年一〇月七日にドーセット方言による詩人として名高く、ハーディと親交のあったウイリアム・バーンズ牧師が亡くなった。一八八六年は目のまわるような日々であったろう。一八八六年五月一五日に『カースタブリッジの町長』の連載が終わり、スミス・エルダー社から出版(五月一〇日)されるのと、ほとんど時を同じくして、『マクミラン』五月号に『森に住む人々』の最初の連載が始まっている。こうしたハーディの超人的に多忙な情況を支えたのはエマであった。『森に住む人々』の手書き原稿にはしばしばエマの筆跡がみられ、それは一〇〇頁を超えている。コピー機などない時代、エマの清書がどれほどハーディの役に立ったかは、わたしたちの想像を超えるものがあろう。ただ、作品の成立の具体的なアイディアなどにエマが参加したという証拠は何も残ってはいない。

『森に住む人々』はハーディが熟慮の末にもとのプロットに戻ったと書いているように、森林地帯を舞台にした田園小説である。しかし、『緑樹の陰で』や『はるか群集を離れて』と同じ田園を舞台としながら、この小説の中身は初期の小説とはまったく異なり、後期の『ダーバヴィル家のテス』や『日陰者ジュード』や『覇王たち』、さらに多くの思想詩などで強く打ち出されるハーディの世界観をより鮮明に提示するものとなっている。センセイショナルなプロットと田園生活の巧みな描写を特色とした作家として世にでたハーディであったが、彼には一作ごとに小説家として何を書くべきかという模索があった。前述したように『帰郷』では農村と都会との対比のなかにクリムが「帰郷」する意味を問い、また『カースタブリッジの町長』ではカースタブリッジという田舎町の社会に押し寄せる新旧世界対立のドラマを、ファーフリーとヘンチャードの葛藤の主題に据えたのである。

ドーチェスターの片田舎からロンドンへ、そして再びドーチェスターへと帰郷したハーディには、田舎と都会という両方の社会が視野に入っていた。彼は田園生活の純朴さとともにその狭量さも、都会の軽薄さとともに、その洗練された文化も知ったのだから。そして、この変動する社会のありようと、そのなかでの人間のありようはどうなっているのか、そして文学の果たすべき役割はいかにあるべきなのか、といった問題の摸索が彼には続くのである。この頃の日記には小説家としての彼の心中の苦悩を吐露しながら何かを掴もうとする言葉が並んでいる。日記には次のような言葉がみえる。

一八八六年一月三日　わたしの文学の目指すところはクリヴェリやベリーニなどがしているように、物事が表すものを強調することにある。その結果その中心にある、内面の意味がはっきりと見えるようになるのだ。（『ハーディ伝』一七七）

また、一八八六年三月四日にはあのよく知られたコメントがある。

人類という種を示そうとすれば、それは一点に触れられると、全体が振動する、クモの巣のようなもので、一つの大きなネットワークか織物のようなものである。（『ハーディ伝』一七七）

一二月七日　印象派は強烈だ。それは絵画よりも文学において、よりいっそう示唆に富む。（『ハーディ伝』一八四）

一月（一八八七）　私は目に見えるものの背後にある、より深いリアリティを見たいのだ……ただ自然のありのままというのはもはや興味がない。あのひどく非難され、狂気の沙汰とされて

いる、後期ターナーのやり方が今は私の興味をそそるのだ。（『ハーディ伝』一八五）

このようなハーディの言葉を、それより数年前の次のような述懐と並べてみるとき、彼が人間や社会をどのように捉えればよいのか、何を書けばよいのかという深い問題意識に捉えられているのがわかる。一八八二年六月三日の日記にハーディは書いている。「カーペットを眺めているとき、ある一つの色をたどっていくとある模様が見え、他の色をたどっていくと、他の模様が見えるものだ。そのように人生においても、観察する者は彼の性癖が彼に観察させるものを見ていて、それだけを描写しているのだ。このことは、自然に関しても同じようにあてはまることで、その結果は、ただ写真のように写し取るというのではなく、それは観察する書き手の精神の純粋な所産そのものとなる」と。

こうした記述からわかることは、ハーディはこの時期あたりから、社会や自然を自分の本能的な直感にもとづいて把握することを強く信じ始めたらしく、彼は人間、社会、自然の背後にある「より深いリアリティ」を小説において描こうとする。『森に住む人々』から『ダーバヴィル家のテス』、『日陰者ジュード』、『覇王たち』へとハーディは自分の信じるリアリティを追い求め、自分の主題を追求していく。しかしそれは皮肉なことに、ハーディについていけなくなったエマの心情との落差を広げることになったのである。

『森に住む人々』は森林地帯のヒントック村で、地主や医者や材木商人や村人たちの間に繰り広げられる波乱にみちた有為転変の人生を描いている。だが、それらを通して、ハーディは何を言いたかったのだろうか。小説の冒頭に次のような一節がある。

日の出前の寂しい時刻、ものの影も人の心も灰色の陰に色濃く包まれているとき、この場所を歩いている二人の人生ほどさびしく孤絶されたものはなかったであろう。とはいえ、かれらのさびしい人生もけっして白海からホーン岬までの両半球で、そのとき織られている人間の行為の大きな網の目の模様と無関係な意匠ではなく、その一部をなしていたのである。(2)

この小説では人間を取り巻く「大きな網の目」が、人間の熾烈な情熱とその外界との密接な相互関係によって織り出されていく情況がヒントック村を舞台として描かれる。その世界とは、まさに、そこに生息する木々や動物たちや人間たちのすべてが、互いに密接に関係しあった「クモの巣」のような世界であり、その生存競争を続けている世界なのである。ハーディは執拗なまでに、木々や動物たちが直面している生存競争を強調している。

深夜の森を歩むマーティに「空をゆく風は近くの森の繁りすぎた二本の大枝が擦り合って、互いに傷つけ合っている軋み合う物音や、その他の木々があげる悲しみの声など」(三四)を伝えてきた。材木商メルベリーの屋敷のまわりでは「フクロウは納屋でネズミを捕まえていたし、ウサギは庭で冬でも緑のイチヤクソウを齧り、イタチはウサギの血を吸っていた」(四〇)。「木々の葉は変形し、曲線はいびつになり、葉先はちぎれていた。コケが幹の生命を貪り、蔦はゆっくりと未来ある若い芽を絞め殺していた」(六四―六五)のだ。

人間の間にも社会的、経済的、文化的な網の目が密接にはりめぐらされている。村には地主のチャーモンド夫人が君臨する。彼女はオリンポスの女神のように村人のなかにはめったに降りてはこないが、彼らの生殺与奪の権利を持っている存在なのだ。ウインターボーンは借地権の更新を怠ったために、家と土地を夫人に取り上げられ、一文なしとなり、富裕な材木商の娘グレイスは暗黙裡に認められていたウインターボーンとの婚約を破棄して、村にやってきた医師のフィッツピアズと結婚する。やがて夫とチャーモンド夫人の関係を知って、離婚を望むが、一八五七年に議会を通過した「婚姻訴訟法」では認められない。

チャーモンド夫人は再会したかつての愛人フィッツピアズとの恋に身を焦がすが、結局、貧しい村の娘マーティがフィッツピアズに宛てた夫人の偽の髪を知らせる手紙が遠因になって仲違いをする。そしてついにはサウス・カロライナ生まれの昔の恋人に殺されてしまう。これで、フィッツピアズは運よく自由の身となる。そして村の娘スークの夫がフィッツピアズへの復讐のために仕掛けた人捕り罠にグレイスがかかるが、皮肉にもそのことが救助に駆けつけたフィッツピアズとグレイスの仲直りの役目を果たす。フィッツピアズとグレイスは再び結ばれ、二人は遠くの地で外科医として開業するために村を去る。マーティは独り残され、ウインターボーンの墓を守る。

こうして物語のなかのあらゆる事柄は錯綜して絡まり、関係し合っていくのである。植物も動物も人間も含めて、全宇宙、全世界のあらゆる事象はありとあらゆる関係性の只中にあるというのだ。ハーディはこうして「クモの巣」のリアリティを凝視したといえよう。

しかし、誠実なウインターボーンが死に、恥知らずの不道徳なフィッツピアズが再びグレイスと結ばれ、外科医としての将来も約束されるという結末は、発表当初から轟々たる非難にさらされた。コヴェントリ・パトモア（イギリスの詩人、一八二三―九六）や友人のエドモンド・ゴスでさえ、チャーモンド夫人やフィッピアズへの嫌悪を露わにした。ハーディの道徳的な意図はなっていないとされ、初期の田園小説にこそ、ハーディの真骨頂があったのにと嘆いた。「クモの巣」のように錯綜する関係性のなかに世界をとらえようとしたハーディの真の意図は理解されることはなかった。こうした意味で『森に住む人々』はハーディの問題意識の深まりを示す転換点となる。

ハーディは「若き日、『種の起源』をもっとも早く拍手をもって迎えた一人であった」（『ハーディ伝』一五三）。そして『ハーディ伝』の一八八八年二月には、ハーディとダーウィン、ハーディとハーバート・スペンサー（イギリスの哲学者、社会進化論の立場に立つ。一八二〇―一九〇三）との近さを示す興味深い記述がある。

A・B・グロサート師が生と死という問題について、ハーディ氏に教えを請うてきた……彼（グロサート師）は人間と動物の生きていくなかで、特にお互いに寄生しあうことから生ずる残酷さをとりあげたうえで付け加えた。「問題はこういうことと、全能の神の絶対的な善と無限の愛とをどうやって調和させるかということです」と。ハーディはこう答えた。「わたし（ハーディ）は残念ながらグロサート師が描くような数々の悪と全能の神の善という考えを調和できるような、いかなる仮説もさしだすことはできない。グロサート師は、多分、最近出版された『ダーウィンの生涯』や、ハーバート・スペンサーなどの不可知論者たちの著作から得られる暫定的世界観に助けられるかもしれない」

これはダーウィンやスペンサーの進化論という知の洗礼を受けたハーディの自らの世界観の告白と受け取れる。ダーウィンの『種の起源』（一八五九）や『人間の起源』（一八七一）で展開される、目もくらむような壮大な連鎖と発展の網の目の世界をハーディは見通していたことは明らかであるし、またその進化の法則を自然界のみならず、「地球、地球上の生命、社会、政治、製造業、商業、言語、文学、科学、芸術のあらゆる分野」へと適用し、「さかのぼりうる限りのもっとも古い宇宙の変化から最新の文明、文化の成果にいたるまで」[3]に広げて、社会のあらゆる領域に進化論の法則を応用したスペンサーの著作にも精通していたことを示す。スペンサーの「進歩について」という評論には、ひとつの行為がそれぞれいくつかの結果を生じ、そのひとつひとつがまたそれぞれいくつかの結果を生じていくことになり、すべてが単純なものから分化し複雑なものへと進化していくことが、つぶさに論じられている。ハーディがここでスペンサーを挙げていることは、ハーディとスペンサーの近さを考える上で興味深い。

ハーディが地質学、遺伝学、生物学など諸科学に強い関心を持ち、物事の原因とその進化論的な発展を常に問題意識の根底に秘めていたことは周知の事実であるが、「一九一二年ウエセックス版に寄せた序文」にはいかにもハーディらしい文章がみられる。

わたしという作家の人生観とみなされていることに関して、それは特に韻文で書かれたものに顕著なのだが、ひとこと言っておきたい。「物事はなにが起源であり、なぜこのような状況になったのか」ということについて、まとまりのある哲学として積極的な考えなど、わたしは一度も述べたことはない。……以下の頁にある様々な感情は、まったくその時々の単なる印象としてのべられたのであって、信念としてとか、論争として述べられたものではない。

この文は「物事はなにが起源であり、なぜこのような状況になったのか」とわざわざ述べて、ハーディのなかに当たり前のものとしてあった自然科学的、進化論的な関心を表している点が興味深い。ハーディには物事は惑乱するような連鎖の大きな網の目に捉えられているというのだ。人はただ人間の意図などに何の関心も持たない、「宇宙内在の意志」（詩人ハーディは『覇王たち』でこの語を使う）の力のままに、原因と結果の連鎖の「クモの巣」のなかに投げ出され、からめとられているだけだと。そこには道徳的な教訓などは存在しない。『森に住む人々』にはこのようなハーディが見つめた人間存在のリアリティ、世界のありようへの透徹したまなざしがある。

『森に住む人々』の結末は前述したように、当時の多くの評者の非難を浴びたのだが、この結末についてハーディ自身が次のように述べていることに注目したい。劇場用に改変することに関連して、J．T．グレイン（オランダ生まれの演出家、一八六二―一九三五）への返信である。

あなたは多分お気づきになったと思いますが、この物語の結末――それは断言されているというよりも暗示されているのですが――はヒロインが移り気な夫と一緒に暮らして、不幸な生活を送るべく運命づけられているということです。わたしはこの点を小説の中で強調したかったのですが、できませんでした。なぜなら巡回図書館の制約やその他のことがあったものですから。しかし、この小説が書かれて以来、文学において人間の真実を描くということは、以前ほど非難されることではなくなりました。ですからこの結末を強く打ち出すか、それとも曖昧にしておく方を好むかは、あなたにお任せします。（『ハーディ伝』二二〇）

ハーディは、もし様々な制約がなければ、グレイスの未来をもっと陰惨なものに書きたかったと述べているのだ。『森に住む人々』連載中の一八八六年七月一日のジョージ・ギッシングに宛てた手紙でも、こう書いている。

一八八六年七月一日

ジョージ・ギッシングへ

わたしはとても気にしているのだけれど、優れた作品に対して鋭い眼識を備えている君ほどの人だったら、今『マクミラン』に連載中の『森に住む人々』には失望するだろうね。自分のアイディアどおりに展開できていれば、美しい物語になったのだけれど。だが、ともかく自分の意図とはとてもかけ離れたものになっていて、とんでもないものになりそうだ――結末に向けてなんとかしないかぎりね。

結局ハーディはグランディズムに妥協して、ヒロインのグレイスにハッピーエンドを与えざるをえなかった。ハーディの内部には、自分が考える生の真実が伝えられないという苛立ちが募ったし、それを阻むものと戦おうとする意欲が高まっていったのである。

彼の怒りはやがて『ダーバヴィル家のテス』や『日陰者ジュード』へと引き継がれていく。特に、グレイスとフィッピアズの離婚問題では、一八五七年に成立した「婚姻訴訟法」が俎上にのせられ、離婚の自由の問題として、『日陰者ジュード』におけるスー・ブライドヘッドの中心的な主題となる。

ハーディには、自分の信じる人間、社会、自然、世界の真実の姿、そのありようをなんとしてでも、表現しなくてはならないという思いが強まっていったと考えられる。自分の真実を語ることで、たとえそれが既存の宗教や、道徳や、社会の諸制度と衝突することになろうとも、との思いがあった。

しかしながら、こうしたハーディの内面の小説家としての葛藤や苦悩の実態には深い知識のないままに、いそいそと『森に住む人々』の清書を手伝い、『ダーバヴィル家のテス』への助言を考えていたのはエマであった。彼女はある意味でひたすら有能な彼の手足となろうとしたのだが、彼の内なる苦悩を理解することからは次第に離れていったのである。これは実に皮肉なことであった。一八八七年三月一四日、『森に住む人々』がマクミラン社から出版される前日、夫妻はイタリアへの約一ヶ月半に及ぶ旅に出発した（『ハーディ伝』一八六）。

一八八七年頃の夫妻

これはハーディ夫妻にとっては一ヶ月半にわたる長い旅であった。『ハーディ伝』ではこのためにわざわざ一章を割いている。「今月に入って今までのところ天候は穏やかだったのに、出発したとたんに雪になった。イギリス海峡を渡り、南に向かう間中、雪が追ってきた」と旅の章は始まり、ピサからフローレンスへ、そしてローマへと旅の様子を伝えている。ハーディはシェリーやキーツなど文人たちの旅の跡をたどった。ローマでは、キリスト教のローマよりも、異教のローマにより強い関心を持ったハーディは、古代遺跡の中に次々と新しい建物が建てられていく、建築ラッシュのようなローマの喧騒に幻滅している。シェリーとキーツの墓を訪れたハーディは友人のゴスに宛てて手紙を書いた。

エドモンド・ゴスへ

一八八七年三月三一日、今朝英国人墓地のキーツとシェリーのお墓へ馬車で行った――キーツの墓のまわりで摘んだスミレを一、二本君に送るよ――彼は今、真っ盛りのスミレに埋もれていたよ。そしてあたりの草むらには、ヒナギクが何千と咲き乱れていた。

ヴェニスではバイロンやラスキンを偲んだ。ヴェニスの美しさに圧倒されたハーディは記している。

外も内もどこもかしこもモザイク画、モザイク画、モザイク画だらけ、そして金メッキ、金メッキ。丸天井は、まるで中国の陶製の椀を逆さにした中にいるような感じだ。どこもかしこも金ぴかだ。(『ハーディ伝』一九三)

そして旅の終わりはミラノへ。ミラノ大聖堂では、大聖堂の屋上で、陽光を浴びながら妻と座って、壁の間から町並みを見下ろしていたときに、思いがナポレオンへと向かい、『覇王たち』におけるミラノ大聖堂の場面を思いついたと書いている。このときもそうだが、ハーディには『覇王たち』の主題は常に頭にあったようである。彼らはコモからサン・ゴタール山道を経てパリへ向かい、四月二七日にロンドンに戻った。

『ハーディ伝』の一章となっているこの旅行は、他の箇所と同様に実に淡々とした語り口で、エマと一緒に行動しているのがわからないくらいである。それほどエマへの言及は少ない。しかし、ただ一つだけ注目すべきことがある。それはローマでの事件で、幸いなことに残されているエマの日記にも記されている。「絵画店に入って行き、一枚の絵を買い求めたハーディが聖マルコ道路を歩いていたとき、グループになった泥棒たちが襲ってきた——恐ろしくて、乗合馬車に乗り、ホテルに戻った」(Emma Hardy, *Diaries*, 144) とある事件は、ミルゲイト編 *The Life and Works of Thomas Hardy by Thomas Hardy*(この書の成立については八章で詳述する)ではハーディによって実に鮮明に、詳細に描かれていたのだ。ところが、この部分は後述するエマの病気の部分とともに、『ハーディ伝』を編集した二番目の妻フローレンスによって削除されていた。カットされた部分は次のようになっている。

ローマ滞在中に、二、三の不愉快な事件があったが、重大なものではなかった。一つはハーディが、キャピトリヌヒルの裏手のごみごみした町で、小さな古い絵画を買い求め、それをぶら下げて、アラコリ通りをくだっていたときのことだ。毛皮つきのコートを着ていたので、あきらかに裕福な人と勘違いをした三人の男たちが襲おうとして彼の近くに迫っていた。彼らには彼の両手がふさがっているのがわかっていた。しかし彼らが気づいていなかったことは、彼が独りではなかったということだ。ハーディ夫人が通りの反対側にいた。彼女は夫に気をつけるように叫ぶと、持ち前の勇気をもって道を横切ると、男たちの背後に飛びかかった。彼らはまるで魔法にかかったように消えうせたのである。(*L&W*, 196)

続いてエマがマラリヤにかかった箇所もフローレンスによってカットされた。これはフローレンスによるカットが判明していなかった時点では、ハーディのエマへの無関心と冷たさからだと誤解されたところである。

もう一つの問題は、これはそのときには、夫婦ともそれほど気に留めてはいなかったのだが、妻自身が原因で起こったことに関してだ。彼女はコロセウムを見学することに夢中になりすぎて、その地下の穴倉をあまりにも長くうろうろしたものだから、マラリヤの軽い症状に襲われた。それは二、三日でよくなったのだが、その後の三、四年の間同じ時期に、それほど強くはないが同じ熱の症状がでて、その後しばらくして少しも現れなくなったのは、二人にとって奇妙なことに思われた。(*L&W*, 197)

こうしたハーディの筆遣いからは、個人的な妻への温かい感情の横溢はみられないとはいえ、エマの存在の確かさは窺えるといえよう。

エマの日記はどうか。小説家としてすでに一〇冊余の作品を世に出し、その地歩を固めつつあったハーディの妻として、出会いのときから、彼の片腕となって支えてきたという伴侶としての自信と、かつて自身作家を目指したという書くことへの関心が十分に見て取れる日記となっている。

幸運にも残されたこのエマの日記は横一〇センチ、縦一五・五センチの小型の手帳にびっしりと、八五頁にわたって几帳面な美しい字で書かれたものである。諸所にスケッチも入れられて。目にした風景、建物、人々の生活の様子などが、詳細に、簡潔に描写されている。ただ、これらも不思議なほど、淡々とした筆致で書かれていて、ハーディとの感情の交流などはほとんど描かれていない。しかしかつて作家を夢見たこともあるというエマの筆力はかなりのものである。

エマの日記もピサ、ジェノア、そしてフローレンスへと続く。フローレンスでは「サヴォナローラが焼身の刑にあった広場」や、「ダンテが初めてベアトリーチェを見た橋」などを訪ねる。ローマでは異常な人数の乞食に驚き、ホテル・ボローニャの固いベッドやダニに悩まされ、また窓外の泉や馬車の騒音にいらいらしている。ローマでは建築ラッシュで、建築現場では頭から何が落ちてくるかわからないほど危険だと苦情を述べている。

カタコンベ（地下墓所）では、カプチン会修道士が案内したが、細い地下道が地中を果てしなく曲がりくねって、四方八方に延びている様子に圧倒される。自分たちは「地下の穴を掘って進む巨大なアリのように」思えたとリアルな描写をしている。最初のうちは冒険をしている気分だったが、「数限りない、全てがほとんど同じような暗い曲がり角がいくつも見えて、もし取り残されるようなことにでもなったら、と恐怖感に襲われた」(Emma Hardy, *Diaries*, 150–53) とある。

ヴェニスでは当時の旅行者としては当然考えられる興奮が伝わってくる。「汽車からのヴェニスの最初の眺めはその美しさと珍しさで魅惑されてしまう。まず湖沼が続き、それから水、水があふれ、その少し向うに、白く輝く町が見えてきた――」。「ゴンドラで狭い水路を通っていくのは、なんとも不思議な感覚である――すると、堂々とした城のつらなりが見えてくる。ゴンドラは音もなく漕ぎ進む。……青い空と、海草が揺れている透きとおった水。日光を浴びた黄色と白の壮大な建物、深く、狭い水路――そして目をみはるようなサン・マルコ広場。太陽が黄金の正面にきらめく」。そしてエマはヴェニスで誰もが抱く一種異様な感覚を次のように感動して綴っている。


実に町の全部が人を幻想的、いやそれ以上の感じにする。ロマンチックだ。まるでものごとが普通ではなく処理されている、違った惑星にやってきたかのようだ。それとも海の底にきたのだろうか。そう、これは幻の町だわ、それともただ夢をみているだけなのかしら。

(Emma Hardy, *Diaries*, 175)

こうしてイタリアの教会と乞食に少々飽き飽きしたハーディとエマは「海は荒れてはいたが快適な船旅」ののちに、ロンドンに戻った。二人の旅はともかくお互いにとって、充実した満足のゆくものであったことがわかる。

ロンドンに戻った夫妻はたちまちロンドン社交界の只中にいた。一八八七年六月二日、誕生日を迎えたハーディは皮肉な筆致でこう記す。「六月二日、つまらない男トマス四七歳の誕生日である」と。

一八八七年六月二一日には世紀の祭典であるヴィクトリア女王の即位五〇周年記念式典（ゴールデン・ジュビリー）が華々しく挙行された。その日、女王がバッキンガム宮殿からウエストミンスター寺院に赴かれる行列を一目見ようと、沿道に群集がひしめいた。ハーディはその行列をサヴィル・クラブから見るために、エマを伴った。ハーディはエマにもこの華やかな行列を見せてやりたかったのであろう。

時代は一八七〇年代から始まるいわゆるイギリス帝国主義時代の只中にあった。ヨーロッパ各国が海外の植民地獲得を目指して競争に乗り出していたが、イギリスはこれに遥かに先駆けて、植民地の拡大を進めていた。一九世紀前半から中葉にかけて、イギリスは、着実に植民地を増やし、特に一八七四年から一八八〇年まで首相の座にあったベンジャミン・ディズレィリーのもとで帝国主義政策はいっそうの進展をみたといわれる。

一八七七年にはイギリスはインドに対して、ヴィクトリア女王を「インド女帝」と宣言した。イギリス国王がインド皇帝の称号を用いるようになったことで、ヴィクトリア女王はイギリス帝国主義とその帝国意識を象徴する意味を持つことになった。こうした状況下でのゴールデン・ジュビリーは国家の発展と皇室の繁栄を確認し称える、国をあげての祝典となったのである。

祭典には帝国の各地から様々な民族が集まった。オーストラリヤの各植民地、ニュージーランド、カナダ、ケープ植民地、インドの各地の藩王たち、などなどが独特の民族衣裳をまとって馳せ参じた。ライオンやトラまでが集まって描かれた『パンチ』の「ゴールデン・ジュビリー」（一八八七年六月二五日）は、大英帝国を一身に具現したヴィクトリア女王の位置を皮肉に表したものといえよう。ハーディはこう記している。「(行列の) 女王はとても上機嫌の様子だった。人々はイギリスにもう二度とこのような記念式典はないであろうと思った」(『ハーディ伝』二〇一)。ところが、人々の予想を裏切って、ヴィクトリア女王はさらに生き続け、イギリス帝国のシムボルとして愛され、一八九七年六月二二日には、ゴールデン・ジュビリーをはるかに凌駕するダイアモンド・ジュビリーが祝われたのであった。

ゴールデン・ジュビリーのあと、六月二六日、ハーディはプロクター夫人宅でのパーティでロバート・ブラウニングに会った。ブラウニングはジュビリー式典への招待状が宮内庁長官から自分に届かなかったとおおいに不満を述べた。「……列席していた人々の話では、宮内庁の職員やたいしたことのない奴が山ほどいたそうだ。ある有名な俳優には招待状が二五枚も送られてきたらしいし……ミレー、ハックスリー、アーノルド、スペンサーなどなどには零だ。文学、芸術、科学関係者らはあきらかに全部外された。みんなで、今からでも共和主義者になるかね」と。「ヴィクトリア女王の治世のもとで、なんとも面白いコメントではないか！」とハーディは感嘆詞までつけて書いている(『ハーディ伝』二〇一)。社会の上層部から下層階級まで、知識階級も一般庶民もこぞってこの世紀の大典に酔いしれたのである。

これより少し前の『ハーディ伝』(一八八六年五月一三日)に、ハーディにしては珍しく議会を傍聴したときの様子が書かれている。時にW・E・グラッドストンがアイルランド自治法案を提出していた。グラッドストンはアイルランド問題の解決に真剣に取り組んだ最初の政治家とされている。彼のアイルランド自治法案は結局チャールズ・ステュアート・パーネル(アイルランド民族運動の指導者・アイルランド国民党首、一八四六—九一)のアイルランド国民党と組んでも、保守党に敗れたのだが。ハーディは夜会用礼装をして眼鏡をかけ、ダイアモンドの指輪などを身につけた、洒落ものたちの一団(保守党の議員たち)と際立った対比をみせる、質素で粗末な、身に合わない服装をしたジョーゼフ・アーチやアイルランド選出議員たちを観察する。「グラッドストンがチョッキのボタン穴に白い花をさして、フロックコートをぶらぶら揺すりながら、出たり入ったりしている。ランドルフ卿のアイルランド選出議員ディロンに対する態度はほとんど傲慢というものだ」(『ハーディ伝』一七八)と書いている。

こうして議会の様子を鋭く観察しながらも、ハーディは自分の政治的な判断を鮮明にはしていない。彼の次のようなコメントが問題を締めくくるのである。「アイルランド自治法は、政策と人道主義のジレンマに立たされている。英国にとっての政策としては、認められるべきではない、しかし人道主義的見地に立てばアイルランドにとっては認められるべきだ。自由党も保守党もこの二つの道義が背反することを認めようとしないで、どちらも自分のみの側に、人道主義も政策もあるべきだと主張している」(『ハーディ伝』一七八―七九）と。

ハーディはこの対立した困難な状況のなかで、もっぱら現在の事態を生じさせている原因を分析してはいるが、その事態のなかに自分が身を投じるということはなかった。これは、世紀末において、女性参政権への協力活動を求められたときに、具体的な活動はしなかったハーディの態度と同じといえるのかもしれない。あくまでペンを持っての活動が自分の本分だと信じていたともいえる。しかしそのペンは、のちにボーア戦争や第一次世界大戦の際の心打つ反戦の詩となって噴出することになったのである。

一八八七年は静かに暮れていった。一二月三一日、ハーディは多事であった一年を振り返り、次のように日記に記した。

一八八七年一二月三一日　静かな大晦日だ――鐘の音も楽隊の音も聖歌合唱の声も聞こえない。この一年は自分にとってまあまあの年であった。南フランスも見たし――イタリア、なにもましてローマ――を見た。そして見聞を広めることができて、無事帰ってきた。新しい友人たちもできたし、それがどれほどの価値あるものかはわからないにしても、『森に住む人々』を完成させることができて、小説家としての仕事もした。「今年読んだ本などと、少し覗いてみたものなど――

「ミルトン、ダンテ、カルデロン、ゲーテ。

「ホーマー、ヴァージル、モリエール、スコット。

「『シッド』、『ニーベルンゲン』、『クルーソー』、『ドンキホーテ』。

「アリストファネス、テオクリトス、ボッカチオ、『カンタベリー物語』、シェイクスピアのソネット、『リシダス』。

「マロリー、『ウェイクフィールドの牧師』、「西風に寄せる歌」、「ギリシャ古壷に寄せる歌」、「クリスタベル」、ティンターン修道院上流のワイ川。

「チャプマンのイリアス、ダービー卿のイリアス、ワースリーのオデュッセイア。

（『ハーディ伝』二〇三―四）


この頃に書かれた、重要なエッセイに「小説の効用」がある。このエッセイは『フォーラム』一八八八年三月号に発表された。ここにはハーディの小説に対するきわめて大切な考え方が、ハーディ独特の皮肉な、難解な表現によって、明瞭に表現されている。それは小説のなすべき仕事、文学の目指すべき目的についての、ハーディのマニフェストともいえるものである。

われわれ小説家が真に目指すことは、人生における教訓を与えることである。すなわち小説の本来の要素や、小説がもたらす感慨によって、知の世界を広げること (mental enlargement) にある。(Orel, 114)

常に心に留めておかなければならないことは、リアリズムからみてどうであれ、もっとも優れた小説は、他のジャンルの最高の芸術作品と同様に、言ってみれば、歴史そのものとか、自然そのものよりも、もっと真実でなければならない。(Orel, 117)

世界をただ模倣するだけでなく、小説家は彼独自の目で、彼独自の視座から世界を眺めてこそ、真の意味での彼のスタイルというものが生まれるのだ。(Orel, 122)

いかなる作家といえども、次のような読者を持ったことがないとはいえまい。読者は男女を問わず、知的にも道徳的にも歪んだ判断をくだすから、人間性 (human nature) がありのままに描かれていても、そのありのままの姿を、ねじ曲げられることもあるし、そこに宗教や道徳や制度に対する攻撃をみてとることもあるのだ。目というものはそれぞれ異なった風にものを見るということは真実である。(Orel, 125)

ここには読者の知の世界を広げたいとして、物事の本質について進化論をはじめとする、近代科学の影響を受け、自然、人間、社会、そして宇宙のありようを示そうとしたハーディの、真の意図の披瀝があり、それがしばしば誤解されることへの苛立ちがみてとれる。

一八八八年一〇月七日の『ハーディ伝』には次のようなコメントも記されている。

現代の文学に絶えずつきまとう罪というのは、真実を描いていないということだ。その発言の半分は傍白によってその意味が歪められたり、ときにはその意味を否定されてさえいる。これは特に道徳や宗教に関する問題において著しいのである。

ハーディには、自分の信じる人間、社会、自然、世界の真実の姿、そのありようをなんとしてでも、表現しなくてはならないという思いが強まっていったと考えられる。自分の真実を語ることで、たとえ既存の制度や宗教や道徳と衝突することになろうとも、との思いがあった。ここから、『ダーバヴィル家のテス』や『日陰者ジュード』が書かれるのは、時間の問題であった。

第四章　ヴィクトリア朝の「女」の言説を覆す
――『ダーバヴィル家のテス』（一八九一）

題名の意味

『ダーバヴィル家のテス』（一八九一）は正確には『ダーバヴィル家のテス――トマス・ハーディによってありのままに描かれた清純な女』という題名の小説である。日本語ではしばしば『ダーバヴィル家のテス』とか、時に『テス』とされているが、それは省略された題名であって、その本来のタイトルの副題も含めた意味は厳密に理解されていなくてはならない。『ダーバヴィル家のテス』は文字通り、ハーディ畢生の代表作であり、さらに、この作品を除外しては、一九世紀後半のイギリス小説を論じることはできないとさえいえる重要な小説である。ここではこの重要な小説の題名と副題を詳察し、この小説でハーディが成し遂げたことを考察する。

パーディによればハーディは一八八八年秋頃、『ダーバヴィル家のテス』にとりかかり、一八八九年秋にはかなりのところまで進んでいたらしい（Purdy, 67–74）。この未完成原稿はティロットソン社から出版を断られ、続いて『マレイズ・マガジン』『マクミランズ・マガジン』からも掲載を拒否された。結局、紆余曲折を経て、『グラフィック』に連載されたのは、一八九一年七月四日から一二月二六日までの週刊としてであった（七月一一日と一一月七日を除く）。そして『グラフィック』の要請にこたえて余儀なく強いられた削除や変更を元通りに戻した後に、その年の一一月二九日に三冊本として、オズグッド社から一千部出版された。その際最後の校正を終えた瞬間に前述した副題が付け加えられたのである。『ダーバヴィル家のテス』は出版されるや、轟々たる非難にさらされたが、巷間の話題をさらって版が重ねられ、この小説によってハーディは文字通り当代を代表する作家となった。

『ダーバヴィル家のテス』とはいかなる小説なのか。『ダーバヴィル家のテス』は何故、一九世紀のイギリス小説のなかで、このような重要な位置を占めるのか。ハーディは『ダーバヴィル家のテス』において、何をなし遂げたのであろうか。一九八八年のオックスフォード版の解説で、編者のサイモン・ギャットレルが興味深い指摘をしている。ギャットレルは解説の冒頭で、発刊以来かくも論じられてきた名作に対して、いまさら何かを付け加える余地があるのだろうかとした上で、それでも、この小説の重要性に関して今まであまり包括的に論じられてこなかったこととして、小説の題名に注目している。副題も含めて、題名の重要な意味を問うているのだ。そして題名の持つ三点の意味を考察していることは、一九八八年という時点においての、ギャットレルの特筆すべき功績といえよう。すくなくとも、この三点はこの小説の重要な問題点を、今まで看過されてきた点も含めて、指摘しているからである。これらの三点が、今まで包括的に論じられてこなかったことは事実であり、筆者はギャットレルの指摘からヒントを得て、筆者の視点から三点について『ダーバヴィル家のテス』を考察し、ハーディの成し遂げたことに新しい光をあてる。

題名が示す問題点とは、『ダーバヴィル家のテス』という意味、副題の「清純な女」と「ありのままに」に籠められたハーディの意図である。さらに、『ダーバヴィル家のテス』の成功はハーディとエマに何をもたらしたのか、二人の深まる亀裂についても考察する。

第一は題名がなぜ『ダーバヴィル家のテス』であって、テス・ダービフィールドが主人公であるのに『テス・ダービフィールド』ではないのか、という点である。『ダーバヴィル家のテス』は一八八八年秋頃から書き始められたらしいが、当初から登場人物の名前と小説の題名が何度か書き換えられたことが知られている。ヒロインの名前のテスはラヴ、シス、スー、ローズマリと変化した。題名も一八八九年七月一一日のティロットソン社宛の手紙では、この物語にもっともふさわしい題は『スーの肉体と精神』であろうとしているし、同じ年の八月四日までに、『遅すぎたわ、愛しい人』に変えている。そして多分翌年に採り上げられたのが『ダーバヴィル家の娘』であり、おそらく一八九一年一月から三月の間に現在の『ダーバヴィル家のテス』に決められたらしい。そしてその最終校正を終えた段階で、副題が付け加えられた。ハーディの言葉を要約すれば、テスに対する止むに止まれぬ共感のために、あえて非難をも覚悟して付け加えられたということである。

小説の主人公は貧しい行商人の娘、テス・ダービフィールドである。しかしダーバヴィル家のテスとはかつては由緒ある、ナイトにも叙せられた貴族、ダーバヴィル家の末裔のテスという意味になる。しかし貴族の正統な末裔という家柄ではあっても、現実のテスは貧しい飲んだくれのジャック・ダービフィールドと美人ではあるが、たいした教育も受けていないジョーン・ダービフィールドの長女で一六歳をすぎたばかりの娘である。彼女の下には一二歳半の妹のライザ＝ルー、九歳の弟のエイブラハム、ホウプとモデスティの二人の妹たち、三歳の弟とやっと一歳になったばかりの赤ん坊がいる。この子沢山の現実をウイリアム・ワーズワスは「自然の聖なる計画」と呼ぶのかと語り手は問うているように、貧しく、父親が死ねば住む家からも追い出される、一代限りの借家住まいの一家なのである。「ノルマンの血統はヴィクトリア時代の貧困の中で何の意味があろうか」(1)と語り手は問う。

テス・ダービフィールドをダーバヴィル家のテスと呼び、両者の関係をあえて示すことは、この時間の流れ、社会の変遷の歴史を明示することになる。そのとき、貧しいテスはダーバヴィル家の没落とその末裔、成れの果てを体現する存在になる。テスは歴史的、社会的なコンテクストのなかにおかれるからだ。語り手はいかにしばしばテスの祖先とその遺伝に言及していることか。

一八八八年九月三〇日、ハーディは汽車でエヴァショットまで行き、ウールコムまで歩く。このあたり一帯はかつてハーディ一族が所有していた地所であった。ブラックムアの谷間は一面緑に覆われていた。そして今はただの村人になっている者たちの祖先も昔はこの地を所有していた。ハーディは若い頃の母の言葉を思い出す。母はありふれた二輪馬車と共に歩いている背の高い痩せた男を指して、あの人はこのあたりの有力だったハーディ家の末裔なのだと言ったことがある。「かくしてわれわれ一族は下へ、下へ、下へと落ちていくのだ」(『ハーディ伝』二一四―五)。ハーディは一族の没落と時の流れを実感する。

旧家の没落と時の変遷というテーマはこうして『ダーバヴィル家のテス』を貫く縦糸になってい

くのである。『ダーバヴィル家のテス』は物語の冒頭で、父ジャックが牧師のトリンガムから「おやすみ、ジョン卿」と呼びかけられるところから始まり、その名前から、近くのダーバヴィル家にテスが奉公にあがることへと発展する。由緒ある名前はテスとアレックを結びつける接点になり、最後には、皮肉なことに、エンジェルがテスの居場所をつきとめるのに、ダービフィールドとダーバヴィルの名前の類似が決定的な役割を果たし、テスを死へと導くことになる。「ジョン卿」の含意である「時」は物語発展の鍵を握っている。

ところが歴史の持つアイロニーだが、テスが親類を名乗って訪ねていったダーバヴィル家の方の名前はまったくの偽物だった。イングランド北部で金貸しを噂される商売で財産を築いたアレックの父サイモン・ストークスは南部に地方の郷士として地所を求めたが、その際に商人であったことがわからないような名前を付け足すことを思いついた。この男は大英博物館にこもって「すでに滅びてしまったり、滅びかけていたり、世間から忘れられたり、零落したりした旧家のことを扱った著作を一時間ほどかけて調べ上げ」（五六）、そのなかから、名前の響きも格好も良さそうなダーバヴィルを選んで、元からの家名に付け足したのだった。テス一家の没落と成り上がり者がダーバヴィルを名乗る経緯は、まさに歴史の変遷を物語るといえよう。

或る者たちは貧しく没落していき、時には土地を追われ、或る者たちは商業や工業によって成り上がると、去った者たちの土地を手に入れる。これがこの時代の農村ではよく見られた実態であった。テスが世話をすることになった鶏小屋は、今でこそ鶏たちがコッコッと歩き回っていたが、かつては謄本保有権者たちが大切に守り、何世代にもわたって愛情を注いできた住居だった。それが法律上の所有権が変わったとたんに、ダーバヴィル夫人の命令で鶏小屋に変えられてしまった。ダーバヴィル家という名前はこうして鮮やかに、テス・ダービフィールドとアレック・ダーバヴィルの置かれた社会状況を並置してみせる。現在は過去の延長線上にあり、現在は過去と切り離しては考えることはできない。

さらにテス・ダービフィールドという個の肉体の中には祖先のダーバヴィル家の血が流れている。誇り高い貴族の傲慢さや無気力もその血筋とともに彼女の中に流れ込んでいるし、また母親の美貌も受け継がれている。現実のテス・ダービフィールドとはそこに単独に存在するものとして捉えられるものではなくて、社会的にも、遺伝的にも長い時間の変遷の産物なのである。テスは言ってみれば時間と空間の結節点を生きている存在であるといえよう。

『スーの肉体と精神』という題名はテスの肉体と精神を丸ごと捉えるという意味では的を射ているかもしれない。『遅すぎたわ、愛しい人』はハーディがよく使う網の目のように絡み合った偶然の一致からくる必然的な悲劇を表すことはできたかもしれない。しかしそれらでは『ダーバヴィル家のテス』が提示する、時間的、空間的なコンテクスト、そこから広がる社会的、経済的、文化的なつながりを顕すことはできない。テス・ダービフィールドはダーバヴィル家のテスでなければならないというハーディの意図は伝わらないといえよう。

「清純な女」とは何か

第二の点はもっとも論議を呼んだ「清純な女」についてである。この「清純な女」という副題は批評家たちから轟々たる非難を浴びることになった。何故か。誘惑され、子供まで産んだ「堕落した女」であり、「姦通した女」であり、さらに「殺人を犯して、刑場の露と消えた女」に、何ゆえにハーディは非難を予測しながらも、「清純な女」のラベルを貼って挑戦しようとしたのか。何をもってこのようなテスを「清純な女」と呼ぶのか。当時の批評はこの語をめぐって喧々諤々の議論を展開した。

非難の先頭に立ったモウブリ・モリスは『クォータリー』（一八九二年四月）で、ここではテスの官能性が「まるで馬商人が、迷う買い手をそそのかして買わせようとするかのような執拗さ」で賑々しく並べ立てられているとテスの官能性の大胆な描出を攻撃した。それに対してハーディは敢然とテス擁護に立ち上がる。レイモンド・ブラスウェイト（ジャーナリスト、一八五五―一九三五）との対談でハーディは述べている。

> しかし私はやはり主張したいのですが、彼女の生来の清純さは、まさに最後の最後まで損なわれなかったと思います。もっとも最後のところではある種の外面的な清純さは失われたことは率直に言って認めたいとは思いますが。(Gibson, 40)

さらに一八九二年一月二〇日のエドワード・クロッド（イギリスの銀行家・作家・不可知論者、一八九〇年頃よりハーディと親交を結び、サフォークのオールドバラの別荘で催した社交的な懇親会は有名である。ハーディは二〇年にわたって参加し、ここで著名人と出会った。一八四〇―一九三〇）宛の手紙でも、小説の狙いについてこう書いている。

貴下の手紙は『ダーバヴィル家のテス』についての素晴らしい批評に満ちています。貴下がおっしゃっていること、すなわち、意図は不変であってそれが全てであること、そして過ぎ行く事件にすぎない行為は問題ではない、ということが、貴下が実にうまく言いえてくださったように、この小説の骨子の全てを含んでいますし、それがこの小説のモットーであるといえます。

こうしてハーディは徹頭徹尾テスの立場を弁護する。この中で特に筆者が注目したいのは、一八九二年七月の日付をもつ「第五版への序文」でのこの語に触れたハーディの発言である。ここでハーディはわざわざこの“pure”という語を取り上げ、「この語の自然における意味」が批評家たちによって無視されていると抗議しているからだ。ここでハーディはテスの清純さを彼女のモラル・ヴァリューと「自然」における意味との両面から考えてもらいたいと強く主張している。ハーディが主張したのは、モラル・ヴァリューと共にテスの自然における清純さであった。

「自然」からみた清純さとは、何を意味するのだろうか。テスという一生命体のもつ清純さとは何なのか。それは「誰もが考え、感じていながら、誰も言おうとしない」(Orel, 133)「生」の真実であった。「自然からみた生」の真実として「性」を書くこと、それが初版の序文にあるように「いかに真実を語ることが困難であろうとも、作家は真実を語らねばならない……」という言葉になった。

ハーディが描いたのは生身の人間として、自然の一部として、人間が生きているありのままの姿を描くことであった。生物としてのありのままの姿とは何であろうか。イギリス小説において、ハーディによって初めて「生」がありのままに描かれたとはどういうことなのであろうか。ジェイン・オースティンやジョージ・エリオットによってではなく、ハーディによって描かれた「生」の特質とは何であったのだろう。

次はテスがエンジェルに棄てられたあと、彼の両親に会おうとしてエミンスター牧師館を訪ねる場面である。初めて顔を合わせる身分が上の彼の両親にどうやって会えばいいのか、テスの心は不安に震えおののくのだが、テスは自分にこう言い聞かせる。「彼らと彼女を隔てるものは本質的には何もないのだ。生命ある生き物としても、その情緒においても(in nature or emotion)。痛みも、喜びも、考えも、その生、死、死後についても、どれも同じなのだ」(二八四)と。

そのときテスの考えた人間とは、オースティンが強調して描いた社会的な存在(a social being)としての人間でもなく、エリオットが主張した道徳的な人間(a moral being)でもなく、自然のなかで生まれ、生き、苦しみ、喜び、死んでいく生物としての人間(a natural being)であったといえよう。人間がけっして社会的な存在だけでもないし、また道徳的な存在だけでもない、それらを内にもった生物として生きる自然の有機体だということ、すなわち、その「性」をも当然抱え込んだ生物という自然の存在であることを描いたのがハーディであった。

自然界のあらゆる生物と同じ有機体としてもっとも自然なことはその生命維持、種族維持の営みであろう。そうであるなら、人間も性に関して無関係に生きられるはずがない。否、性は生の根本に据えられるべき現象となるであろう。テスが性の意識を持つのは当然のことであり、アレックの差し出す苺をテスが「なかば喜び、なかば嫌がる様子」(五九)で食べるのは自然なことであり、彼女の態度が「清純」ではない、などという批判がいかに的外れなものであるかということこそ理解されるべきだ。さらに御猟場の事件の真相もまた、'rape'でもあり、'seduction'でもあるというのが、ハーディの含意であろう。

テスにとって大切なことは、生命体としての彼女の内部からふつふつと湧き上がってくる目覚しい回復力であり、生命力なのである。処女性について語り手は次のように論じている。

一度失われたものは永遠に失われるということは、処女性についても真実なのだろうか。自然界の生きとし生けるものにあまねくゆきわたっているあの回復力が処女性にだけ否定されているとはどうしても思えなかった。(一一三)

こうした回復力を身体中に体験する若いテスの体内に、まるで「小枝に満ちてくる樹液のように」(一一四)満ち溢れてくるのは、「歓喜を求める打ち勝ちがたい欲望」(一一四)であった。「まだ二〇歳になったばかりの精神も感情も成長のさなかにある娘にとって、いかなる事件も時が過ぎても変わらない跡形など刻み付けることはできない」（一一八）のだ。アレックとの過去は社会通念としての結婚制度からみれば、汚点かもしれないけれど、彼女にとってみれば、一種の「高等普通教育」（一一三）でしかなかった。女性の純潔が結婚制度の要と考えられていたヴィクトリア朝にあって、この大胆な主張は驚愕すべきものであった。

このように自然の基準からみれば、清純なテスを裁き追い詰めるのは社会の通念であり、通念に固執するエンジェルである。テスを追い詰めるのは、中産階級の因習的なモラルであり、それを支える教育制度、結婚制度、国教会制度などの社会の諸制度であり、さらにまた社会的、経済的な仕組みがもたらしたテス一家の貧困でもある。悪いのはテスではない。テスの「性」は否定されるものではなく、「自然」なものだし、彼女の高潔な精神はけっして自分の過去を告げないで結婚しようなどとは思っていなかったではないか。エンジェルに自分の過去を告白しなくてはとの思いに駆られて、何度も告白の寸前までいきながら、ついに結婚前夜に至ってしまった、彼女の内面の苦悩とそのいきさつを語り手はなんと克明に描いていることか。

Ｊ・Ｔ・レアドによればそもそも『テス』は「自然」対「社会」の価値基準の対比を問うというハーディの関心を萌芽とする物語であった。レアドは『「ダーバヴィル家のテス」の成立過程』（一九七五）でハーディの自筆原稿を詳細に検討し、丁付けや登場人物の名前などを手がかりとして、小説生成の過程について年代順に五層を探り出し、その一、二層が『テス』の原テクストに相当すると推定している。(2) そしてこの原テクストでは、物語は平凡な一少女の処女喪失を扱う比較的単純なものであり、そこで強調されているのは自然対社会の価値基準の相違であり、とくに自然に基準をおく主張だとしている。

ところが、この比較的単純な言説は、層を重ねるにしたがって、歴史的、空間的なコンテクストの中におかれ、一九世紀後半の社会的、宗教的、思想的、科学的な諸々の言説に密接に関わった、一種の壮大で複雑な中身をもった小説へと変貌したのだ。自然対社会、というテス擁護の言説は、その結果一九世紀イギリス社会の根幹に向けられた抗議の書となっていった。『日陰者ジュード』で衝撃的なものとなる社会批判は『テス』においてもすでに十分に意図されていたのである。

「ありのままに」(faithfully)とは——グランディズムとの戦い

第三点は副題「ありのままに」にこめられたハーディの並々ならぬ怒りである。ハーディが出版社や雑誌の編集者たちから作品の改変や削除を余儀なくされるという事態は、つとに「貧乏人と淑女」(一八六七)から始まっていた。前述したように貧乏な小作人と淑女の恋を扱ったこの小説はチャプマン・アンド・ホール社の批評家を務めていたメレディスから風刺が強すぎるとして出版を拒絶された。この小説は結局のところ死後日の目をみることになるのだが、メレディスは続けて、「出版されることを望むならば、もっと風刺を和らげ」、「もっと複雑なプロットをもった」小説を書いた方が良いと勧めた。ハーディはその勧めにあまりにも忠実に従いすぎたとあとで後悔することになるのだが、そこで書かれたのが『窮余の策』(一八七一)だった。この小説もマクミラン社から出版を断られたため、自ら七五ポンドを負担することで、ティンズリー社からようやく出版されたことは前述した。

その後『はるか群集を離れて』（一八七四）については、『コーンヒル』のレズリー・スティーヴンから雑誌にふさわしい物語たるべく様々な要求を示された。「当面は連載物の上手な書き手になることに甘んじる」としたハーディのスティーヴンに宛てた有名な手紙はその間の事情を良く物語っている。読者の批判を予測して、トロイのファニー誘惑や赤ん坊の箇所を「注意して」扱うようになどのスティーヴンの指示によって、原稿には削除や改変の跡が数多くみられる。

『帰郷』（一八七八）もまたユースティシアとワイルディーヴの関係をめぐってなど『ベルグレイヴィア』から変更を迫られた。『カースタブリッジの町長』では『グラフィック』から、『森に住む人々』では、マクミラン社のモウブリ・モリスから、といった具合に、ハーディは発表の場を得るために常に苦渋の選択を迫られてきた。『貴婦人たちの群れ』（一八九一）も題材が上流階級の相続をめぐる嫡出、非嫡出といった問題が赤裸々に描かれすぎていて、家父長制貴族社会を明らかに批判していると非難された。

こうした一連の事態は何を物語るのだろう。これは当時のイギリスの文学がおかれていた特殊な状況を表すものであった。まず雑誌に連載され、ついで巡回図書館によって購入された小説などの出版物は編集者たちの支配下におかれていた。

小説はまず雑誌に発表されるのが通常であったからまず雑誌編集者に認められることが必要であった。また書物は三巻本で高価であったから、巡回図書館がまとめて購入するのが普通であった。人々は巡回図書館の会員になって、会費を払うことで、好きな本を好きなだけ借りて読んだ。巡回図書館のほうでは、顧客のニーズに応えて、文学、伝記、歴史書、科学書、宗教書、旅行記などあらゆる分野の書物を買い揃えたのである。なかでもミューディーは顧客数、蔵書数において最大の組織を誇り、全国の主要な都市に支店を張り巡らして、大々的に事業を展開した。一八五三―六二年間の購入数は九六万冊、その半分は小説であり、一九世紀末には七五〇万冊を蔵していたというから、こうした貸本業者が出版界に及ぼした影響は絶大なものがあったと想像できる。

この時代、本の最大の買い手は貸本業者であり、彼らの貸本のリストに載せてもらい本を買ってもらわないかぎり本は売れなかった。新刊本の場合、貸本業者に本が買ってもらえるかどうかが本の命運を決めたし、貸本業者の方は借り手の多い本を揃えることが必須であった。ミューディーの「セレクト・ライブラリ」に入れられた本は若い娘たち向けに安心して与えられる書物の意味があったから、そこには若い娘たち向けの小説が集められた。小説出版の事情を、貸本業者が、そして若い娘たちの好みが左右するという事情が生まれたのである。

こうして特に小説の傾向は若い娘たちの好みに左右されることになった。いわゆるグランディズムの支配である。グランディズムとはトマス・モートン（一七六四―一八三八）の喜劇*Speed the Plough*（一八〇〇）のなかで、登場人物のアッシュフィールド夫人が「ミセス・グランディはなんと言うでしょうね?」と言って、いちいち隣人であるミセス・グランディの思惑を気にしたことから生まれた言葉で、ミセス・グランディとは世間の評判や、因習的な、上品ぶった人を意味した。そこから生じたグランディズムとは過度の因習に従い、上品ぶって、世間体を気にする、体制と一体化した信条や保守的な生活態度を意味した。それは政治的には穏健、宗教的には敬虔な国教会派、懐疑主義者や不可知論者を恐れ、道徳的には謹厳、真面目で、家庭生活を大切にし、性的放縦には強い嫌悪を示した。特に、中産階級の人々はグランディズムの目を意識して生活していた。

グランディズムがとくに厳しく働いたのは「性」に関してであった。「性」は飲酒と共に、法と宗教によって規制されたものであった。「性」は宗教と国家によって承認された結婚制度によるもののみが認められた。「性」は一夫一婦制度を守り、家父長的な私有財産制度を存続させるという結婚制度の要となったのである。この結婚制度維持、私有財産制度維持の立場から、結婚制度外の「性」である姦通や売春などは、制度を逸脱するものとして強く斥けられた。ヴィクトリア時代、「性」はタブーであり、特に中産階級にとっては「性の情念は厳しく、油断なくコントロールされなければ、何を仕出かすかわからない」[3]危険なものとみなされた。

中産階級の多くの親たちは娘が結婚するまで処女であることが大切であると信じていたから、それまで「性」については無知であればあるほど良いとされた。私有財産制度の要としての「結婚制度」のなかで、娘たちの処女性は制度の存続に不可欠の意味を持ったから、娘たちは何も知らずに、純潔のままに結婚し、結婚相手の子供を産むことが求められたのである。お茶の間向けの家庭雑誌や、一八四二年に開設されたミューディーの巡回図書館の書物からは、少しでも「性」のヒントとなるものは消し去られた。

この時代、小説において性の描写がいかに慎重に避けられているかは、驚くばかりである。「性」は巧みに隠蔽され、ただ仄めかされ、性的関係はページとページの間でしか起こらない。「性」が物語を動かす根底にありながら、それは描かれず、登場人物たちはまるで性をもたない人形のように希薄な存在として行動する。このことはチャールズ・ディケンズの多くの小説を思い浮かべれば、容易に理解できるし、またジョージ・エリオットの『アダム・ビード』（一八五九）のアーサーとヘティの関係は森の東屋に残された一枚のハンカチーフが物語ることからもわかる。

グランディズムは雑誌編集者や貸本業者の声となって、文学や雑誌などから「性」の痕跡を消し去った。小説の内容はその読者の大半を占める若い女性にふさわしい物でなければならないとされた。その結果、「若い娘のスタンダード」に合わせた小説しか出版されなくなっていく傾向が生じた。ハーディの同時代の小説家、ジョージ・ムア（一八五二—一九三三）は巡回図書館のシステムに激しい怒りをぶつけた。自作の『モダン・ラヴァ』（一八八三）や『旅芸人の妻』（一八八五）などがミューディーから締め出されたムアは「文学にみる新しい検閲」（'A New Censorship in Literature', 1884）で、イギリス文学の頭上に鎮座して文学を支配し、その性格を左右する商人が文学に及ぼす悪影響を激しい調子で攻撃している。また「乳母に育てられた文学」（'Literature at Nurse', 1885）では、巡回図書館の大切な顧客である若い娘たちのために、グランディズムを怖れ、その結果、「生」の真実を描こうとしないイギリス文学の救いようのない堕落を嘆いている。

ハーディが『ダーバヴィル家のテス』の『グラフィック』掲載にあたって、いかに削除や改変を強いられるという苦渋を味わったかは、あまりにもよく知られている。一八八九年九月、ハーディはまだ未完成であった『ダーバヴィル家のテス』原稿の最初の一六章をティロットソン社に送ったが、これらの章はテスの凌辱や私生児の誕生、死、テスによる洗礼を含んでいた。ティロットソン側は、これを読んで仰天し、自分たちのところでは掲載できないと伝えてきた。ハーディはこのままでは出版は不可能と知り、なんらかの訂正、改変が必要と覚悟したが、『グラフィック』に掲載を申し出て、一一月には受け入れられた。

それにも関わらず、ハーディがたて続けに原稿を『マレイズ・マガジン』のエドワード・アーノルドと『マクミランズ・マガジン』のモウブリ・モリスに送るというやや不可思議な行動をしたことに対して、ギャトレルは興味深い分析をしている。すなわち、ハーディは拒絶されることを当然予測しながら、彼らからの拒絶のコメントを引き出し、その怒りの勢いにのって、一八九〇年一月、『ニュー・レヴュー』に発表した「イギリス小説の率直さ」を書いたというのだ。(4)

『グラフィック』には結局、雑誌にふさわしくないとされる箇所（テスがご猟場で純潔を失う場面は「アルカディアの土曜の夜」として『ナショナル・オブザーヴァ』に一八九一年一一月に掲載、テスの赤ん坊の洗礼と埋葬を扱った場面は「深夜の洗礼――キリスト教に関する一研究」として『フォートナイトリ・レヴュー』に一八九一年五月掲載）は削除され、その代わりに、エンジェルが水溜りで娘たちを運ぶのに、抱きかかえるのではなくて、手押し車で運ぶことにしたし、アレックとテスの間に偽の結婚をさせるといった訂正をして連載された。

こうした不本意な削除や訂正を強いられたハーディの胸中に渦巻いていたのは当時のイギリス文学を支配していたグランディズムへのやり場のない怒りであった。小説を書き始めて以来耐え忍んできた憤懣が『ダーバヴィル家のテス』をめぐる作品の「解体作業」で噴出したのである。それが「イギリス小説の率直さ」（『ニュー・レヴュー』一八九〇年一月）であった。

このエッセイの中で、ハーディはグランディズムがイギリス小説にもたらす弊害を縷々と披瀝している。それからさらに進んで、文学は人間の何を書くべきかについて次のように述べている。

そもそも「生」とは何かといえば生理学上の事実なのだから、それをありのままに描くとすれば、それは男と女の関係というものに関わらなくてはならない。「二人は結婚し、そのあと幸せに暮らしました」といったお決まりの締めくくりでもっともよく現されているような結末の代りに、ありのままの男女の関係に基づいた結末が描かれるべきだ。このことについてはイギリスの社会は、ほとんど超えがたい障壁を押し付けている。(Orel, 127–28)

事実、雑誌編集者や巡回図書館のシステムに従う出版業者から押し付けられた様々な制約のために、「誠実な作家」であることがいかに難しいかをハーディは嘆いている。その制約のために、小説家は「社会の慣習や規範に同調するという見せかけの効果のために、登場人物に本来の性質とは反対の行為をさせ」、「己の文学的良心を偽り、グランディストや読者が喜ぶどうしようもなく俗悪な大団円をでっちあげているのだ」(Orel, 130) と非難した。そして自分はどうあろうとも、ありのままの「男と女の関係」を書くと宣言したのである。ハーディによってイギリス小説に初めて「生理学上の事実」としての生の実態が「ありのままに」登場することになった。ハーディの「ありのままに」という言葉にはこのような背景があったのである。

しかし、何にもまして、ハーディを苦しめたのは『ダーバヴィル家のテス』に対する批評家たちの的外れな非難であった。『グラフィック』連載のために、「皮肉な笑みをうかべて」やむなく、削除や訂正をして出版にこぎつけたハーディは書き手の意図に一顧すら払わない批評には心底腹をたてた。『サタデイ・レヴュー』の匿名の批評には怒りを表明し、ゴスへの手紙にこう書いた（一八九二年一月一八日）。

親愛なるゴスへ
『サタディ』の批評を誰が書いたか、きみには見当がつくかい？……ぼくの序文のなかの言葉を並べ替えて、あの男（批評家）はぼくに、ぼくが言ったこととはまったくもって違うことを言わせているのだよ。あの男は題名の持つ半分の意味を圧殺しているのだよ。題名にしているそれらの言葉なしにはこの小説の目的も意図も理解できないというのに……

ハーディは一八九二年四月一五日の日記にこう記している。

『クォータリー』の『ダーバヴィル家のテス』の書評を読んだ。なかなか鋭くて面白いと思う。しかし、真実を語ることや真摯であることを棄てて鋭く面白いというのは簡単だ。……小説家が自分が何を書いたか――あるいは読者が何を読み取るかもわからないで、小説を書くなんてことは、まったく考えられないことだ。そうだ、そういうことが続いていくのなら、わたしはもう小説を書くなどということは御免こうむりたい。わざわざ弾丸に撃たれるために立ち上がるなどというのは、馬鹿者のすることにちがいない。（『ハーディ伝』二四六）

ハーディが小説の筆を折るのはあまり先のことではなくなりつつあった。ハーディの社会や体制への批判は『日陰者ジュード』においてさらに熾烈なものとなり、その結果はハーディの小説への永久の別れとなっていくのだ。

エマの立場――深まる亀裂

ハーディが『ダーバヴィル家のテス』執筆とその出版をめぐってグランディズムとの戦いに忙殺されていたこの時期、エマのほうはどのような時間を過ごしていたのだろうか。一九一二年にブリティッシュ・ライブラリにハーディが寄贈した『ダーバヴィル家のテス』の手書き原稿は三九枚が欠けている。パーディによれば一―五六〇と番号がつけられている原稿の最初の一八〇枚の中の三九枚があちこち抜けている。そしてこれらはエマの手によるものだとされている。ハーディは妻の手書きの原稿がのちのちまで保存されることを好まなかったので、それらを抜き出して、提出したとされている。また、一〇章と一一章にあたる箇所を「アルカディアの土曜の夜」として取り出した手書き原稿の最初の八枚のうち四枚がエマの手になるという。このように清書を手伝っている事実は、エマがハーディの信頼のもとに、いそいそと秘書の役割を果たしていたように思われるが、その実態はそれほど単純なものではないようだ。ミルゲイトはエマの自己満足のために、わざわざハーディはそうした仕事を与えたむきもあると推測している (Millgate, 312)。

一八九〇年七月二四日から一八九二年一〇月一二日まで一四通のハーディからエマ宛の手紙が残

9. テスはエンジェルと愛の逃避行を続け、辿り着いたストーンヘンジで捕えられる。

されている。全ての手紙はロンドンのサヴィル・クラブかアシニーアム・クラブからマックス・ゲイトのエマ宛に書かれたものである。それより以前の一八八五年五月六日から一八九〇年七月二四日までの約五年間のエマ宛の手紙は一通も残っていないので、この五年間を手紙で探る手立てはない。上記一四通の手紙で目立つことは、ジョーヌ夫人という名前の頻出であろう。ジョーヌ夫人とはエマの叔父の遠縁にあたるが、前述したようにこの叔父エドウイン・ギフォードはハーディとエマの結婚式を執り行い、のちに大執事となり、国教会の重鎮となった人物で、エマはことある毎に、この叔父を自慢したことは前述した。このジョーヌ夫人のほうも、結婚によりのちにレイディ・ジョーヌとなり、ついでレイディ・センテリアとなった社交界の花形であった。ハーディはしばしばこの夫人の家に滞在した。手紙は以下のような調子である。

一八九〇年七月二四日……今日はジョーヌ夫人宅

で昼を食べた。……

一八九〇年一二月五日……ちょうどジョーヌ夫人から手紙をもらったところだ。……

一八九〇年一二月九日……水曜日に帰ろうと思っていたが、ジョーヌ夫人がもっと滞在するようにすすめてくれる。……

一八九〇年一二月一〇日……ジョーヌ夫人のところはここからすぐなので、とても助かる。彼女は今晩八時に大きなディナーパーティを開く。……あの方はとても親切で、感じがよい。そしてあなたが膝のことでこちらに来るようなことになったら、彼女の家に滞在してほしいと言っているよ。……ジョーヌ夫人は毎日のようにあなたのこと気遣ってくれている。

一八九一年一月二四日……ジョーヌ夫人は、わたしたちが町に住んでいたらよいのにと思っているようだ。昨夜は子供たちを劇場に連れていって、とても楽しかった――ぼくらが連れていったというより、子供たちにぼくらが連れていかれたという感じだがね。

一八九二年四月五日……今晩はレイディ・ジョーヌのところに滞在している。彼女はディナーパーティを開こうとしていて、ぼくに出席してもらいたいそうだ。……レイディ・ジョーヌは私たちがサウス・ケンジントンのような遠くに住まなければいいのと思っているみたいだ。……ジョーヌ家の人たちはとても親切だよ。[5]

一八九二年五月二三日……わたしは手回りの品を置かせてもらうためにレイディ・ジョーヌ邸に行ってきたところだ。彼女は出かけるところだった。明日は下宿探しをする予定だ。……レイディ・ジョーヌのところに滞在するのはせいぜい明晩までのつもりだ。

こうしたジョーヌ夫人の名前が頻出する手紙をエマに送りながら、ハーディはロンドンでメキシコから帰国したR・ハガード、キプリング、メレディス、T・H・ハックスリらと会ったりしている。

前述したようにエマの叔父を通しての遠縁にあたるジョーヌ夫人は当時のロンドン社交界の有名人であり、ハーディはハーレイ・ストリートにあった彼女の邸宅にしばしば招かれていた。のちにレイディ・センテリアとなった彼女は一八八〇年代、一八九〇年代は作家や芸術家を晩餐会に招待するのが当時一種の流行であったとして、ハーディについて晩年次のように記している。

> あの方のあわただしいロンドン滞在中は、よく私どもの家に滞在されました。今でも思いだしますが、あのすばらしい夕暮れ時、あの方と夫と私は暖炉のまわりに座って、あの方から小説のもとになったお話や文学上の理論や、アイディアについて伺ったものでした。あの方は私が出会ったもっとも謙虚な人でした。あの方は立場上やむなく人目にさらされることを嫌い、まるで臆病な婦人のように逃れていました。(Gibson, 24–25)

こうしてエマの誇りであるジョーヌ一家のことに驚くばかりにしばしば言及しているハーディであるが、実は彼自身も『ダーバヴィル家のテス』の成功のあとは特に、ロンドン社交界で注目の人になっていったのである。

ミルゲイトはこの時期、ハーディが詩人であり小説家であったRosamund Tomson（一八六〇―一九一二）との手紙の往復があったことを指摘している（Millgate, 297–98）。トムソンは一八八九年九月彼女の詩集をハーディに送り、以後ハーディの心を惹きつけていく美しく、知的な女流作家のはしりとなった。トムソンとの関係は長くは続かなかったが、彼女が後になって『インデペンデント』に発表した記事は作家ハーディの特質をよくとらえているものである。トムソンはハーディが非常に控えめなことを強調し、普通の人なら彼と一ヶ月一緒にいても、彼が作家だと気づかないであろうと述べている。

彼がちょっとした質問に答えて言ったことがあります。「わたしはプロットを思いつくのはなんでもないのです。わたしの頭の中には事実沢山の小説がつまっていて、それらを全て書く時間がないのではないかと心配なくらいです。でも、それはそれで、この作家の習慣というのは嫌なものです。それはわたしの第二の性質になっているのですから。汽車やバスのなかで、わたしは乗り合わせた乗客たちを、本能的に観察し、彼らの顔つきから彼らの一生の物語を紡ぎだしているのですよ」。(Gibson, 45)

トムソンはさらにハーディが、稀に気分がのると超えることはあるが、平均して一日に約二ページの仕事をする遅筆な作家であること、最大の慎重さで言葉を選び、その手書き原稿は正確で、几帳面であり、ほとんど始めから終わりまで訂正された箇所はなかったとして、ハーディが自分の作品に対していかに厳格であるかに驚嘆したと書いている (Gibson, 45)。

ロンドンでのハーディの一面を表す次のようなエピソードも知られている。一八八九年七月二日、ハーディは友人のエドモンド・ゴスが開いた晩餐会で、彫刻家のヘイモウ・ソーニイクロフトの美人の妻であるアガサの隣りに座った。あとになってハーディがイギリス中でもっとも美しい女性だと言い、エリザベス朝のメタフォー "Her lips are roses full of snow." で表せるほどだとして、テスのモデルになったと告白した女である。アガサは一八八九年七月三日の手紙で次のように夫に書き送った。

ハーディ氏はとっても親切で、時々シャイなのに、そのときはそうでもなくて、よく喋ったわ。あの人ったら、わたしにゴス夫妻といっしょに作家協会の晩餐会に行くようにと奨めるのよ。……あの人はあなたが留守のときは、わたしは楽しめばいいと思っているみたい。未経験でうぶな者には危険な教えよね。(Gibson, 25)

有名になったハーディはロンドン社交界で美しく、知的な女性たちの憧憬の的になっていった。そして、エマへの手紙にはそのような片鱗もみられなかったのは皮肉である。ジョーヌ一家はハーディにとっては都合の良い煙幕になったのかもしれない。

この頃のエマについての何人かのコメントが残っている。よく引用されるのは、マックス・ゲイトに移った直後にハーディ夫妻を訪ねてきたR・S・スティーヴンソンの妻の手紙である。「醜いなんてものじゃない」とこのアメリカ人はエマを酷評した。この頃、ハーディのあとに続いて歩く「ひどく不器量な、やぼったい、大きな胸をした、髪を後ろに小さくつめた」エマはハーディがなるべく彼女から逃げ出そうとするのも無理はない、と人から評されたらしい(Kay-Robinson, 119–20)。

ミルゲイトはこの頃のエマについて夫妻に親しい二人の言葉を引用している。ウィンボーン時代に知り合い、生涯の友の一人となった、ジョージ・ダグラス（スコットランドの地主・貴族、一八五六―一九三五）は文人でもあり、マックス・ゲイトを訪ねたり、ロンドンやまた自分の屋敷に招待したりしてハーディ夫妻と親交があった。彼は、ハーディの方はエマに細やかな心遣いを示していたのに、エマの方は夫が知り合いになる著名人の方に関心があって、夫の仕事の真の価値にはほとんど気づいていなかったと述べている(Millgate, 311)。また作家で批評家のメアリ・ロビンソンの姉妹であるメイベル・ロビンソンはハーディ夫妻と一緒に楽しく過ごすことがしばしばあったのだが、彼女はエマの思考は「小枝をピョンピョン飛び跳ねる小鳥のように」関連なく飛び跳ねたという、まったく普通の女性で、どちらか忘れたが、詩人か小説家になりたがっていたが、たいした才能がなく、彼女の書いたものを誰も真剣に考えてくれないことをひどく苦にしていたと話している(Millgate, 311)。

セント・ジュリオット牧師館で若きハーディをとりこにした、エマの生き生きした、独立心にみちた会話や所作の数々（これらは『青い瞳』のヒロイン、エルフリード・スワンコートに見事に取り込まれたのだが）は、作家の妻としての実際の生活ではあまり役立たないことが次第にハーディにわかってきたようだ。ハーディからエマに宛てた手紙の処々にみられるように、今や経済的な問題は勿論のこと、彼の仕事上の雑務や、家庭を管理する雑用まで、そのほとんどがハーディの肩にのしかかってきた。それはやむなくハーディが引き受けなくてはならないという状態であったらしい。エマは有能な妻とはいえなかった。

政治家で、ジャーナリストのT・P・オコーナーはあるとき、ハーディの後ろから驚くばかりに醜く、やぼったく、大きな胸をして、髪を後ろで小さく束ね、きつい顔つきをした夫人が歩いてくるのを見て、「ねえ、きみ、わかるだろう、あの哀れな男の書くものがみなペシミスティックになるってことが」とアメリカの小説家、ゲルトルード・アサートンに語ったとアサートンが書き残している(Gibson, 26)。小柄で、一見自信無げな、飄々としたハーディと中年になって太り始め、飾り立てたエマの姿が人目を惹いたのも、想像できないことではない。

レイモンド・ブラスウエイトは一八九二年八月二七日のハーディとの対談で夫妻を次のように書いている。

……ハーディ氏は、おとなしそうで、とても感じのいい人です。中背で大変思慮深い顔つきとかなり憂鬱そうな目つきをしているが、でも話してみると興味深く、楽しい人だ。たいていの人々は彼のことをイギリスの西部の人里離れた村で世捨て人として想いにふけっていると考えているようだが、これは勝手な思い違いというものだ。というのは、彼はドーセットシャの人気のない昔のままの小道よりもずっとしばしばロンドンの応接間や大陸のホテルでその姿が見られるからだ。彼の妻のほうは、彼より二、三歳若く、びっくりするくらい頭がよく、世事に通じていて、まったくもって世の中のことはよく分かっている風だったから、最初は、初対面の者には、はっきりと国教会的なところがあるのは何故だろうと思わせるのだが、彼女がいわゆるシャフツベリ卿のいう国教会のお偉方たちと親密な関係にあると知って、なるほどと思ったのだ。(Gibson, 38)

ハーディが『ダーバヴィル家のテス』にこめたもののために、そして非難を予測しながら付け加えた副題のために、さらに、『グラフィック』掲載のための削除や改変に、文字通り格闘していたとき、ことある毎に国教会の重鎮であるギフォード叔父を自慢し、夫が付き合い始めた有名人や上流階級の人々に多大の関心を抱いていたエマに夫の苦悩など理解されることはなかった。

一八九三年のあるとき、マックス・ゲイトで開かれた午餐会で、伝統的なキリスト教にたいして、異端的な意見を述べたハーディをエマがそれらは夫の本当の考えではないと、躍起になって否定したと伝えられている(Kay-Robinson, 122–23)。『ダーバヴィル家のテス』によって人間のありのままの姿を描き、清純なテスを追い詰める、社会の貧困や、教育制度や国教会制度の矛盾や堕落を鋭く批判し、自ら不可知論者であることも公言してはばからなくなっていたハーディはすでにエマの手の届かない存在であったといえよう。ハーディが『ダーバヴィル家のテス』でなしたことは、すでにエマの理解を超えていたのだが、エマはまだそのことに気づいていなかった。そこにエマの哀れさ、悲劇があったといえる。伝記作家らによれば、一八九一年頃からエマは、今は幻のものとなった'diabolical diaries'「悪魔的な日記」(とフローレンスに呼ばれ、エマの死後、ハーディによって燃やされた)を書き始めたと思われている。

この頃、エマにとっても、またハーディにとっても、悲しい死が続いた。エマの父、ジョン・ギフォードが一八九〇年七月亡くなり、エマは一人で葬儀に参列した。また母も一八九一年の暮れに亡くなったが、これも『ハーディ伝』では簡単に触れられているだけである。

ハーディの側でも、死が続いた。一八九〇年のトライフィーナの死。これは一八九〇年三月と記された「フィーナへの思い」として『ウエセックス詩集』に収録されている。一八九二年七月二〇日には次第に弱っていたハーディの父が亡くなった(Milgate, 325)。臨終の場に立ち会えなかったハーディは父のために葬儀とそれに続く三一日の日曜日の追悼礼拝の万端を取り仕切った。父のためにハーディが賛美歌などを選んでまとめたリーフレットは息子の父への深い愛情に満ちている。

父の死はそれまでボックハムプトンの母ジマイマとマックス・ゲイトの妻エマとの間にあった緩衝物をなくしたとミルゲイトは指摘している(Millgate, 326)。未亡人となったジマイマの方は当然、成功した息子への愛着と期待を強めたであろうし、他方、中年になり、作家の妻としての自信と威厳を身につけたエマの方には、そうした義母への今までの経緯からの反感もあったであろう。

一方、ドーチェスターで教え始めた妹たちは、一八八〇年代末、ハーディが買い求めた家に移り、マックス・ゲイトにより近いところに住み始めた。その後、エマが彼らの家を訪ねたことも、彼らがマックス・ゲイトの夫妻を訪ねたこともなかったようだ。ハーディがエマの自分の親族に対する態度をとがめた様子はなかったようだが、彼は彼で、自分の母や弟妹への気持ちをエマの立場を考えて斟酌するということもなかった。母が生きている間中、日曜日の午後のボックハムプトンへの訪問は欠かさずに続けられた。義妹メアリへのエマの恐るべき手紙（一八九六年二月二二日）が書かれるのは、時間の問題であったといえよう。

結局、『ダーバヴィル家のテス』の成功はハーディ夫妻に何をもたらしたのだろうか。この小説の成功によりハーディは押しも押されもせぬ文壇の大御所となった。彼はすでに時の人として上流階級の紳士淑女や、有名人たちに取り囲まれる存在となっていた。それと共に、彼の経済的な基盤が確立した意味は大きい。社交シーズン中をロンドンで過ごすハーディ夫妻にとって、ロンドンでの家捜しは頭痛の種であった。『ハーディ伝』には、一年を通してロンドンに住宅を構える余裕がないために、シーズンだけの借家を探して苦労する様子が書かれている。「薄汚い玄関、曲がった門柱、錆び付いた門、壊れてならないベル、部屋を案内する、ドレの版画にでてくるような奇怪な女たち」にエマは卒倒しそうになる(二三四)。『ダーバヴィル家のテス』の成功によって上流階級のようにはいかないとしても、ハーディ夫妻の経済状態はかなり改善したにちがいない。しかし夫妻の間の亀裂はますます深まる様相を見せていた。

第五章　ヴィクトリア朝の価値観を斬る
――『日陰者ジュード』(一八九六)

『日陰者ジュード』の背景――ヘニカー夫人との友情

一九二三年四月五日の日記にハーディはこう記している。

四月五日　今日の『タイムズ』で見た。「貴族出身のアーサー・ヘニカー夫人は一九二三年四月四日、心臓発作により死去。合掌」三〇年間の友情であった。

この簡潔な文章の背後には、実はハーディとヘニカー夫人(一八五五―一九二三)との、稀に見るユニークな三〇年にわたる友情が隠されていた。ところがその詳細は『ハーディ伝』ではほとんど触れられていない。

ハーディからヘニカー夫人に宛てた多数の手紙は一九二二年一一月九日、夫人からフローレンス・ハーディに託すという遺言により、無事遺されることになった。もちろん全てが遺されたわけではない。一五三通が *One Rare Fair Woman, Thomas Hardy's Letters to Florence Henniker 1893–1922*, ed. Evelyn Hardy and F. B. Pinion（Macmillan, 1972. 遺言の手紙は xxvii）にまとめられている。しかし、当然夫人自身によって意図的に破棄されたものや、ハーディ自身によって棄て去られたものもあると考えられる。さらに、夫人からハーディに宛てた手紙もほとんど残ってはいない。これらの多くはハーディ自身によって、またエマによって、さらにはハーディの死後、彼の頼みによりフローレンスによって破棄されたと考えられている。

とすると、ハーディとヘニカー夫人の友情のかたちは幸運にも遺された手紙をつなぎあわせることでしか理解しえないことになる。その真実の姿は破棄された数々の手紙のためにけっしてその全貌を顕すことはない。しかしこの遺された貴重な手紙は文学史上稀にみるユニークな友情と、作家ハーディの作品や日記からはうかがい知ることのできないハーディの内面と彼の文学生成の現場を浮かび上がらせるものとなった。

ヘニカー夫人と出会った一八九三年は、ハーディが『日陰者ジュード』執筆に没頭していた時期であり、また、彼の代表的な短編、「夢みる女」が発表された年でもあり、また、二人の唯一の合作の短編「真実の亡霊」"The Spectre of the Real" が書かれた年でもあった。さらに、夫人と関連していると思われる、幾編かの興味深い詩も残されている。この時期のハーディの文学を理解するには、ヘニカー夫人との交渉を抜きにすることはできない。

一八九三年五月一八日、ハーディとエマはロンドンのハミルトン・テラスの借家から、アイルランドへの旅に出た。この家はハーディが初めてロンドンで一軒家として構えたものであり、夫妻は

10. Florence Henniker (1855–1923), 1893

11. ヘニカー夫人と知り合った頃のトマス・ハーディ。
© National Portrait Gallery, London by William Strang, 1893

ロンドンでの住居についてはそれまでに様々な苦労を経験していた。旅はホートン卿の招きでダブリンの彼の屋敷、ヴァイスリーガル・ロッジを訪ねるためであった。先代のホートン卿は政治家や文人らによく知られた社交界の重鎮であり、ハーディは一八七〇年代から招待を受けていたのだが、一八八〇年にはハーディ自身の病気のために実現しなかった。現ホートン卿のその後の招待も、ハーディの父の死（一八九二年七月二〇日）によって延期され、訪問はここへきてやっと実現したものだった。

ハーディは五三歳の誕生日を目前にしており、『ダーバヴィル家のテス』の成功により、今や文壇の押しも押されもせぬ大御所であり「時の人」であった。一方、ヘニカー夫人は、弟の現ホートン卿が妻を亡くしていたので、一家のホステス役を務めて二人を迎えた。時に夫人は三七歳、知的な雰囲気を漂わせた、典型的な上流婦人であった。夫人の父先代ホートン卿はその客間に、政治家、文人、芸術家や俳優、探検家などを日常事として迎え入れたといわれる。A・C・スインバーン（イギリスの詩人・評論家、一八三七―一九〇九）、ブラウニング、カーライル、トロロープ、ハーバート・スペンサーといった錚々たる人々が客間を気軽に訪れた。そうした環境のなかで、聡明で早熟な少女として成長した夫人は、自身既に三冊の小説を発表もしていたから、『ダーバヴィル家のテス』の作者への関心は少なからぬものがあったに違いない。

夫人は貴族の次男であるアーサー・ヘンリー・ヘニカーと結婚していて、子供はなかった。夫とは同い年で、近衛連隊の一士官であったこの結婚に、父は不満を漏らしたという。夫は結婚後間もなくエジプトに赴き、その後の長い別居生活の始まりとなった。のちに夫はボーア戦争では指揮官として活躍し栄進を続け、一九一二年二月事故により亡くなったがそのとき、ハーディはフローレンスに奨められて、その死を悼む詩"A.H., 1855–1912"を発表している。

この飛び切りの美人とはいえないとしても、気品のある、おのずから上流階級の物腰を身につけ、しかも文学に対して並々ならぬ素養と感受性と関心を秘めた夫人は、一目でハーディを魅了したといわれる。ハーディの心底には、「貧乏人と淑女」以来の上流階級への憧憬があったこともあろう。さらに二人には文学という共通の関心があり、当時話題となっていた生体解剖に反対するといった性格的な優しさも共有していた。こうしたへニカー夫人とエマとの対比はあまりにも際立った。エマの五二歳という年齢もわきまえない、異様に派手な子供っぽい服装はこのダブリン旅行で特に人目を惹いたといわれる。ハーディは五月一九日の日記に夫人のことを短くこう記した。「たしかに、魅力的で、感受性の鋭い(intuitive)女性だ」。

人生には様々な出会いがある。それは時にある決定的な力である人の心をとらえてしまうのだが、振り返ってみると、その強い感動の原因はその人自身の内なる希求や渇望が生み出したものであることが、しばしばあるのではないか。五三歳を目前にしたハーディは、エマとの次第に増える行き違いに悩み、若い女性たちからはなんとなく疎んじられ始めたようで、忍び寄る老いをひそかに感じ始めた年頃ではなかったか。二二日ある大きなパーティで、ツィター(オーストリア・南ドイツ・スイスなどで用いられる弦楽器の一種)を弾いた夫人のあでやかな姿は、ハーディの心に焼きついたのかもしれない。ちょうど『青い瞳』のなかでピアノを弾き歌うエルフリードの姿が若いスティーヴンの心に焼きついたように。

ハーディはヘニカー夫人の中に、自分が捜し求めていた、美しく、上品で、知的な、しかも進んだ思想の持ち主で、その上文学を志す「理想の女性」を見たと思ったのかもしれない。実際には彼は夫人のなかに自らの夢を投影していただけであったのかもしれないのに。現実の夫人は、ともかくも世間的に見て幸福な結婚をしており、みずからの階級に当然な、保守的な国教会信者であり、その立場を捨てることなど思ってもみなかったにもかかわらずだ。夫人への憧憬と期待とそれが報われない絶望、ここに結婚制度があれほど執拗に問われる『日陰者ジュード』の秘密の種子があるともいえる。

五月二九日、ダブリンからロンドンに戻ってからのハーディの行動は尋常ではない。遺された手紙の一番目は六月三日付けになっているが、この手紙で、ハーディは夫人に本や手紙の礼を述べているから、その前にすでに手紙の往復があったことは確実である。「あなたと一緒にどこかへ出かけたいと、とても願っているのです。……」。そして、手紙はこの後、六月七日、九日、一〇日、二〇日、二九日、三〇日と続く。そして七月は二日、一三日、一六日、一八日、二〇日である。奔流のような手紙の量である。この驚くべき頻度で書かれた手紙のなかでハーディは夫人と会える機会を作ろうと腐心する。「あなたにぴったりのガイドブックを見つけました。それであなたに建築について色々とお教えしたいのです。それはわたしにとってとても楽しみなことです……」（六月七日）。はやくも夫人に対して先輩作家としてのメンター振りを発揮してハーディは書く。「うるさいことを言うのを許していただけるなら、あなたは少し速く書きなぐりすぎるきらいがありますよ。もっとも、たった今読み終えたあなたの「ジョージ卿」は最初読み始めたときに思ったよりはずっと素晴らしいものですよ」と褒めることも忘れていない。そして追伸として「あなたはわたしの生涯をとおして、数少ないもっとも大切な友人です」（六月一〇日）と書き送った。ハーディはこの時期しばらく熱にうかされたような状態にあったのであろうか。

「あなたはわたしにとって昔からの友人のように感じられる。この感じがいつまでも消えませんようにとただただ願うばかりです」（七月一三日）。夫人からのインクスタンドの贈り物に対して、少年のように心を躍らせてハーディは書いている。「あなたからの、優雅で高価な小さな贈り物が今日届きました。そしてすぐさまこの頂くのにふさわしくないわたしによって使用されております。本当に、本当にありがとう」（九月一〇日）。

また一〇月六日には肖像写真を何枚か贈られて、「こんなに美しい、大きな肖像写真を贈ってくださるなんて、あなたはなんと思いやりのある、素敵な方なのでしょう。それらはここに届いております。本当に、本当にありがとう。……全部を大事に、大事にします、でもそれらはわたしの一番魅力あるお友達であるあなたの外側だけしか表してはいないのですね！」と書いた。女性から男性に自分の大きな写真を贈るというのも、かなり大胆な振る舞いと思えるし、それを受け取った男性が、これは実に魅力的だがあなたの外側を表しているだけだ、大事な人、と書き送るとき、二人の間にかなり濃密な感情が流れているのが感知できる。これらの写真はあなたの外側、そしてわたしが求めているのはあなたの内側、あなたそのものという含意が行間に溢れてくるからである。

ちょうどこの時期、ハーディは『日陰者ジュード』と取り組んでいたのだが、ヘニカー夫人がまさに生成のさなかにあった『日陰者ジュード』に影響を与えたのは、特にヒロインのスーについてである。夫人のとらえどころのなさ、そして最後まで変わらなかったといわれる保守的な、因習的ともいえる考え方はスーに影響を与えた。こうした夫人の特徴が、『日陰者ジュード』のなかでスーへと昇華されていくのであるが、興味深いことにハーディの夫人への手紙はその原材料ともいえるものを提供している。

　当初からハーディには夫人の保守的な考え方が気に入らなかった。ハーディの不満は知り合って間もなくから手紙に書かれている。いやしくも小説家たらんとする女性がこれほど保守的であってよいものか。メンターとしてのハーディの忠告が熱心に展開された。P・B・シェリーの詩『エピサイキディオン』(*Epipsychidion,* シェリーが美少女によせて自由恋愛をたたえ、美と愛を歌った詩。題名はシェリーの造語で「魂の魂」の意)を夫人も同じときに読んでいることを知って大喜びをしたハーディはこう続けた。「わたしはそれを(*Epipsychidion*)読みながら残念だったことはシェリーの伝統を受け継ぐ子であり――当然彼の一派としてその思想に熱心に傾倒する弟子であるとみなされている人が、儀式偏重の教会中心主義を奉ずる弱虫のままでいることです。わたしには、あなたは自分のことが良く分かっていないように思える。あなたはなんらかの自分の感情を表現したいと感じている、しかし因習的な社会の考えに囲まれているために、ただ習慣的にその考えを受け入れているだけなのです。……それにしても、わたしはあまりにもメンターぶって書いていますね、わたしにそのような資格があるのかとあなたはいうかもしれませんね」(七月一六日)。

　また『日陰者ジュード』の結末のところで、ジュードが「われわれの考えはわれわれに役立つには五〇年早すぎた」と嘆く場面があるが、『日陰者ジュード』執筆の只中にいたハーディは九月一六日付の夫人への手紙で次のような同じ趣旨のことを述べている。「そうです、わたしは少し心配しているのです。あなたの立場というよりもあなたの因習的なものの見方についてです。この物語(合作)への影響など気にしてはいません(それはあなたの好きなように変更してくださってかまいません)——それよりもあなたの小説家としての将来のことです。もしあなたが自分の述べることで世間の注目を集めたいのなら、今の時点で、あなたはみんなが今から二五年先に考えたり言ったりしていることを発言しなくてはならないのです。そして、そういうことをすれば、あなたは保守的な友人たちを怒らせることになる。サラ・グランドはわたしが見るところ人間性について、あなたのように共感的で直感的な知識を持ってはいないのに、この点についてはあなたよりはるかに勝っている。——すなわち断固として友人たちを怒らせる決心をしているのです(彼女がそうわたしに言ったのです)——だから今や友人たちはみんな離れてしまいました。彼女が大胆に書くから。でもそれだから人々の耳を傾けさせているのですよ」と。

ハーディが忠告したとおり、二一世紀の今日、ヘニカー夫人の小説はその丹精な描写や、仕上りにもかかわらず、ほとんど顧みられず、サラ・グランドの *The Heavenly Twins*(一八九三)は世紀末を代表する「新しい女の小説」として脚光を浴びている。こうした度重なるハーディの忠告にもかかわらず、夫人の真面目な国教徒としての立場は終生変わらなかった。「新しい女」のように見えながら、その中身は因習的な考えにとらわれ、教会の儀礼にすがっている女、ヘニカー夫人のこうした矛盾はまさにスーの矛盾として取り入れられることになったといえよう。

『日陰者ジュード』のなかでスーは「魂の震えが体を透かして見えるほどに霊妙なひと」[1]と描写

されるのだが、“ethereal”「霊妙な」という同じ言葉が夫人に向かって投げかけられている。一二月一八日の手紙で、ハーディは夫人の性格や特徴について次のように書き送った。

この前お会いした時に得た一つの大きな収穫は、あなたの性格のある素敵な、愛しい特徴のいくつかが、あらためてわたしの意識に蘇ったということです。それはわたしも半分忘れかけていたのですが、手紙などからでは伝わってこないものですが、あの霊妙な、とらえどころのない、といったあなたの特徴なのです。（傍線筆者）

「霊妙で、とらえどころのない」夫人の特徴はハーディを悩ました。そしてその同じ言葉がジュードによってスーの形容詞として使われている。

『日陰者ジュード』の結末で、かつては「星のように煌いていた」スーの知性は崩壊し、「神と闘っても無意味だ」とジュードを棄てて、神の前で結婚した夫フィロットソンの元に戻り、因習の奴隷となり果てるスーの姿のなかには、夫人の旧弊さが色濃く投影されている。

夫人は謎の部分を残したまま、ハーディをとらえていくが、『日陰者ジュード』執筆のさなかの一八九四年一月一五日、ハーディは夫人にこう書き送っている。「わたしは例の長い物語（『日陰者ジュード』のこと）を這うように書き進めていますが、ヒロインが形を成し、現実味を帯びてくるにつれて、彼女に興味が湧いてきています。もっとも今の段階ではとても不透明なところはありますが」。スーはハーディが夫人に対して抱く不透明感が強まるのに比例するかのように、その不透明感を性格として定着させていったようである。

『日陰者ジュード』に関してハーディはまず雑誌掲載のために改変や修正を強いられたのだが、次には本としての出版のために、自分の意図したものに戻すために、実に苦しい思いをしたと『ハーディ伝』にも書いているし、ヘニカー夫人にも、度々洩らしている（一八九五年八月四日、八月一二日）。しかし、こうした産みの苦しみのなかでハーディは「不思議なことに今まで書いたどの物語よりも、スーの物語にわたしは興味をもつようになった」と夫人に告白している。『日陰者ジュード』のスーの生成にはこの時期のハーディとヘニカー夫人の特殊な友情を理解することが不可欠であろう。

短編「夢みる女」・合作 "The Spectre of the Real"・ヘニカー夫人との関連詩

この時期、ヘニカー夫人の影響として看過できない短編「夢みる女」との関係が重要である。ハーディ最初の短編集『ウエセックス物語』はもともと一八八八年に出版されていたが一八九六年に再版されたとき、ハーディはもともとの五短編に「夢みる女」を最初の物語としてつけ加えた。この短編は『ペル・メル・マガジン』の一八九四年四月号に発表されたものであるが、『ハーディ伝』の一八九三年一二月にこの短編のことが簡単に述べられているので、この短編は一八九三年後半に書かれたとされている（のちに短編集 *Life's Little Ironies* に入れられた）。

この短編の背景としては知的な面と個人的な面の二つがあるといわれている。一つはハーディが一八九〇年ごろ、アウグスト・ヴァイスマン（ドイツの代表的な進化論生物学者、一八三四―一九一四）の遺伝に関する著作を読んでいたこと、そして二つ目はモデルがヘニカー夫人ということだ。指摘されているように、当時夫人が住んでいたサウスシーは作中ではソレントシーとされ、ヒロインの夫は、銃製造業者という、およそ芸術とは縁のない、きな臭い仕事に従事しているが、このことは、夫人の夫が、軍人であることと呼応しているといえる。作品中の傷つきやすい詩人はダンテ・ガブリエル・ロセッティをモデルにしたとも、ハーディ自身ともいわれている。そして、ヒロインのエラ・マーチミルはまさに夫人のような、過敏な想像力に震える、感受性の化身のような、文学好きの女性である。三人の子供を持ち、俗っぽい夫と暮らしながら、自分はひそかに詩を書いて匿名で投稿している。

物語は一家が有名な海辺の保養地ソレントシーで貸間を探すことから始まる。借家は、すでにそこに間借りをしていた詩人ロバート・トルーが夏の間は留守にするから貸せるということで、女主人に勧められてきめた。エラはたちまちその詩人と詩人が住んでいた部屋に異常な興味を持ち始め、彼の部屋を探検する。その詩人の詩と自分が男性名で発表した詩が雑誌の同じページであったことを知り、その不思議な偶然の一致に心の高まりを抑えられない。詩人が眠ったベッドの壁紙に書き残された、詩らしきものを見つけ、彼女の心はますます興奮していく。

のちに短編集の題名となった *Life's Little Ironies* の「人生の小さな皮肉」は、この物語では次のように展開する。友人とのヨット遊びなどに明け暮れていた夫は、ある日、今夜は遠出するので夜は帰らないと電報をよこす。エラは夫が帰らないと知って、その夜は思う存分、詩人の眠ったベッドで、詩人への想いに耽溺することができるとひそかに思う。

エラは額縁から取り出した詩人の写真を目に涙を浮かべてじっと眺め、そっと写真に接吻した。文学など一顧だにしない、俗っぽい夫に比べて、この詩人こそ彼女の内なる感性にとっては真の伴侶と思えたのだ。「彼女は彼の詩集と写真を、ベッドのそばのテーブルの上に置いた。枕に頭をつけて横になったとき、彼女は最も感動的で、最も真にせまる詩行として、いままでにときどきしるしをつけていた、ロバート・トルーの詩を読み返した。その詩集をわきに置くと、掛け布団の上に写真を立てて、横になったままでその写真をじっと見た。それからろうそくの炎で、ふたたび頭のそばの壁紙に書かれてはいるが、半ば消えかかった鉛筆のはしり書きの詩の韻を、確かめつつ読んだ。……その壁紙から彼の息吹きさえもが、温かく美しく彼女の頬に吹き付けてくるかのようであった……これらの詩句は、きっと深夜胸に浮かんだ思いであり、魂のあがきであったに違いない。深夜であれば、自由にうたっても冷酷な批評も恐れることがないからである。きっと月明かり、ランプの光で、青白い夜明けに急いでかきとめられたものだ。……詩人が胸を横たえた場所に、いまや彼女の髪の毛がふりかかっていた。詩人の本質そのものに触れて、エーテルのように彼女の身体中に詩人の魂がいきわたり、彼女は詩人の唇のうえに眠ったのである」(2)。

ところが、この恍惚状態にあるエラのところに、帰宅しないと言っていた夫が突然帰ってくるのだ。エラはあわてて写真を枕の下にかくした。夫は身をかがめて彼女にキスして言った。「今晩はお前と一緒にいたかったのだよ」と。翌朝、夫は夜具の下でがさがさしていたものに気づき、写真を取り出し、妻に質すがあまり気にも留めずまた出かけていった。

エラのほうは詩人のことが忘れられず、何とか会える機会はないかと画策しているうちに詩人が、彼ら一家が去ったあとの海辺の家で、ピストル自殺をしてしまう。

一日会えていたらこんなことにはならなかったろうにと、悲嘆にくれる夫人は、下宿の女主人に頼んで、死んだ詩人の写真と髪の毛を一房もらって大切に胸の中にしまい、時々とり出してはそっとキスした。写真を見ては泣きはらし、傷心のあまり彼女は次第に憔悴していった。四人目の子供を身ごもったことを知ったエラは本能的に今度のお産は乗り切れないのではないかと懼れる。そして虫の知らせを感じていたかのように、産褥の床で力尽きて死ぬ。

妻の死後二年経って、夫は妻の遺品のなかから封筒にはいった詩人の写真と一房の髪の束をみつける。写真の裏には妻の筆跡で一家がソレントシーで過ごした日付が書かれてあった。「マーチミルは、考え込んでその髪の毛と写真をじっくりと見た。思いあたるふしがあったからである。妻の死の原因となり、いまでは騒々しくよちよち歩きをする男の子を連れてきてひざにのせ、その子の頭にその髪の毛をあて、写真をうしろのテーブルに立てたので、彼はそれぞれの目鼻立ちを、入念にくらべることができた。世間には知られてはいるが、説明しがたい自然のいたずらによるものだろうか、エラが会ったことのない男と、疑いもなくそっくりそのままのところが見られた。詩人の夢みるような、独特の表情が、まるでのり移ったかのように、幼児の顔には見られた。それに髪の毛の色も同じであった。

「こん畜生、こんなことだったのか！」マーチミルはつぶやいた。「やっぱりあの女は、あの下宿で、あの男とできていたのだ！　えーっと、日付は八月の第二週で……五月の第三週にこいつが生まれたのだ……そうだ……そうだ……あっちへいけ、このガキめ！　おまえはおれの子じゃない！」。このように、物語はまさに人生の小さな皮肉として終わるのである。のちにハーディはこの物語を短編集『人生の小さな皮肉の物語』の巻頭に持ってくるに際して、この短編こそが題名にふさわしいものだとして、「過敏な想像力を持った人妻におこるかもしれない、自然のもたらすいたずらというか、身体のもつ不思議なありようを主題としているからだ」と、「まえがき」に書いている。あまりにも詩人に恋焦がれていたがために、不思議にも詩人の面影を宿した子供が生まれたのか、あまりにも詩人への熱情に身をもだえさせていたまさにそのときに、夫のひとときの欲情を受け入れたために、身籠ってしまったのか、これこそ自然のいたずらとハーディが言うものであり、人生の皮肉のひとこまであろう。

この短編では、エラは始めから終わりまで、揶揄の対象として描かれているので、エラの悲劇は喜劇として、すなわち悲劇ではあるが喜劇的なヒロインとして扱われている。彼女の鋭敏な想像力の行き過ぎは愚かさとして苦笑のもととなっている。しかし、その根底には心の通じ合わない夫婦の、悲劇が横たわっている。制度で縛られた、愛のない結婚という主題は、ここでは正面から扱われてはいないが、しかし、これが『日陰者ジュード』の主題につながっていることはあきらかであろう。この時期、ハーディの頭にはつねに『日陰者ジュード』のヒロインのことがあったのではなかろうか。「夢みる女」の終わりには一八九三年と記されている。

次に、ハーディとヘニカー夫人の友情から生まれた唯一の合作であり、『ハーディ伝』に「ヘニカー夫人と合作した気味の悪い物語」（二六一）と書かれている'The Spectre of the Real'の興味深い合作の経緯をみよう。ロンドンに戻ってから、ヘニカー夫人との親交を深めることにハーディは夢中になるのだが、七月一九日、ハーディはマックス・ゲイトからロンドンに向かう途中、夫人を訪ねたらしい。そして合作の話は多分そのときに初めて持ち出されたのではないかとされている。そして七月二〇日の手紙では「わたしは話し合っている合作の計画について考えてみます。そしてまたお便りします」と書いた。世にときめく大作家から、合作の計画を打ち明けられた夫人の興奮は容易に想像できる。こうしてこの合作をめぐって二人の間に交渉が続くのだが、遺されたハーディの手紙はその興味深い経緯を語ってくれる。

この合作'the joint story'が完成の山場を迎える一八九三年一〇月には、残された手紙は五通を数えている（一〇月六、二二、二五、二八、三〇）。それらのなかで、ハーディはエンディングについて、また物語のタイトルについて、その細部の描写について、夫人の意向を聞く形をとりながら、実は自分の意思をかなり強引に主張している。パーディは、この合作の短編はまったくハーディ主導のもとに書かれたとしている(Purdy, 346-48)。そのテーマは、ハーディ文学の底流となる主題である「貧乏人と淑女」の線につらなるものだし、秘密の結婚、結婚後の幻滅、ヒロインの二度目の結婚の前夜に夫が突然帰ってくる、その邪魔者の夫が偶然死ぬ、といった点はいかにもハーディ的とされている。さらに、文体からもハーディのものだと指摘する評者もいる。またエンディングについては、ハーディが夫人への手紙でも述べているように、出版社から草稿が届いたら、「まず最後をみることをしないで、その効果を得るために始めからどうぞ読んでください」と書き、これが今までに考えたどんな結末よりもよいと思う（一〇月二八日）と自分の意見を通している。合作を巡る手紙をとおして二人の間には細やかな感情の交流が続いた。
こうしてハーディ主導のもとに、ハーディにメンターぶりを遺憾なく発揮させる機会を与えた'The Spectre of the Real'は一八九四年一一月一七日の『トゥデイ』に掲載され、アメリカでは何種類かの新聞に載った。手紙の度にハーディは夫人を"my most charming friend"とか、"dear fellow-scribbler"と親しく呼びかけ、一八九四年八月一八日の『イラストレイティッド・ロンドン・ニューズ』には匿名で夫人の紹介文を寄せている。なんとかして夫人の役に立ち、夫人の関心を惹きつけたいというハーディの努力の結晶といえるのが、この短編であるかもしれない。ただあまり世間の注目は集めなかったらしい。この合作の経緯はパメラ・ディアルによって詳細に論じられている。[3]
しかし筆者にとって興味深く重要なのは以下の点なのである。'The Spectre of the Real'は『トゥデイ』に発表されたあと、ヘニカー夫人の手により一八九六年に短編集 *In Scarlet and Grey*[4] に収録された。だが、この収録に際して、夫人により驚くべき削除がなされた。当時、小説はまず雑誌に発表され、その後単行本として出版されるのが常であった。ハーディの場合も、先ずは著名な雑誌に掲載され、その後で本になっている。先ず雑誌に掲載されるためには、お茶の間の読者にとってふさわしい内容であるためにグランディズムの立場から、改変や削除が編集者から求められた。そのためにハーディがいかに苦汁をなめたかは、枚挙のいとまがない。本になるときに初めて本来の意図に作品をもどすことができたのである。『ダーバヴィル家のテス』や『日陰者ジュード』でのハーディがなめた苦汁は『ハーディ伝』の行間に溢れている。
ところが、*In Scarlet and Grey* ではまったく逆のことが起こった。雑誌では大胆に表現されていた、ジムとロザリスの七年後の再会場面での性的なほのめかしが、本に入れられたときに、全て消されたのである。ハーディは合作のやりとりの最中に、自由に夫人が手をいれることを望んでいると書いているが、実際にはそうはいかなかったようだ。ハーディは当然自由に書いたのであろう。そして夫人はどうしても、そのままでは短編集に収録できないとして、削除に踏み切ったと思われる。

何が削除されていたのか？　秘密の結婚をしていたジムとロザリスだが、ジムは七年近く行方知れずであった。ところがロザリスが近隣のパークハースト卿と結婚するときめたその前夜、それを伝え聞いたジムが突然現れる。知人のパーティに現れ、ロザリスに近づいたジムは恐怖に青ざめる彼女に、夜中の一二時に彼女の屋敷の門のところで会うことを命ずる。

召使などを気にしながらそっと脱け出して門のところにやってきたロザリスをジムは激しく抱き寄せ接吻する。そして、周りを気にする彼女をせかして、彼女の部屋へと入り込む。Ⅵの終わり近くで、ジムがロザリスを激しく抱きしめる。「あなたが嫌い！」といい続ける彼女に「何をばかな！違う、お前は僕が好きなのだ！　さあ——お黙り、おまえ——いつも（接吻のときそうしていた）のように顔をあげるのだ！……」という前後の文章は消された。また、Ⅶでもジムが「ロザリスの部屋で三時間半を過ごして」、といった具体的な指摘は消えているし、二人が別れるときの自分の愚かさを悔いるロザリスの以下の苦しいうめき声も削除されている。“O—O—what have I done! What a fool—what a weak fool!” she moaned. “Go away from me—go away!” さらに、ジムと別れたあと、自室に戻ったロザリスが「悲しげに自分の部屋のありさま（乱れた寝室）を眺めた」という文と事態の急変を明日結婚するパークハースト卿に知らせせなくてはならないと机に向かったときに彼女から洩れる言葉“O, how weak, how weak was I!”もない。

三時間半という時間のもつ意味はこれらの削除された何カ所かの文とともにはっきりとした意図をもって、ジムとロザリスがもとの夫婦の関係に戻ったことを示すためにハーディによって書かれていたといえる。それなのに、それらをそっくり削除することによって、話は肝心なところのぬけた、漠然としたものになってしまった。おそらくハーディには削除など論外のことであったと思われるのだが、夫人にとっては、自分の本に入れるにはあまりにもあからさまな性的ほのめかしとして、削除しないではいられなかったのであろう。物語の結末は結婚したパークハースト卿が新婚旅行の途中で、原因不明のピストル自殺をとげるという思いがけないものになる。貞節を信じていた妻に過去があったということが恐ろしい現実として浮かび上がってきたとき、生真面目なパークハースト卿は絶望のあまり、死を選んだのであろう。貞節だと信じていた妻が結婚式の前夜に行方不明となっていた夫の愛を受け入れるような女でもあったということ、貞節な花嫁はパークハースト卿の頭の中に存在しただけであったこと、こうした生の真実は、削除された性的ほのめかしが存在してこそ、意味をもつものであったろう。ハーディの生の真実を書くという意図は夫人の削除によって曖昧なものとなってしまった。夫人は結局、グランディズムに従って、ハーディの意に従うことはできなかったのである。

遺された手紙には一八九四年一月一五日から一八九五年八月四日まで約一年半の空白がある。もちろんこれは遺された手紙によるものでしかないのだが、この間ハーディは『日陰者ジュード』に没頭していたのであるが、次第に夫人へのメンターの役割が冷めていったように思われる。一八九五年八月四日の手紙で、わたしは出版社から短編の依頼をいくつも受けているが、今は（『日陰者ジュード』を連載物から本に戻すのに追われていた）書くことができません。あなたをわたしの代わりに推薦したいのに、「あなたは何故ずっとわたしの弟子でいなかったのですか！」といった非難めいた言葉を発している。夫人が自分の意に沿わないことを悟ったハーディは次第に忠告を諦め、その態度は柔軟なものへと変化したようである。しかし、一九一一年（三月一七日）になっても、ハーディは嘆いて夫人に書いた。「近年わたしたちはものの考え方があまりにも違いすぎてしまいました」と。

ジュードに「ぼくたちは五〇年早過ぎた」と叫ばせるような小説を書き、国教会、教育、階級、結婚など、社会の根幹をなす諸制度を攻撃して社会に衝撃を与えた不可知論者ハーディと、あくまで妻の座を守り、敬虔な国教徒であり続けた夫人との間には越えがたい溝があったのは当然であったろう。

夫人との関連詩も興味深い文学生成の場を明らかにする。発表された順序によらないで、出会いの時間をたどって、三編の詩を取り上げる。詩においてこそ、ハーディは自分の気持ちを赤裸々に吐露していてそれらは夫人とのリアルな関係を浮き上がらせる。

あの月のカレンダー（The Month's Calendar）

過ぎ去ったこの月の
カレンダーを破り捨てよ

この週から週への全ての日々よ
すみやかに忘却の彼方へと飛び去れ

わたしたちが出会ったあの日よ
暗闇のなかに消えよ
陽気だが半分悔いを含んだ言葉を
あなたはやがて忘れるだろう！

二日目もそうだ
正午までわたしは心に秘めていた
そう――様々な想いを――三一日までは
だがその日は最悪だった

なぜならそのときにこそ
あなたはわたしに悟らせたのだ
どうしてもあなたは　わたしのものには
なりえないという充分な理由を！

一八九三年五月一九日にハーディはヘニカー夫人にダブリンで初めて会った。遺された手紙は六月三日からのものである。ハーディの手紙から推して前述したように、それ以前に手紙の交渉はあったようである。この詩は出会った五月一九日から六月一日までのハーディの心の軌跡を表しているとされている。ベイリーによれば、最初のスタンザは多分六月一日、その前の月のカレンダーを破ることを表しているという (Bailey, 513)。『ハーディ伝』には一九日から二五日までの訪問の様子が簡単に記されているから、その間の時間を意味すると思われる。

第二のスタンザは出会った日のことか。第三は五月二〇日で、その日、ハーディはヘニカー夫人とは別行動をして市内見物に出かけている。エマは夫人と市の見物に行った。このスタンザの後半と第四のスタンザは五月三一日であろう。そのときハーディは明らかになんらかの自分の感情を彼女に伝え、彼女からは単なる友情しか返ってこなかった、ということがあったとみられる。ハーディは自分の哀切な感情を詩に吐き出したのである。この詩は一九二五年になって第七詩集『人間の見世物』に発表されている。

ダブリンからロンドンへ戻ったハーディは色々な口実をもうけてヘニカー夫人と会う機会をつくることに心をくだいたようである。二番目の夫人であるフローレンス・ハーディによって、次の詩はヘニカー夫人を詠んだものとされている。「一八九三年の思い出」という副題がついている。発表は一九一四年の第四詩集『人間状況の風刺』である。

町なかの雷雨 (A Thunderstorm in Town)
一八九三年の思い出

彼女はテラコッタ色の新しいドレスを着ていた
そしてわたしたちは　叩きつけるように降る雨のために
辻馬車の中の乾いた片隅にとどまっていた
馬車はもう停まっていたのに　居心地よくふんわりと
身じろぎもしないで坐りつづけた

やがて土砂降りの雨が止み　わたしの悲しみがいや増したのは
二人の姿をかくしていた　目の前のガラスの扉がさっと開いて
彼女は自分の家のドアへと跳び出した
もしも雨があと一分間続いていたなら
わたしは彼女に接吻していただろうに

次の詩もハーディの夫人への一方的な想いと想いがかなわない痛切な悲哀と怨嗟がこめられたものである。この詩は『ウエセックス詩集』（一八九八）に発表された。エマはこの詩をどのような気持で読んだのであろうか。

ある宿で（At an Inn）

わたしたちがふらりと宿に入って
　食事を部屋へと頼んだとき
かれらは　わたしたちの関係が
　わかったような微笑を浮かべた
友達以上の間柄と思って
　かれらの態度はやさしかった
恋の気持ちひとすじに
　わたしたちは全てを擲ってやってきたのだと

そして生き生きとした愛を前にして
　あのたちまちに生じる共感が
それがこの世と――多分
　天上の天体たちを元気づけるのだが
かれらを牧師のように振舞わせて
　感動して言わせる
「ああ、神よ、あのひとたちの幸せが
　われらの時代を輝かしますように！」

そしてわたしたちは二人きりとなった
　恋の神に選ばれたペアとして
けれどそこではわたしたちの間には
　ついに恋の灯はともらなかった
かわりにあったのは午後の吐息の
　冷ややかさ
窓ガラスに身を擦り付ける蝿を
　麻痺させて死に至らしめるような

宿のひとたちが予想した　そして
　もう実現していると思われた接吻は
実現しなかった　恋の神は愛をかかえたまま
　ゆっくりと麻痺していった
なぜ恋の神はわたしたちのものではない華やぎを
　わたしたちに与えたのか？
なぜ仕事のあとの自分の慰みのために
　わたしたちを創り出したのか？

あの遠い昔の日
　かれらには　わたしたちがそうではなかったものに
見えたように
　今わたしたちの苦しみは　人にはみえない
おお　人々を引き裂く海よ　陸よ
　おお　人の世の掟よ
願わくば　命尽きるその前に　もう一度
　あのときのように　二人を立たせ給え！

ミルゲイトによれば、この詩は八月八日にハーディとヘニカー夫人がウインチェスターを訪ねたときのものだという。二人はサザムプトンの真北にある鉄道の中継点のイーストレイで落ち合い、食事をしてから、町を出て『ダーバヴィル家のテス』の最後でエンジェルとライザ＝ルーがテスの処刑を知らせる黒い旗があがるのを眺めた地点まで歩いたりした (Millgate, 339-40)。この詩は恋人の密会になるかと期待していたハーディのやるせない思いを語っている。それは「人の世の掟」に縛られ、身動きできないハーディの苦悩を色濃く表したものとなった。八月一七日の手紙で、ハーディは自分が八月三日に書いた手紙（残ってはいない）はとてもはずかしい、あなたの考えを知る前に書いたので、「実に病的だ！」と弁解している。

エマは夫と夫人の関係をどうみていたのであろうか。こうしてハーディの一方的な思いだけがふくらんだような夫人との関係であったが、夫が、上流婦人であり、文学者でもあるヘニカー夫人と親しくしているという事態はエマにとってもけっして無視できるものではなかった。エマは夫人に好意的ではなかったと伝えられているし、ハーディはロンドンでエマが夫人にどう対応するのかといつも心配がたえなかったという。

エマは『日陰者ジュード』のスー像にヘニカー夫人の投影を見たのか、スーよりもアラベラに共感を示したといわれる。『日陰者ジュード』出版の頃から、特にハーディとエマの関係は険悪になっていった。一八九三年七月二四日付けのハーディのエマへの手紙が一通残っているが、この頃のハーディのヘニカー夫人への奔流のような手紙の数々にエマはどの程度気づいていたのであろうか。夫の心が自分から離れ始め、それがどこに向かっていたのか、気づかなかったはずはなかろう。

T・P・オコナー（アイルランドのジャーナリスト・政治家、一八四八―一九二九）によればエマは夫について次のように語ったという。「おわかりでしょう、あの人は実に虚栄心が強くて、利己的です。それに彼がロンドンで会うああいった女たちはその傾向を助長するのです。あの人たちは毒で、わたしはその毒消しという役目です」(Kay-Robinson, 122)。オコナーには彼女がなんとかして夫をおとしめ、苛立たせ、がっくりさせようとしているようにみえたという。

この頃のエマを語るものとしてエマの数少ない一通の手紙がある。一八九四年一一月一三日の手紙は夫への厳しい批判を含んでいる。女権拡張運動家メアリー・ホーウィスに宛てて自分は The National Society for Women's Suffrage に関与するのはやぶさかではないと知らせたあと、夫のことをこう書いた。「彼には女性の参政権に対する関心など少しもありません。……彼は自分が創り出した女だけを理解しているのです——他のものは全然です——彼はただ芸術のためにだけ書いているのですよ、道徳問題も扱ってはいますけれど」と。そこにはあきらかに夫に対する苛立ちが強くみられた。

ハーディのヘニカー夫人への熱情は一八九五年にかけて次第にさめていったようだ。しかし、お互いが文学を愛しているという共通点に関しては終生、変わることはなかった。ハーディの手紙は一九二二年五月二九日のものまでが残されている。残されたものからの判断でも、すくなくとも夫人の死の一年前まで八一歳の老齢のハーディは親しく手紙を書き続けていた。

初期の手紙が夫人への熱い想いと生々しいハーディ文学生成の現場を語るとすれば、後半の長い年月、メンターとしての役割は諦めたとしても、ハーディの手紙は夫人に様々なことを語りかけた。ハーディは彼女に心を開いて、愛と友情を語り、時にキリスト教への絶望を語り、結婚制度の矛盾と悪を非難し、世紀末の救いのなさや、ボーア戦争を嘆き、第一次世界大戦については反戦の思いを書き、個人的にはエマの死とそれに続くフローレンスとの再婚を知らせている。こうしたヘニカー夫人との長い友情は作家の微妙な心の内奥と、その文学生成の興味深い現場をみせてくれるという意味で、イギリス文学史上実にユニークな例といえよう。たとえその真の全貌は誰にもわからないとしても。

『日陰者ジュード』の衝撃――宗教・教育・階級・結婚の諸制度を問い直す

『日陰者ジュード』(一八九六)は衝撃的なテクストである。出版されるやいなや、国教会、教育、結婚、階級といった国の根幹を支える諸制度への激しい批判や、あからさまなキリスト教の神への疑念や赤裸々な性の扱い方、さらにリトル・ファザー・タイム(以下ファーザー・タイム)によるグロテスクな殺人と自殺という陰惨な事件によって、当時の社会に衝撃を与えた。以後百年余をへだてた今日に至るまで、その衝撃は読者を震撼させ続けている。

『日陰者ジュード』はハーパー社の連載もの用に改変され、また元の形に戻すという、ハーディにとってはうんざりする作業の後に出版に至ったのだが、この初版の序文でハーディは小説の意図を次のように述べている。「これは一人の男が世の成人男女に呼びかけた小説であり、人間に知られる限りの情熱の跡にうごめく苛立ちと熱情、嘲笑と災いをありのままに扱おうとしている。すなわち、肉と霊の間で戦われるすさまじい戦いを臆することなく、あるがままに語ろうとつとめ、果たされなかった志の悲劇を示そうとするものだ」と。

ここには第一作「貧乏人と淑女」に始まり、次々と世間の注目を集める小説を発表し、『ダーバヴィル家のテス』で、ついには押しも押されもせぬ当代きっての作家となったハーディの、内に秘めた並々ならぬ自負と決意をみることができる。この間の事情をミルゲイトは次のように説明している。「ハーディは(もはや経済的な事情も十分に安定していたから)『日陰者ジュード』では最初から、ためらうことなく、世間と妥協することなく、言いたいことを言おうと心に決めていたよう

12. オックスフォード、シェルドニアン・シアターの頂塔から眺めるオックスフォードの尖塔、講堂の数々。『日蔭者ジュード』の舞台となる。

だ」(Millgate, 374)。ハーディはイギリス階級社会の根幹にある国教会制度や教育制度や結婚制度のありかたに内在する非人間的な諸悪に対して、第一作以来心中に煮えたぎっていた怒りを思う存分に爆発させたというのだ。

その結果は、ハーディ自身の予測を超えた、大西洋の両側での非難の大合唱となった。『日陰者ジュード』はウエークフィールドのハウ主教によって焼き捨てられる運命に遭った。教会の側からのこの激しい攻撃はハーディを悲しませたが、「ハーディが十分に意識していたことは、たとえ幾分あからさまに描かれていたにせよ、この小説の倫理的な教訓は、いかなる主教の説教に劣らず優れたものだ」(『ハーディ伝』二七七―七八)ということであった。

轟々たる非難のさなかにあって、小説の真の価値を認めたのは、皮肉なことに、文壇の異端者とみられていたハヴロック・エリス（イギリスの心理学者・批評家、一八五九―一九三九）とA・C・スインバーン（イギリスの詩人・文藝批評家、一八三七—一九〇九）であった。R・G・コックス編『トマス・ハーディ批評誌』[5]によるとエリスは『サヴォイ・マガジン』（一八九六年一〇月）で「自分はハーディ文学の熱烈な賛美者である」と述べ、『性の心理の研究』の著者らしく、この小説こそ「ただの儀式としてのものとは、全く違ったものとしてはっきりと認識されるべき結婚の実態を、わが国の文学で初めて描いたものだ」と鋭く喝破した。またスインバーンは『日陰者ジュード』について「その美しさ、その恐ろしさ、その真実は全てあなたのもの、あなただけのもの」（『ハーディ伝』二七〇）だとハーディを絶賛した。

　友人のゴスに対しては、その慧眼を評価しながらも、「これを赤裸々な骨組みにしてしまうと、ぞっとするような物語」だとか、「あまりにも汚い、あまりにもアブノーマルな物語」(Cox, 268) だときめつけたことには、苛立ちを隠さなかった。「物語の〈薄汚い〉特徴は、人が送りたいと願う理想の生活と送ることを余儀なく運命づけられている汚い生活のコントラストを示すためにあるのだ」(Millgate, 370) と自らの真意を語っている。追記で「やがてある人が『日陰者ジュード』は難しい主題を厳格に扱った道徳的な作品であることを発見した——まるで作者が「序文」で、これはそういう意図で初めから書いたものだということを明言していないかのように」と述べたことは、ハーディにしては精一杯の皮肉を込めた抗議であろう。

　さらにハーディはゴス宛の手紙（一八九五年一一月二〇日）では、「勿論、この小説は全てコントラストで出来ている——もともとの構想はそのつもりだった……」と述べ、自分の意図がいかに惨めな結果に終わっているかを嘆き、「自分が計画していたものに比べて、出来上がったものは、なんとつまらなく情けないものになっているか、君にはほとんど想像もできないだろう」（『ハーディ伝』二七二）と書いた。こうした経緯からみても、R・P・ドレイパーも述べているように、[6]ハーディはこの小説で自分が行っていることは、充分に認識していたといえるのだ。

四人の人物を「長方形のように幾何学的に」（Cox, 264）配置し、「実際の生活では考えられないような、対称的な構想を持つ」（Cox, 307）と指摘されるプロットは、はっきりとハーディが意図したものとしてしか考えられない。その結果、小説は「コミック・トラジェディ」あるいは「ハイ・ファース」と評される様相を帯びることにもなった。この非現実的な、幾何学的な構成に加えて、およそ実在の人物とは考えられない、不気味なファーザー・タイムの出現と彼の殺人、自殺というグロテスクな事件は一気にこの小説に従来の伝統的なリアリズム小説の枠組みを超えさせてしまったともいえよう。

一八九〇年八月五日にハーディは芸術について次のように書いている。「芸術とは、現実の均衡を崩すことだ……」（『ハーディ伝』二二九）。ハーディは一貫して写真のようなリアリズムに反対している。後期ターナーに強く惹かれたハーディは「自分は現前の風景の底に横たわるより深い現実」（『ハーディ伝』一八五）をこそ見たいとして、「芸術とは、いかにして、その（現実の）真実の効果を、偽の姿を借りて創り出すか」（『ハーディ伝』二一六）にあると述べている。

ハーディは非現実的な「幾何学的な構想」を練り、同様に現実には考えられないファーザー・タイムを登場させ、ありそうもない事件を起こすことで、現前の奥に隠された生の真実の姿を描こうとしたのである。その試みの真の意図は理解されることなく、巷間をあげてのすさまじい非難に直面したとき、彼は小説の筆を折って、詩に向かった。以下その後、詩作へと向かったハーディ最後の小説として、『日陰者ジュード』においてハーディが目指し、達成したものは何であったのか、その衝撃的な意味を、国教会、神の死、階級、結婚、ファーザー・タイムの問題点に関連して探る。『日陰者ジュード』はまずイギリス社会の支配体制の元締めであるクライストミンスター（国教会の総本山）に衝撃を与える。これは貧しい青年ジュードとクライストミンスターの戦いの物語であり、またジュードがクライストミンスターへの夢から覚醒する物語でもある。ジュードはどこからどこへ到達するのか。

メアリグリーンでのジュードは「蜃気楼」（一三）のように浮かぶクライストミンスターに憧れ、その町に「最後の四マイルをわざわざ歩いて」（六一）やって来る。クライストミンスターが輩出した偉人たちの亡霊がうごめきだし、彼らと夢うつつの対話を繰り返すジュードにとって、町はたとえようもなく麗しい「光の都」（一七）であった。しかし、ジュードの夢は破れる。貧しさゆえの非現実的な勉強のために、彼の前に壁が立ちはだかった。「たった一枚の壁に過ぎなかった――しかしなんと途方もなく、越え難い壁であることか！」（六九）とジュードは嘆く。ジュードのような階級の出身者にはけっして大學の壁は越えられない。

やがて、彼はスーの知的洗礼を受け、次第に学問と宗教の牙城である、クライストミンスターそのものへの懐疑に目覚めていく。依然として荘厳な場所だというジュードに対して、スーは「クライストミンスターの古臭い中世主義は捨て去られなければならないの。それができないのなら、クライストミンスターそのものが消え去らなくてはならない」（一二五）と言う。スーにとってクライストミンスターとは学問への情熱を持ちながらも、お金も機会も縁故もないために追い払われたジュードのような者のためにこそあるべきなのに、現実は「呪物崇拝者たちや亡霊信奉者どもがうようよ集まっている場所」（一二五）に過ぎないと言うのだ。

ジュードにはおぼろげに判り始めたのだ。「町の生活の方が大学の生活よりも、はるかに生き生きして、変化に富み、人間性の書物としてまとまったものであるということが。キリストや大伽藍のことは知らなくても、この懸命に生きている男たちや女たちこそ、クライストミンスターのリアリティなのだ」（九七）と。だが悲しいことにこれはそのときに彼に訪れた一瞬の覚醒にすぎなかった。

ジュードが真の覚醒に至るのは、「霊と肉の凄まじい戦い」を通しての霊のシンボルであるクライストミンスターが肉の圧倒的な力に敗れ去るのを自覚したことからである。ジュードが生真面目な顔で「エウリピデス、プラトン、アリストテレス、ルクレシウス……」と名を挙げて学問の世界に没頭して歩んでいたとき、彼の耳をぴしゃりと打つのは「一匹の雌の動物」（二八）として登場してくるアラベラによって投げられた豚の生殖器の一部であった。この「霊」の世界への「肉」の殴りこみともいえる事件ほど、「霊」と「肉」のコントラストを見事に表わしている場面はない。「肉」の世界は人間の「自然な」ものとして人間を摑まえ、その力は「霊」の世界を足下に踏みしだくのだ。ジュードはアラベラの虜になって結婚し、彼の学問への情熱は潰える。

次にスーへの恋情は、彼に宗教に奉仕して生きることを断念させる。スーと交わした長い接吻はジュードの転機となった。ジュードに判ったことは自分がもはや「性愛というものをもっとも良くみても人間の弱さとみなし、悪くすれば、地獄に落ちる大罪とみなしている宗教というものに仕える一兵卒、一下僕となる」（一八二）ことはできないということであった。「彼の内なる人間性の方が、聖なる神より、より強い力を持っていたのだ」（一七三）。彼は「生まれつきの性質からして、聖職には向いていない」（一八二）と悟る。「彼の学問への情熱も聖職への抱負も女への情欲のために阻まれた」（一八二）のである。彼は穴を掘り一切の神学書や倫理学の書物を燃やして埋めた。クライストミンスターの権威の象徴である神学や倫理学の書物は灰燼に帰した。彼の学問への情熱も聖職への抱負も女への情欲のために阻まれたのだが、それはジュードが内なる、自然の、人間としての力を認めたが故であった。

だから「教会はもはや彼には何の意味も持たなくなっていた」（二〇〇）。もはや「彼の信条と彼自身はそぐわなくなっていた」（一八〇）し、「信仰の一かけら」（二六二）も持たなくなったジュードは、最後にたどり着いたクライストミンスターで、雨中の記念日の行進を眺めたとき、「こんな地獄のような、呪われた町など、けっして気にかけるものか、絶対に」（二八〇）と吐き捨てるように言うのだ。

ジュードはクライストミンスターの実体を認識し、「まるでラディッシュのように牧師を仕立てる」（一六）国教会制度の虚妄を悟り、その信条の偽りから覚醒する。ジュードにはもうキリスト教の神は存在しない。「教会など僕にはどうでもいい。……僕の祝福の極みは天上にはなくてここ（僕の内）にあるのだ」（二〇〇）と自身を指す。このジュードの確信は、ダーウィンらによって神を殺された、一九世紀後半の神不在の世界と通底するパラダイムなのだ。

二部のエピグラフにあるスインバーンの「プレリュード」からの一行「自分の魂以外には、彼を導く星はない」は、ジュードの内面を示唆していると考えられるし、同じくスーによって引用されるスインバーンの「汝は勝ちぬ、おお、青白きガリラヤ人よ、汝の吐息のため、世界は灰色と変わりぬ！」（七八）や、「おお、不気味に蒼ざめし聖人たちの栄光よ、絞首台にさらされた神々の死んだ手足よ！」（一二五）は神喪失を表わす基底音としてテクストに流れている。

そしてジュードのたどり着いた地点は何か。それはスインバーンのような虚無主義でもなく、世紀末の唯美主義やデカダンスでもなかった。リトル・ジュードを社会の子として育てようといった社会主義のヒントを少しみせながら、個人が慈愛（"loving kindness"）を持って生きるという道を示すことだった。ジュードにとって、最後に生きる規範となるものは「自分には害になっても他の人々には害は与えず、そして自分のもっとも愛する者たちに実際に喜びを与えようとする気持ちに従っていく」（二七八）という自分に基づいた慈愛を持った生き方であった。"loving kindness"（生きとし生けるものへの慈愛）はハーディが繰り返したメッセージであり、それはキリスト教の枠組みをこえ、仏教など他の宗教とも通じる精神のありようでもあることをハーディは晩年に示唆している。

そこに到達したジュードは、誰にも看取られることなく死んでいく。死体はやがて矢のように硬直していくのだがジュードのメッセージはこの覚醒の真実を通して、クライストミンスターの虚妄を暴き、宗教、学問、教育を支配するクライストミンスターの価値観は見事に転覆されたのである。

次に『日陰者ジュード』で攻撃されるのは結婚制度である。二組の男女が同じ相手と結婚、離婚、再婚を繰り返すことさえ異常な事態であるのに、その二組の当事者であるジュードとスーの間で、結婚すべきか否かが異様と言えるほど議論される。まさに四角形を構成する四人が結婚をめぐって、目まぐるしく立場を変えることで、物語が展開するのがこの小説である。ジュードはアラベラと結婚し、離婚し、スーと同棲し、アラベラと再婚する。一方、スーはフィロットソンと結婚し、離婚し、ジュードと同棲し、またフィロットソンと再婚する。アラベラはジュードと結婚し、カートレットと重婚し、ジュードと離婚し、カートレットと結婚し、死別して再びジュードと結婚する。フィロットソンはスーと結婚し、離婚し、再婚する。これはまさに「ハイ・ファース」であり、このような結婚をめぐる錯綜した筋書きはおよそ現実のものと理解することは困難であろう。このあまりにも非現実的なプロットはハーディが意図して組み立てたものであり、そこで問われているのは、制度としての結婚、すなわち聖なる儀式としての教会での、あるいは戸籍登記所での結婚の意味と内実である。制度そのものが揶揄と嘲笑の対象になっているのだ。百年以上も前にこれほど結婚制度が愚弄されていたとは！

『日陰者ジュード』で問題となるこの結婚制度への攻撃は当然のことながら、一八八〇年代、九〇年代に現れた、いわゆる「新しい女の小説」の主題と密接に関連して考えられるべきである。「新しい女の小説」は様々なかたちで、それまでの伝統的な女のあり方を問い直し、結婚生活における妻の立場や、性の二重基準の問題や、あるいは離婚の自由、女性のセクシュアリティを赤裸々に扱っていたのだから。ハーディはあえて、およそ非現実的な、結婚、離婚、再婚を繰り返すプロットを構築することで、まさに結婚制度の中心課題へと入りこんだのである。

一九一二年の追記でハーディはこう述べている。「結婚は当事者の一方にむごたらしい務めとなるようだったら、それは本質的にも道徳的にも、もう結婚ではないのだから、即刻解消すべきだ」と。またG・ダグラスに宛てた手紙（一八九五年一一月二〇日）で「私はうまくいっていない結婚は世の中で、もっとも悲惨で、もっとも残酷なことの一つだと感じる」と書いている。結婚という制度が生身の人間を「鉄の契約」（二一八）で縛り、そのために人間がいかに不自然な生活を強要されるかを問題にしたのである。生の実体を「生理学上の事実」(Orel, 125–33) と認識したハーディは、そうした「人間の諸本能を、それらに適していない、古びた、うんざりする鋳型に無理に押し込めて、適応させていこうとする」（追記）とき、生じて来る矛盾と悲劇を徹底的に描くことになる。

ジュードとアラベラの結婚は何だったのか。ジュードはアラベラの罠にかかって結婚に追い込まれる。ジュードは「まるで乱暴な先生が生徒の襟首を摑んでひきずっていくよう」（三二）な情欲に駆られてアラベラとの抱擁に突き進み、何一つ共通点のない女と結婚する破目になる。アラベラはたちまちジュードに愛想をつかして、オーストラリアに渡ってしまうのだが、結婚という事実は残った。ジュードはアラベラとの結婚に縛られて、スーに愛を告白することを躊躇うが、ジュードとアラベラの過去を知ると、スーは衝動的にフィロットソンとの結婚に走る。聖式としての結婚式をスーは如何に揶揄しているか。スーはジュードに書いてくる。

　私、祈祷書の結婚式のところを調べていますが、ともかく花嫁の引渡し役などというものが必要だなんて、とても屈辱的に思えますわ。そこに記されている式次第によれば、私の夫は自分自身の意志で私を選ぶのですが、私の方は夫を選ぶわけではないのです。誰か第三者が私を雌

ロバか雌ヤギか、何か他の家畜のように、彼に引き渡すのです。ああ、国教徒よ、その高慢な女性観に幸いあれ！（一四二）

小説中の処々で聖式としての結婚がいかに戯画化されているかは驚くばかりである。物語の最後でスーに去られたジュードを篭絡してアラベラが、酔っ払って焦点も定まらない目をしたジュードを結婚させる式の様子など、教会の側からみればどうにも許し難い冒涜ととられるものであろう。「これが本当の宗教か！　はっ、はっ、はっ！」（三二七）とジュードは自嘲する。教会の聖式としての結婚が戯画化される一方で、戸籍登記所での法律上の結婚も「汚らしい契約」（一七六）としてその意味が問われている。「もし結婚というものが、家事や、地方税、国税の負担に経済的に便宜があるとか、また子孫に土地・財産を相続させるということとか――それには、ぜひ父親の系統を明らかにしておく必要があるでしょうが――などに基づいた、汚らしい契約にすぎないならば――」（一七六）とスーは結婚の世俗的な意味を指摘している。富める者にも貧しい者にも、結婚制度は私有財産保持のための不可欠な装置でもあったのだから。アラベラにとっては、結婚は「弱い女にとってまさかの時に備える」（三四一）手段であるのは当然のことだし、「金もなく世間の評判も落とした女には夫をまた捕まえることは非常に重要なこと」（三二二）だったのである。

教会での結婚や登記所での結婚を受け入れられないスーは、自由な意思に基づいた、両性の結びつきを求めて、結婚という制度に果敢に反抗する。スーは制度に縛られた、あるいは制度に保証された愛情や肉体関係を否定し、ジュードと同棲生活を始めてからも、なかなか結婚に踏み切れない。教会での牧師による儀式や戸籍登録所の印によって愛を認めるのではなく、男と女の愛は「その本質は自発的なもの」（一七八）なのだから、「いつも恋人同士のように」（二一九）愛し合う関係でいたいというのが、スーの求めたことであった。二人の関係はあくまで自然な、自発的な愛情に基づくべきであり、「鉄の契約」からは自由であるべきだというのだ。

だが社会の制度を無視して生きる二人は社会から手痛い仕返しを受けて、社会での居場所を失う。ファーザー・タイムによる悲劇のあとで、ジュードが自分の考えの正しさを信じ、われわれは五〇年早すぎたのだと、制度の非を語るのに対して、スーは悲劇が起きたのは制度を無視したことへの神の罰だとして、理性を失い、制度の奴隷と化して、己れを殺し、歯を食いしばってフィロットソンの寝室へ入っていく。ここにはこの時代の新しい女になろうとしてなりきれなかったスーの悲劇があるといえよう。

しかし、『日陰者ジュード』でハーディが問うたことは、こうした結婚制度のもつ「鉄の契約」や「汚らしい契約」の悪だけではなかったのだ。H・エリスがつとに喝破したように、『日陰者ジュード』には「ただの儀式としてのものとは全く違ったものとしてはっきり認識されるべき結婚の実態」が、文学として初めて描かれたのである。制度とは無関係とも言える、結婚の実態とは何であったのか。それを問題としたところにこそ、ハーディの与えた衝撃のさらに深く新しい意味があったといえよう。

ジュードとスーは共に離婚を経て、法的には愛する者と結婚できる自由を手にする。問題は、それなのにスーはジュードの求めに応じない。そこから新しい問題が始まるのだ。ここからあからさまになるのは、男と女を支配する、生理的かつ心理的な、複雑で微妙な性の力学とでも云えるものかもしれない。読者は肉体と精神がある意味では不可分に結びついた、微妙な両性関係の上に成り立つ結婚の実態を初めて垣間見るのである。

ジョージ・エリオットが『ミドルマーチ』においてカゾーボンとドロシア・ブルックの、あるいは『ダニエル・ディロンダ』において、グランドコートとグウェンドーレン・ハーレスの心理的葛藤の底知れぬ闇の深さを暴きだしたように（しかしジョージ・エリオットは生理学的な生には踏み込んでいない）、「性」というある意味では、心理的にも生理的にも得体の知れぬものを内に抱え込んでいる結婚の実態が、ここでは描かれることになった。離婚して自由になったにもかかわらず、ジュードとスーの間に横たわる行き違いとは何なのだろう。スーは突然訪ねてきたアラベラと話し合うために出かけようとするジュードに「だって、あの女はあなたの妻じゃないでしょう！　だってわたしは——」と叫ぶ。それに対して、ジュードは「きみもまだそうじゃないよ」（二二三）と言い返す。ジュードの非難に対して、スーは投げやりな言葉を吐いて、遂にジュードの前に初めて身体を投げ出す。そしてその翌日のスーを見たアラベラは昨夜二人の間に起こったことを鋭く見て取る。「昨日はそうじゃなかったよね」（二二七）と。ジュードはスーの気まぐれな性に翻弄されどうしてもスーを理解できずに苦しむ。

『日陰者ジュード』において、「鉄の契約」としての、あるいは「汚らしい契約」としての結婚制度が揶揄され非難されているが、たとえ制度そのものから解放されたとしても、男と女の存在に内在する生来の微妙な問題は残り続けるだろう。そこには心理と肉体をそなえた男と女にとってどうしようもない問題が残り続けることになる。ハーディはそこまで見通して、そこを鋭く衝いていたのであり、D・H・ロレンスによって描かれる『虹』（一九一五）のウイルとアナの心理と生理を抱え込んだ、微妙に複雑な性の世界はすぐそこまで来ていたのではないか。

次にファーザー・タイムの与えた衝撃について考える。オールドブリッカムに向かう下り列車の薄暗い三等車の中に、青白い顔をして座っている少年。周りの乗客にも、窓の外にも目をむけずに、彼は「ぼんやりとして自分がどこへ行こうとしているのか、どこからやって来たのかも知らないようだった」。「彼は〈子供〉の仮面をつけた〈老人〉だった」（「真夜中の大西部鉄道」『映像の見えるとき』）。

ジュードとアラベラの子供として突如、ジュードの元に送り届けられたこの不気味な、子供と言えない子供、子供の格好をした老人であるファーザー・タイムをジュードとスーは自分らの子供として、ひいては全人類の子供として育てようとする。しかし皮肉にも、ファーザー・タイムはジュードとスーの二人の子供を殺し、みずからも命を絶ち、スーのお腹の子供まで流産させ、二人の未来すら断ち切ってしまう。このファーザー・タイムの事件により、物語は一気に救いのない悲劇へと向かう。ファーザー・タイムとは何者なのか。そして彼の行為の意味するものは何なのか。ハーディは何ゆえにこの子供の仮面をつけた老人という、現実にはありえない人物を登場させ、あのような悲惨な事件を起こさせたのか。そのアレゴリカルな意味、寓意の含意については、様々な解釈がなされてきた。確かにファーザー・タイムの存在はこの小説理解の要をなしているといえよう。

ファーザー・タイムとはギリシャ神話のゼウスの父クロノス、すなわち時の神のことで、自分の子供らを食ったように、全てを破壊する時間の象徴としての意味を持つ。古来、死の訪れを象徴する大鎌と時の経過を象徴する砂時計を持ち、前髪だけの頭のはげた長いひげの老人として表象されてきた。時の擬人化である。これに小さなという形容詞をつけられたのがリトル・ファーザー・タイムなのだ。だから「彼に本来の権利を持った一人の子供として対することは不可能である。小説における彼の唯一の機能とは、他の登場人物との関係にあるのだから」(7)といった批評がなされるのも、無理からぬことであろう。よく知られている黒インクで削除された草稿では、ファーザー・タイムは大文字の「エインシェント」であったというから、いずれにしても時との関連で構想されていたことは明らかである。(8)

それではハーディにとって時はどう捉えられていたのだろうか。(9) ここではハーディにあって、諸科学への強い関心の影響を受けて、時間感覚が無限に拡大したこと、そして特にダーウィンなどの進化論の影響から、その時間感覚が神不在のものであったことを指摘しておきたい。ハーディのこの拡大した時間感覚は小説や詩の随所に見出される。たとえば『青い瞳』で崖に宙吊りになったナイトが対面する先史時代の化石の目、『帰郷』のエグドン・ヒースの太古からの地層の描写、『塔上のふたり』の無限の宇宙空間と星々の世界、『カスターブリッジの町長』の随所に散見する地質学的、考古学的言及などなど。さらにハーディがいかに遺伝について言及しているかは驚くばかりである。ハーディは時間の感覚にとり憑かれた作家とも言える。もちろん、ハーディは時の観念について哲学者や思想家からも多くを学んだのだが、こうした、物理学、地質学、天文学、生物学、進化論、考古学、遺伝学といった諸科学から受けた影響は測り知れないものがある。

進化論や遺伝学の観点から考えると、現在という時は、壮大な過去と未来を結びつける一点となる。遥かなる過去から、遥かなる未来へとつながる一点である。しかもその一点はけっして恣意的な、自由な一点ではなく、動かしがたい、過去と未来に挟まれた一点なのだ。個としての人間存在も、進化と遺伝の時の連鎖のなかの一つの結節点にすぎないし、そこから誰も逃れることはできないといえよう。一人の人間には、その個人の、そしてその家族の、そしてより拡げれば人類総体の過去の歴史が凝縮することになる。

語り手はこの少年の死体を次のように描写する。「少年の顔は彼らの境遇のすべてを示していた。その小さな身体にはジュードの最初の結婚を暗くしていたあらゆる不吉な翳りが、そして今の結婚のあらゆる難儀と過ちと恐れと失敗とが収斂していた。この子は彼らの交じり合った接点であり、焦点であり、彼らを表現したひとつの言葉であった。最初の両親の軽率さのために彼は苦しみ、その不釣合いのために震え慄き、はたまた今の両親の不幸のせいで死んだのだ」（二八七）。テス・オトゥールはそこに「歴史が累積する感覚」[10]を見ている。少年がこの行為を起こすに至ったのは、彼のあらゆる過去の結果であり、彼はその過去を一身に集めた結び目となっているというのだ。

少年の描写にある収斂“converge”という単語に注目したい。あのタイタニック号の遭難を歌った詩は「両者の収斂」“The Convergence of the Twain”と題されていて、優美で豪華な客船と闇に隠れた巨大な氷山が出会い、激突する様子は次のように描かれる。「……波を切り裂く翼を持つこの生きものが／造られつつあったとき／万物を動かし駆り立てる〈宇宙内在の意志〉がその船のために／不吉な——煌びやかで巨大な——配偶者を用意しようとしていた／それは〈氷の姿をしたもの〉で／遠く離れた、無関係な時のためのものだった……」。このように、両者は、〈宇宙内在の意志〉によって用意され、〈年月の紡ぎ手〉である「時」の「今だ！」の呼びかけによって激突する。

ファーザー・タイムの出現とその陰惨な行為も、知らぬ間に〈宇宙内在の意志〉によって、推し進められてきたものが、収斂した結果だとハーディは言いたいのではないか。少年には出生以来の「時」がもたらした不幸が収斂している。ジュードとアラベラの不幸、ジュードとスーの不幸、「自然と社会の全てに行き渡っているのは残酷さであり、われわれはたとえ望んだとしてもそこから出ていくことはできない」（二六九）とフィロットソンが嘆く人間のおかれた不幸の結果なのだと。

人類の不幸は「時」により、彼において一点に収斂する。「自然の法則は互いに殺戮しあうこと」（二六一）なのだと、彼は「多すぎるからやりました」（二八六）とその実行者となる。だからこそ、彼は非人間的な、小さな「時の翁」と擬人化した名前で呼ばれる。ハーディの言う〈宇宙内在の意志〉の「今だ！」という実行者ともいえる時の擬人化されたのが、リトル・ファーザー・タイムだ。とすれば、この非現実的な、寓意的な人物を抱え込んだ『日陰者ジュード』が、従来のリアリズム小説の枠組みに収まりきれない様相をみせるのは自明であろう。

ハーディは神について晩年、こう書いている。「今日、神という語には五〇の意味がつけられるだろう。唯一の理性的に考えられるものは、その原因 (cause) が何であれ、〈物事の原因 cause〉というものがそれだ」（『ハーディ伝』三七六）と。そして彼が邪悪で悪魔のような神の意志を仮定していると非難する者に対して自分は「そのような考えを決して持ったことはなく、ただ、物事の背後に、無関心な、無意識な力を想定しただけだと言い……宇宙を支配しているのは偶然 (Chance) でも目的意識（Purpose）でもなく、必然（Necessity）なのだ」（『ハーディ伝』三三五）とした。
必然性に絡めとられているのが、人間存在のリアリティであるとすれば、そこから逃れるすべはない。そこに『近作・旧作叙情詩』の序文「我が詩作を擁護する」で「暗闇のなかでⅡ」を引用してハーディが次のように強調した意味がある。「もし改善への道があるならば、まず最悪を直視することが必要だ」。ファーザー・タイムは人類のおかれた「最悪を直視するための」役割を担って登場させられた寓意的な存在ではないのか。しかしファーザー・タイムはそのあまりのグロテスクさゆえに小説をバレスク化してしまったのである。そして最悪を直視できない人々の猛然たる反撃にあった。

反撃の激しさに辟易したハーディは、自分の考えをより自由に、より大胆に表現できるのは詩だと考えるに至る。一八九六年一〇月一七日のメモに彼は次のように記している。「世の大多数が信じている、愚鈍なこちこちの――岩のように硬い――意見とは反対の考えや感情を表わすには、私は詩の方が良いと思う。たとえば、情熱的な詩のなかで、「超越的な動因とか」または「第一原因とか」の力は、制限され、得体もわからず、残酷にちがいない……と叫んでも、人々はただ首を横に振るだけであろう。だが散文での議論となると、彼らを嘲笑させ、怒りで泡をふかせ、ありとあらゆる文学曲解者どもをして、ただの無害な不可知論者の私に、まるで無神論者でもあるかのように、飛び掛からせるのだ……もしガリレオが、詩のなかで地球は回っていると言ったのなら、異端審理宗教裁判所は彼を問題にせず放っておいたであろう」（『ハーディ伝』二八四―八五）と。『日陰者ジュード』の後、詩作へと向かったハーディは、神不在の世界の絶望と救済への微かな希求をその後の思想詩、哲学詩のなかでうたうことになった。

かくしてハーディ最後の小説『日陰者ジュード』は表現しうるかぎりの「神不在の世界の恐怖と絶望」を内に抱え込み、かろうじてリアリズムの枠内にとどまった小説となったのではないか。あるいはハーディはこの小説によってリアリズムの側からすでにモダニズム小説へとつき抜けていたのかもしれない。だからこそ、この小説は一九世紀末にあって二〇世紀の不条理な世界を予見した衝撃的なものとなった。以後ハーディは自分の哲学を吐き出す場を詩に見出すことになる。

第六章

小説家から詩人へ

詩人ハーディの挑戦——第一詩集『ウエセックス詩集』（一八九八）

トマス・ハーディは小説『日陰者ジュード』（一八九六）に対する批評家や世間からの激しい非難攻撃に辟易して、以後小説家としての筆を折り詩作に専念したと言われている。しかしこの間の事情はそれほど単純なものではない。まずハーディは青春時代から詩作を続けており、詩人になることを夢見ながら、ある意味で生計のために小説を書いていたという事情がある。さらに小説から詩へとジャンルが変わったからといって、ハーディの文学への関心が変わったわけではない。逆に、彼は詩の形をとることによって、自分の言いたいことをよりはっきりと言えると考えたのである。

前述したように一八九六年一〇月一七日、ハーディが「もしガリレオが、詩のなかで地球は廻っていると言ったのなら、異端審理宗教裁判所は彼を問題にせずにほっておいたであろう」（『ハーディ伝』二八四—八五）と書いたことは有名である。ハーディは自分の言いたいことを、周囲を気にしないで、思う存分に表現できる場として、詩というジャンルを選んだのだから、以後詩のなかで、自分の哲学や思想を自由に吐露することになった。結果として詩人として八冊の詩集と、叙事詩劇

『覇王たち』三部作などを発表していくことになる。以下詩人ハーディを論じるについては後半生における この膨大な詩作品を網羅して論じることはむつかしいので、ハーディが自己の哲学や世界観をうたっている思想詩や哲学詩の幾篇かに焦点をしぼる。またハーディの個人的な感情をうたった詩としては、主としてエマとフローレンスに関連した詩を選んで取り上げる。(1)

注目すべきは、小説家として一四冊の小説を発表し、『ダーバヴィル家のテス』や『日陰者ジュード』によってとにもかくにも文壇の第一人者となっていたハーディにとっても、詩人としての出発は決して容易ではなかったことである。詩人としてはまったく無名であったハーディにとって詩集の出版は一大事業であったことは間違いない。

ハーディがいかに慎重に準備して、第一詩集出版にこぎつけたかを知るとき、読者はあの最初の長編小説『窮余の策』出版で味わったハーディの苦悩をまざまざと思い出すのである。一二三ポンドの貯金のなかから七五ポンドを引き出して負担することで、やっと日の目をみた『窮余の策』であったが、ボックハムプトンに戻る途中の踏み越し段で、『スペクテイター』の酷評を読んだハーディはまったく打ちのめされてしまう。前述したように「その瞬間の辛さはけっして忘れられなかった。死んでしまいたいと思ったほどだった」と後年に書いている。

さて『ウエセックス詩集』出版に際して、「ハーディは、〈自分は本心から書きたいものを書いたのだからこの詩集出版に際してのリスクは自分が負う〉と申し出た。そうすれば、誰も買わなくても、出版社に金銭的負担をかけることはないだろうと思ったからだ。しかし出版社はこの申し出を断り」詩集はハーパー・アンド・ブラザーズから五〇〇部出版されたのである（『ハーディ伝』三〇二）。これはイギリス文壇の大御所となっていたハーディにとっても、あらためて詩人として船出することがどれほどの精神的負担をともなったものであったかを考えさせられるエピソードであろう。結果的にハーディは八七歳で死を迎えるまでの約三〇年間詩人として活躍した。ハーディにとってこの三〇年余の詩人としての試みはあくなき前進への努力の過程でもあった。

一九〇六年二月『覇王たち』の第二部の出版を終えたハーディは、例年のようにロンドンでの社交シーズンを楽しむが、その頃彼は次のような興味深いメモを残している。

わたしは、後期のターナーが好きだが、ワーグナーも後期のものが好きだ（前期のものは趣味が悪い）。後期のものにこそそれぞれの大家の個性がはっきりと際立って出ているからだ。人が自分の成功に満足することなく、常に前進を続け、不可能なことを成し遂げようとするときにこそ、その人はわたしにとって非常に興味深い人物となるのだ。今日の曲目はほとんどが初期のワーグナーのものであって、素晴らしい音楽ではあったが特に彼らしいというものではなかった――ミツバチの巣箱の内部のように、忙しく活動している脳内の光景を見せてくれるようなものではなかったのである。（『ハーディ伝』三二九）（傍線筆者）

ワーグナーの後期の作品のなかにハーディはもっともワーグナーらしい特徴をみたのであるが、ハーディの詩人としての晩年の活躍も「ミツバチの巣箱の内部のように、忙しく活動している脳内の光景」をみせるものといえるのかもしれない。小説家としての名声に満足することなく、様々な困難を予測しながらも詩人として出発し、次々と詩集を出版し、さらに韻文としては例を見ない長さの、壮大な叙事詩劇『覇王たち』の完成へと前進した自らの生きざまをハーディはワーグナーに重ねていたと考えられるのではなかろうか。

詩こそ今後の自分が進むべき道だと宣言したハーディがその第一詩集『ウエセックス詩集』を世に問うたのは一八九八年一二月、ハーディ五八歳の時であった。詩集には五一編の詩が収められ、ハーディ自身による巧みな三〇枚の挿絵と口絵が付された。序文ではこれらの詩の多くは遠い昔に書かれたものであり、多くが劇的な独白であったり、登場人物の独白であるとわざわざ断った。同じことは第二詩集の序文でも繰り返される。こうしてハーディはこれらの詩の語り手が自分ではないのだという点を述べて、登場人物を通しての問題提起というかたちにしたのである。

この詩集に収録された五一編の詩は長い期間にわたって書かれたものである。約三分の一の一七編には一八六〇年代の制作年代がつけられている。これらは最初の小説もまだ書かれていなかった一八六〇年代、ロンドンの下宿で書かれたものである。他の三分の一の詩群はその後に書かれる『覇王たち』で集大成されるナポレオン戦争を主題としたものである。残りの詩が一八九〇年代のハーディの思想と世界観を表すものとなっている。しかし一八六〇年代に書かれた詩にはすでにハーディの世界観が明瞭にうたわれている。ここにはダーウィンの進化論をはじめとする一九世紀の自然科学の洗礼を受け、スインバーンなどに共鳴していたハーディをみることができよう。

一八六〇年代から詩作をしていたハーディにとって、生計の手段として書き続けていた小説から早く詩に戻りたいという欲求は常に心にあった（『ハーディ伝』一四六）。彼の詩への関心は『日陰者ジュード』への攻撃によっていっそう強まったといえよう。ハーディ自身の言葉によると「小説は始め、中間、終わりのある芸術形式を徐々になくしていき、いまや芸術とはなんの関係もない断片の目録になってしまった」（『ハーディ伝』二九一）という。それに対して、「詩は情念を韻律化したものである。情念は生来湧き出てくるものであるが、韻律は技巧によって獲得されるものである」（『ハーディ伝』三〇〇）と述べている。そして建築家としての修行を積んでいるハーディは「建築技法と詩の技法の間には、（ハーディの言葉でいえば）密接かつ緊密な類似がみられる。この二つの技法は他の芸術とはちがってその芸術形式のうちにそれにふさわしい内容を備えていなければならないのだ」（『ハーディ伝』三〇一）と考えた。ハーディ自身、若いときから、リズムや韻律について大量のメモを取り、絶えず詩作の努力をしていた。

ハーディにとって詩作とは、〈言いたい内容をもっともふさわしい詩形で表すこと〉であった。こうした考えにもとづいた彼の詩は、その内容においても、またその用語、詩形の全てにおいて、当時のヴィクトリア朝が詩に求めていた常識を覆すものとなったことは容易に想像できる。ハーディには自分の詩集がどのように受け止められるかという不安があったであろう。言ってみれば、ハーディは自分の主張したい内容をそれにもっともふさわしい詩形に盛るという、自分なりの考えを実践したのである。

その結果、様々な詩想を表す彼の詩は実に多彩多様なものとなった。ハーディの詩形の特色として、一、Meter（強音節と弱音節の組み合わせ）の無限の多様性　二、Rhyme（韻、頭韻、脚韻など）の工夫　三、語法上の複雑な用法（内容の混沌を表す）　四、語彙の多様性（ラテン語、詩語、古語、日常語、方言など、あまり使われない言葉から新しい言葉まで、また新造語も含めて、従来の詩の言語の常識を破った） 五、行やスタンザの形式の限りない変化 六、イメジャリの効果 七、言葉の音の効果的な使用などがあげられる。

ハーディは詩の内容に合わせて、Meter（強音節、弱音節の組み合わせ）、Rhyme（韻、頭韻、脚韻など）、Line（詩行）、Stanza（節）などをまさに自由自在に変化させて用いたのである。幼少から音楽やダンスのリズムに慣れ親しんでいたハーディには、そうした経験もおおいに役に立ったと思われる。こうして『ウエセックス詩集』は実に多彩な、変化に富んだ、それまでにない新しい実験的な試みをもつ詩集となった。初めての詩集出版にあたり、当然のことながらハーディは詩集の構成について塾慮を重ねたと思われる。多くの評者が指摘するように、巻頭の「仮のものこそ 世のすべて」はこの詩集の基調、ひいてはハーディの世界観の基調を表すといえよう。

それに入る前に筆者が注目したいのは「ある貴婦人に」という詩である。この婦人はハーディを賛美していたアメリカ人女性レベッカ・オーエンと考えられているが、妻のエマという説もある。重要なことは「著者のある小説に憤慨した方へ」という副題がつけられていることで、その小説は『日陰者ジュード』のことであり、この詩の最後の一行の重みであろう。あなたにいかに憤慨され、どのように遠ざけられようとも、わたしがここに記したことは真理であるから、わたしは気にしませんとうたい、最後の一行は「真理はつねに真理であるから」と結ぶ。ここには『日陰者ジュード』がいかに攻撃されようとも、詩をとおして自分はこれからも真理を言うつもりだというハーディの敢然とした立場が示されている。

冒頭の詩「仮のものこそ　世のすべて」にはハーディの世界観の基調が示されている。

仮のものこそ　世のすべて（The Temporary the All）
サッフォー風に

変化にみちた　花開く青春の只中で
ぼくは選んだわけでもない　ある男と日々顔を合わせ
色々と違いもあったのに　親しくなっていった
そしていつのまにか　この男はぼくの親友になっていた

真の友が現れるまで　あの男を大切にしよう
いつかぼくの理想を　見事にそなえた奴が現れるまで
人生はまだまだこれからだし　なんだって起こりうるしと
ぼくはそう自分を　納得させたのだ

もの欲しげなぼくの視界を　一人の乙女が横切った
まあ綺麗だけれど　絶世の美女というほどではない
「手ごろな娘だ」とぼくは思う「今まで胸に抱いてきた
これこそ美女　という女が現れるまでは」

永年手にいれたいと　閑かな棲家を夢見てきた
だが今は　むさくるしい借家住まい
「こんな住まいは　ほんの一息つく間だけのことさ」と
　ぼくは考えた　すぐにもっと見映えのよい家を手に入れるさ

「それから価値ある仕事を　ライフワークとして成し遂げよう
真理と光とを世に示そう　だが時はまだ熟さぬ
今のところは　それを時々目指すぐらいで十分だ」
　そうぼくは思ってきた　ところが見よ　今のぼくを！

すぐにもより良いものになるはずだったもの
恋人も友も住む家も人生の目的も
運命やぼくの成し遂げたことで　良くはならなかった
　この世でなしとげたことは　とりあえずを　なにひとつ超えなかった

この詩には日付がないので、いつごろ書かれたかははっきりしないが、過去の経験が取り上げられているので、一八六〇年代のごく初期とは考えにくい。詩の生成の過程は不明だが、そこで表されているのはまさにハーディの世界観である。興味深いことに、『青い瞳』（一八七三）の中で同じ主旨がヘンリー・ナイトによって述べられている。ヘンリー・ナイトとスティーヴン・スミスは感情的な共感はあったが、知的にはあまり共通点のない、メンターとその弟子といった関係であった。スティーヴンはナイトが友人として選ぶにぴったりの相手ではなかったのだが、「なんとはなしに友人になっていた」。「全てはよくあることだが、ものごとの成り行きだった。われわれのうち一体何人が、遠い関係の友はさておき、〈無二の親友〉に関しても、この人こそ、われわれが愛するあらゆる人間性と信念を備え、かつわれわれが好まない点はすべて差し引いた残りをそのまま具現している、という存在として選んだと言えるだろうか？　親友とは、実は長い間身近にいたために知り合い、当座しのぎの間に合わせとして秘密や心を打ち明けるようになった人間のことなのだ」と語り手はナイトの気持ちを書いている（二三章）。

この詩の主旨は「ほんの仮のもの」、「一時のもの」と思って間に合わせたものが、結局は「全て」であった、願ったことはなにひとつかなわなかった、というものである。人がどのような願いや希望を持とうと、現実は人間の願いなどにはなんの顧慮もしない。あるのは願いや希望とは無関係な現実の事実だけだという、現実認識がうたわれている。現実とは、人間の願望とは無関係に、やむなく受け入れることを余儀なくさせられるもの、そして現実は結果として人間の願望を無残に打ち砕くものだという認識である。

この考えは自然をうたった詩に顕著に表されている。「私の外部の〈自然〉に」や「森の中で」がそうである。虹をうたった詩としては誰もが思い浮かべるのは、ウイリアム・ワーズワスの「わが心は躍る」（"My Heart Leaps Up"）であろう。「わが心は躍る　空にかかる虹見れば」で始まり、「願

わくば　わが生涯のひと日ひと日が　自然への畏敬の念によって結ばれんことを！」と願うこの詩にはロマン派固有の自然への愛と畏敬の感情が溢れている。しかしハーディにはそうした感動はまったくない。畏敬する神など自然の背後にはいない。あるのはそうした畏敬の念を抱くことすら許されない現実、そうした畏敬の念の喪失を嘆く言葉だけである。

虹はただの「虹色をした弓なりの形」という自然現象にすぎず、自然の素晴らしい「奇蹟」でもないし、聖書が教える彼岸を現す「希望の象徴」でもない。自然はそこに現前するものであって、現実として受け入れざるをえないものとして存在するのである。「森の中で」の自然は激しい生存競争の場として描かれる。この木々が生存競争にさらされる姿は『森に住む人々』（七章）でも繰り返されている。

自然とはそこに存在するものであり、人間にはそのありのままの姿を直視し、認めることしかできない。だからこそハーディは『日陰者ジュード』で「自然」に内在する性を赤裸々に描き、その性を縛る結婚制度を攻撃し、「多すぎるからやりました」というリトル・ファーザー・タイムによる悲惨な殺人という生存競争の現実を暴き出したのである。

さらに、神不在の苦悩を語るのは、手書き原稿では「不可知論者」となっていたのが、詩集では「知覚のない人」と変えられていて、「ある大聖堂の礼拝にて」という副題のついた詩である。礼拝に加わりながら、詩人は自分が参集した信仰の篤い人々とはいかに離れた立場にあるかを痛切にうたっている。もはや自分がキリスト教の教える奇蹟を信じることができないこと、それ故の苦悩をあからさまに打ちあけているのだ。

わたしがこの信仰に輝く一団の人々と
　ともに居る資格をもたないこと
わたしの仲間たちが心の支えとしている信仰が
　わたしには幻想にしか見えないということ
彼らの見る〈輝く神の国〉が　わたしには幻の霞であること
　これはわたしの不思議な運命だ

「兆しを求める者」でも聖書が教える様々な秘蹟、霊魂の不滅、天国、死者の甦りや神の正義の支配といったものを見たり、感じたりすることができるという人がいるのに、語り手はそのような兆しをどこにも見出すことができないと悲しむ。語り手にはどこを探しても神の兆しなど見えないと。「人は死んで倒れればそこに横たわるだけだから」と締めくくる。これはアルフレッド・テニスンの『イン・メモリアム』(*In Memoriam*)(一八五〇)への反論だとも言われている。このようなハーディの哲学や世界観を提示する詩を含むことが『ウエセックス詩集』の最大の特徴といえよう。ヴィクトリア朝の人々にとって自分の言いたいことを公然とうたったハーディのこの詩集が与えた衝撃と当惑は現代のわれわれの想像を超えるものがあったと考えられる。『ウエセックス詩集』で表明された、神への不信感は第二詩集『過去と現在の詩』(一九〇一)でもより鮮明に打ち出されることになる。

この第一詩集のなかでハーディの個人的な感情をうたった詩としてはトライフィーナ・スパーク

スとヘニカー夫人、そしてエマに関わるものであろう。トライフィーナ・スパークスとヘニカー夫人はハーディとエマの関係に、そしてハーディの幾編かの詩の生成に多大の影響を与えることになる。

「フィーナへの思い」はハーディのトライフィーナへの想いを知る唯一の詩として知られている。一八九〇年三月五日の日記にハーディがロンドンに向かう列車の中で、テレパシーに導かれたように最初の数行を書いたと記していることはよく知られている（『ハーディ伝』二二四）。

最初の数行が書かれたままであったこの詩の残りの部分は彼女の死後書かれたと推定される。トライフィーナ・スパークス（一八五一—九〇）はハーディの母の姉マリアとドーセットのパドルタウンの家具職人ジェイムズ・スパークスの間に生まれた一番下の娘で、ハーディの従姉妹であった。ハーディは青春時代しばしばスパークス家を訪ねた。一八七〇年に施行された初等教育法は当時のイギリスの下層階級の教育に多大な影響を与え、多くの子供たちがその恩恵を受けた。そうした気運のなかでトライフィーナも師範学校で教員の資格を得てプリマスの女子小学校で教えた。ハーディの妹たち、メアリーもキャサリンもそれぞれソールズベリの師範学校に在籍し、二人ともその後三〇年以上も小学校で教えた。初等教育法は、こうして従来なら考えられなかったことだが、比較的下層階級の子女に中等教育、高等教育への道を開いた。

トライフィーナはやがて一八七七年、エクセター近郊でホテルやパブを経営するチャールズ・ゲイルと結婚する（一八七七年一二月一五日）。ハーディとの間に婚約に近いものがあったのかどうか、本当のことはわからないままだが、そのハーディは一八七〇年三月七日、セント・ジュリオット教会で運命的な出会いをしたエマと、一八七四年九月一七日に結婚していた。トライフィーナはエリナーを頭に四人の子供をもうけた。一番上のエリナーが一一歳のときにトライフィーナが死ぬ。ゲイル家はサウス・ウエスターン・ホテルの所有者であり、別に埠頭には漁師向けのパブも経営する町の資産家であったから、トライフィーナも経営者の妻として、たまには店を手伝ったりしていたらしい。その忙しさや、たて続けの出産、育児の多忙のためか、トライフィーナは若くして亡くなったと考えられる。

ハーディとトライフィーナとのロマンスは、彼がロンドンでの五年間の徒弟生活を中断して、生まれ故郷のボックハムプトンに戻ってきた一八六七年の夏に始まり、一八六九年あたりまで続いたとされている。時にハーディ二七歳、トライフィーナは一六歳であった。

二人の関係についてはロイス・ディーコンとテリー・コールマンの*Providence and Mr Hardy* (1966) が出ることでセンセーションを巻き起こしたが、結局二人の間に私生児がいたなどという話は根拠がないとして現在は問題にされていない。しかし二人の間にかなり親密な関係があったことは確かとされている。その真相は深い闇のなかに消えたとはいえ、ハーディのかつての恋人への哀切な想いはその内容といい、詩形の構成といい、読者の胸を打つ見事な詩「フィーナへの思い」となって残ったのである。

トライフィーナへの想いはまた次の三篇の詩を生み出す種子となった。「母を失った娘に」("To a Motherless Child")、「私のシセリー」("My Cicely")、「中立的色調」("Neutral Tones") である。トライフィーナの死の四ヶ月後の一八九〇年七月、ハーディは弟のヘンリーと共に彼女の墓を訪ね、花輪を捧げ、そのあとトライフィーナの長女で当時一一歳であったエリナーに会っている。娘にハーディとヘンリーの相手をさせ、自分は台所でパンを用意していた、妙に冷たい父親の姿と固くよそよそしいハーディの様子はのちにエリナーにより語られている。(2)

その時ヘンリーは彼女が母親にそっくりだと言ってキスしたという。このあとこの詩は『ウエセックス詩集』では「孤児へ、ある気まぐれ」("To an Orphan Child, A Whimsy")として発表されるが、のちに孤児ではないので、「母を失った娘に」("To a Motherless Child")と訂正して『トマス・ハーディ全詩集』に収められた。「気まぐれ」という副題が付されているように、トライフィーナにそっくりの娘を見たハーディは何故この娘はトライフィーナのものだけを受け継いで生まれることができないのだろう、娘のなかにはある男の血がどうしても流れ込まざるを得ないのか、と気まぐれな想像を働かせるのである。自然の理とはなんと厳然としたものであろうかとハーディは思う。

『日陰者ジュード』のなかでジュードがスーとフィロットソンの間の子供らを想像する場面に、この詩と同じ状況が書かれている。「彼女の周囲には何人かの彼女に似た子供らが見えた。しかし子供らがスーその人を継ぐものとみなして自分を慰めるような気持ちにはとてもなれなかった。そんなことを夢想する者などいないように。「自然」というものは片親だけで子をもうけることを許さないという意地の悪いものなのだ。新しく生まれてくるどんな存在だって、半分は混ぜ物が入って質の落ちたものになっている。もし、ぼくの昔の恋人が離れたり死んでしまったりして、彼女の子供にぼくが会いにいくことができたら――彼女だけの子供に――慰められるだろうな」(一四七)

とジュードは考える。この場面が「母を失った娘に」の状況からきていることは想像に難くない。スーのなかには、他の女性たちと共にトライフィーナも色濃く影を落としているのである。

トライフィーナがエクセター近郊の資産家でホテルの経営者であるチャールズ・ゲイルと結婚していたことはまた、「私のシセリー」の詩想の萌芽となった。「一八世紀のこと」と付されたこの詩は、昔の恋人が死んでいなかった、今なお生きていると知らされた詩人が、暁に馬を駆ってウエセックスの野や川辺や町並みを走り抜けて恋人を探し求める話として展開する。そしてその娘は今や身分の低い男と結婚して酒場のおかみになっている。その宿場町の酒場に先ほど立ち寄ってきた詩人は、客を相手に下品な言葉で酒を注いでいた店のおかみがかつての自分の恋人その人だったと知らされ、打ちのめされるのだ。「あの姿がお前だったとは！」そして詩人はあんな姿の恋人を知るよりも、恋人が昔のままの麗しい姿で教会の墓地の草の中で眠ってくれているほうがよいと、そう思ってもう二度とそこには近づかないことにしようと心にきめるのである。

F・B・ピニオンによればこの詩は時間と空間、すなわち時をさかのぼり場所を駆けめぐって、歴史的、地理的に複雑で興味深い広がりをみせるという。しかもバラッド風の詩形はハーディ自身が「馬が駆けていくような詩のリズム」(“the galloping movement of the verses”(3))と呼んだ、きびきびした動きのあるリズムで、各スタンザの最後の行はすべて[iː]の脚韻で終わるという特筆すべき技法が用いられている。馬を駆って恋人を探し回る、せわしげな男の内面の緊張と鼓動は、まさにその状態をあらわすような音節、韻、リズム、詩形と一体化しているのである。挿絵はドーチェスター西部の畑の広がりのなかに馬に乗った男がいて、遠くにはモーンベリ・リングズから移された絞首台が立ち、左手には三重になったメイドン・カースルが見える。挿絵と共に、この詩は実に見事にハーディのウエセックスの世界、その時間と空間のひろがりを示している。

『名詩選』に必ず収録される初期の代表作「中立的色調」もトライフィーナと関係していると考える評者が多い。この有名な詩は一八六七年と付されてはいるが、ディーコンらによればトライフィーナとの別れが決定的になる一八七一年頃ではないかという。(4) 一八七〇年三月七日ハーディはエマと運命的な出会いをして、やがて二人は婚約、ハーディはエマの献身的なサポートを得て、文学への道を歩み始める。ハーディにとって文学への道を選ぶことは、エマを除外しては考えられないことであった。その時点で、文学への野心とエマは一つに結びついていたのだ。トライフィーナとの別れはハーディにとっては必然であったろう。この詩の持つ、白と灰色のみの寒々とした風景、哀切としか言いようのない別れの寂しさ、トライフィーナへの救いのない、哀しみの想いをこめてハーディはこの詩を『ウエセックス詩集』に収録したのではなかったか。謎を秘めたトライフィーナとの愛と別れはこの名詩のなかに、鮮やかに哀切に残されたのである。

中立的色調 (Neutral Tones)

あの冬の日　ぼくたちは池のほとりに立っていた
太陽は　まるで神に叱られたように白く
枯れた芝のうえには　落ち葉が二、三枚散っていた
　とねりこの木から落ちた葉は灰色だった

ぼくに注がれた　きみの目は遠い昔の謎のうえをさまよい
お互いの　あいだを行ったり来たり
この愛で　どちらがより傷ついたかと
　言葉が飛び交った

きみの口元の　微笑はすぐに消えるほどに弱々しく
だからそれゆえに　不吉な鳥が
さっと羽ばたいて　飛び去るような
　辛らつな歪みをみせた

そのとき以来　愛は欺くもの
愛は苦しめるもの　という痛い教訓が
ぼくの心にやきついた　きみの顔と神に呪われた太陽と一本の木
　そして灰色の落ち葉にふちどられた池となって（一八六七）

前章で述べた「ある宿で」はヘニカー夫人とのかなり際どい逢瀬をうたったものであるし、「蔦女房」はエマが自分へのあてこすりととってもおかしくない内容である。蔦はイギリスによくみられる植物であるが、蔦が木にあまりにも強く巻きついたために、木の樹皮が萎えてしまい、木そのものが生命を失い、木と同じ高さと力を得ようとした蔦も木とともに倒れてしまう。蔦と木の関係を描きながら、結婚制度における夫と妻の微妙な力関係を風刺している。エマはこの詩が自分に関係することを察知して腹を立てた。

『ウエセックス詩集』はハーディにとっては小説家から詩人への果敢な試みの第一歩であった。しかしその思想詩も恋愛詩もすべて妻のエマにとっては神経を逆なでするものとなったのである。

『ウエセックス詩集』の受容とその後

詩人として生きるという長年の夢を実現したとき、ハーディはすでに五八歳になっていた。この初めての詩集への厳しい批評を彼はどう受け止めたのであろうか。批評は主として、ハーディの詩形についての彼の斬新な試みに対してと、そのペシミスティックときめつけられた詩想に集中した。特に『サタディ・レヴュー』(一八九九年一月七日)の匿名批評はひどいものであった。ハーディ氏は田舎の人々の生活を鮮やかに描くことで高い評価を受けてきたとした上で「この奇妙で退屈な本、そこに収められた詩は、適当でいいかげんなもので、洗練されてはおらず、感傷過多で、詩想は貧弱、構成は粗雑だ。われわれ読者の氏への尊敬は消え失せてしまう」と評し「氏はわざわざこのような詩集を出版するという自らの行為によって小説家としての名声を台無しにしてしまった」(Cox, 319) と言われた。

さらに詩形、詩材、詩想の貧弱さを考えると、「これらはまったくのところ早熟な青年すべてに共通する、弱々しい、未発達の人格から吐き出されたものであって、そんなものは引き出しに鍵でもかけてしまっておくか、燃やしてしまうのが普通なのだ」とまで書かれた。

『アシニーアム』（一八九九年一月一四日）にはE・K・チェインバーズの署名入りの批評がでた。そこでは皮肉なことに建築家としての研鑽を積んだことを証する巧みなウエセックス地方やその他の事物の挿絵が見事だと褒められた。そのあとで、「ここに集められた多くの詩はまったくつまらないもので、若書きの至りで、リズムも用語もなっていない」(Cox, 325) と評された。

また詩の内容は「人生の悲劇は身勝手な運命のたわむれの結果である――これが簡単に言ってしまえば彼の究極の考えを表すのだろう」とその憂鬱な気分が彼の詩の特徴だと認めはしたが、ハーディ氏は「この奇妙で、強烈、やや陰鬱な人生観に、まるで脅迫観念のようにとり憑かれてそのインスピレイションにあまりにもよりかかりすぎている」と非難された。結局詩人としてほとんど成功していないと断じられたのである (Cox, 327)。

同じ日にでた『アカデミー』の批評も似たような調子であった。特に、『サタディ・レヴュー』の燃やしてしまえばよいという酷評をハーディはどのように受け止めたのであろうか。小説家としても第一作以来、数々の批判を受け、削除や訂正を余儀なくされてきたハーディは自分が考える真理をためらうことなく発表したこの詩集が世間から非難をうけることは当然想定していたと考えられる。しかしこれらの雑誌の批評を読むかぎり、その内容はハーディの予想を超えた厳しいものであったことがわかる。

『ウエセックス詩集』が厳しい批判にさらされていた頃、ハーディは友人のゴス宛に書いた（一八九九年三月六日)。「きみの言葉によればブラウニングは天才として興味深い例だなどとあったね。だがぼくは長く生きていればいるほど、あの男が一九世紀における謎の文学者に思えるね。厳密に中立的に考えてみても、あれほどの洞察力と感性を備えていると思える男のなかに、まるで非国教徒の食料品店主といった楽観的なキリスト教がどうして存在できるのかね。きみはブラウニングと親しいから、できるならその全てに多分答えることができるだろう。だがきみが世の中に説明すべきだなんてお節介なことを言っているとは思わないでくれたまえ」と。ハーディにはどうしてブラウニングのような楽観的な詩が書けようか。これはハーディの精一杯の皮肉であり、彼の詩はさらにその深刻な様相を深めていくのである。

『ウエセックス詩集』出版の後、第二詩集の『過去と現在の詩』出版にむけて準備をしていた頃、ハーディはウィリアム・アーチャー(スコットランドの批評家・劇作家、一八五六—一九二四)との対談を発表している。これはまず一九〇一年四月の『ペル・メル・ガゼット』に掲載された。対談はハーディの熟知している農村社会のこととかハーディの好んだ幽霊の話など、楽しい展開であるが、ことペシミズムになると、ハーディは断固として自己の立場を主張している。

だがわたしのペシミズムは、それがペシミズムというのならですが、世界が破滅に向かい、アーリマン(ゾロアスター教の悪の神)が完全な勝利を得るというのではないのです。そういう考えを示しているのではありません。そうではなくてわたしの実際の哲学というのははっきりとした改善主義なのです。わたしの書くものは、「人類が、人類にたいして行っている、非人道的な行為に反対する願い」を表明したものです。対象には女性や下等な動物もふくまれているのですが。もしそういうものでないのなら、わたしの書くものに何の意味があるでしょうか？(Gibson, 70)（傍線筆者）

ハーディは『ウエセックス詩集』への酷評にも屈することなく、詩を発表する機会にも恵まれていたから、発表していたボーア戦争に関する詩群を「戦争詩」としてまとめ、『ウエセックス詩集』の約二倍の九九編を収録した第二詩集『過去と現在の詩』（一九〇二）を出版した。この詩集の序文に書かれたハーディの次の文は自己の文学的営為の本領を語る注目すべき発言である。

（この詩集に集められた）諸々のまとまりのない諸印象をうたった詩群はそれなりの価値を持つものです。人生の真の哲学に到達する道は、偶然や変化が私たちにもたらす人生の現象の様々な読み方を謙虚に書き留めることにあるからです。（傍線筆者）

自分の文学が「人生の真の哲学に至る道」の上にあること、ハーディの詩はまさに人生の哲学、自らの世界観を求めての営為であり、その模索の試みであったと告白しているのだ。だから第二詩集の中で有名な「闇のなかのツグミ」も同じ詩集にある「大問題」や「ある晴れた日に」などの線上に置いて考えてこそ、ハーディの苦悩が理解できるといえよう。

「闇のなかのツグミ」は一九〇〇年一二月三一日、と記されているが、実際には『グラフィック』一二月二九日号に"By the Century's Death-bed"として発表されたから、書かれたのはそれより前のことになる。手書き原稿では"The Century's End, 1900"ともあるので、最終的に一九〇〇年一二月三一日と付け加えたときに、詩のタイトルも変えたと考えられる (Bailey, 166–68)。去り行く一九世紀へのハーディの挽歌として書かれた。

闇のなかのツグミ（The Darkling Thrush）

わたしは雑木林の入り口の木戸によりかかった
　霜は亡霊のような灰色に青ざめ
それに冬のなごりが
　弱々しい残照をわびしくみせていた
絡み合った草の蔓は空を背景に
　竪琴の切れた弦のように模様を描いていた
あたりにいた人々はもうみな
　わが家の暖炉の火を求めて去っていた

地平の尖った相貌は
　まるでこの世紀の遺骸がひろがったよう

垂れ込めた雲は世紀を覆う天蓋で
　風は世紀の死を悼む挽歌だ
古《いにしえ》からの生と生殖の胎動は
　干涸びてかたまり
地上のあらゆる精気は
　消え失せていた　わたしのように

そのとき突如として一つの啼き声が聞こえた
　頭上のわびしい小枝から
限りない歓喜を力のかぎりこめて
　夕べの祈りの歌をうたう
老いたツグミ　弱々しく　やせ衰えた　小さな
　強風に羽毛を逆立て
魂のありったけをこめて
　夕闇のせまるなかで

そのような鳥の祝歌に
　そのような恍惚とした啼き声に

ふさわしいものは　この地上の
　近くにも遠くにも　なにもないというのに
だからわたしはかくも幸せな夜の調べには
　神を讃える「希望」かなにかが打ち震えているとさえ
思いたいほどであった
　彼にはわかり　わたしにはわからないなにかが（一九〇〇年一二月三一日）

詩のなかの“evensong”、“carolings”、“Some blessed Hope”には英国国教会の宗教上の含意がある。そして最後のスタンザの“I could think”以下には「できればそのように信じたいけれど、できない」というハーディの願望と真情の吐露を読み取ることができる。ハーディの真意は「できればよいのだけれど、できない！」に籠められている。この詩はP・B・シェリーの「雲雀へ」（“To a Skylark”）やJ・キーツの「夜鳴鶯の賦」（“Ode to a Nightingale”）の線上において考えられることが多かったゆえに、ロマン派にとっての鳥たちのようにツグミは絶望する詩人を励ますものとして誤解されてきた。しかしハーディの真意は「希望」とはほど遠いものだし、ハーディが「希望」を抱いたという解釈は間違ったものであり、ハーディの真意を理解していない。(5)

特にこの第二詩集『現在と過去の詩』に収録されている「暗闇のなかでⅡ」の最後の一節はハーディの考えの核心を表すものとしてよく知られている。

もし改善への道があるなら　まず「最悪」を
　直視する必要がある
喜びは不正　慣習　恐怖に縛られた繊細な生き物だと
　考える彼
そんな彼は変り者として立ち上がらせ退去させよ
彼はこの場の秩序を乱す存在なのだから（一八九五―九六）

ハーディは自分のメッセージをその後も思想詩のなかで発表していく。キリスト教が教える神への信頼を持つことができなくなった、「神の死」、「神喪失」の時代を人はいかに生きていけばよいのか、模索を続けたハーディの答えを、発表の時期は少し後になるが、「人間に対する神のぼやき」第四詩集『人間状況の風刺』（一九一四）に読むことができる。神への疑念が不可知論者や無神論者などによって声高に叫ばれる今日、人は何を頼りとして生きていけばよいのか。この詩の最後の部分は次の様に終わる。

そして明日にでも私（神のこと）が消えてしまうという今
真理が語られるべきだ　もっと前に
その事実は語られるべきだったのだ

人生の明白な事実とは　人が頼れるものは
人の心が持てる働きのみということだ
固い絆で結ばれた　慈悲の心にあふれた
同胞愛のみ　わたしのなかに
思い描いた救いを求めても無駄　そんなものはない（一九〇九―一〇）

第二詩集『過去と現在の詩』が出版された一九〇一年の暮れの日記に、先述したがハーディは書いている。「様々な哲学思想の理論を読んできて、それらの矛盾や空虚さを強く感じるようになったから、わたしは次のような結論に達するにいたった――すべての人間に、みずからの経験から自らの哲学を築かせよ」と（『ハーディ伝』三一〇）。ここにはある意味でハーディの捨て身になった本音があるといえよう。こうしたなかで、自分の哲学を吐露した『覇王たち』への全力をあげた取り組みが始まることになる。

一九〇二年の後半からハーディは『覇王たち』一部の執筆に没頭した。ハーディ自身もはたして三部まで無事書き終えられるのだろうかと危ぶんだ大作である。マクミラン社もけっして快く引き受けたのではないことがわかっているし (Millgate, 441)、ハーディも持病や風邪に悩まされ、書き終えるまで生きていられるかと自問自答する日々であったらしい。しかしハーディにとっては生涯の夢であった、ナポレオン戦争を主題とした叙事詩劇『覇王たち』はなんとしてでも完成させる必要があったのである。一部が一九〇四年一月、二部が一九〇六年二月、三部が一九〇八年二月に出版された。ハーディにとってはまさに自らの経験から「自らの哲学を語るもの」となったのである。

一九〇七年六月二日、ハーディは『覇王たち』の哲学思想について尋ねた批評家に答えて書簡を書いた。「意志」という語については「他に適切な語がないので用いているが、今の哲学では認められている」とした上で「叙事詩劇には——おそらく『覇王たち』はそういうものだと思うのですが——ある人生哲学というものが必要です。そのためわたしはこれまでの詩集で（そしてある程度は小説でも）書いてきた人生哲学をここでも書きました。それはわたし自身もふくめて世間の思慮ある人々が徐々に受容してきた人生哲学なのです」（『ハーディ伝』三三四—三三五）と書いた。

そしてこの考えにわたしがたどり着いたのは「……（一部に起こっていることは総体にも起こりうるとして）『総体としての意志が意識に目覚め、そして究極的には共感を及ぼすようになると期待できると思ったからだ』と述べ、「このような意志を『それ』と呼んだのは自分が初めてだ」とした。またハーディは人間の「自由意志」と「必然」についても書いた。『人間の意志はまったく自由でも、またまったく自由がないのでもありません。人間はこの「宇宙の意志」に支配されているとき、（人間はほとんどその一部になっているので）個人として自由ではありません。けれども「大きな意志」が調和を保っているときには、人間の意志と呼ばれる極小の部分は自由なのです。それはちょうどピアノ奏者が話をしたり、何かほかのことを考えていて、指のことを意識していないときでも、指は自由にそれ自身の意志で動いて、ピアノを弾き続けているのと似ています』と書いた。そして長大な詩劇『覇王たち』にこのような自分の哲学を披瀝したのだが、あまりにも膨大なために見落としや矛盾がないことを願っていると結んでいる（『ハーディ伝』三三四―三三五）。

かくしてハーディにとって『覇王たち』は自己の哲学をうたった、野心にみちた大作となった。それは内容も形式も今までにない叙事詩の形をとった劇という画期的な文学上の試みとなったのである。その主題はハーディのいう「宇宙内在の意志」という動因によっていかにナポレオン戦争をめぐる世界が動かされていくかを描くことにあった。歴史の一つ一つの事件が絡まり合い、膨大な人間を巻き込み、広がり展開していく様子を、パノラミックな手法を用いて描いたのである。映画の手法に慣れている現代のわれわれには当たり前のように受け入れられる手法かもしれないが、一〇〇年以上も前にはそれがいかに斬新な捉え方であったかは驚嘆に値する。

しかし長年の年月を資料蒐集に費やした、ハーディの夢の実現であった『覇王たち』一部が出版されたときには、厳しい非難にさらされる。しかしハーディは批判にも負けず二部、三部と書き進めて、自己の信ずる哲学を展開させたのである。「宇宙内在の意志」といった言葉で表されるハーディの哲学はけっしてハーディ独自のものではない。E・ハルトマンの *Philosophy of the Unconscious* は一八八四年に英語に翻訳されていたし、A・ショーペンハウアーの *The World as Will and Idea* も一八八〇年中葉には英語で知られていた。ハーディはこうした哲学書を熱心に読み、自己の哲学を考え続けたのである。そして『覇王たち』において自己の哲学を集大成して盛り込むことを試みたのだ。

「歳月の精」「哀れみの精」「皮肉の精」「噂の精」「意地悪の精」「記録の精」などをコーラスとして参加させ、彼らに「宇宙内在の意志」の意図を語らせることで、ハーディは「宇宙内在の意志」

が意図する壮大なドラマを描いた。そのドラマには二九七名が登場し、場面はロンドンの議会、パリの宮殿、スペインの戦場、モスクワの雪原、ワルテルローの戦場、トラファルガー沖の海戦やネルソンの最後などが高みから見下ろされて描かれた。そして全てが「宇宙内在の意志」の働きによって絡まり合いながら展開していくという「彼の哲学」を示したのだ。ハーディはこうした状況を表現するのに三〇以上の韻律を工夫した。

『覇王たち』の最後は次のように締めくくられる。「宇宙内在の意志」が意識に目覚めて善を行うであろうとの微かな希望をみせて。

合唱
しかし――あるどよめきが大気をゆるがす
　長い歳月の
　暴威が消され
過去の邪悪から救いがもたらされ
「意志」が意識にめざめ　やがて万物を美しく作り成すという
その喜びのひびきにも似て！（長谷安生氏訳）

悲しいことには、第一次世界大戦の惨禍を経験したハーディは後になって、「この数年間に起こったことを予測できていたなら、『覇王たち』の最後はあのようには終わらせなかったであろう」

の働きについて、問いかけ、迷い、揺れ続けたともいえる。
しかしハーディのこうした苦悩は「愚鈍なこちこちの――岩のように硬い――意見」をもつ世間からは簡単には理解されなかった。ハーディの思想にはペシミズムというレッテルが貼られてしまい、ハーディの真意とは離れてその言葉が一人歩きして様々な非難攻撃を浴びることになった。『覇王たち』二部執筆中の一九〇四年一〇月一五日、『マンチェスター・ガーディアン』の作品と作家シリーズとして次のようなハーディのインタヴュー記事が掲載された。

今日の文学がおかれている状況についてどう考えるかと尋ねられ、ハーディ氏は答えた。〈今日の文学のほとんどがもっている致命的な欠陥は、哲学的な人生観が欠落していることです。そういうものを欠いている文学が、最高だとか不朽だとかということはありえないのです。人間生活の描写がどれほど微細で多彩であろうとも、それだけでは十分ではないのです。人生というものへの包括的な、ある理性的なコメント、現在と過去において人間は宇宙といかなる関係にあったのかということへの納得できる意見というものが書かれていることが不可欠なのです〉。彼は続けた。〈必然論というものを信じることは、今日ほとんどの作家や批評家たちによって受け入れられていると自分は確信しているというのに、作家や批評家たちはそれを発表する勇気がないのです……しかし、わたしがキリスト教信仰に反対しているなどとはけっして思わないでください。いや、むしろわたしは教会が至高のもので、疑問の余地のないも

のであった中世に生まれていたならばよかったと思っているのですから〉。(Gibson, 75)

一九世紀の自然科学の発達を知ったハーディは「神喪失」を認め、「宇宙内在の意志」と呼べるようなある力が働いていることを認めざるを得ない、しかし教会を至高のものとした中世のような時代への魂の憧れを消し去ることはできないという、矛盾にみちた微妙な立場を示している。

その後ハーディのキリスト教信仰にたいする懐疑はますます深まっていくことになる。一九〇七年の『ハーディ伝』にみられる次のような一節はハーディの苦悩を切々と伝えてくる。われわれが〈主を賛美いたします〉と歌うとき、われわれが本当に歌いたいのは〈わたしの魂が賛美できる主を見出すことができますように！〉ということなのだと書いた。そして続ける。

〈ただしばらく歴史的な感情がこもったきまり文句を唱え、心の中ではあのような信仰箇条を真面目に暗誦していればよかったとは、わたしたちの祖先はなんと幸福だったことか！〉と付け加えるのだ。しかし、われわれには判っている。われわれがそうした言葉をたんなる懐古趣味から、また昔からやってきたことだから、そしてただ教会を――絶対的なものとして――存続させるためだけに唱えていることを、会衆の誰もわかっていないということを。だからわれわれは嘘をついている、信者だというふりをしているのだ。こんなことはあってはならない、われわれはそこから去らねばならない。(三三二―三三三)

こうしてハーディは自分の思想を第三詩集『時の笑い草』*Time's Laughingstocks and Other Verses*（一九〇九年一二月）、第四詩集『人間状況の風刺』*Satires of Circumstance*（一九一四年一一月）においても繰り返しうたうことになった。ハーディのキリスト教の神への懐疑とハーディの考える「宇宙内在の意志」への問いかけはその後のハーディの思想詩の中心主題となっていく。ハーディは死後の出版もふくめて八冊の詩集を出すことになったが、結果として一作ごとに詩人としての地歩を固めていった。最初おずおずと五〇〇部の初版であった『ウエセックス詩集』のあと初版部数は次第に伸びて、第八詩集『冬の言葉』*Winter Words*（一九二八年一〇月）は初版五千部、その月のうちに再版がでた。こうして九〇〇余編の詩と叙事詩劇が残されたのである。ハーディは小説家であり、かつ詩人としても時代を代表する存在となった。

エマの不満——「信仰」「階級」「ジェンダー」をめぐって

『日陰者ジュード』のあと小説家から詩人へと転じたハーディの道はけっして平坦なものではなかった。しかし『ウエセックス詩集』の出版に続いて、次々と詩集と叙事詩劇を発表したハーディは次第に詩人として世間の注目を集め、高い評価を受けていく。言ってみれば、ハーディはあのワーグナーのように困難なことに挑戦し、常に前進を続けた。そのハーディの傍らにあって、エマの晩年はどのような軌跡を描いたのであろうか。

『日陰者ジュード』で主張された国教会や結婚制度批判にエマは強い衝撃を受けていた。エマは夫の過激な国教会批判は本心ではないと知人たちに説明してまわったと伝えられている。結婚制度批判は自分たちの結婚への批判と受け止めた。そこに『ウエセックス詩集』が出版された。前述したようにハーディは小説で述べたのでは世間から非難をうけるからと詩を選び、詩のなかで自分の言いたいことを言ったわけだから、エマにとっては詩集の内容はさらなる衝撃であった。そのうえ、詩集にはハーディの個人的な恋情やエマへの批判ともとれる詩まで含まれていたのである。

オーエンに宛てたエマの手紙（一八九九年一二月二七日）に、この詩集について次のように書いている。「最近の詩集のことだけど、多分あなたは「蔦女房」がとても良いというのでしょうね。もちろんわたしはあんなものを褒めるなんてと驚いています。それにあの詩集のなかのいくつかの詩といったら」といくつかの詩は大文字で書かれている。いくつかの詩とはハーディの世界観を表明する詩であり、恋愛詩であろう。さらに手紙はオーエンから贈られたオマル・ハイヤームについて「あんな文学は疑いもなく絶望と悲惨と悲哀を増大させるだけで、それが後世に伝わっていくのです。キリストの言葉『見よ、わたしが語ったであろう』[6]は今日の事件やものごとの動勢や意見を考慮するとき、驚くべきものだと思うの。（それなのに）あのような文学はいつとははっきり言ってはいないけれど、終末の始まりを示すものよ。わたしはやはり聖書にまさるものはないと考えています」と続けている。ちなみに、ハーディは死の床で、二番目の妻のフローレンスにオマル・ハイヤームを読んでほしいと頼んでいる。

ここにきてハーディとエマにとって何にも増して先鋭化したことは宗教についての立場の違いであった。ハーディは国教会や神への不信を表明してはばからない不可知論者であった。他方エマは典型的な、熱烈な英国国教会の信者であった。エマはエドワード・クロッドに宛てた手紙（一八九七年三月二九日）で、クロッドの進化論的見解にたいして強く異議を申し立てた。手紙のなかで「神は存在しない——キリストは存在しない」というクロッドの書物についてエマは反論した。「あなたは一千万の異なる種というものを創り出すなどということは不可能だとおっしゃるけれど『創造主にとっては何事も不可能ではない』のです。進化論が何を言おうと人間は常に人間だと私は信じています。私は霊魂の不滅をどうして疑うのか理由がわかりませんし、私たちの目には見えなくても私たちが無数の魂となって甦らないなどとは考えられません」と。このようなエマにとって『ウエセックス詩集』の出版は、彼女の宗教的な傾向をますます強めることになった。一八九九年六月二日、ハーディの誕生日にエマは新しい聖書を贈っている。

エマは夫の不信心や不道徳はなんとしても矯正されねばならないと考えた。エマの宗教はあくまでも英国国教会であり、プロテスタントであったから、後年友人のオーエンがカトリック教徒になったときには強い非難の手紙（一九〇八年六月一六日）を送っている。

一九〇六年マックス・ゲイトの教区の牧師になったリチャード・バートロットはエマから、夫の宗教心を篤くするために、週に一度マックス・ゲイトにお茶に来てほしいと頼まれている。牧師はそれを受けて、毎週木曜日にやってきて、一緒にお茶を飲んだ。ハーディはいつも書斎から出てきてお茶に加わったが、牧師がハーディから宗教の話題を誘い出そうとすると、そのたびに彼は「カタツムリのように、自分の殻にひきこもった」(Kay-Robinson, 200) といわれる。牧師が珍しい一九世紀始めの祝歌の古い手書きの原稿などを示して彼の興味をかきたてようとしても無駄だったという。

マックス・ゲイトの客たちは自分たちの寝室に聖書がおかれているのを発見したし、エマは一九〇二年ごろから自分のプロテスタントの信仰を表した小さな冊子を人々に配布していた。それらをまとめて一九一二年四月に *Spaces* のタイトルで出版もしている。一九一二年八月一日にエマはバートロット牧師に手紙を出し、自分の小冊子を読んでほしいと書いている。一冊はそれまでに『ドーセット・カウンティ・クロニクル』に掲載されたものも含んだ一五編の詩がおさめられた詩集 *Alleys*（一九一一年一一月出版）であり、もう一冊は *Spaces* であった。*Spaces* はエマの宗教的な、熱烈な感情が溢れたものであり、'High Delights of Heaven'、'Acceptors or Non-Acceptors'、'New Element of Fire'、'Retrospect' の四篇の文章が収められ、Retrospect は悪魔、神、天使長のミカエル、イエスキリスト、天使たち、聖霊などの対話のあとに神の国の到来を讃える言葉で終わっている。

このように、その宗教的な立場においてハーディとエマの距離は遥かに遠く隔たっていった。一九〇六年五月、マックス・ゲイトで庭の手入れをしていたエマは突然心臓発作で気分が悪くなって倒れた。そのときから彼女にはこの世の時間はもう六年余しか残されてはいなかった。

宗教についての考えの決定的な違いに加えて、エマの内面には結婚以来妻としての様々な不満がくすぶり続けていた。結婚当初からエマはハーディとの結婚で身を落としたと信じていたのである。エマは *Some Recollections* で自分の家系が商売などを生業とせず、経済的に困ったときでも教職関係の仕事が多かったと述べている。いわゆる法律、医学、教会、軍人といった紳士とみなされる職業以外には従事していないと言いたかったのであろう。父は事務弁護士で、その母からの年七〇〇ポンドの収入で一家はかなり裕福に暮らしていたらしい。叔父のエドウィン・ハミルトン・ギフォードは教職についたのちに英国国教会のロンドン大執事となった。

エマの遠縁にあたるヘンリー・ギフォードによると、「エマはハーディの賎しい出自をけっして許すことができなかった。彼女は（*Some Recollections* にあるように）あまりにもしばしば自分の実家の〈素晴らしい家庭教育のこととか上品さのことを口にしすぎた――ああ、こうした快適さや上品さの欠けていることって、わたしにはなんと辛いことでしょう！〉と。彼女は淑女が身を落として石工の親方の息子と結婚した、そしてその息子には実際、ある種の上品さが欠けてもいた（と思って）いたのである」。[7] ギフォードはお金にうるさいハーディのエマへの指示などをあげているが、こうした点にエマも気づいていたのかどうかは判らないが、こまごまとした金銭的な指示をするハーディの手紙類はヘンリー・ギフォードが指摘するようなものであったことも事実であろう。

エマのこの矜持はボックハムプトンの家族への侮蔑と非難となって終生エマから消えることはなかったし、ハーディ自身もそのような階級差を意識していたからこそ、『青い瞳』でエルフリードとスティーヴンの悲恋を主題とした小説を書いたのである。牧師の娘エルフリードにはエマが、石工の親方の息子スティーヴンにはハーディ自身が強く映し出されている。

二番目の妻フローレンスに比べて、残っているエマの手紙は非常に少ない。だがその中にもエマがハーディの家族にいかに強い軽蔑と憎しみをいだいていたかを想像させるに充分なものがある。一八九六年二月二二日のハーディの一歳年下の妹メアリーに宛てた手紙のその激しい調子には誰しも驚かされる。

ハーディには弟が一人と妹が二人いた。この四人は二つのセットに分かれるという年齢構成であった。トマス（一八四〇―一九二八）、メアリー（一八四一―一九一五）、ヘンリー（一八五一―一九二八）、キャサリン（通称ケイト、一八五六―一九四〇）は上の二人と下の二人は年齢が近く二組のあいだには一〇年の差があった。だからメアリーはハーディに年齢も近く、一番親しい存在であったから、ハーディへの影響力も強かったのである。その意味で、エマには目障りな存在であった。

「ハーディ嬢へ」と故意に形式的な呼びかけをしたメアリーへの手紙は次のような激しい調子で書かれたものである。「あなたはわたしが彼の妻になって以来、わたしたち夫婦の仲を裂こうとありとあらゆることをしてきた」と糾弾した。

特にエマにとって許しがたかったのは、メアリーがエマのハーディへのサポートを認めなかった点であろう。「ところであなたは何の権利があってわたしが夫に対して何の役にも立っていないなどと主張するの？　そのようなことは本当ではないし、いわれもないことなのに、あなたはなんの証拠もないし、実情もわかっていないくせにそれを何度も繰り返しているわね。……あなたはきっと自分の力で、わたしの人生を目茶目茶にしてやったと得意になっているのでしょう。でもそれはあなたの兄の人生を目茶目茶にしたことになるのだし、きっとあなた自身に罰があたるわよ――神のおっしゃることは永遠に真実なのですからね。あなたは魔女のような人で、まったく魔女と同じように呪ったり、悪口を言いふらしたりしている――私には、あなたとあなたのお母さんと妹さんが生まれ故郷のヒースの茂る野で、ワルプルギスの夜祭（五月一日の前夜、ドイツではこの夜魔女たちがブロッケンの山中で魔法と酒宴をはるという）のように、嵐を巻き起こしているのが想像できるわ」と。このように魔女とまで罵られた手紙をもらったメアリーはどのような憤りを覚えたことであろう。エマがハーディの弟妹をマックス・ゲイトに招かなかったということも頷けることである。

エマはルイーズ・マッカーシィに宛てた手紙（一九〇二年一一月三日）でも、「わたしたちは農民階級 (the peasant class) の無知な厚かましさにはまったく辟易している」とハーディの出自を軽蔑している。またオーエンに宛てた手紙（一九〇六年一二月二六日）でも、現代の魔女は中世の魔女のように箒に乗っているわけではないが、「悪意に満ちて人を中傷し、実はここカースタブリッジにさえもいるのですよ」と書いている。エマにとってはヒースの野に住む、上品さや洗練さに欠けたハーディの母や妹たちは魔女にも等しい存在だったのかもしれない。

このようなハーディの出自へのエマの侮蔑に加えて、彼女の内部にくすぶっていた不満は、文学に進んだハーディへの自分の献身的なサポートが誰からも正当に評価されないということ、そしてそのサポートのために自分の文学的才能までもがつぶされたとの思いであった。エマにはハーディが作家としてスタートした時から自分がハーディを支えてきたという、深く秘めた自負があった。建築家として身を立てるか、それとも文学への志を貫くかと迷っていたとき、迷いもなく彼を叱咤激励し、文学への道を選ばせ、しかも成功へと導いたのは他ならぬ自分ではなかったか、そう思うとエマには許せぬ思いがいくつもあったことであろう。自分の人生は夫のために空費されてしまったのかという思いが。

エマがいかにハーディを助けたかを示す彼女の手書き原稿が注目されてきた。『青い瞳』に始まり、その後の小説のほとんどに残されているエマの手書き原稿を詳細に検討し、ハーディの小説の生成にエマがどのような役割を果たしたのかを、アラン・マンフォードは分析している。[8] ただマンフォードも認めているように、非常に困難なことは、ハーディとエマの筆跡をどこまで正確に区別できるか（筆者の見るところ、晩年になるにつれてエマの筆跡がハーディのそれに似てくるように思われる）、またエマのものと思われる訂正や加筆についてそれらがエマの手書きであったとしても、ハーディの指示か承認を得てなされたものである可能性は大きいから、エマの独創と見られる場合との区別はむつかしいといった問題がある。

『ハーディ伝』（一四五―四六）によれば、『熱のない人』については、小説の大半はハーディが身動きできないベッドからエマに口述筆記をさせたとある。この小説の少なくとも形式上の完成にはエマの助けは不可欠であったろう。各小説の手書き原稿で紛失しているものが多々あるが、それらはどうもエマの手になるもので、ハーディは意図的に破棄したらしいと考えられている。しかしマンフォードはこうした様々な問題点を指摘した上で、「二〇年以上もの間、ハーディの最初の妻は彼の文学活動を実質的に助けてきたことは否めない」と結論づけている。エマの清書原稿は紛失しているものも多いのだが、残された手書き原稿は彼女の涙ぐましい、夫への献身を語るものとなっている。

エマには夫を苦労して支えてきたという思いが常にあった。それなのにハーディの方はロンドンの文壇で有名になるにつれて、彼のまわりに集まる美しい上流婦人たちや女性作家たちとの交流に明け暮れることが多くなった。それはけっしてハーディ自身が自ら求めたものではなかったかもしれないのだが。ヘニカー夫人のあとを引き継ぐように、レイディ・アグネス・グロウヴ（上流階級の文学を愛した夫人で、四冊の書物を出版。婦選運動など政治活動に活発に関わった。一八六三—一九二六）はハーディの関心を惹き、彼女は新しい文学上の弟子となった感があった。ヘニカー夫人やレイディ・グロウヴの文学にはメンターのように心を配りながら、エマの文学的な野心にはまったく無関心の夫がエマには許せなかったであろう。

『ウエセックス詩集』には過去の恋人、トライフィーナ・スパークスへの想いがうたわれ、ヘニカー夫人との愛の詩があり、憎きメアリーにまで捧げられた詩があり、自分のことは「小唄」で扱われてはいても「蔦女房」で揶揄されているとしたら、エマにとって詩集の出版は彼女の心をよりいっそう頑なにすることになったといえよう。

エマのハーディの忘恩に向けた非難と怨嗟の言葉は彼女の手紙のなかに縷々と記された。ハーディの方はエマの手書き原稿を破棄して彼女の痕跡を少しでも少なくしようとしたのだが。エマはオーエンに宛てて書いた（一八九九年四月二四日）。「わたしは今まですくなくとも二〇年かそれ以上、献身的な妻でした——でも最後の四年か五年はなんとみじめなことでしょう！」(Millgate, 396) と。

結婚生活の忠告を求めたエルスペス・グレアムに宛てたエマの手紙（一八九九年八月二〇日）は結婚生活二五年目を迎えたエマの心境を語っていて興味深い。夫というものがいかに自分勝手な人間であるかをエマは次のように書き送った。「わたしたちの献身や愛情に少しでも応えようとする気持ちは彼らにはありません——あの人たちは子供と同じです——ただ愛想がよいだけ——そして五〇歳ともなると、男のひとにはよくあることだけど、それまでにはない、まったく新しい気持ちを抱き始めるのです。オリエンタルな考えを持ち始めて、かつてもっとも完璧でもっとも自分にふさわしいとして選んだ妻に飽きてくるのね」と。

さらに結婚生活にとって、相手の家族からのお節介や口出しほど腹のたつことはない、さらに夫はそういう問題を片付けようとしないどころか、見て見ぬふりをして、事態をますます悪化させるのだと、ハーディの態度を批判している。そして次のような忠告をするのだ。「できるだけ離れてそれぞれのやり方で暮らすことが危機的な状況のなかでは賢明なやり方です――二人ともが自由でいて――そして感謝とか、気配りとか、愛とか、公正な態度とか、あなたが望むことは一切期待しないことです」と。

一九〇二年一一月三日にも、息子を作家にもつルイーズ・マッカーシィに宛てて書いた。「作家と結婚したわたしの忠告を求める人にはこう言いたいのです。〈彼を助けることはしないことです――あなた自身の生活を無にしてしまうほどにはね――それより自分が以前からやってきことをやることです〉……わたしが作家というもの――現存の作家たち！のことです――に偏見を持っているとお考えかもしれませんが――彼らは成功しない場合は実にしばしば他人の生活を陰鬱なうめき声でやりきれなくしてしまいます――そして、もし成功して有名になった場合には、彼らは自分を助けてくれた人を胸壁越しに眼下の敵に投げ落とすのよ、そしてこんな扱いに対してなにか不平でも漏らそうものなら、彼らのペンでもって突き刺してくるのですから」と。ここには自分を抑えて献身的に夫に奉仕してきたエマの憤懣やるかたない、恐ろしいまでの本音が表れていると考えられる。

自分の時間とエネルギーの全てを投げ出して夫を支えてきた妻、結果的に自分の才能を伸ばすことができなかったと思い込んでいる妻、そして功なり名遂げた夫は、妻の献身や犠牲を顧みることなくさらに先へと自分の道を進むことしか考えていない。結婚以来つけていた日記にエマは一八九〇年代から夫への不満、怒りを思い切り書き連ねていくようになった。それは二番目の妻フローレンスによって「悪魔的な日記」(一九一三年三月七日、E・クロッド宛)と呼ばれることになるのだが、死後それらの日記を読んだハーディはその中身に圧倒された。ハーディは全てをマックス・ゲイトの庭で燃やし、エマへの鎮魂と追憶の旅にでることになるのだ。

エマの反撃――「自分だけの部屋」への道

一八九〇年代の終わりに向かって、エマは次第に自分の意志で自由に行動するようになった。一八九九年二月一四日のオーエンに宛てた、例によって話題が転々と飛ぶ、書きなぐりといった手紙の中で、ブラウニング夫人に触れ、自分も夫人のようになりたいと思ったのか、ハーディの詩集出版に対抗するように、詩を書き始めたと述べている。前述したように、後年、彼女は小さな詩集をまとめていたし、短編の草稿も残っている。

一八九九年四月二四日のオーエン宛の手紙では、マックス・ゲイトを改築した際に、自分のために二間の屋根裏部屋を手に入れたと書いた。「わたしは屋根裏部屋で眠っているのよ、わたしの愛らしい小部屋はわたしの隠れ家で慰めだわ」(Millgate, 391)と知らせた。エマにとっては初めて手にしたV・ウルフの言う「自分だけの部屋」であった。そしてその部屋で彼女は「悪魔的な日記」や

Some Recollections を書き、その後独り死をむかえることになるのだ。

娘時代から乗馬が得意であったエマは運動神経が発達していたのか、一八九五年ごろから当時流行のスポーツであったサイクリングに熱中した。ドーチェスターの町の人たちの言い伝えを信じれば、ブルーマー夫人によって広められ話題となった緑色の服装で町を駆け巡ったという。ハーディも自転車に夢中になり、二人は一八九六年にはベルギーに、一八九七年にはスイスに出かけて、サイクリングを楽しんだ。

この頃からエマはロンドンへも自由にでかけ、女性のクラブにも出入りし、また海辺のリゾートなどへの旅行も気軽に楽しむようになった。二〇世紀を迎えて、エマの行動半径はますます広がり、一九〇三年秋には姪のリリアン・ギフォードをともなって、ドーヴァーからカレーへと旅したりしている。自分を顧みない夫に対抗して自由に振舞うことで、なんとか自分の不幸な状況を打開しようとしたのかもしれない。

この頃のエマの注目すべき見識を示す一通の手紙が残っている。ボーア戦争勃発直後の一八九九年一二月二七日にオーエンに宛てて書いた。「ボーア人たちは自分たちの家や自由のために戦っているのよ――私たちはトランスヴァールの債券やダイアモンドや金鉱のために戦っているんじゃないの！　そうでしょう」と。エマはこの戦争の本質は見抜いていたのだ。しかしエマにとって、ボーア戦争はボーア人とイギリス人の間の戦争であって、もともとその土地に暮らしていた原住民の立場など念頭になかった。ここには当時の大英帝国の人々に共通の思考パターンがある。

さらにこの時期をとおしてエマが新聞などに発表した詩や記事から、わたしたちはエマのもう一つの顔を見ることができる。それは社会への発言を通して、自己の存在理由を確認しようとする試みでもあったろう。エマが投稿を通して主張したことの一つは動物愛護運動についてであった。この点に関してはハーディと意見を同じくしたのであるが、エマの積極性にはハーディ自身すらたじろぐほどであったという。一八九九年八月三一日の『デイリー・クロニクル』への投書では、アレクザンダー・パレスでのショーで、調教師がトラが階段をのぼろうとしないのを鞭で打ったことに抗議した。トラがそばにいた調教師の妻に飛び掛り、妻は危うく難を逃れたという事態であったのに、である。

『デイリー・クロニクル』に一九〇一年九月五日に掲載されたエマの文章は「家庭生活の崩壊」についてのもので、当時の家庭生活において子供らのおかれた状況を憂慮し、とくに貧困層に見られる子供らの肉体的、道徳的な堕落を救わなければならないと、優れた教育を受けた指導者の必要を強調し、トマス・アーノルド風の理想教育論を展開した。この堕落した状況は努力さえすればかならず改善されると、実に彼女らしい、感情的な、楽観的な結論で終わっている。

もう一つの注目すべきエマの活動は女性参政権運動への参加である。エマは一八九〇年代の半ばから、ミリセント・フォーセットとレイディ・フランシス・バルフォアを指導者とする女性参政権運動の比較的穏健なグループに加わり、一九〇七年二月九日のデモにはわざわざ前日に上京して参加している。『ハーディ伝』にも「二月八日　エマは明日の女性参政権のデモに参加のためロンドンに行く」と記されている（三三二）。

このデモはいわゆる「ぬかるみの行進」と呼ばれたもので、初の大規模なデモで、約三千人の女性が旗や楽隊と共に集まり、長いスカートをぬかるみに引きずって、ハイドパーク・コーナーからストランドのエクセター・ホールまでを行進した。このような熱狂的な運動のなかに身をおいていたエマの女性参政権へのもっとも力のこもった意見が『ネイション』の一九〇八年五月九日号に掲載されている。この投書で、エマは女性参政権が与えられていない、この矛盾と悪にみちた社会の状況をつぶさに描いてみせ、このような嘆かわしい状況は女性が政治に参加して、男女が共に同じ権利をもつことによってのみ改善できると主張した。

政治週刊誌『ネイション』の編集者であるH・W・マッシンガムはハーディの知人であったから、エマの投書は掲載前に編集者の手がはいっていることは明らかなのであるが、ともかくここには女性参政権問題と正面から真面目に、包括的に取り組み、同性への同情と男性への義憤にみちた文章を、あるレベルで言語表現できる一人の女性がいる。この投書はそれなりの評価を受けるべきものであろう。晩年のエマの奇矯な言動が取りざたされるなかで、この論文や *Some Recollections* が語るものはなんであろうか。当時女性がおかれていた状況を考えると、こうしたエマの進んだ一面はもっと正当に評価されるべきものかもしれない。

エマは一九〇八年六月二一日のハイド・パークでのより大規模なデモにも参加している (Kay-Robinson, 203)。六月二一日のこのデモの様子はエメリン・パンカーストによって記録され、参加者は五万人だったと伝えられている。「六月二一日の日曜日は、なんてすばらしい日だったろう――燦然たる陽光の満ち溢れたまばゆいばかりの晴天！　ウオステンホルム・エルミー夫人とともに七つの行列のうちの先頭を率いて行進しながら、私は、まるでロンドン中が総出で私たちの行列を見守っているような思いにとらわれた」(9)とある。このデモで、公式の女性参政権法案をすみやかに議会に上程するように政府に要求する決議がなされ、これから後のサフラジェットらの激しい実力行使に発展したことはよく知られている。

興味深いことに、エマは女性参政権運動が過激になっていくにつれて、多くの知識人と同様に不安や怒りを感じ始めた。一九〇九年九月二七日のロンドン婦選運動協会に宛てた手紙で首相らへの暴行などの過激な活動に強い怒りを表明し、全体としての運動には理解を持ってはいるが、しばらく会を脱退したいと申し出ている。翌年の六月二一日の手紙では、「トマス・ハーディ夫人は過激な運動の会に属しているといわれて非常に迷惑している。そのようなものに属したことはないし、とんでもない話だ」と怒りを表明した。

さらに一九一一年五月一八日には貴協会への寄付を減額したいと申し出ている。そしていかにもエマらしいと思われるのだが、一九一二年三月九日の手紙では、差し出した寄付の返還を求めたのである。「トマス・ハーディ夫人は過激な婦選運動活動家の行動にいたく衝撃をうけていますし、あのような非合法のやり方に賛成することはできません。さきほど送った寄付金を返却し、わたしの名前をあらゆる書類から除いてください。……」と書いた。さらにその五日後にも即刻返金せよと強い調子の手紙を送っている。このあたりにも、エキセントリックなエマの性格がうかがわれる。他にもエマの性格を想像させる少々異常な投書も残っている。動物愛護のあまり、害虫の蚊やハエまでも殺すなというもの（『ドーセット・カウンティ・クロニクル』一九一〇年六月初旬）だ。これらはエマのかなりバランスを欠いた性格をみせている。

13. 晩年の Emma Hardy。この写真は 1905 年頃のもの。

こうして『日陰者ジュード』から『ウエセックス詩集』へと発展したハーディの活躍は様々な意味でエマの生活に影響を与え、夫婦の確執はますます深まっていくことになった。やがて訪れたエマの死はその後数多くのエマ関係の不朽の名詩を生み出す原因となった。そしてエマがひそかに「悪魔的な日記」に夫への怒りを書きつらね、また *Some Recollections* で過去へのノスタルジアにひたっていた間に、ハーディの視界には、若く美しい女性が新しい協力者として登場していた。二番目の夫人になるフローレンス・ダグデイルである。年老いた文豪の若き妻として、また有能な秘書として、そしてエマと同じように自立して文筆で生きることを求めた女として、彼女もまた栄光と苦悩の歳月を送ることになる。

第七章　フローレンス・エミリー・ダグデイルの登場

出会い

フローレンスは一九〇五年八月の半ば、ヘニカー夫人に伴われてマックス・ゲイトを訪れた。フローレンスに初めて会ったハーディはのちになって次のような詩を残している。

訪問のあと（After the Visit）
F・E・D・へ

どうかここへ　もう一度来てください
ここでのあなたは　まるで坂道をかすめて舞い落ちる
一枚の木の葉のよう
その乾いた坂道を泪流しつつ上る旅人の前で

もう一度来てください　あなたは

14. 1910年9月26日、Max GateでWilliam Strangによって描かれたFlorence E. Dugdaleのスケッチ。この頃からFlorenceはMax Gateに出入りするようになる。W. StrangはHardyの肖像画も残している。

アザミの丸い綿毛のように　軽やかな足取りで芝生を歩き
言葉では言い表せない優しさで
　一人一人全ての人にひそやかな心遣いをしてくださる

　そのときまで　わたしは垣根に咲く
花々の微かな香りを　気にも留めず
そして日々流れ来ては去って行く雲の
　色や形に魅せられることもなかった

　薄暗い廊下を　通り過ぎるあなた
その足音は　あまりにひっそりとして
古びた館を歩くという遠い昔の妖精と
　わたしには見分けがつかなかったほどです

　ところが気がつくと　あなたは暗がりから現れて
大きな生き生きとした　輝く瞳で
じっともの問いたげにわたしを見つめているのです
　それは大問題を抱えた魂がもつ瞳

それは本能的に　人生とは何かそして
わたしたちは　なぜここに居るのか
いかなる不思議な法則によって一番大事なことが
この世には存在できないのかという永遠の問題を問いかけているのです

初対面でハーディの心を捉えたフローレンスをうたったこの詩はパーディによれば一九〇九年頃制作されたとされているが（Purdy, 160–61）、発表されたのは『スペクテイター』（一九一〇年八月一三日）であった。献辞の「F・E・D・へ」はエマの死後、フローレンスと結婚してから付け加えられたものである。

詩には古びた館といった脚色が施されて、どこか遠い昔の架空の物語の一場面のように思わせているが、うたわれているのがフローレンスであることは発表当時から明らかであったと思われる。始めの三節はフローレンスの所作の優雅で軽やかなたたずまいが見事にうたわれ、後半の三節では妖精にも擬せられた彼女の高潔、高貴な魂が讃えられる。彼女の大きな、きらきらと光る潤んだ目は人生の深奥の意味を問うて真剣に輝いていたと。ハーディはそこに自分と同じ真摯な魂を見出したのだろうか。

二人の交渉の始まりは一九〇五年八月一〇日頃と考えられている。面会を求めたフローレンスにハーディが出した手紙が最初の経緯を物語るとされているからだ。これはまったく事務的なものであったが、そのすぐ後に、フローレンスはヘニカー夫人に伴われてマックス・ゲイトを訪ねたと思われ、それが冒頭の詩となった。

そのときなんとかして文筆で身を立てたいと悪戦苦闘をしていた若きフローレンスにとって、長く憧れの的であった大作家との面会は期待と興奮に胸躍るものであったにちがいない。ハーディにとってもそれは予期せぬ驚きとなった。この突然の思いがけない訪問者は、落ち着いた物腰をした、そして生真面目な輝く瞳を持った、若く美しい女性であったからである。

翌年の一月二日にはハーディはフローレンスから贈られた花束に対して心のこもった礼状を書き、この年から徐々に二人で会う機会が増えていく。フローレンスがハーディから執筆中の『覇王たち』の資料蒐集の仕事を頼まれて、大英博物館への入館許可証を求めているのは一九〇六年一一月二〇日のことである。後年、フローレンスはハーディがこうした出会いの機会をあえて作ったのだと回顧しているが、そのときのハーディにとってはフローレンスとのこうした機会はかけがえのないものであったのかもしれない。

一九〇六年二月九日に『覇王たち』二部を出版したハーディはすぐさま三部に取り組んでいた。ターナーでもワグナーでも後期の作品ほどその作家の本質が出ていて興味深いという『ハーディ伝』（三二九）の有名な箇所が示すように、自らも自信に満ちて三部に取り組んでいたと思われる。『覇王たち』ではその言語、詩型、構成、哲学的思索の吐露において、ハーディはその持てる力の全てを発揮して、自己の最高のレヴェルを達成しようと試みた。

一九〇七年三月二九日の夜、ハーディは日記にこう記した。「聖金曜日前夜。午後一一時三〇分。『覇王たち』三部の草稿を完了した」（『ハーディ伝』三三三）。老いを感じ始めていたハーディにとっては無事最後まで書き上げられたことに感無量のものがあったと思われる。その年の大晦日にハーディはヘニカー夫人に宛てて「自分はまるで半島戦役やワルテルローの戦いに参戦した老兵の気分です。この仕事が一段落したことは良かったのだが、当分はこの仕事が終わってしまったことで淋しい気分になるでしょう」（一九〇七年一二月三一日）と書いたほどだ。

『覇王たち』完成のためのフローレンスの助けはハーディにはかけがえのないものであったにちがいない。この頃のハーディの心の風景をもっとも良く表しているのは次の詩であろう。

発車のプラットフォームにて (On the Departure Platform)

わたしたちは改札口でキスをして別れた
わたしは一人残され　彼女は刻々と遠ざかる
次第に少しずつ小さくなりついに
　ただの一つの点になった

モスリンの綿のような一つの白い点は
あの遠くのびる　プラットフォームの先の方へと
上品な人たちや粗野な群衆の間を縫って
　車両の入り口にむかう

揺らめく灯影のしたで
遠くや近くからやって来た　黒い人々の群れ
わたしたちとはまるで無関係な思いを抱いた人々の背後に
　　彼女は消えてしまう

また見えてやがてついに見えなくなった
あの柔らかな姿　あのぼんやりとした白い不透明なかたまり
それはわたしにとっては　自分の命よりまさるものであったが
　　完全に消えてしまった……

わたしたちはあの晴れた甘美な日から未来のことを語ってきた
だから時がくれば　彼女は再び現れるだろう――
多分あの同じ柔らかな白い装いで――
　　だがそれは決してあの時と同じではない！

「だが友よ あなたが彼女を心から愛しているのなら
なぜ　その歓びは永久に飛び去らなくてはならないのですか？
おお　友よ　どんなことも同じようには起こらないもの

どうしてそうなのか　わたしにはわからないのです！」

この詩は一枚の紙に清書署名されて、その詩が含まれているハーディの第三詩集『時の笑い草』(*Time's Laughingstocks*) にはさんでフローレンスに贈られた。ロバート・ギッティングズによれば、一九〇七年頃ハーディは時にフローレンスをリヴァプール・ストリート駅まで送っていったとされているから、(1) そこでの別れの場面であろうと想像される。駅の雑踏の中で、白い小さな点になって消えて行く女、「自分の命よりもまさる女」への老作家の心情が、青年の恋のように仕立てられたドラマの中から切々と伝わってくる。

それではフローレン・E・ダグデイルとはいかなる境遇の女性だったのだろうか。フローレンスは一八七九年一月一二日、ロンドン北方一〇マイルのエンフィールドで生まれた。父はセント・アンドリューズ国立男子校の校長で、四七年間その職を務めた人物である。父エドワード・ダグデイルはドーセットの鍛冶屋の息子として生まれたが、教育を受け教職に関わることで、労働者階級から中産階級へと上昇した典型的な人物だった。フローレンスは国教会系学校長としての体面と規律を重んじる保守的な家風の中で育った。

フローレンスは五歳から国立の小学校で学び始め、姉に続いて上級の学校に進学し一五歳まで学んだ。幼少より文学に興味を示したといわれる。そのあとセント・アンドリューズ女子校で助教として教え始めた。そこでの仕事は体力的にかなりきついものであり、同じ職についていた姉のエセルもフローレンスも病気のためによく欠勤した。フローレンスにとってその後しばらくは父の学校もふくめて厳しい教員生活が続くことになる。

ここで非常に興味深いのはダグデイル家の五人の娘たちのキャリアであろう。姉のエセルは教員となるが、結婚して早く辞めた。妹のコンスタンスは教員となり、セント・アンドリューズ女子校で四六年間教え、校長となり退職する。エヴァは看護師養成学校で教育を受け、看護師となる。一番下の妹も教員となった。ダグデイル家のような典型的な下流中産階級のいわゆる勉強のできる娘たちがどのようにして自立を目指していったのか。そのなかで、教員という職業がいかに多くの娘たちの選択肢であったかが想像できる。ハーディの妹たち、メアリーもキャサリンも共に教員となり、終生教えた。

教師としてのフローレンスにとって喉の弱さは致命的であった。咽頭炎や喉頭炎といった喉の病気に悩まされ、しばしば風邪をひいた彼女は大声を出さなくてはならない教師という仕事に苦しんだ。こうした事情とともに、フローレンスには抑えがたい文学への希求があった。教員として七歳の子供らに、トマス・グレイの「田舎の教会墓地にて書かれた挽歌」やS・T・コールリッジの「老水夫行」を教えたというから、フローレンスの文学的素養の深さを推察することができよう。

ただただ書くことが好きという文学への関心はフローレンスに一八九九年頃、地元の『エンフィールド・オブザーバー』に子供向けの物語や記事を書く機会を与えることになり、その共同執筆者であったA・H・ハイヤットと知り合う。彼はフローレンスより一〇歳年上の貧しい、肺病病みの文学青年であったが、フローレンスにとっては初めての文学上の師となった。フローレンスの『エンフィールド・オブザーバー』への寄稿は続き、彼女は地元では少しは名を知られるようになる。そしてハイヤットの励ましによりフローレンスは少しずつ子供向けの本などを出版し始める。一九〇五年ハイヤットによるハーディのポケット版出版の企画がフローレンスとハーディの接点となった。

こうしてハーディとの交渉が進展するなかで、一九〇六年頃フローレンスはまたダブリンの著名な医師ソーンリィ卿の夫人であるレイディ・ストウカーのカムパニオンも務めていた。詳細は不明だが、ハーディの知人のショーター夫人（ハーディの知人の著名なジャーナリスト、クレメント・キング・ショーターの夫人）の推薦による仕事ではなかったかとされていて、一九一〇年六月レイディ・ストウカーが精神病院に入院することで役目は終わった。その間、しばしばフローレンスはダブリンのストウカー邸を訪ねた。有能でかつ優しく、完璧なカムパニオンとしての務めを果たしたフローレンスはよほど強い印象を残したのであろう。ソーンリィ卿は一九一二年に亡くなったとき、二千ポンドをフローレンスのために遺した。このようなことからも、フローレンスの人柄が伝わってくる。のちにエマのカムパニオン的な存在として気に入られる素地は十分にあったといえよう。

ハーディと知り合い、その助手、あるいは秘書役としての仕事をしていくなかで、フローレンスは自分も文筆で身を立てることをますます強く望むようになっていったようだ。ハーディの方も一九〇七年四月二九日、『覇王たち』三部の資料蒐集を手伝っていたフローレンスに次のような一節を含んだ手紙を出している。風邪をひきやすいフローレンスの虚弱な体質を年老いたハーディがいたわる優しさが行間に溢れる手紙の一節だ。

……私は来週の土曜日の午後、サウスケンジントン図書館で少し調べものをしようと思っています。というのはその日はあなたの授業がなくてそこに来て一緒に仕事ができるのではないかと思ったからです。四時に建築物の展示室——そう、トラヤヌス皇帝の円柱のそば——で待ち合わせませんか。でも雨模様でしたら、どうぞ来ないで下さい。この冬あなたはあんなにひどい風邪をひかれたのですからね。もちろん、今はすっかりよくなられて、この寒いなかでも、問題なく出かけて来られると思ってはおりますが。……

ハーディはなんとかフローレンスの文学上の先輩として彼女の役に立ちたいと思ったのであろう。若き日に文学か建築かと自分の進路について悩み、努力の末に文学への道を切り開いてきたハーディにとって、文筆で身を立てようと悪戦苦闘するフローレンスの姿はかつての自分と重なって見え、そのまま見過ごすことができなかったのかもしれない。さらに今やエマとの関係は修復不可能なところまで追い込まれていたハーディにとってフローレンスは人生や文学への関心を共有できる大切な存在となりつつあったともいえよう。ハーディはフローレンスの力になりたいと切望し、彼女に筆で生きる場を与えるために推薦の労を惜しまなかった。

フローレンスは保守的な家庭に育ってはいたが、自立を目指すという意味では「新しい女」の一面も備えていたし、国教会系の学校で教鞭をとってはいたが、国教会の熱烈な信者というにはほど遠い立場にいた。ハーディの不可知論的な世界観にも反感は示さなかった。

ハーディによって立て続けに書かれた次のような推薦文を見るとき、彼がフローレンスに寄せる熱い想いが伝わってくる。ロンドンのアシニーアム・クラブから一九〇七年七月八日と九日、続けてハーディはフローレンスの就職を依頼する手紙を著名な二人に出している。一人は出版社主のモーリス・マクミランであり、もう一人は『デイリー・メイル』などの編集者であるアーチボールド・マーシャルであった。それらは見事な推薦文であるとともにハーディの熱い気持ちを示している。

マクミラン様

この手紙を書いておりますのは、ダグデイル嬢をご紹介したいためです——その理由と申しますのは、彼女は教科書類や副読本に関する分野で貴社のお役に立てる十分な資格を備えているからです。

彼女はエンフィールドの父上の学校で何年間か教えていて、実に有能な教師であり、教員免状も持っております。ただ喉が弱くて、声を出すのがつらいこと、文学に対して強い関心を持っていること、そして書くことへの生来の才能などから、教科書を教えることよりも教科書を編纂することの方がより向いていると思っているようです——この点に関して私もまったく同意見です。というのも彼女は子供たちのこと、彼らが求めているものを本当によく心得ていて、ただ教えるという単調な仕事よりも、より重要な仕事ができる能力を備えているのですから。私自身、ダグデイル嬢が大英博物館で私のためにしてくれた資料蒐集に大変満足しているものですから、その経験にもとづいて彼女の勤勉さや信頼性について述べております。……さらに、彼女が速記とタイプライターに習熟していることも申し上げておきます。……

アーチボールド卿に対しては次のように書いた。翌日の日付である。

親愛なる閣下
私はあなた様がご親切にも詩をもう一篇求めてくださったことを忘れてはおりません。ですから静かな田舎に帰りましたら早速一篇お送りするつもりです。
私が今こうして手紙をお書きしていますのは他の理由からです――『デイリー・メイル』の編集長として若い作家に目を留めて頂きたい――ダグデイル嬢のことです。彼女は大英博物館で私のために資料蒐集を手伝ってくれましたが、とても満足のいくものでしたし、ジャーナリズム方面での活躍と文学方面での卓越した鑑賞力は貴社のどこかの部署でお役に立つのではと思うのです。彼女には教員の免状がありますので若い人向けの書物の書評などで優れた仕事ができると思うのです。『デイリー・メイル』では既にいくつか仕事をしているのですが、まだ編集者の方々のお目に十分とまってはおりませんので。……
追伸　ダグデイル嬢は速記とタイプに秀でていることを付け加えさせて頂きます。

ハーディはこうしてフローレンスのために手を尽くして彼女が働く機会を与えられるようにと骨折ったのである。一年後の一九〇八年八月一七日にはクレメント・キング・ショーターに宛てた次のような手紙も残っている。ショーターは『イラストレイティド・ロンドン・ニューズ』などの編集長を務め、のちには『スケッチ』や『スフィア』や『タトラー』の社主兼編集長を務めた著名なジャーナリストである。ハーディ夫妻とは親交があり、エマも自分の詩を掲載して欲しいと頼んだりしている。

親愛なるショーター殿
あなたの『スフィア』か『タトラー』にふさわしい、とてもいい短編をお送りします――普通の号でもいいし、またクリスマス号でも良いのではと思います。私の判断を求めて送られてきたもので、あなたにお見せするように依頼されたものではありませんが、作者はあなたが取り上げて活字にして下されば、喜ぶと思います。……

こうしてハーディはフローレンスの作品発表の場の開拓に助力を惜しまなかった。ハーディの努力が実ったのであろう。一九〇八年五月にはフローレンスの"The Apotheosis of the Minx"が一流誌『コーンヒル・マガジン』に掲載され、フローレンスの文学界へのデビューをより確かなものにしたのである。

この短編はフローレンスの教員時代の経験に基づいた物語であるが、つまらない品のない女がその死によって神格化されるという、最後の皮肉な展開はまさにハーディ的なものであり、ハーディの手が加えられたことが明らかに見て取れる。一九一一年二月号の『コーンヒル』に掲載された「ブルー・ジミー・馬盗人」が書かれた経緯はさらに複雑である。ハーディのバラッド「女渡り職人の悲劇」からヒントを得て書かれたと始まる、フローレンス・ダグデイル著のこの物語は、P・

ディアルによれば当時の新聞などに依拠して、そのまま引用されている箇所が多くあり、ハーディのものでもフローレンスのものでもないといえるぐらいだとして、当時の新聞などからの部分的な剽窃ではないかとしている。(2) R・ギティングズはこの短編はまったくハーディの手になるものだとしているし、(3) パーディは残された校正などから、明らかなハーディの関与を指摘している (Purdy, 314)。ハーディの助けは就職の世話や作品発表の機会の開拓だけではなかったのである。

一九〇九年中頃、ハーディとフローレンスの関係を知るのに興味深い事件が起こる。ハーディはE・クロッドと親しくなっていたので、週末にはよく彼のオールドバラの別荘を訪ねて、各界の著名人らとの交友を楽しんでいた。ちょうど七月一四日の夜、『ダーバヴィル家のテス』のオペラがコヴェント・ガーデンで上演されることになり、ハーディはフローレンスを同伴する予定でいた。ところがエマが上京してくることになり、ハーディはその前日に自分の代わりにクロッドにフローレンスのエスコートを頼まざるをえなくなった。クロッドに突然の依頼をするハーディの手紙は、風邪をひきやすいフローレンスへの細やかな心遣いにみちたものであり、またフローレンスとの事情を打ち明けられたクロッドが、事態を察知してオールドバラに二人を招待することへの感謝を記している。

クロッドの招待を受けて、八月の半ば、ハーディとフローレンスはオールドバラを訪れ一週間滞在した。このとき二人の乗ったボートが沼地に乗り上げてしまい、ローカル紙に報じられる事件となった。二人の関係はその実態は誰にも分からなかったが、十分に人目につくものとなっていたのである。

一九〇九年一二月に出版されたハーディの第三詩集『時の笑い草』にはフローレンスをうたったことが誰の目にも明らかな前述した「発車のプラットフォームにて」が含まれていた。このような状況の中で、フローレンスとエマは出会うことになった。

三人それぞれの皮肉な状況――『人間状況の風刺』*Satires of Circumstance*

ハーディの「皮肉な状況」

多くのハーディ伝によれば、一九一〇年の夏の始め頃、フローレンスはエマと女性知識人のクラブであるライシーアム・クラブ（一九〇四年設立）で出会ったとされている。スピーチの途中で立ち往生したエマをフローレンスが進み出て助けた。そしてこの出会いは多分ハーディが演出したものであろうとされている。ハーディとフローレンスの様々な交渉の経緯はすでに人目につくものとなっていたから、ハーディはエマを巻き込むことで、二人は文学上の交際にすぎないのだからと、それを公然なものとしたかったのではないかとも言われている。そうすればフローレンスの存在はエマも認めた公認の秘書またはタイピストとして世間にも通るだろうからと。フローレンスにはハーディのこうした意図は理解されていたかもしれないが、エマはそれまで何も知らなかったと言われている。その真偽のほどは不明だ。

エマはジャーナリストとして活躍するフローレンスに惹かれた。彼女の落ち着いた物腰や自分に向けられた心からの関心やサポートにたちまち夢中になり、すぐさま六月の初めブルームフィールド・テラスの「ロンドンのわが家」のお茶に招待した。そしてハーディは慎重にもそれまでのフローレンスとの過去を見破られないようにとレイディ・グロウヴとメイ・シンクレア（イギリスの女性小説家、一八七九―一九四六）も招いた（Millgate, 468）。名だたる女性たちのお茶の会に、若き新進のジャーナリストとして、また作家の卵として、エマのお茶会を手伝うべく招待されたという形にしたのだ。フローレンスはこうしてハーディとエマの世界に入ってくることになった。

このときハーディは『覇王たち』三部を書き終え、詩人としても高い評価を得て、作家としてまさに成功の頂点に立っていた。『覇王たち』三部作はとにもかくにも英語で書かれた最長の叙事詩として注目を集めた。その詩文、形式、構成、内容すべて今までに例をみない壮大な試みと評価された。小説家としてつとに有名であったハーディは詩人としても、文学界に君臨する存在となったのである。その業績を讃える王冠のように、一九一〇年七月一九日には国王からメリット勲章が授与された（Millgate, 470–71）。それは彼の文学的業績が国家と国王によって承認されたことを世間に示すものとなった。

一九一〇年頃のハーディの文学活動で、注目すべきものはマニュスクリプトに一九一〇年の日付があり、『フォートナイトリ・レヴュー』（一九一一年四月）に発表された「覗き見た一五の皮肉な状況」（"Satires of Circumstance in Fifteen Glimpses"）と題された一連の詩群であろう。これらの詩群は一見平穏にみえる人間生活の奥底にひそむ欲望、欺瞞、見栄、情欲、虚偽といったものを暴いてみせる。"Satires of Circumstance" はその後第四詩集のタイトルとなった。詩集としての出版はその後の一九一四年一一月となる。詩集ではこの一連の詩群は詩集の最後に収録されていて、それをなぜハーディが詩集そのもののタイトルにしたのかは不明とされている。しかし、その頃のハーディの心象風景は“Satires of Circumstance”に描かれた世界に近いものであったのではなかろうか。生の実態はハーディには如何ともしがたい皮肉な状況に動かされている、ぞっとするようなものなのだと。これは短編集『人生の小さな皮肉の物語』（一八九四）の世界と通底するものでもあろう。

この詩集の批評が“Satires of Circumstance”の詩群に集中し、「ある詩はあまりにもぞっとする」（『アカデミー』一九一四年一一月二八日）とか「イギリス詩にとって歓迎される貢献とは 思えない」（『グロウブ』一九一四年一一月二六日）といった非難を受けた。(4) 詩の内容はたしかに痛烈にシニカルなものであった。それらをあえて詩にするのはなぜかと疑問に思わせるほどに。ハーディの「皮肉な状況」の世界を覗いてみる。

茶を飲みながら (At Tea)

やかんは心地よい音を立てて歌い
若妻はじっと夫の顔を覗き込み
それから客のご婦人を見つめる　そして彼女の顔は
憧れの地位を手に入れたの　と言っている
そして訪れたご婦人は全身花のように着飾って
こんなに素敵なお部屋は見たことがないわと言う

ところがその幸せな若妻は知らないのだ
自分のそばにいる婦人は夫が最初に選んだ女で
運命で結ばれなかっただけということを
顔つきにも声にもなにも表すことなく
その客は微笑みそっとお茶をのむ
そして夫は悩ましげな視線をちらと彼女に投げかける

また次のような皮肉な状況をうたった詩もある。

教会付属の霊園にて (In the Cemetery)

「あそこで言い争っている母親たちが見えるでしょう?」と墓守が言う
「一人は泪を溜めて言っていますよ『そこにはうちの子が眠っているのよ!』
ほかの一人が『違うわ、うちの子よ、このパリサイ人!』
ほかの一人が『なんで私の花をどかして
あなたの花をこの私たちの墓の上におくのよ!』
だが彼らの子供らはみんなそこに
まるで缶詰のなかのニシンみたいにその都度置かれたのだ

「それから排水の本管がそこを通ることになったのさ
それでわしらは幾晩か前にあの場所を動かしたのよ
それでどさっとまとめて同じ溝の中へと移したのさ
何百体も一緒にね　だがあの人たちは知らないのさ
だからなんだって同じことなのに新しい配水管の前で
哀しみを少なくしようと大泣きしているのだよ！」

こうして人間が人間とはまったく関係のない、大きな力に捉えられ、翻弄されていく姿をうたったのが「人生の皮肉な状況」の詩群であった。この詩群の題を詩集そのもののタイトルとしたのはハーディの意図した事だと筆者には思われる。この詩集にはハーディの哲学や世界観をうたったものも多いが、なかでもあの世界を震撼させたタイタニック号の事故を悼んで犠牲者のための基金に寄せられた詩は有名である。

両者の邂逅（The Convergence of the Twain）
（タイタニック号沈没によせる詩）

I
海の底の静寂のなか
彼女を作り出した人間の虚栄から

はたまた人間の奢りから遠く離れて船は静かに横たわる

Ⅱ

先ほどまでサラマンダーの火床であった
鋼鉄製の部屋部屋の間を縫って
冷たい海水が通り抜け　船室はリズミカルな潮の竪琴になる

Ⅲ

絢爛たる姿を映すはずの
数多の鏡の表面には　みみずのようなものが
這っている　異様な　ぬるぬるした　もの言わぬ　無関係なもの

Ⅳ

人の官能を魅了しようと
嬉々としてデザインされた宝石の数々が
その煌めきもかすみ　黒ずみ　光も失せてそこにある

Ⅴ

月のような目をした魚の
おぼろげな群れが近づき　金箔の装具をみて
尋ねる「こんな海の底でこの派手なけばけばしさは何？……」

VI

答えよう――この波を切り裂く翼もつものが
造られつつあったその時に
あらゆるものを突き動かす「宇宙内在の意志」が

VII

不吉な配偶者を用意していた
彼女のために　あまりにも大きく派手な
それは「氷の形」をしたもの　遠く関係もない時のためだった

VIII

そしてこの華麗なる船が
ますます壮大に優美に華やかになっていったとき
遠い闇のなかで氷山も音もなく大きくなっていった

IX

両者はなんの関わりもなくみえた
誰の目にもわからなかった
そのあと両者が親密に融合することになろうとは

X

また両者が偶然の道筋によって

ひとつの壮大な出来事の
半分の片割れになることなど誰にも予測できなかった
XI
ついに「時の紡ぎ手」が
「今だ！」と叫ぶまで　そして両者はそれを聞き
結合の時が来る

この詩は一九一二年四月一五日未明、不沈船と言われた当時世界最大の豪華客船タイタニック号が乗員乗客一五一三人とともに沈没した、世界最悪の海難事故を悼んで書かれた。だがそこでうたわれているのは個人としての哀しみではない。そこでうたわれているのはハーディが他の多くの詩で、また『覇王たち』で繰り返してきた哲学的な主題なのである。一節から五節までは人間の奢り、その空しい虚栄心、怖れを知らぬ傲慢さが述べられる。そしてそれと対比して、人の与り知らぬ世界で、氷山が日に日に大きくなっていく。そこには黙々と働いている「宇宙内在の意志」、その「時の紡ぎ手」の動きがあり、人の奢りを表す船と自然の氷を衝突させる。両者の邂逅は花嫁に見立てられた船と花婿に見立てられた氷山という、詩人の巧みな比喩によっていっそうその皮肉な状況を浮かび上がらせる。この詩ではハーディの「宇宙内在の意志」という主題がともかくも読者を圧倒し納得させるのだ。

この頃ハーディはまた全集発行にも執念を燃やしていた。ベストセラーではなく、ロングセラーを目指したハーディは、一九一一年六月二四日、六月二八日のフレデリック・マクミランに宛てた手紙などが示すように自分の手になる全集出版に強い意欲を示した。ハーディは自分の小説全てに目を通して推敲を重ね、それぞれに新しい序文を付し、あの有名な"General Preface to the Wessex Edition of 1912"を書いたのである。こうした仕事は彼に大きな満足をもたらすものであった。ハーディの目前にはいつもなすべき仕事が山積していたのだ。

しかしエマとの関係は最悪の局面に向かっていた。ハーディは今や修復不可能となっていたエマとの関係はそのままにして、フローレンスの方へと傾斜していった。一九一一年六月二二日のウエストミンスター寺院でのジョージ五世の戴冠式には、正式に招待されていたにもかかわらず、ロンドンの喧噪を嫌って、フローレンスの父や妹も加えて、カーライルや湖水地方への旅をした(Millgate, 473)。

この時期ハーディには『日陰者ジュード』を書いたときの怒りがよみがえったのであろうか。結婚制度に縛られ、結局は身動きできない自分の立場を、ハーディはあらためてシニカルに凝視することになったのではないか。一九一一年一〇月三日、ハーディのヘニカー夫人に宛てた手紙は人間性を縛る結婚制度への批判をあらためて強調している。「……あなたもご存知のように私は長い間考えてきたことですが、結婚というものは自然な人間性を歪めるものであってはならないということです。そしてそれが自然を歪めるときにはそれはもう真の結婚ではないということです。ですから法的な契約はできるだけすぐに無効にされるべきなのです。これが簡単に実施されれば、人間生活の悲惨さの半分は消えていくことでしょう。……」と。ハーディの苦悩は「人生の皮肉な状況」

など一連の詩群のなかに、また「宇宙内在の意志」といった彼の世界観を表す哲学詩のなかに吐き出されていった。

一九一二年九月、訪ねてきたゴスが見たハーディは「一段と小さく、青白く、干からびて、年寄りに見えた。目は疲れて窪み、髪は薄く赤茶けて〈まるで老いた動物のまばらなひげのよう、たとえば、くたびれたリスのようで〉、唇はすこし震えていた。それは歳のためというよりは「考え込みすぎ」のせいかもしれないが。……」(Millgate, 483) といった憔悴をみせていた。出口の見えないエマとの葛藤の中で、ハーディを支えていたのは、「皮肉な状況」を凝視しながらの、仕事への没頭ではなかったのか。

フローレンスの「皮肉な状況」

エマにお茶に招待されたフローレンスは一九一〇年六月一八日、次のような感謝に溢れた手紙を出している。「あなた様のためにお役に立てますのは私にとりましてとても大きな喜びであり名誉でございます。木曜日の午後のお茶会、喜んでお手伝いさせていただきます。四時にお宅にうかがいますが、もし前もって何か私にお命じになることがございましたら、それより早くにでも伺えます。……あなたのフローレンス・ダグデイルより」(5) とマルゲリータ・ロバーツは伝えている。

続いて六月末から七月初めにかけて、フローレンスはマックス・ゲイトに招待される。以後フローレンスはエマの承認を得た形で、ハーディ夫妻の友人としてマックス・ゲイトに出入りすることになる。ハーディのフローレンス推薦の労はこの頃にもE・クロッドに書かれた手紙にもうかがえる。一九一〇年六月一七日、ハーディはクロッドに私信とした上で、あなたの誕生日の記事を『イヴニング・スタンダード』が掲載の予定だから、どうか彼女に書かせてやってほしいと依頼している。このような状況はエマの与り知らぬことであった。

マックス・ゲイトに招待されたフローレンスはひたすらエマのご機嫌を伺い、エマの書くものを褒めそやし、少しでもエマの役に立とうと振る舞う。大作家の妻であり、四十歳近くも年上で、しかも自分に好意を示してくれる女主人にたいして、フローレンスにそれ以外の振る舞い方があったとも思えない。自分がハーディの助けを得て少しずつでも、文壇に登場し始めたと思えば、出版を求めているエマの役に立ちたいと思ったのは、同じように文学を愛する女性としての真実の共感からであったのかもしれない。エマへのあまりにもあからさまな追従には少し顔をしかめざるをえないとしても。"Dearest Emmie" からそっけない "Dear E" へと変わっていったハーディの手紙(ブルームフィールド・テラスから、一九一〇年七月一八日)に「ダグデイル嬢が今日の午後か明日やってくる予定だ。私の様子を見に来てくれて、家に帰る前にやらなくてはならない仕事や手紙の返事書きなどをしてくれる。……」とあり、フローレンスが完全に公認の助手としてハーディ家に受け入れられたことを示している。

マックス・ゲイトに招待されたフローレンスはいそいそとエマの原稿をタイプするなど有能ぶりを発揮した。エマの方はフローレンスがジャーナリストとしてロンドンの出版社などに顔が売れているので、彼女を通じて自分の詩や短編や宗教書などを出版したいと目論でいた。一九一〇年七月三日、エンフィールドの自宅に戻ったフローレンスはエマに書く。

親愛なるハーディ夫人
エンフィールドへ無事帰宅いたしました。でもあなた様と過ごした楽しい一週間が終わってしまいましたことをとても残念に思っております。
あのようにご親切にしていただいて本当にありがとうございました。あのようなご親切に十分感謝する言葉が見つかりません。
ちょうど今からあなた様の"The Acceptors"をタイプし始めるところです。昨夜、そのなかの短い二、三節を母に読んできかせましたら、母はとても美しく、心が慰められると申しましたの。きっと多くの方々がそうだと私も思いますわ。近々上京の予定ですので、どこか適当な出版社を見つけてみます——宗教書を出版するような。(M. Roberts, 15–16)

ここで触れられている"The Acceptors"とは、まさにエマの過激とも言える福音主義的なパンフレットで、熱心な国教徒にはほど遠いフローレンスがどういう気持ちでこのようなことを書いたのかは想像できない。

さらに八月一八日の手紙では実際に出版者と交渉した経緯まで書いた。「私はもう"The Acceptors"の原稿をタイプしました。それを昨日出版者に目を通してほしいと依頼いたしました。もし直すところを直せば出版してもらえるかを訊くためです。出版者にあなた様のお名前は知らせませんでしたし、原稿にも名前は出しておりません。まったく偏見のない意見を求めるにはその方が良いと思ったからです。でも私、この方はとっても有名なご婦人で、博愛主義者で作家だと告げて彼の好奇心を喚起しておきました。どういうことになりますでしょうか。……」と(M. Roberts, 16)。

フローレンスはその後もエマのタイプを手伝ったり、エマの短編"The Maid on the Shore"への忠告をしたり、詩作を勧めたりとエマの立場にたった親身のサポートを続けている。エマの宗教的なパンフレットの出版が暗礁に乗り上げたとき、フローレンスはなんとかしてあなたの目的にあった出版社を見つけましょうとエマを励まし、「私たちはそれを何としてでも成功させなければなりませんわ、だってそれは大事な仕事ですもの」(M. Roberts, 18)と書いた。一九一〇年一一月二二日の手紙では「詩も送ってくださり、ありがとうございます。それらと一緒にすれば素晴らしい、小さな一冊ができますわ。あなたがおっしゃるように、私たちは挫けてはなりません。たゆまず進まなければ。私も書いております」と伝えた。このときフローレンスは、ハーディの助けを得て自分の仕事に没頭していたのではなかったか。そして実に皮肉なことに、フローレンスの激励はエマをあの*Some Recollections*へとひたすら向かわせたのではなかったか。*Some Recollections*には一九一一年一月四日の日付が付されていて、一九一〇年の後半に書かれたと推定されている。

そのとき三人はそれぞれが自分の関心を追求していた。それぞれの関心は皮肉にもどこかで結節点を持ち、互いに関係し合うことになる。まさにそこには、人間には無関係なハーディの言う「宇宙内在の意志」が働いているかのように。こうしてフローレンスの好意と激励がなんらかの影響を持ったに違いないと思われる、エマが書き残した*Some Recollections*はやがて彼女の死後ハーディを後悔と慚愧の念で打ちのめす。またそこに描かれた甘美な過去に惹き付けられるように彼をコーンウオールの旅へと駆り立て、そこから"Poems of 1912–13"が生まれることになった。

このようにしてマックス・ゲイトのハーディとエマの緊張関係のなかに入り込んだフローレンスはその皮肉な状況の中で、まさに「皮肉な」経験をすることになる。一九一〇年一一月一一日、フローレンスは事情に通じたクロッドに自分の気持ちを打ち明けている。「……ここマックス・ゲイトの家庭って本当にいつも喜劇的な感じがするのです。ハーディ夫人は冷淡になってあたりまえなのに、言葉では表せないほど、次第に優しくなってくるの。私は心から彼女が可哀想だと思いますし、お二人ともお気の毒だと思います」と。フローレンスの立場は実にアイロニカルで、複雑で、微妙なものだ。一九一〇年一一月一九日のクロッド宛の次のような手紙はあまりにも衝撃的である。

……ハーディ夫人は今まで以上にとってもおかしいのです。だってクリッペンがトマス・ハーディに容貌がそっくりなのにあなた気づいていないか、なんて尋ねるのですもの。そして恐ろしい顔をしてこう付け加えたのです。ある朝、私が地下室で転がっていたって驚かないわって。始めから終わりまでぞっとするような真面目な様子だったのです。ここを出て行く潮時だと思いますわ。さもないとあの人は私がル・ネーヴ嬢に似ているなどと言いかねませんもの。……

クリッペン博士とはまさにその時期世間の耳目を集めていたセンセーショナルな事件を起こした人物であった。彼は妻を毒殺して地下室の床下に隠し、事件が発覚しそうになると、タイピストで愛人であったル・ネーヴを男装させ、父子を装ってカナダへ亡命を謀った。しかし船長が不審に思ったことから逮捕され（一九一〇年七月三日）、ロンドンで処刑された（一九一〇年一一月二三日）のである。
エマが若く美しい、秘書兼タイピストのフローレンスに向かってあえてこの恐ろしい話題を持ち出しているのは、けっして偶然のことではないであろう。エマの追いつめられた、絶望状態が伝わってくる。エマは明らかにマックス・ゲイトでの異常な事態に気づいていたであろう。そして、素知らぬ振りをしているハーディの身勝手さにも。しかしフローレンスはすでに二人にとっては秘書兼タイピスト兼ハウスキーパーとしてマックス・ゲイトの維持には不可欠の装置となっていたのである。

この不可思議で不穏な空気はついに一九一〇年のクリスマスの夜に爆発するのだ。このことは後年になってフローレンスがシドニー・コッカレル（ケンブリッジのフィッツウイリアム記念館の責任者を務めた。一九一六年ハーディの著作権執行者となるが、晩年その仕事をめぐってフローレンスと仲違いをした。一八六七―一九六二）に宛てて書いたことからわかった。一九二五年のクリスマスの夜に書かれたフローレンスの手紙によると、その夜ハーディは書斎へ籠ってしまい、フローレンスは愛犬ウエッセクスとマックス・ゲイトの居間に独り残された。フローレンスは一五年前のクリスマスのことをまざまざと思い出していた。

……こうして独りここに座っていますと、あのクリスマス――一九一〇年――のことが自然に思い出されます。あの時、どんなことがあろうとマックス・ゲイトでクリスマスを二度と過ごすことはないだろうと心に決めました。トマス・ハーディは妹たちに会いにボックハムプトンへ行ってしまいました。私を妹たちに会わせるために連れて行こうとして、ハーディ夫人と激しい口論になったのです。夫人は私を連れて行ったりしたら、あの人たちは私をとりこんで夫人の敵にしてしまうから、連れて行ってはいけないと言ったのです――それから――おお、まったく、なんという大喧嘩になったことでしょう――それで彼は行ってしまい、彼が八時半に戻ってくる時まで彼女は日記を書くために自分の屋根裏部屋にあがってしまいました。あのようなクリスマスは私には初めてのことでした。それまではいつも楽しい人々と一緒だったのに。夫人はそのあとたった一回のクリスマスを過ごしただけで世を去りました。お気の毒に。

マックス・ゲイトを去ったフローレンスは一時ヘニカー夫人のもとに身を寄せたりするが、ハーディとの交渉はエマの知らないところで続いた。前述したように一九一一年六月にはカーライルや湖水地方への旅行もあったのだ。ハーディとフローレンスとエマの三人はそれぞれの道を歩んでいた。ハーディは全集出版と第四詩集『人間状況の風刺』(*Satires of Circumstance*) 出版のために忙しく、フローレンスは彼女の子供向けの本を代表するものとなる *In Lucy's Garden* (Henry Prowde & Hodder & Stoughton, 1912) に没頭していたのではなかろうか。子供の目をとおして庭の植物や動物の一年の四季の移り変わりを描いたこの本は心優しいフローレンスの人柄を彷彿とさせるものである。そしてエマもまたマックス・ゲイトの「自分だけの」屋根裏部屋でひたすらペンを走らせていたのである。こうして三人のそれぞれの生活は続いていった。一九一二年一一月二七日、エマの突然の死によって、事態が急転回するときまでは。

エマの「皮肉な状況」

エマの死にいたる晩年を辿ることは辛い。どのような人間関係であれ、どちらか一方だけにその責任を帰することはできないであろう。ハーディとエマの関係が険悪なものとなった一八九〇年代の後半からエマの死に至るまでの間、二人の間がどのようなものであったのか、その真実の姿はおそらく当事者にしかわからないことかもしれない。ハーディが冷たかった、いやエマが精神的に異常をきたしていたといってみても、二人の相互関係の説明にはならない。それは相互に影響し合った関係だったからである。

ハーディが『日陰者ジュード』で、国教会制度と結婚制度を公然と批判したことは、エマの保守的な立場と真っ向から対立した。『ウエセックス詩集』の神喪失をうたった詩群はそれに追い打ちをかけた。ハーディの不可知論的な世界観に対抗するように、エマの宗教的傾向には拍車がかかり、彼女は宗教的なパンフレット *Spaces*（一九一一年四月）の出版を実現する。こうした書物の出版がけっして容易なことではなかったことは、前述したフローレンスとのやりとりでもわかる。エマにとっては一大事業であった。エマは早速教区のバートレット牧師に手紙を書いてそれを読んで欲しいと頼んでいる（一九一一年八月一日）。結婚制度批判は自分の結婚そのものが否定されたという思いがあったであろう。

またエマの心中には今までも述べてきたように強い階級意識があった。叔父にギフォード大執事（司教に次ぐ位）を持ち、貴族とも縁戚関係のある自分の階級をいつも意識してハーディの出自を蔑視していた。この優越感はハーディの両親や弟妹に向けられたことは前述した。

さらにエマには成功した後のハーディの行為全ては彼女への忘恩と裏切りに思えた。文学か建築かと迷っていた貧しい彼を支え、文学への道を歩ませ、功なり名遂げさせたのは、他ならぬ自分ではなかったか、エマにはその思いが常にあった。それなのに、成功したハーディは周りに集い来る文学好きの女たちとの交際や彼らの文学上の手助けに精をだして、エマを顧みず、彼女の文学への情熱など理解しようともしない。詩人としても成功したハーディを見たエマは自身も詩を書き始め、一九一一年一二月には *Alleys* という小さな詩集まで出版している。宗教的パンフレットもそうだが、このような小冊子の出版でさえ、彼女には多大な努力を要したことであった。しかし彼女としては自分も出版してみせるという意地があったのであろう。

ハーディが二階の書斎に逃げ込めば、エマも屋根裏部屋にひきこもった。そしてエマもひたすら書いた。いわゆる「恨みと激しい憎悪に満ち満ちた」「悪魔的な日記」と、そして驚くべきことには、これが七〇歳の女性の書いたものかと目を見張らせる、瑞々しい感受性に溢れたハーディとの出会いから結婚までを記した自伝 *Some Recollections* であった。「悪魔的な日記」はエマの死後ハーディによって焼却されてその内容は知るよしもないが、エマの死後発見された *Some Recollections* は幸運にも遺された。

Some Recollections と題され、無造作に束ねられた一万五千字ばかりの手書き原稿は、あの「悪魔的な日記」とはまったく違った世界を描いていたのである。その末尾には「一九一一年一月四日、マックス・ゲイトにて」と記されていた。ここには子供時代から娘時代へのエマの思い出が生き生きと綴られ、特にハーディとの出会いから結婚までが鮮やかに描写されていた。エマの死後こ

れを読んだハーディは出会いの頃の甘美な思い出と最近の不和と確執の日々の落差に衝撃を受けた。*Some Recollections* は考えられないほどの強いインパクトをハーディに与え、彼は後悔と慚愧の念に圧倒される。続く一ヶ月の間にハーディはまるで憑かれたように、エマの詩を書く。

それはまたハーディを憑かれたように、コーンウオールのセント・ジュリオット教会への旅に向かわせるのである。出逢いのときから四三年を経て、一九一三年三月七日、フローレンスのE・クロッド宛の手紙が伝えるように、ハーディは弟のヘンリーを伴って、ちょうど同じ季節にエマと出逢った同じ場所へと追憶と鎮魂の旅に出た。

エマの *Some Recollections* はハーディの多少の修正を経て、のちに『ハーディ伝』にそのまま引用された。それはハーディがこれからいかに強い感銘を受けたかを物語るものであろう。以下『ハーディ伝』に引用された一部を示す。

いかなる作家とその妻も、あれほどロマンチックな出逢いをすることはまずないでしょう。近いとはいえ、二つの異なる州から、この州でもずいぶん辺鄙なこの場所へ二人が引き寄せられる、ということが起こったのですから。この美しい海辺には荒々しい大西洋の大波と飛沫が押し寄せ、白い鴨や、黒い嘴烏、灰色のツノメ鳥が舞っていて、断崖や岩山が続き、華麗な日没風景が広がるのです……水平線から岸に向かい、真っ赤な光の帯となって輝きながら。この風景の素晴らしさが本当に判るのは冬の季節でなければなりません。この風景が真に人の心も魂も震わせる力をもっていること、これは夏の訪問者には判らないのです。たった一人で愛する雌馬にまたがって丘を上ったり下ったりして駆け回るのは忘れがたい経験でした。身を覆うものは何もなく、雨はしばしば背中を伝って流れ、髪は風になびかせたままでした。

（『ハーディ伝』 六九）

そして、出会いのその時は次のように描かれた。

見知らぬ訪問者がどんな人なのかを確かめることになったのは、厳しい冬が去った三月［一八七〇年］の美しい月曜日の夕方でした。その方は長い旅で疲れていたでしょう。州二つ隔てた住まいから汽車を何度も乗り換え、駅ごとに仕方なく時間待ちをしてそのルートは、さながらチェスのナイトの駒の動きで言う「交叉跳び」といった旅でしたから。いそいそとお迎えする私たちの唯一困ったことは、義兄が通風のため、寝込んでしまったことでした。そのための一番重要な人物でしたのに、彼は来客の迎えに顔を出すことができなかったのです。正餐のテーブル・クロスが整えられ、姉は看護で目の離せない夫の所に行ってしまいました。まさにその瞬間、玄関のベルが鳴り、建築家が入って来られたのです。彼を一人でお迎えしなくてはならなくなって、どなたの場合もそうなのですが、私はとても落ち着かない、きまりの悪いような、不安な気分でした。特にこの際は建築家という大切な方だったので特別に強く感じました。……こうして私は夫に出逢ったのです。私はその方を実際よりずっと年配だと思いました。顎髭をたくわえ、少し古びた厚地の外套を着て、ビジネスマン・タイプの人に見えました。後になってから昼間の光の中ではずっと若くみえたのですが……。ブルーの紙片は、教会の図面ではなくて詩の原稿だと、その方から聞いてびっくりしました。(『ハーディ伝』七〇)

この場面はまさにエマをモデルにしたとされるハーディの『青い瞳』の冒頭のエルフリードとスティーヴンが出会う箇所とほぼ同じである。そして *Some Recollections* からの引用は次のように終わる。

私たちが結婚したのは、素晴らしい九月一七日——一八七四年——陽射しは強すぎもせず、まさに理想的な柔らかな陽光に包まれた日でした。……私はあの麗しい日以来、楽しかったり悲しかったり、いろいろな体験をしてきましたが、全てに、私を導いてくださる目に見えない慈悲の大いなる力を感じるばかりです。私はいくばくかの哲学的なまた神秘的な考えも持っていますし、そして熱烈にキリスト教と、この世の彼方の生を信じていますが、全ては、どんな人生をも興味深い不思議なものにしてくれるものばかりです。偶然起きる事もよく見ると「たとえそれが不幸なものであろうと」もしキリストが私たちの最高の理想であるのなら、その表面的なことなど取るに足りません。不思議なこの世のものとも思えない光輝が私たちの行く手を照らし、その温もりと輝きでもって、困難を貫き、追い払って下さるでしょう。

E・L・ハーディ

マックス・ゲイトにて　一九一一年一月四日
（『ハーディ伝』七二―七三）

エマはこの *Some Recollections* の始めの方で、ハーディとの出逢いについて「すべての物事が私のために、定められた鎖のように次々とつながって、この幸運な場所へと導いてくれたのではないかという気がする」と書いた。彼女にとっては、キリスト教の神が全てを司る根源に存在したのであり、その神を否定したハーディの考え方との接点はなかったが、ハーディはそのまま最後の部分も引用している。ハーディは後に出版も考えたと言われているから、これは形式、内容ともに小品として立派に通用する作品であると思ったのであろう。精神に異常をきたしたとされるような人間に細部まで行き届いた、このように美しい、繊細な感受性にみちた文章が書けるとは思えない。

しかし晩年のエマの様子を語る哀れな場面が残されている。一九一二年六月一日ハーディの七二歳の誕生日を祝福するために王立文学協会から金のメダルを贈呈するために、ヘンリィ・ニューボルトとW・B・イエイツがマックス・ゲイトを訪ねてきた。ハーディはごく内輪の会を望んだので、はじめから気詰まりだったランチの席で、ハーディはまったくエマを無視してニューボルトに建築のことを話し、エマは食卓の彼女の皿の横に座っている二匹の猫の日常や癖などをイエイツに話した。それから行われた贈呈式では、ハーディはエマの退席をあまりに強く主張したので、二人の訪問者はなだめてそれを止めようとしたのだが、ハーディの態度は断固としていた。しかたなくエマは静かに部屋から出て行ったという (Millgate, 476–77)。それは訪問者には異様な雰囲気と感じられた。夫の心が自分から離れてしまっていることを、エマは日々感じながら、次第に自分だけの世界へと籠り、追いつめられていったのではなかったか。彼女が時々みせた奇矯な振る舞いや歳を考えない異様な服装などが噂になっていたのもまた事実ではあったが。

そして一九一二年一一月二七日の朝八時、エマの異常に気づいた女中のドリーが既に書斎で仕事をしていたハーディのところに駆け上って来て、異変を告げた。ドリーによれば、ハーディはすぐには事態がのみこめない様子だったという。「お前、服の襟が曲がっているよ」と彼は言って、ドリーについて屋根裏部屋へ上って行った。書斎の上に屋根裏部屋はあったが、彼はもう何ヶ月もその階段をのぼったことはなかったという。エマは最期のときを迎えていた。

エマへの挽歌 “Poems of 1912–13” ほか

どのような死であれ、起こってみれば当人にとっても、また身近な者にとっても思いもかけない突然のものであろう。エマは体の不調をかこち、一九〇六年五月三〇日には菜園で心臓発作のため倒れたこともあったけれども（『ハーディ伝』三三二）、本人はまだぐずぐずと生彩のないままに生の営みがもう少し続くと考えていただろう。エマに無関心であったハーディはなおさらエマがそれほど急に目の前からいなくなるなどとは想像もしていなかった。エマの死はハーディと周囲の人々を驚愕させた。死因は胆石と心臓麻痺であった。享年七二歳。スティンスフォード教会のハーディ家の墓所、ジマイマの横に葬られたエマの墓に、ハーディは 'From Her Lonely Husband, with the Old Affection,' と記した花輪を捧げた。

女主人を失ったマックス・ゲイトには妹のメアリーやキャサリンやフローレンスが呼ばれた。喪の家となった館でハーディはエマが残した山のような量の恐ろしい「悪魔的な日記」と *Some Recollections* をひたすら読んではまた読んだ（フローレンスのクロッド宛の手紙、一九一三年一月一六日）という。特にエマとの、魔法に魅せられたような輝く日々の記録はハーディのなかに忘れられていた甘美な記憶を呼び起こした。ハーディは一九一二年の暮れから一九一三年の始めにかけて、このような短い期間では考えられない数の詩を書いた。溢れ出た詩はすべてエマに関するものであった。

そして過ぎ去った日々を探し求めるかのように、ハーディはヘンリーと共に巡礼の旅にでた。コーンウォールのなつかしい場所やエマの生まれたプリマスなどを訪れて、ハーディの心から迸り出た詩を加えてまとめられたのが、イギリス詩の中でもっとも美しく、感動的だとされるエレジー "Poems of 1912–13" である。

"Poems of 1912–13"（最初に発表された時は一八編であったが、のちに二一編とされた）はすべてエマをうたった詩群である。詩群にはヴァージルの叙事詩『アエネーイス』第四巻二三行からの引用である「昔の情熱の残り火」という意味の題辞が付されている。ハーディの第四詩集『人間状況の風刺』（一九一四年一一月刊）に発表された。これらの詩群の評価は今日ますます高くなっている。なぜそのような高い評価を受けているのであろうか。

この詩を書いたとき、ハーディは詩人としてもっとも円熟した地点に立っていた。エマが書き残したもの、特に*Some Recollections*はハーディの心を出逢いの頃の幸福な日々へと連れ戻し、若く美しかった、生き生きとしたエマの姿を眼前に彷彿とさせた。そしてまた晩年の救いがたい確執と絶望の日々も。ハーディは自分の幸せだった過去へのノスタルジア、若かったエマへの想い、晩年の確執の時代への慚愧の念、痛烈な後悔といった内なる情念を詩のなかへと昇華させていった。それらはまさにその時円熟の極みに達していた詩人の卓抜した技巧を駆使してうたわれたのであった。幾編かの詩を取りあげる。

旅立ち (The Going)

あの夜あなたはどうして何のヒントも与えてくれなかったのか
夜の明けるころ卒然と
そっとまるでなんでもないかのように
この世の時を終えて逝ってしまうなんて
　私がついて行けないところへ
　もしツバメの翼を与えられたとしても
たとえもう一度あなたを一目みたいと思っても
さよならとも言わず
そっと私を呼ぶこともせず

私の一言を求めもせず　そして私は
壁の上に白んでゆく朝を
　ぼんやりと何も知らずに見ていた
　あなたの死出の旅が起こり
全てを変えてしまったのに

どうしてあなたは私を家から連れ出し
枝が垂れ下がる小道の端に
一瞬あなたを見たと思わせるのか
そこに夕暮れ時あなたはよく立っていたものだった
　夕暮れの湿った空気のなか
　見通せば口を開けたような
空白が私を苦しめるばかりだ！

　あの時あなたは西方遥か
　赤い鉱脈をみせる岩壁のほとりに住んでいた女
あなたはそそり立つビーニィの絶壁を
馬で駆けた白鳥のうなじをした女

　私のそばで馬の手綱を牽き
　不思議な眼差しで私を見たものだった
そのとき「人生」はもっとも麗しくぼくらの前に広がっていた

それならなぜぼくらは最近語り合わなかったのか
遠い昔のあの日々を思い出さなかったのか
あなたが旅立つまえに
あの時を取り戻そうとしなかったのか
　「この麗らかな春の日
　さあ一緒に行こう
かつて訪ねたあの数々の場所へ」と言いながら

ああ、そうなのだ！　すべてはもとには戻らない
変えることもできない　どうにもならない
私も間もなくただ死にゆく身
やがて沈んでいく……おお、あなたにはわかるまい
　あのように急に旅立つことが
　誰にも予測できず――

私にさえもわからなかった――これほどに私を打ちのめすとは！（一九一二年一二月）

これはこの詩群の冒頭を飾る詩である。詩は見事な脚韻を踏んで構成されている。現在日本語訳もいくつかあるが、解釈の異なる箇所などもある。次の詩もその韻や音節の巧みな使い方はどこまで日本語として表現できるのであろうか。最後の節では、ハーディはよろめきながら進む詩人の歩みのように、詩の行も節も乱調にして、詩人の内面と詩型の動きを合わせている。

声（The Voice）

懐かしい女が私に呼びかける　呼びかける
今のあなたは昔に戻り　最近のあなたとは違うと言う
私にとって全てであったあなたは　このところ変わってしまっていたのに
今は晴れやかな出逢いのときの女に戻ったのよと

私が聞くのはあなたの声なのか？　それなら顔を見せてくれ
私が町に近づいたとき
いつも立って待っていてくれた　そうあのときのように
あの着ていた空色の服までもそっくりに

それともただのそよ風か　もの憂げに
濡れた牧場をわたって私のところへ吹いてくる
あなたは溶けて青白い不在となり
遠くでも近くでも二度と声は聞けないのか？

かくして私は　よろめきつつ歩き
木の葉はまわりに舞い落ち
北風はさんざしの生け垣から滲み出てきて
またあなたは呼びかけている（一九一二年一二月）

次の二編の詩はそれぞれエマとかつて訪れた場所と関連してうたわれている。特に *Some Recollections* との関連が指摘された箇所を持つことで知られている「ある旅路の果てに」はエマの死後、はるばるとペンターガン入江を訪ねたときの詩で、末尾に「ペンターガン入江にて」とある。ペンターガン入江はそそり立つ険しい崖、ビーニィ・クリフで半円形に取り囲まれた一マイル足らずの小さな湾である。崖からは二〇以上の小さな流れが滝となって湾に注いでいる。それらは崖の上からは見えないが、その音だけは響いて立ちのぼってくる。そして東の方の草原にはヒナギクやキンポウゲや名もない野の花が咲き乱れている。ここはエルフリードがスティーヴンの帰郷する船を見ようと望遠鏡を持ってやってくる場所であり、『青い瞳』の重要な舞台なのだ。『青い瞳』の「名なしの崖」はこのあたりだとハーディは晩年語っている。

　　　ある旅路の果てに (After a Journey)

わたしはここまでやって来た　もの言わぬ亡霊に会うために
　一体どこへ　おお　どこへ気まぐれなあなたは今わたしを誘うのですか？
崖を上りまた下り　わたしはひとり途方にくれてしまう
　そして崖の下の見えない瀑布の轟きに怖じ気づく
あなたは次にどこに行くのか予測もできず
　わたしの周りのあちこちにいて
　　あの栗色の髪をなびかせ
灰色の目で見つめ　頬はバラ色に染めて

そうわたしはついに　あなたがよく来た場所に足を踏み入れたのだ
　長い年月のあと　あなたと昔辿った場面を通りぬけて
ぼくらの過去について　あなたは今なにを言いたい——
　あなたのいないこの薄暗い空間の彼方からじっと目をこらして？
夏は甘美だったが秋には別離があったとでも？
　ぼくら二人にとって物事は始めほど

終わりは良くなかったとでも？
だがすべては終わり　あるのは時の嘲りばかり
わたしはあなたが　しようとしていることが判る　わたしを導いて
ぼくらが一緒にさまよった場所へ　連れていこうと
あの滝の上方では　虹が輝き
あの麗しかったとき　あの麗しかった季節のなかで
そしてちょうど真下の洞窟からあなたはこだまする声で呼ぶ
それは四十年前に呼びかけた声と同じよう
そのときあなたは全身光のように輝き
わたしが今よろよろとついていく　影の薄い亡霊ではなかった！

ひらひらとちらつくものにも　気づかず
鳥たちは目を覚まし羽をつくろい　アザラシはのんびりと横たわる
だがやがてあなたはああ　わたしの前から消えねばならない
なぜなら星々は鎧戸をおろし暁はぼんやりと白み始める
だが信じて欲しい　どんなに生が苦しくなろうとも
ここへ連れて来てくれたことを恨んではいない　いや連れてきてくれ

わたしはあの時と少しも変わってはいないのだから
あのとき日々は歓喜に満ち　ぼくらが歩んだ野には花々が咲き乱れていた

ペンターガン入江にて

第一節四行目の 'And the unseen waters' ejaculations awe me' はエマの *Some Recollections* で崖の上をエマは馬に乗り、ハーディはそばを歩いた場面の描写の 'at the solemn small shores below' と呼応していると指摘されている (*Some Recollections*, 87)。ピニオンはこの詩の形と動きが詩の内容の行為や音や心情と絶妙に呼応して書かれていると評している。(6)

次の「ビーニィの断崖」もペンターガン入江を囲む断崖を馬に跨がって駆けたエマをうたっている。ハーディは一八七〇年八月二二日にこの崖のスケッチを残していて、この詩には副題として日付が付されている。それは一八七〇年三月と一九一三年三月という、ハーディがこの地を再訪した二つの日付である。

ビーニィの断崖（Beeny Cliff）
一八七〇年三月―一九一三年三月

I

おお　オパールやサファイアの色をした　たゆとう西方の海よ
そして褐色に輝く髪なびかせて駆けた馬上の女よ――

15. ビーニイの断崖。'Poems of 1912–13' の中でもこの詩は他を圧巻するもの。

わたしがあれほど愛しく思い　またわたしを心から愛
してくれた女よ

Ⅱ

下方では青白いカモメの啼く声がして　波は遥か彼方
遠くかすんだ果てで　絶えることのないつぶやきを繰
り返す
ぼくらは崖の上で心軽やかに笑い合った　あの陽光眩
しい三月の日

Ⅲ

小さな雲が突如ぼくらを包み　虹色の雨を降らせた
すると大西洋はその水面を　鈍色の異様な色に染めた
それから太陽が再びかっと照りだし　全体がまた紫色
にもどった

Ⅳ

——ビーニィの崖は今もそのまま　美しい裂け目を空
に向けている
だから彼女とわたしはもう一度そこへ行き　今三月も
間近だから

あの三月に交わした優しい言葉を　もう一度そこで言ってみるのはどう？

V

あの荒々しい不気味な西方の海は　今もなお美しい裂け目を見せているのに
馬でゆるやかに駆けた女は今――どこに――いるのか
もうビーニィのことなど知りもせず　気にも留めず　二度と笑うこともない

詩のなかの突然の雨の模様は *Some Recollections* のなかで、エマが忘れられない経験として述べていることと呼応するものであろう。エマに対する晩年の自分を反省し、慚愧の念に耐えずある意味では贖罪の思いもこめられた“Poems of 1912–13”であった。この詩群には含まれてはいないが、一九一三年の日付を持つ次の詩はこの時のハーディの心情をもっともよく表しているものであろう。

彼女は扉を開いてくれた (She Opened the Door)

彼女は私のために西方の扉を開いてくれた
　それは海の潮がとどろき打ち寄せるところ
　　磯では波が砕け散り
波しぶきが次々と大騒ぎだ
彼女は私のためにロマンスの扉を開いてくれた

それは穴蔵から脱出の扉
　その時まであまりに長くいたので
脱出しようともがいていたのだ

彼女は私のために愛の扉を開いてくれた
　それは歪んだ世界の混乱を
　はるか下に見下ろした
遠いアーチ状の青空が草原を見下ろすように

彼女は私のために過去の扉を開いてくれる
　その魔法のような光の輝き
　その天国のようないくつもの丘
私には前方に何も見えなかったときに！（一九一三年）

第一節の四行目の‘Of waters rife with revelry’「大騒ぎをして寄せては返す波の様子」を表す見慣れない言葉‘revelry’はエマが*Some Recollections*のなかで、嵐のなかで大騒ぎをする海鳥たちの描写に用いた‘with the fantastic revellings’から採られたのであろうとされている(*Some Recollections*, 77)。

第二節のロマンスとは文学の世界であり、ハーディはエマに助けられて文学への道を進むことができた。第四章が「開いてくれる」と現在形になっているのはエマとの思い出の世界へ詩歌でもって飛び立っていこうとするその時のハーディの心境と決意を示していると読むことができよう。かくしてエマをうたった一連の挽歌は英文学史に残る優れたものとなった。しかしこうした優れた詩が書かれるにいたったハーディとエマがおかれていた状況を考えるとき、そこにこそこの詩集のタイトルが表す『人間状況の風刺』があったといえよう。

その後もハーディはエマをうたい続けた。エマ関連の詩は百編を超えるとされている。エマをうたった詩はハーディの八冊の詩集のあちらこちらに散在しているが、なかにはエマと断定がむつかしいものもあるようだ。'Poems of 1912–13' がエマへの思慕に染め上げられているとすれば、他の多くの詩はいつのまにか忍び寄ったエマとの行き違いや不和をうたったものが多い。発表された詩集の出版年には関係なく、ハーディとエマの不和を詩にたどることもできる。

第一詩集の『ウエセックス詩集』に掲載された「蔦女房」がひどくエマを傷つけたことは前述した。しかし二人の行き違いはそれよりもずっと以前から始まっていたのだ。「二年の牧歌」と呼んだリヴァーサイド・ヴィラの若かった日々を思い出してハーディはうたっている。

　　　スタウア川を見おろしながら (Overlooking the River Stour)

燕たちは８の字の曲線を描いて飛んだ
　川面の微光の上を

濡れた六月の終わりの光のなかを
まるで命を得た石弓のように
燕たちは８の字の曲線を描いて飛んだ
　川面の微光の上を

水晶の水しぶきを　かんな屑のように飛ばして
　雌の赤雷鳥が矢のごとく飛び立った
　まわりの土手のあたりから
そして光る流れを切り裂いていった
水晶の水しぶきを　かんな屑のように飛ばして
　雌の赤雷鳥が矢のごとく飛び立った

キンポウゲは花を閉じて　牧場は
　露を滴らせて　どこまでも緑に広がる
　朝の光には金色に染まり
ミツバチが群れていたのに
キンポウゲは花を閉じて　牧場は
　露を滴らせて　どこまでも緑に広がる

そして　わたしは　ああ　一度も振り返らなかった
　水滴をうかべた窓ガラス越しに
　こうしたものに目をこらして
わたしの背後にあるもっと大きなものを見るために
一度も振り返ろうともしないで
　こうした小さなものを見ていたのだった！

この詩は第五詩集『映像の見える時』に収録されているが、うたわれている場面は結婚後間もないスターミンストン・ニュートン時代である。二人の軋轢はすでに始まっていた。窓越しの朝の光に目覚めゆくような、露に濡れた景色とはハーディが渾身の力で立ち向かっていこうとする、文学の世界を暗示するものかもしれない。自分の仕事のことで常に頭をいっぱいにして、その世界に没頭することしか考えていない芸術家には背後のエマの姿は入らなかった。その傍らで、エマはどのような時間を過ごしていたのか、長い年月を経てはじめてハーディの胸に去来した慚愧の思いであったのかもしれない。同じ頃をうたった第六詩集『近作・旧作叙情詩』の「二年間の牧歌」は次のように終わる。

　そのときは今どんなふうに見えるのか
なにもない　そのような始まりがすべて……

そのあとには何もこなかった
　ロマンスは　なぜか
あっというまに　私たちの生を見捨てた
壮大で賢明な新たなもくろみに備えていたというのに……
それは続く章のない序章
唇にあてられながら　音のでない喇叭
今はあの時がそんなふうに見える

この頃の夫妻の亀裂は第六詩集『近作・旧作叙情詩』の「亀裂」にもうたわれている。「そのあとからは　わたしとあなたは偶然にしか　顔を合わせなくなった　そしてわたしは自分の罪など思ってもみなかった」と。夫婦の溝は一八九〇年代にむけて深まりこそすれ、埋まることはなかった。『日陰者ジュード』や『ウエセックス詩集』の出版はますます二人の関係を救いのないものとした。「彼女は私を非難した」（第四詩集『人間状況の風刺』）は二人の不信と不和の緊張の高まりを伝えている。

　　　彼女は私を非難した (She Charged Me)
彼女はわたしを非難した　あのこと　このこと
何年も前の遠い昔に　ある女にわたしが言ったとか

わたしたちが坐っていたまさにこの居間で

その夜絶え間ない雨は屋根を打ち
下の道路にも降り注いで
こころのバネはますますねじ曲がっていった
そう、そんな風に彼女はわたしを非難した　キューピッドの弓のような
彼女の口もと　彼女の目もと　彼女の顔つき
ゆっくりと上げる白い人差し指は　みなきつかった

彼女がもう少し優しく振る舞っていたら　または
あれほどにまで詮索しなかったなら
わたしを支配する前の愚かな行いを

ひとつのキスがそれを終わらせたかもしれなかったのに　だが
わたしにはわかっていた　言葉が響き　沈黙が続き
やがてカーテンが二人の上に降りてくることが
クィーンと奴隷というわたしたちのドラマに

ハーディには自分の非をみとめる余裕はなく、エマにもまたそれはなかった。『日陰者ジュード』の執筆、出版のあたりから次第に夫妻の関係は修復不可能なものになっていった。かくして晩年のハーディの文学世界は様々な意味でエマとフローレンスに色濃く染め上げられたものとなったのである。

第八章 トマス・ハーディ晩年の成果とフローレンス・ハーディの栄光と苦悩

トマス・ハーディの反戦詩

一九一四年、七〇歳を越えたハーディにとって二つの大事件が起きた。二月のフローレンスとの結婚と八月の第一次世界大戦の勃発である。ここではまずハーディと戦争、なかでも主として第一世界大戦に関する詩を取り上げる。

ハーディはその作品の中で、三つの戦争を扱っている。三つの戦争とは、ナポレオン戦争（ハーディは当初、一七八九年から一八一五年に至るヨーロッパの『イーリアス』となるような叙事詩を考えていたが、『覇王たち』では一八〇五年から一八一五年までとなった。『ハーディ伝』一〇六）、ボーア戦争（一八九九—一九〇二）、第一次世界大戦（一九一四—一八）である。

歴史をひもとけば、イギリスはナポレオン戦争の遥か前から戦争に明け暮れている。名誉革命（一六八九）からワルテルローの戦いでナポレオンが破れる（一八一五）までの約一三〇年間をみても、英仏間で「王位継承、海外領土、通商、そしてアメリカ独立、フランス革命、ナポレオン帝国をめぐる戦争が間歇的に続いて」おり、それは「中世の百年戦争にならって第二次百年戦争（一六八九―一八一五）」と呼ばれた。[1] またカトリック国家フランスに対抗して、イギリスがどのようにプロテスタント国家として形成されていったか、一七〇七から一八三七に至るその対立と抗争の歴史は歴史家リンダ・コリーが詳細に論じている。[2] ハーディが生きた時代はまさに大英帝国が世界のなかにその地歩を固めていった時であったから、「帝国」と「戦争」とは密接に関係した時代を織るテクストであった。

まずナポレオン戦争についてだが、ハーディのこの戦争への関心は良く知られているように、八歳にさかのぼる。押し入れの中に、祖父が集めたナポレオン戦争に関する挿絵を見つけたことが関心の発端といわれる（『ハーディ伝』一六―一七）。沿岸守備兵となった祖父から直接聞いたナポレオンのイギリス上陸の脅威や、近隣の元兵士たちから聞いたワルテルロー戦や半島戦争の話などから、ハーディの内部にナポレオン戦争の主題が醸成されていった。この戦争はハーディに多くの詩の材料を提供して、数多くの優れた詩を生み出したし、小説『ラッパ隊長』と『覇王たち』の主題となった。

ボーア戦争に関する戦争詩は第二詩集『過去と現在の詩』に「戦争詩」としてまとめて発表された。この戦争は歴史上では第二次ボーア戦争（ハーディはSouth African Warと書いている『ハーディ伝』三二一）と呼ばれる。イギリス側からの相次ぐ国内干渉にトランスヴァール共和国の大統領クリューガーはオレンジ共和国と軍事同盟を結んで、一八九九年一〇月一一日イギリスに宣戦布告した。イギリス側は短期結着を予想していたが、予想は外れ戦争は一九〇二年五月三一日まで、二年半に及んでようやく終結した。結果はイギリス帝国主義の大勝利であった。この戦争中イギリス国内では熱狂的な愛国主義が荒れ狂い、人々の戦意は高揚した。

ハーディは開戦間近な一八九九年九月一七日、ヘニカー夫人に書いた。「ボーア人らとの不幸な戦争が起こりそうです。……一九世紀になっても、まるで紀元前一九世紀のように、武力で事を解決しなくてはならないとは、悲観主義も極まりました」と。さらに一九〇〇年のクリスマスには夫人に宛てて次のように書いた。「〈兵士の妻たちの歌〉でわたしの一連の戦争ものは終わりとします――それらのどれ一つも熱狂的な愛国主義や帝国主義を表現してはいないことを、わたしは嬉しく思っております。あえて申しますが、現在のイギリス国民の大多数のこの熱狂ぶりはどうしようもない欠点です。『コーンヒル』の編者がもう一篇書くように言っておりますが、わたしには戦争について書く気はありません」と。この「戦争詩」のなかの「鼓手のホッジ」や「ロンドンにとり残された妻」、「出発」などは、切々と心を打つ反戦詩である。「出発」の最後の二行にはハーディの反戦思想が凝縮して表現されていると考えられる。「愛国心が一国のみの奴隷となるのを蔑み　神のようにこの地球と周りの海を愛おしむ時代が　いつになったらやってくるのだろうか」。ハーディはこのメッセージを以後もずっと発信し続ける。

第一次世界大戦に関する詩は第五詩集『映像の見えるとき』（一九一七）に「戦争と愛国心の歌」としてまとめられている。第一次世界大戦はハーディがもっとも身近に体験する戦争となった。一八九〇年代から悪化の一途をたどっていた対独関係の中で、[3] イギリスはエドワード七世が一九一〇年五月に没し、ジョージ五世の時代に入る。

そして一九一四年六月二八日、ボスニアのサライェヴォで大事件が起きた。オーストリアとセルビアは宣戦布告し、ドイツはオーストリアを支持してロシアとフランスの双方に宣戦布告した。ドイツはフランスとロシアとの挟み撃ちになることを避けるために、まず西側のフランスを破り、次にロシアを攻略するという方針で、ベルギーを通過して一気にパリを攻める作戦にでた。しかしベルギーは一八三〇年代に独立を承認されて以来「永世中立国」として安全を保証されていた。ドイツはベルギー領土を通過する最後通牒を突きつけてきたが、ベルギーの中立を保証してきた最大の支援国イギリスはこの暴挙を見逃すことはできなかった。

八月三日、ジョージ五世はバッキンガム宮殿のバルコニーからイギリス参戦の決意を伝え、集まった大群衆は拍手で迎えたという。こうして八月四日、イギリスはこの場合もまたすぐに終結するだろうという甘い見通しをもって戦争に突入した。この甘い予想は裏切られ、それから一九一八年一一月一一日のドイツ降伏まで四年三ヶ月に及ぶ世界大戦が始まったのである。

イギリスが参戦することで、この戦争がイギリス自治領をも巻き込んだ世界規模の戦争となり、さらにこの戦争が当時の科学の粋を集めた近代兵器を用いた戦争となったことは周知の事実である。機関銃、戦車、毒ガス、潜水艦、魚雷、飛行機などが初めて使用された。

ハーディはその日こう記している。「八月四日、午後一時。ドイツとの戦争が勃発した」。その日知人宅で会食中に知らせが入り、食卓がパニックになった様子を伝えている。戦争はクリスマスまでには終わると人々は言っていたが、ハーディはとても信じられず、長く続く途方もない災厄が始まったと思ったと書いている。『ハーディ伝』(三六五)ではハーディは戦争が始まってしまったことへの驚きと不安、英独両国での扇動的な愛国主義の風潮への苦々しい思いなどを伝えている。ハーディは戦争勃発の前から、このような愚かな戦争を阻止したい思いを詩に表現していた。

一九一三年、戦争前夜に書かれた「彼の故国」には「国々がなぜ国家という枠組みにとらわれて、殺戮を繰り返すのか、地球上のいたるところに同じ人間の営みがあり、国籍などを超越しているのに」とあり、最後のスタンザはハーディの痛切な反戦の叫びを伝えている。

彼の故国 (His Country)

私は生まれ故郷から旅をした
　輝く南の海を越えて
そしてわかったことは人々が
　大きなお屋敷や小さな小屋で
私と同様に働き苦しんでいることだった

牧場や市場でそんな人たちを見ていると
　私には思えなかったのだ
私の故国が　その様々な心や精神や憧れや
その優れた部分も悪しき部分もともに
　海岸線で終わっているなどとは

私はさらに奥地へと進んで行った
　そんな人々にずっと気づきながら
そしてさらに奥地へ奥地へと――そう　ずっとずっと
そして私が目にしたあらゆる人たちは
　私の同胞と同じ心の琴線を持っていた

帰り道は地球をぐるりと廻り
　反対側から故郷を目指した
そして思った「私の国籍はどこで境となるのか？
その範囲は世界中に
　広がっているではないか」

私は自分に問うてみた「私は誰と戦わねばならないのか？
　誰に立ち向かっていかねばならないのか？
誰をやっつけ叩き潰し　損なわなくてはならないのか？
私の故国は道すがら目にする
　いたる所に広がっているというのに」（一九一三年）

イギリス全土がドイツに対してトーチカと化したといわれるほど、対独関係は悪化し、熱狂的な愛国主義がイギリス全土を覆った。その中で書かれたのがこの詩である。戦争へと雪崩をうって流れる世論の中で、一九一一年六月二六日ハーディはゴールズワージィ宛に書いている。飛行機など新兵器の開発に反対の署名を求められたハーディはその武器の開発に反対だということは他の武器による戦争なら続けても良いということかと述べ、「私はその点に関しては極論主義者の一人です。私は二〇世紀の人々が対話のかわりに軍事力でもって事を解決しようとするなど、狂気の沙汰と考えるからです」と書いた。世論が反ドイツへと向かうなかでハーディは次のような詩を書いた。

英国より一九一四の独国に与える (England to Germany in 1914)

「おお　イギリスよ　神が汝を罰するように！」
それがあのドイツの天才が
旧き友に向かって
吹きかける悪意なのか?
――ぼくらはきみらのパンを食べ　きみらはぼくらのパンを食べてきた
ぼくらはきみらの城塞や緑濃い松林の声を愛してきた
麗しいラインの流れ　岸辺に立つ高い塔の数々
不滅の才能に恵まれたきみらの輝ける魂は
まるでぼくらの同国人のようにぼくらを魅了してきた

ぼくらはきみらの血を流すことなど夢にも思ったことはない
ぼくらは悪意をもってきみらに対抗しようとしたこともない
ただぼくらと同様にきみらも聞いて気づいているように
興奮した二、三の者どもが国の人々の意向に反して
騒々しい声をあげているだけなのだ
だがきみらは顔を真っ赤にして叫ぶ
「おお　イギリスよ　神が汝を罰するように！」
そしてこれからの歴史においても　また現在の場面でも
君ら自身の古《いにしえ》からの名声を汚しているのだ（一九一四年秋）

一九一四年九月初めハーディはC・F・G・マスターマンが内閣の要請をうけて主催した、戦争へのイギリスの大義を主張する文学者の会に出席した。そこにはバリー、ゴールズワージー、チェスタートン、A・ベネット、H・G・ウエルズ、G・M・トレヴェリアンらが参加していた。その日の夕方ハーディは「兵士や新兵たちで熱気と悲しみに騒然となった」（『ハーディ伝』三六六―六七）ロンドンの街をあとにした。

この混乱と興奮のただなかで、七四歳のハーディは大義のために戦場に駆けつけることもかなわない自分の老いを痛切に感じたのかもしれない。「戦争と愛国心の歌」にある「行進し戦場に去る俺たち」のような戦意高揚ともとれる詩はこのような混乱のなかで書かれたのであろう。さきの

『覇王たち』やボーア戦争をうたった「戦争詩」においても、またヘニカー夫人への手紙でも、ハーディの立場は常に戦争で傷つく犠牲者への限りない共感を示したものであったから。

一九一五年三月二三日のハーディのヘニカー夫人への手紙は戦争への激しい憤りと、それが詩「何とも残念なこと」へとなっていく生成の場をうかがわせる。「私も貴女と同様にドイツ国民は一国民として満足して幸福に暮らしていると思っています。ただ一群の独裁者や兵器や軍需品の生産者らが、戦争で利益を得るものだから、彼らは国民を彼らの目的のために煽動しているのです――少なくともそう見えるのです。私はこのことをソネットに表しました。『フォートナイトリー・レヴュー』に掲載されます」。それが「何とも残念なこと」であった。

何とも残念なこと (The Pity of It)

鉄道からもハイウェイからも遠く離れた
ウエセックスのローム層の通りを歩いていると
「お前は～だ」「あいつは～だ」のような
遠い昔言葉が聞こえてくる

「わしは～つもり」とか「あいつは～はず」といった似た言葉も
近くから聞こえてくる　喋っているのは今このとき
まさにイギリスを守ろうとしている人たちだ

脅しと殺戮を栄光と心得る悪党どもに駆り立てられたために
するとある心が叫ぶ「こんなことの原因になっている者はたとえ誰であれ
同じ祖先を持ち同じ言葉を話すというのに
われわれにこの炎をなげこむやつら

彼らの名はおぞましく醜悪で不吉であれ
彼らの縁者の名は忌み嫌われよ
そして彼らの一族は永遠に抹殺されよ」（一九一五年四月）

一九一七年二月八日にハーディは書いている。「愛国心がその狭義の意味からはなれて全地球規模にまで及ばないかぎり平和の実現は難しい」（『ハーディ伝』三七五）。一九一八年八月一五日のゴールズワージィへの手紙でも、「自分は相手国のことをあまりにもよく知っているから、愛国心をあおる上手な詩など書けない」と洩らしている。ハーディがこの問題をいかに真剣に考えていたかは同じくゴールズワージィに宛てた一九二三年四月二〇日の手紙からもうかがえる。「私はたしかに時期尚早ではありましたが、南アフリカ戦争が起こったとき、愛国心というものが地域に限定されるものではなくて、地球規模で持たれるべきだと主張したのですが、今もそういう考えが広まるべきだと思います」と。このハーディの反戦思想の行方はどうなったのか。その後第二次世界大戦を経験した人類に突きつけられた問題であろう。

ハーディの思想詩――人生の「真の哲学」をもとめて

ハーディの最初の妻エマが一九一二年一一月二七日に亡くなり、ハーディ痛恨の挽歌"Poems of 1912–13"を含む第四詩集『人間状況の風刺』が出版されたのは一九一四年一一月のことであった。この時にはハーディは既に二番目の妻フローレンスと再婚しており、ハーディにはそこから一九二八年一月一一日に八七歳で死を迎えるまでの晩年の歳月が残されていた。エマの死から自身の死までのこの一五年余の年月を既に功なり名遂げていたハーディはどのように生きたのか。瞠目すべきはこの晩年の歳月を通して、ハーディが倦むことなく仕事に没頭したということであろう。

一九一七年一一月第一次世界大戦の最中に第五詩集『映像の見えるとき』、一九二二年五月に第六詩集『近作・旧作叙情詩』、一九二五年一一月に第七詩集『人間の見世物』を発表する。そして没後出版とはいえ、ハーディ自身は迎えることはかなわなかった八八歳の誕生日に出版を意図して序文まで書いていた第八詩集『冬の言葉』が一九二八年一〇月に出版された。また一九二三年には一幕ものの詩劇『コーンウォール王妃の高名な悲劇』が出版されている。この詩劇は一八七〇年コーンウォールでのエマとの出会い以来、ティンタジェルの舞台や、ヒロインにエマを想定した点からもわかるように、ハーディが長年温めてきたテーマであった。

またこの間「ハーディ劇団」("The Hardy Players")と称されるドーセット中心に結成された劇団

グループによって、ハーディの小説は次々と上演されていったし、『覇王たち』の数場面も上演されることが度々あった。さらに、重要な問題は『ハーディ伝』の執筆であろう。これはハーディ自ら資料を集め整理して、自分が後世に示したいとする自身の像を演出したハーディの作品と考えられている。その資料蒐集や、訂正や加筆のためにハーディは死の間際まで情熱を燃やした。フローレンス・ハーディ著とされる『ハーディ伝』にハーディが書体まで変えて強く関わった経緯は後世の研究者たちを驚かせた。現在その執筆過程の秘密とともにフローレンスが行った削除訂正の跡も明らかにされ、注目を集めている。

ハーディ文学晩年の成果としてここでは、第五詩集から第八詩集までの中から幾編かの思想詩、哲学詩をとりあげ、また第六詩集冒頭のApologyを中心に考える。またフローレンスの試練と栄光と、彼女が試みた反撃についても論じる。

ハーディは第五詩集『映像の見えるとき』の出版について戦時中であることなどから、少し躊躇っていたが、結局一九一七年一一月三〇日三千部がマクミラン社から出た。この詩集は一五九篇の詩を含む。パーディによればそのほとんどはエマの死の直後の一九一三年から一九一六年にかけて書かれたものであり、その間に前述したようにハーディの再婚と第一次世界大戦の勃発という二大事件があった。出版のときハーディは七七歳になっていた。

第四詩集に含まれた亡き妻への挽歌“Poems of 1912–13”などはフローレンスをいたく悲しませたが、第五詩集にもエマにまつわる詩が数多くあったことは、妻となったフローレンスをひどく苦しめた。エマはその後の詩集でもハーディのヴィジョンに繰り返し現れる重要なテーマとなっていく。「過去」はハーディの心の中に生き続け、エマも妹のメアリーも父も祖父も、そして彼を取り巻いていた家具も家も、墓の中の人々もハーディの心に蘇ることになる。過去へのノスタルジア、過去が現在のなかに生き続ける様などはその後次々に詩となって紡ぎ出されていった。

ハーディの思索する心中を示すものとして、かつハーディの思想詩の代表として第五詩集の冒頭の詩は興味深い。この詩は詩集の題名となっている。

映像の見えるとき (Moments of Vision)

あの鏡
それは人の内部を透かしてみせる
　一体誰があの鏡をかかげて
あなたやわたしの心の中をあらわに
　見せようとするのか?

あの鏡
それは魔法の矢のように貫く
　一体誰があの鏡をかざして
わたしたちの精神や心情を映し出すのか
　どきりとさせるほどに?

あの鏡
それは苦悶の夜の時間によく働く
一体なぜあの鏡には
わたしたちが真昼間にはけっして染まっているとも思わない
色彩を映し出すのか?

あの鏡
それは気づかぬ間に人の心を験すのだ
そう　あの不思議な鏡は
人の末期に去来する思い　醜さも麗しさも　とらえるのかも
だがそれを映すのは――どこだろうか?

人の意識の中に次々と浮かんでは消えていくヴィジョン、それは時空を超えて現れる。まるで意識は鏡のようだ。そこには自分でも気づかぬ映像が浮かび上がり、自分でさえも驚く。このヴィジョンとは何か、そのヴィジョンが映し出される、人の意識とは何か、心とは何か。ハーディは誰が人の心をあらわにする鏡をかかげるのかと問うことで、人間の意識の不可思議さを問うている。それは意識を流れていく時とは何かを問うことでもあった。

この詩集でハーディの思想詩として注目すべきものは「彼には自分が判らない」であろう。この詩には一八九三年一一月の日付があり、ピニオンによれば、この詩は『ハーディ伝』にみられる一八九三年一一月二八日の「彼は自らを自動仕掛け人形とみる」（二六〇）に関連するという。(4) この時期ハーディは『日陰者ジュード』の構想の最終段階に入っていて、ジュードのことを「私の哀れな自動仕掛け人形」（『ハーディ伝』二七二）と呼んでいる。ハーディは大きな「宇宙内在の意志」の働きの中で、人がいかに自由でありうるか、いかに自分の意志をそこに働かせることができるのか、「宇宙内在の意志」という必然と「個人の意志」という自由がどのように関わり合うのかという問題意識を常に抱えていた。

　　　彼には自分が判らない (He Wonders about Himself)

希望を持つことも　絶望して苛々することも　何の役にも立たぬ
上から下からあやつられて
まるであの操り人形のようだ
わたしは次の瞬間何をしているのやら！

わたしは明るい瞳に向かって突き進んでいるのだろうか？
わたしは七つの哀しみに苦しんでいるのだろうか？
わたしは大空の星々を眺めているのだろうか？
その一つがあなたに似ていると思って

わたしは大きな「意志」の一部分にすぎない
それらの総体のなかでわたしの部分が
指先ほども諸力の平衡を曲げることができて
そして麗しく公正な願いを実現することができればいいのだが？（一八九三年一一月）

必然的な状況におかれたときに、人間に許される、あるいは人間に可能な微かな自由こそ大切ではないか、この考えはその後『覇王たち』を通してハーディが主張したことであった（『ハーディ伝』三三四—三三五）。この詩集にこの詩をあえて採録したことは、それ以前からの一貫したハーディの関心の主張とみることができる。この考えは第六詩集の巻頭の「我が詩作を擁護する」でも繰り返し主張されている。

第一次世界大戦の惨禍はハーディの心身をひどく消耗させた。さらに、第五詩集『映像の見えるとき』に対する酷評は彼を苛立たせた。第六詩集冒頭の「我が詩作を擁護する」はそうした巷間の批判に対してハーディが自己の立場を改めて主張したものであった。大戦中、一九一六年にはイースター蜂起があり、一九一七年にはロシア革命が始まってはいたが、これらについてハーディはあまり触れてはいない。

一九二二年五月二三日に出版された第六詩集『近作・旧作叙情詩』には一五一篇の詩が含まれる。フローレンスに捧げた「ときどきぼくの思うこと」は有名だが、エマに関する詩も二〇余篇ある。半数はその頃書かれたものだが、若い時代の詩もある。愛や時の移ろいをうたった詩や一篇の短編を読むような展開を見せる物語詩などもあり、多彩である。八〇歳をこえてハーディは詩人としてますますその本領を発揮していった感がある。

ここではこの詩集の冒頭を飾る、ハーディ唯一の詩論である「我が詩作を擁護する」を取り上げ、そこで展開されたハーディのメッセージについて考える。ハーディにとって初めての試みともいえるこの詩論は難解さでも知られているが、この時点にいたって、なぜ八〇歳を超えたハーディがこのような初めての試みに挑んだのかが重要である。

「我が詩作を擁護する」はハーディの己の文学の弁明であり、その目的は文学とはいかにあるべきかという自分の立場を主張することであった。『映像の見えるとき』への批評家たちの無責任な批判にはハーディは心底腹をたてていたから、何としてでも、自分の文学に対する立場を明確にしておきたいという信念があったのであろう。

文学者としてのハーディは処女作「貧乏人と淑女」以来、一貫して、人間、自然、社会、宇宙の有り様を問い続けてきたといえよう。人が真摯に自分の生き方を考えるとき、人間、自然、社会、宇宙の有り様という根源的な問題を問わないで、それに対する自分の哲学を持たないで生きることはできないし、ものを書くことはできない、というのがハーディの立場といえよう。ハーディの文学はそのような問いに対する答えの模索であった。『覇王たち』の主題もそこにあった。「宇宙内在の意志」とハーディが呼ぶある不合理な大きな力が働き、その力によって末端までがまるでクモの巣のように揺れ動き、影響を受けるとすれば、「暗闇のなかでⅡ」でハーディがうたうように「最悪を直視して、改善への道に向かう努力をすることこそ大切なのではないか」と。ハーディのこの真摯な主張は小説においても詩歌においても、ペシミズムの一言で片付けられてしまった。

そもそもハーディの文学は第二詩集『過去と現在の詩』の序文で明記しているように、「人生の真の哲学に到達する道」の模索であり、そうした自己の信念の吐露であった。結果的には彼のキャリアは真実を語る彼の文学に対する批評家や世間との戦いでもあった。国王を首長とする英国国教会体制の中にあって、一八九〇年つとに「私は五〇年間神を探し続けてきた。もし神というものが存在するのなら見つけていたはずだ」と記していたのだから。ハーディは神に代わって人と自然と社会と宇宙の有り様を動かしているものは何かを問い続けた。そして様々な思想家や哲学者の考えに真剣に取り組んだのである。「私には哲学などない」(『ハーディ伝』四一〇)と何度も弁明しながらも、ハーディがスペンサー、ハックスリ、J・S・ミルや多くの思想家、哲学者の思想にいかに精通していたかはよく知られている。

前述したように、ハーディが詩に吐露したものはすべて彼にとっては「人生の真の哲学」を求める試みであったのだ。そして、一九〇一年の大晦日に『ハーディ伝』に「すべての人間に、自らの経験から自らの哲学を築かせよ」と記したように、彼はみずからの経験にもとづいた彼が信じる哲学を敢然として書き続けたのである。

一九一七年三月の『ハーディ伝』にみられる次のような言葉はハーディの内面の考えの吐露と思われる。「今日において「神」という言葉には五〇もの意味が考えられて付加されているが、そのなかで唯一理性的に考えることができる意味とはそれがなんであれ物事の起因というものであろう」(三七六)。ハーディはその力は道徳的なものでも、不道徳的なものでもなく、非道徳的なものだと言う。そうした力に操り人形のように振り回されざるを得ない人間はどうしたらよいのか。そこで最悪を見つめようという、真摯なハーディの立場の主張があるのだが、彼の考えはペシミズムとしてただ非難に曝されるだけであった。

しかし第一次世界大戦の惨禍とその後の不安はハーディを打ちのめした。「我が詩作を擁護する」は一九二二年一月から二月にかけて、ハーディが病床で書いたもので、これを詩集の冒頭に付すべきか、また「序文」(Preface) の代わりに「我が詩作を擁護する」(Apology) としてよいのか、とハーディは悩んだようだ（一九二二年二月一五日、コッカレル宛）。しかしハーディとしては単なる Preface ではなくて、Apology として発表したかったのが真意であろう。

ここでハーディは「暗闇のなかでⅡ」（第二詩集『現在と過去の詩』）の「もし改善への道があるなら　まず最悪を直視する必要がある」を引用して、説明している。「最悪を直視する」とは「現実を探り、理解し、そうするなかで現実の一段落、一段落を率直に認識し、可能なかぎり最善の道を見出そうとすること、言ってみれば進化的改善 (evolutionary meliorism) を目指すこと」が大切なのだと。

ハーディは当時のイギリス詩や文化全体のおかれている絶望的な状況を嘆き、時代の思潮が暗黒時代を迎えていると警告した。

人間の諸性質が変化でもしないかぎり、より良い未来が訪れると推測することなどはまずできないであろう。実際今日の芸術、文学、思想を考えてみても、まず明るい見通しは望めない。

今回の大戦の恐ろしい狂気によって若い世代の精神が野蛮になってしまったのか、あらゆる階層の人々の間に恥も外聞もない利己主義がはびこってしまったのか、人間の叡智が失われ、ただ知識のみが過剰になったためか、「過度な刺激を求める卑しい欲望が跋扈している」ためか、あるいは何かほかの原因のためか、我々は新しい意味での暗黒時代の到来に直面しているように思われる。「我が詩作を擁護する」(Apology, *The Complete Poems*, 560)

こうした不安に立ち向かうにはどうすればいいのか。ハーディは「我が詩作を擁護する」の終わりで、詩と純文学と理性ある認識に支えられた宗教的な心情の大連合が、希望となるのではないかと夢見ていると述べている。

ハーディのこの希望は一九二五年二月七日のフレデリック・ルフェーヴル(『覇王たち』の仏訳に関わる。一八八九―一九四九)との対談でも繰り返し主張されている。ここでハーディは「合理精神と宗教の同盟関係」とか「ドグマを抜きにした宗教」という言い方をしているが、「私は宗教という言葉で、宗教的なスピリットを意味しているのです」と説明している(Gibson, 218)。そしてその宗教的な精神というか心情といったものは詩歌と純文学によって培われるというのがハーディの主張である。そこにこそ詩や文学の存在価値がある。それがハーディの言いたいことであろう。そして自分の文学はそれを実践してきたと。ハーディは詩歌や文学によって醸成涵養される人間性、自然や宇宙に対して見開かれる畏敬の念、同胞人類への愛などの心情が培われると信じたのである。「我が詩作を擁護する」はハーディの文学の使命を語るマニフェストであった。

それゆえにハーディはキリスト教の非合理的なドグマや教義や教会制度には終始批判的であったが、教会がもつ道徳的かつ倫理的な存在理由を否定はしなかった。『ハーディ伝』においても、「知的な意味ではなく、本能や情動の領域で」自分が充分に「教会寄り」であることを認めている（三七六）。前述したように一九二二年一〇月のある日、ハーディとともにスティンスフォード教会を墓参に訪れたチャールズ・モーガン（小説家・劇作家、一八九四―一九五八）はハーディから教会の持つ意味を強調した言葉を聞いている (Gibson, 178)。

ハーディの思想を簡単に腑分けすることは難しい。何故なら、ハーディ自身が思想、哲学、科学といった多方面の書物を読み、必死で彼なりに消化し、それを統合し調和させようと試みているからである。一九一六年四月一六日のゴールズワージィ宛の手紙で自らを「哀れな思索家」("a miserable reasoner") と呼んだハーディはまた前述したように一九二四年六月二一日付けのアーネスト・ブレンネッケ宛の手紙で書いた。「私の書いたものはダーウイン、スペンサー、コント、ヒューム、ミルなどなどの考えのハーモニーを示しているのです。（あなたはショーペンハウアーとの近さをおっしゃっておられるが）彼と同様にこうした人々との近さも触れられるべきです」と。ハーディはいみじくもハーモニーという言葉を使っているが、それはハーディが懸命に試みた思想家、哲学者、科学者らとの対話と苦闘のあとを示す意味深長な言葉として理解すべきであろう。

第七詩集『人間の見世物』は一九二五年一一月二〇日出版された。一五二篇の詩が含まれ、五千部という詩集にしては非常に多い部数の出版であったが、初版は完売されたという (Purdy, 247)。この詩集の題はハーディ自身が決めたもので、詩は大体がその頃の作品であるが、題材には古い日記や手紙やノートから採られたものが多くなっている。これはハーディ生前に出た最後の詩集となり、この時ハーディは八五歳を過ぎていた。ハーディの自然観をうたった詩や一篇の物語を読むような詩も多いが、エマを歌った詩も依然として二〇余篇ある。

詩集は老いと死を主題とするものが多くなる。ハーディにとって自らの老いや死が次第に現実的な実感として体感されていく様子がわかる。しかし注目すべきことはそれぞれの詩で試みられる大胆な実験であろう。詩の言語、構造、韻律など、主題と形式の一致を模索する詩人ハーディの意欲は読者を圧倒する。八五歳にしてハーディはなおも実験を続け、彼の名声にふさわしい優れた詩集を出版したのである。ここでは哲学詩として、ハーディが「時」をうたう詩を取り上げる。

老いゆく己を否応無くうけいれざるをえないハーディにとって「時」とは何かという問いは常に心を占める問題であったろう。「〈絶対〉が説明する」で絶対者は「時」とは刻々と過ぎ去る現在にあるのではないとする。絶対者という形を借りて、ハーディは「時」が過去、現在、未来へと続くものであり、絶対者の目から見れば現在はほんの一瞬のこと、人間がたまたま目にする幻にすぎないとする。

ハーディのヴィジョンの中では時は続き、過去はいつまでも美しい姿のままで生きている。この詩の続編とも言える「こんな訳で、〈時〉よ」でも意識のなかにある「時」は生き続けるとうたわれる。ハーディのヴィジョンの中に「時」は永遠に生き続ける。「ほら、自分の心の鏡をのぞいてみればそうであろう」というハーディの声が聞こえてくるような詩である。実際「時」とは何か、「時」をどのように考えればよいのか。ハーディは「時」について、まるで「意識の流れ」小説を予見させるような次のような詩も書いている。

一時間の歴史 (The History of an Hour)

韻を踏んで詩にうたおうと試みたり　文字で表そうとしても無理
それがどんなものか　ペンで表現することはできない
書き綴ろうとしても時間の無駄になるだけ
　その理由は明らかだ！

そう　それは魂に満たされ　あまりにも霊妙
六月の朝の花盛りの薔薇の香りを
目の粗い麻の網袋が捉えられるというのか
　あの一時間が捉えられるというのか！

このように自分の意識を凝視するハーディにあってはいわゆる「意識の流れ」の手法を試みたジェイムス・ジョイスやヴァージニア・ウルフのモダニズム小説の世界は意外に近いといえるのかもしれない。

第八詩集『冬の言葉』はハーディの死（一九二八年一月一一日）の後、一九二八年一〇月二日に出版された。一〇五篇の詩が含まれ、ほとんどが第七詩集『人間の見世物』（一九二五）以後書かれたものである。フローレンスによればハーディはこの詩集を一九二八年六月二日の自分の八八歳の誕生日に出版するつもりで、序文も書き、かつ最初と最後の詩の順序も決めていたらしい。死が遠くないことを自覚していた彼はこれが多分最後の出版物になると予想していたのであろう。最後の作品は「彼はもう言うまいと決心する」としていた。その一つ前の詩「我らは終末に近づいている」と共にこれらの詩はハーディの哀しい辞世のうたとなっている。

序文ではハーディはあらためて自分の詩集がいかに正当に評価されてこなかったか、真面目に読むこともしないでペシミズムの名のもとにいかに非難されてきたかについての怒りを表明している。そして本書もおそらくそうした批評にさらされるであろうことが容易に予見できると述べている。これは「我が詩作を擁護する」で主張されたことでもある。そして繰り返しになるがと断った上でまた書く。「私はまたもう一度繰り返してこのような機会ごとに述べてきたことを申し上げたい。つまり、以下のページにはなんら調和のとれた哲学などは述べられてはいない――この点に関しては、過去の全作品についても同様である」と。

この詩集にはハーディが自分の老いをうたった詩が多く見出される。また思想詩としては「哲学的ファンタジー」や「酒飲み歌」が重要だ。パーディによればこの詩集にはハーディの約六〇年に及ぶ文学的キャリアのほぼそれぞれの年代からの詩がおさめられ、また飽くことなき詩作の実験も試みられて、詩人ハーディの掉尾を飾るにふさわしい詩集となっているという (Purdy, 262)。少年時代のジュード（『日陰者ジュード』）を想起させる「しだの茂みのなかの幼年時代」もまた『名詩選』を飾る詩である。

しだの茂みのなかの幼年時代（Childhood among the Ferns）

ある小雨の降る日　わたしは草原に坐っていた
わたしの周りには丈の高い羊歯の茎が豊かに茂り
それ以外は何も見えなかった

雨は強くなって　だらりと垂れた葉を濡らし
わたしのそばのあちこちの茎を伝って流れ落ち
小さな小川のようになった

わたしは誇らしげにわたしの水しぶきを上げる家を見た
だがやがて雨粒が緑の垂木を突き抜けるだろうが
わたしは雨に濡れないとでもいうように坐り続けていた

それから太陽が照りだし　甘い香りが
乾いていくその柔らかな羊歯から匂い立った
わたしは言った「ここに死ぬまで住むことができたらいいなあ」

そしてその緑の囲いのなかに坐って思った

「どうしてわたしはこの騒々しい〈世の中〉に出て
大人というものにならなければならないのか?」

「哲学的ファンタジー」はそのタイトルが示すとおり代表的な哲学詩である。この詩は『フォートナイトリ・レヴュー』の一九二七年一月号に発表された。『ハーディ伝』によれば「ハーディは一流誌や一流新聞にこういうタイプの自分の詩が掲載されるというかたちで新年が明けるということが気に入っていた」とある(四三六)。詩の冒頭のウオルター・バジョットのエッセイ「ジョン・ミルトン」からの引用「ミルトンは神に議論をさせた」がこの詩の主調になる。

宇宙内在の意志あるいはその主因者に対してなぜ果たされない意図というものがあるのかと詩人が問い、それに意志が答えるという形式で、一種の対話のように詩は進められている。ハーディは彼独自の皮肉な手法で神のやり方をミルトンに準じて批判する。ハーディの神はミルトンのような、信仰心に基づいた擬人化された神ではない。宇宙の諸力の主因となるある力、『覇王たち』でハーディが語る「宇宙内在の意志」であり、その意志には何の目的も無く、道徳観もなく、その意図が果たされないことも当然あるが、それを気にかけることも無いと言う。これはまさに『覇王たち』で展開した考えであり、果たされざる意図とは『森に住む人々』七章でも問題にされている。
詩の終わりの部分で意志はうたう。

いや　たしかにわたしは　人間という種族に

親切も愛も与えてはこなかった　与えたのは
ただの無関心だけ　たしかにその状態は終わりそうもないが
　それでも改善へと向かうかもしれぬぞ

こうしてこの詩は微かな希望を見せて終わる。

「哲学的ファンタジー」が『フォートナイトリー・レヴュー』一九二七年一月号を飾ったとき自分のこの詩をハーディはさぞ満足して眺めたことであろう。それは彼の永年の思索を、知的な凝った詩型に凝縮したものであったから。

「酒飲み歌」と題された九連に及ぶ、各連に合唱付きのこの詩は酔っぱらってうたうように仕立てられてはいるが、その内容はあまりにも深遠である。この詩は短いなかに、人類の知の歴史、世界観の歴史を概観する。単純な天動説を信じていた宇宙観がコペルニクスによって地動説に変わり、ヒュームによって神の奇跡が否定され、ダーウィンの進化論によって人類は他の生物と共通の先祖を持つ、すなわちわれら生物はみな兄弟だという主張がなされた。そしてチェイン博士は処女からイエス・キリストが生まれたのは非合理的だと弾劾した。そして今まさにアインシュタインは難解な相対性理論を確立して、宇宙の根本原理を見つけようとしている。（ここで飲んでいる者らにはまだあまりよく理解されてはいないが）とことわり、「この世界には時間も空間も動きもない速い遅いもない　四角もなければ直線もない　あるのはただ　ある種の曲がった海原だけ」とうたう。最後の連は次のように終わる。

そこで今われらは哀れな状況さ
　色鮮やかな
　蝶々のように
アルプスの氷河のうえで
　縮こまってひらひら飛んでいる
　どこかに暖かな隠れ場所を見つけようと

杯に酒を満たせよ　嘆くのはよせ
われらの偉大な思想が駄目になったからとて
それでもわれらはなんとか善をなさん！

歌は絶望ではなく、微かな希望で終わる。アルプスの極寒の山々のなかで、色だけは鮮やかだが、寒さに今にも凍え死にそうな、か弱い蝶として描かれる人類ではあるけれど。

ハーディは早くからアインシュタインについても勉強しており、一九〇八年末に『覇王たち』の最終部分が出版されたとき、質問に答えて『ハーディ伝』で次のように書いている。ハーディは神を悪意に満ちた悪魔のようなものと信じていると非難する人々にたいして、彼はそのようなことは考えたこともないのだとした上で、「ただ事物の背後には『善も悪も考えない』ただ無関心で無意識な力があるだけである。彼（ハーディ）の考えは実際スピノザの考え――そして最近ではアインシュタインの考え――に非常に近いのである」（ハーディ伝』三三七）と述べている。さらに一九一二年一二月三一日、マックタガート博士に宛てて書いている。「実際彼（アインシュタイン）が述べていることを考えると宇宙はあまりにも喜劇的で言葉にならない」と。[5] たしかに、ここには氷河の上を飛ぶ蝶のように途方に暮れたハーディがいる。だが、酒飲み歌としてこのような深遠な内容をかかえこむ歌をもつイギリスとはなんと懐の深い国なのかと驚くし、実際イギリス人たちはどのように受け止めてこの歌をうたうのであろうか。

『冬の言葉』の最後におかれた二篇の詩はハーディが意図してそこにおいたものである。それらはハーディの辞世のうたとも言える。その前にもう一篇、痛烈に皮肉な短詩がある。「一九二四年のクリスマス」である。この詩は一九二四年のクリスマスに書かれ、没後の一九二八年六月一八日の『デイリー・テレグラフ』に発表された。「地上に平和を」と題されて (Bailey, 618–19)。

　　　　一九二四年のクリスマス (Christmas: 1924)

「地上に平和を！」と唱えられ　我々はそう歌う
そして平和を祈って　百万の聖職者らに　喜捨をする
二千年間ミサをし続けてきて
我々は毒ガスまでも手に入れてしまった

この短詩が示す揺るぎない事実に読者は衝撃を受ける。平和を祈る人々の祈りは何だったのか。

この時毒ガスまでも手にいれた人類の未来をハーディは憂えたのだが、この詩は核爆弾までも入手した二一世紀の人類にはどう受け止められるのだろうか。ハーディは第一次世界大戦の後、世界の状況が新しい火種をかかえこんでいることをつとに憂えていた。再び戦争となる危険を所々で述べている。その不安のなかでこの詩は書かれた。

詩集の最後から二番目の「我らは終末にいま近づいている」も戦争への不安と未来への絶望をうたったものである。この詩は没後一九二八年五月二八日の『デイリー・テレグラフ』に掲載された。第一次世界大戦の終結直後からハーディは次の戦争への不安に打ちひしがれていた。一九一九年五月七日のジョージ・ダグラスへの手紙では「戦争の終結など期待できない――もし終結したとして、そう望みたいところですが、また将来再び戦争が始まるのをどうやって阻止すべきか私にはわからないのです」と書いた。一九二〇年代を通してハーディの戦争への不安は高まりこそすれ弱まることはなかった。一九二五年二月七日のルフェーヴルとの対談でも、「(戦争というものは)なんという愚かさ、愚劣さ！戦争は悪だし、戦争は悪を生むだけだ。戦争が芸術になにか良い効果をもたらしたなどと言う者など許せない」(Gibson, 218) と語っている。詩集の最後におかれたハーディの絶望の声を聞く。ハーディは理性、進歩、より良い未来、の終焉を哀しくも予見している。

　　我らは終末にいま近づいている (We Are Getting to the End)

我らはこの世界で
悪は時々あっても　善が続き

16. 晩年の Hardy。

人類は理性によってより良くなっていくという
そんな不可能を夢見ることの終末に近づいている

籠のなかの雲雀でさえ
生涯閉じ込められた霊柩車の呪いから
逃れられないことも知らず歌うように
我らも発作的に快楽を追い求めるのか

そして国と国が歩兵や騎兵で　隣国の遺産を荒廃させ
その美しい山河を膿みただれた傷跡に変えるとき
彼らは再びそうするであろう——意識していなくても　好んでいなくても
なにか悪魔のような力に駆り立てられて
そうだ　我らは希望を持つことの終りに近づいている！

そして最後の詩「彼はもう言うまいと決心する」がある。これはハーディが詩集の最後にくるように決めていたものだが、そこにはなんという苦悶に満ちた言葉が連ねられていることか。

彼はもう言うまいと決心する（He Resolves to Say No More）

おお　わたしの魂よ　残りのことは知らせないでおこう！
それはあまりにも呻きに似ているから
　死人の目をした青ざめた馬が
　近づいてくる今
そうだ　誰にもわたしが秘めることを推測させまい

どうして既にありあまる苦悩を抱える人々に
もっと多くの重荷を与える必要があろうか？
　今からずっと
　最期の日まで
わたしには見えることをわたしは言わない

時が過去に戻りたければそうすればよい
（魔術師なら真夜中にペンを走らせて
　頭をかっかと火照らせて
　それを見ることもできようが）
わたしは自分がわかったことは誰にも知らせない

そしてわたしの描くヴィジョンが
目隠しされた人々の目には見えないけれど
――真理によって目を開かれた――
わたしには見えるが全てをそのままにしておこう
そしてわたしのヴィジョンを誰にも見せることはしないつもりだ

この詩は一九二七年、まさにハーディの死の前年に書かれた。発表は没後の一九二八年九月一八日の『デイリー・テレグラフ』であった。この詩が詩集の掉尾を飾るものときめていたハーディは内容と詩型に充分の注意を払って仕上げたものと思われる。「青ざめた馬」とはヨハネの黙示録六章八節の「われ見しに、視よ青ざめた馬あり、之に乗る者の名を死といひ、陰府《よみ》これに随ふ」からきている。「目隠しされた人々」("the blinkered sight") の ("blinkered") という単語は「私は原稿用紙から目を上げて」第五詩集『映像の見える時』にも使われていて、目隠しされたように真理に目を閉ざされたままの人々を表している。

こうしてハーディは死の直前まで詩を書き続けた。神の不在を嘆き、神に代わる「宇宙内在の意志」の真意を模索し、真の自分の哲学を求めて彼は最後まで苦斗し、希望と絶望の間を揺れ動いた。ハーディとキリスト教、そしてハーディと「宇宙内在の意志」といった問題はあまりにも深遠であり、現代のわれわれにも簡単に解答を見出すことはできない。ハーディの問いかけは最後まで続く。晩年の四詩集も含めて『トマス・ハーディ全詩集』には九四七篇の詩が収められている。この膨大な詩群はその質量ともに今日においても読者を圧倒する。詩の興味深く意味深長な思索の内容といい、そこで試みられた様々な詩型の実験といい、詩人ハーディの全貌はまだ充分に解明され、理解されているとはいえないであろう。これらは読者の前に今なお聳え立つ前人未到の高き峰である。

フローレンス・ハーディの栄光と苦悩
――タイピスト・秘書・家政婦・看護師そして妻として

ハーディがフローレンスに贈った一篇の詩がある。「F・E・H・に」という献辞を持つこの詩は第六詩集『近作・旧作叙情詩』に収められていて、ここにはハーディのフローレンスに寄せる切々とした思いがうたわれている。

ときどきぼくの思うこと (I Sometimes Think)

（F・E・H・に）

私は時々ここに坐って
　自分がなしてきたことについて考える
それらはお日様に顔が向けられないようなものでは
　ゆめなかったと思う

だがそんなことに誰ひとりとして
　注目してくれなかった――誰ひとりとして
あれほど熱心に気負い立って
　改革のために良き種子を蒔こうとしたのに
あれほどに困窮から救出しようと努めたのに
　まさに必要なときに
荒野であれほど声をあげたというのに
　誰が耳を傾けようとしただろうか？

だがこれだけは間違いのない真実　そうでしょう？
　ただ一人だけは心に留めてくれた
そして私の家のあちこちに妖精のように現れ
　風のように階段を通りぬけ
いつもそしてこれからも　全てに心遣いをしてくれる
　たとえ私が絶望することがあっても

ベイリーによれば自分がなしてきたこととは、ハーディが『ハーディ伝』のために集め始めていた資料と関連しての言葉かもしれないし、また良き種子を蒔くとは『日陰者ジュード』などでの社会や体制の改革への発言を指しているのかもしれないと言う。またまさに必要なときに救助の手を差し伸べたのは第一次世界大戦時のベルギー人を助けようとした活動を表し、荒野での声とは第一次世界大戦後の国際間の紛争に対するハーディの不安の声を意味しているのかもしれない (Bailey, 435–36)。

こうして時に絶望感にとらわれるハーディにとってフローレンスは「守護天使」のように感じられたのであろう。エマ亡きあとハーディ自身が死を迎える約一五年間、ハーディは年齢を感じさせない充実した創作活動を続けることができた。多くの批評家が指摘しているように、もしフローレンスがいなかったら、彼女の支えがなかったら、彼の成果は今のようなものにはならなかったであろう。フローレンスはハーディの最晩年を支え、彼の文学を最高に花開かせた。

それではフローレンス自身はどのようにハーディを支えたのであろうか。ハーディと結婚し、その栄光と苦悩のはざまの日々を過ごしたフローレンスの歳月をたどることは、ハーディ文学最晩年の生成の場にあらためて光をあてることでもある。

一九一二年一一月二七日のエマの死は結果的にその後のハーディとフローレンスの生活に思いもかけない変化をもたらすことになった。それから約一年二ヶ月余経った一九一四年二月一〇日午前八時という人目につかない時間を選んで二人はひそかにエンフィールド教区の教会で結婚した。ハーディ七三歳、フローレンス三五歳であった。ハーディの名声を考えて、異常なほど内密にことは進められ、式に列席したのは弟のヘンリー、フローレンスの父と一番下の妹のみであった。

それまでの経過をみると、エマの死後フローレンスは妹のメアリーやキャサリンと共にすぐさま喪の家に呼ばれ、その後も滞在してハーディを助けていた。ハーディにはフローレンスの助けが必要だったのだ。エマの死後残された「ぞっとするような悪意に満ちた日記」や*Some Recollections*から受けた衝撃のために慚愧の念に駆られてコーンウォールへの旅に出て、溢れるようにエマの詩を書いたハーディであった。だが他方ではその頃フローレンスに淋しさを訴える愛の手紙を送っていたことはあまり知られていない。

一九一四年一月二九日、結婚の直前だが「ここのお天気は西北から霧雨が降っています。私はほとんど書斎にこもっていて、家の中はとてもひっそりとしています。……いつもあなたが恋しくてたまりません」と書いた。

それまでの経緯からして、当事者の二人にとって結婚は自然の成り行きであったと考えられるが、二人とも周囲の目を非常に気にしていたことが、次のような手紙から推察できる。ハーディは結婚式の翌日S・コッカレルに書いた。「私たちはそうするのが（結婚）一番良いことだと思ったのです。何故ならフローレンスは私にとってもっとも役に立つ右腕となっていましたし、今まで通りことがなんら断絶なく続いていくのがわかっているのですから。彼女は妻のこともよく知っていましたし」と。

フローレンスの方も結婚後の二月一三日にコッカレル夫妻に次のように書いている。

私が彼との結婚に踏み切りましたのは、私の献身的な気持ちを表しても構わないのではないかと――そしてあの方が気持ちよく幸せに暮らしていかれるように、お助けできるのではと。もし結婚しなかったら私はマックス・ゲイトにとどまり続けることはできなかったでしょうし、そうなればあの方が私の世話を一番必要となさるときに、あの方のお側にいられなくなることを恐れたのです。

エマの死の数年前から始まり、親密さを増していた二人の関係ではあったが、フローレンスの気持ちは複雑だった。ミルゲイトはフローレンスのハーディへの感情を「ハーディへの英雄崇拝的な畏敬の念、自分の文学的野心、献身的な愛で尽くしたいという気持ちと自分の利益にもなる（彼の名声とともに自分も世間の脚光を浴びるといった）思いが混じり合ったもの」と評している（*Letters of Emma and Florence Hardy*, xvii）。マックス・ゲイトの女主人として君臨することになるフローレンスではあったが、彼女の内心はけっして単純なものではなかったのだ。

つとに結婚に至る前から、フローレンスはマックス・ゲイトを包む異様な雰囲気に怖れを感じていた。一九一三年一月三〇日のエンフィールドからクロッドに宛てたフローレンスの手紙は、エマへの痛恨の思いにうちひしがれるハーディを冷たく見ている様子を彷彿とさせるものだ。エマの死の直後からマックス・ゲイトに滞在するフローレンスがドーチェスターのゴシップの種になり始めていることに、ひどく神経質になっているハーディの様子を伝えた後で、次のように続く。

夫人に捧げた花輪には『孤独な夫より変わらぬ愛をこめて』と書かれていましたの。あのご立派な夫人の美点は今や私の両肩にずしりとのしかかってきています。今朝はそのことで三ページにわたって書かれたものを受け取りました。数ある美点の主たるもので、今や一番のものが彼女の厳格な福音主義の考えのようです——彼女の宗教心と彼女の人道主義（エマが可愛がっていた猫たちへの意味で彼は言っているのでしょうか）ですって。……でも彼の手紙はこう終わっているのですよ。『もう一度あなたがここへやって来たら、あなたをしっかりつかまえて離しませんよ。今度は春までここにいなさい。昨日はとても哀しく淋しかった。今日は少しましだが』ですって。

このようにハーディからの恋文の中身までを人に知らせることは何を意味するのだろう。フローレンスはかなり冷静にハーディを見つめている。

フローレンスにはハーディが慚愧の念のあまり、エマの狂信的な宗教心にまで盲目になっていくのが、許せなかったのであろう。一九一三年三月七日、コーンウォールへの旅に出たハーディについてもクロッドへ書いた。「あの方は木曜日に夫人のお父様のお墓を見つけるのだとプリマスへ旅立ちました（——あのご立派な紳士のです、あの人は『我が家族の一員になろうなどと思い上がっている成り上がり者』と書いてきましたのにね）。今日はコーンウオールのセント・ジュリオット教会へ参ります。そこで〈聖人となった亡き妻〉に四三年前のこの週に初めて出会ったのですから」と（傍線筆者）。

一九一三年一二月三日の同じくクロッドへの手紙では「ハーディ氏はこれからは彼女の思い出の

ために私に喪に服したような服装をすべきだと言うのです。時々私は思うのですがここマックス・ゲイトの雰囲気には人を狂わせるようなものがあるみたいです」と。さらに付け加えた。「本当にいつでもハーディ夫人は異様なほど理想化されているのです――彼女は今までこの世に存在したことがない、もっとも愛らしく、もっとも才能のある、もっとも美しい女性だと、彼は口にして本気で信じていると私は思います」と。もう手の届かない世界へと去っていったエマはハーディにとってますます美化されることになった。

エマの亡霊は現実に彼女の姪であるリリアン・ギフォードという形でもフローレンスに向かってきた。フローレンスにとってリリアンは小型のエマであったから。フローレンスはクロッドにこぼした。「あの女はギフォード家がたいそうな家柄だということ、伯父のロンドン大司教のこと、そしてハーディの親戚が田舎者ばかりということで、いつも頭をいっぱいにしているのです。そして『伯母の助けがなかったなら、ハーディはけっしてこのような偉大な作家にはなれなかった』と言い張るのです。あの女は言ってみれば小型のハーディ夫人ですよ」（一九一三年一月一六日）。「彼女（リリアン）は一日に何度でも伯母がいかに偉大な淑女であったかを繰り返すのです。そうすることで私が賎しい出自だということをあてこするのですから（一九一三年八月二一日、クロッド宛）。「ともかく彼（ハーディ）はあの子は――伯母みたいに――〝無邪気な子供っぽい女〟なんだよって言うのです、たいして考えもしないで。子供っぽいなんてとんでもない、三四歳にもなっているのですよ。でもハーディに話しかけるときはまるで一〇歳の子供みたいな口をきくんです。……彼女は家のなかの仕事は何もしません。ほんの些細なことを手伝ってと頼みますとこう言うのです（とっても誇らしげに）。『わたしはそんな育てられ方はしていません。自分で働いて稼ぐなんて』ですって（一九一三年一二月三日、クロッド宛）。

フローレンスは自ら教育を受け、自立を目指して教員となり、文筆家として身を立てようと努力をしてきたというのに、なんらの苦労もしないで、階級意識をひけらかすリリアンはフローレンスには許しがたい存在であった。同じ手紙でフローレンスは書いている。「ハーディ氏はこの侮蔑に二〇年以上も耐えてきたのです。しかもそれをとっても楽しんできたみたいです。彼の話を聞いておりますと。ですが私はこんなこと真っ平ですわ」と。自立を目指して生きてきたフローレンスにとってはエマやリリアンの階級意識は鼻持ちならなかった。

フローレンスにとってリリアンとの戦いは人生観を賭けた生き方の戦いでもあったから、負けるわけにはいかなかった。結局、リリアンが去るか、フローレンスが去るかというところまで険悪になった二人の関係はリリアンが去ることで結着がついた。フローレンスはマックス・ゲイトの女主人として一家の采配を振るうことになった。

一方ハーディの方はフローレンスにまでエマへの喪に服すように要求するのと同様に自分もエマへの悔恨と追慕の念に溺れていった。フローレンスは一九一四年七月二二日レイディ・ホアに書いた。これは新婚間もない妻が書くにはあまりにも哀切な手紙だ。「夫には家事管理人が必要だったのです。家事管理人であり、本を読んでくれる住み込みの話し相手とか——それで私がこの家に入ったのです……」。

そのようなフローレンスの立場を顧慮することもなくハーディの方はエマへの思いを詩に噴出さ

せた。『人間状況の風刺』の "Poems of 1912-13" はフローレンスを圧倒した。詩集出版直後の一九一四年一二月六日フローレンスはまたレイディ・ホアに宛てて書いた。「私には夫があのようなあまりにも哀しすぎる詩集を出版するなんて、私は妻としてまったく失格だと思います」と。この結婚は良いことだったのだろうか、フローレンスの心は千々に乱れたのではなかったか。

マックス・ゲイトでフローレンスを待っていたのはリリアンやエマの亡霊だけではなかった。彼女を待っていたのは膨大な仕事の山であった。フローレンスにはまずマックス・ゲイトの管理者としての仕事があった。一家の金銭上の管理から、召使いたちの監督、ハーディの食事も含めた生活の管理、そして晩年につれて数を増した驚くほどの客の接待など全ては当然のこととして要求された仕事であった。それに加えて、そして何よりもハーディにとって大切なことは、おびただしい手紙への返事を書くこと、そして彼の詩や序文などや秘密裡に進められていた『ハーディ伝』の資料をタイプするという仕事であった。さらに毎日愛犬ウエセックスを伴っての散歩があり、夕食後はハーディの求めに応じて書物を大きな声で朗読しなくてはならなかった。

フローレンスの友人であり、一九二〇年頃まで親しい関係にあったジョイス・スカッドモアはハーディを手厳しく批判して書いている。「ハーディは私が居ることに腹を立てているように見えました。事実彼は夫人が彼の言うとおりにすぐ自由にならないと気に入らないので、そういう原因になる人には誰にでも腹を立てたのです。……私と夫人がおしゃべりをしていたら、時々ハーディ氏がドアのところから顔を出して妻に向かって言ったものでした。〈私の方はもういいのだが、あなたさえよければ〉……すると夫人は私にこう言ったものでした。〈ごめんなさい、失礼するわ。夫

17. Max Gate の庭で愛犬 Wessex と。結婚（1914 年 2 月 10 日）後間もない頃。

が用事のようです〉」(6) スカッドモアによれば、フローレンスは「いつも夫に独占されて」おり、あの結婚は「愛情からというより、便宜上のものだ」と決めつけた。

結婚直後からフローレンスは自分自身の仕事を続けるのは難しいと感じ始めた。一九一四年三月二〇日にはオーエンにこう嘆いている。「本当に残念でたまりませんが、たった今出版社に執筆を断ったところなの。犬についての本で、あの素晴らしい画家デトモルトが挿絵を担当することになっていたのに。それに何冊も書評も頼まれているのですが、外のお仕事を沢山引き受けるのは夫に対してはよくないことでしょうね」と。フローレンスは自分の悩みはひそかにオーエンに洩らすことしかできなかった。

前述したレイディ・ホアへの手紙でも、自分が家事管理人だと嘆いたあとで、こうした雑用の山を前にして、自身の仕事は諦める方がよいのだろうかと問うている。そして、フローレンスは結局ハーディを支える仕事と全力で格闘せざるをえなくなり、彼女自身の仕事への夢は次第に遠のいていく。フローレンスの嘆きの声はその後も手紙の所々に見いだされることになった。「私の全てのエネルギーと時間は手紙を書くことに使われています。それらは私自身の仕事に使われてキャリアを形成できていたはずですのに」(一九一七年一二月一三日、オーエン宛)。

一九二〇年一〇月一五日付けのオーエンへの手紙にもこう書かれている。「ほんの少しでも空いた時間があると、返事を書かなくてはならない手紙の山がなだれのように私の上に襲いかかって来て、休むことも、読むことも、菜園でちょっと仕事をすることもできないのです」。山なす雑用のために、自分の才能をのばすことも出来ない、「時間さえあれば（私だって）遥かに良い仕事ができていたのに」（一九二二年一〇月三〇日、アーネスト・ライス宛）と悩みを切々と訴えている。ジャーナリストと作家の卵として売り出し中のフローレンスの背を押したかつての親切なハーディの姿はここにはない。ハーディはフローレンスが公的な仕事に関わることにも反対し続けたことがフローレンスの手紙などからわかっている。皮肉なことに、ハーディの死後フローレンスはドーチェスターの幾つかの公的職務の委員に選ばれ、その仕事は後世高く評価されたのである。

フローレンスを迎えて、マックス・ゲイトの生活の秩序は次第に整えられていった。そうしたなかでハーディは年齢の衰えをみせるどころかますます創作活動を活発化していったし、さらに文壇の長老として文人たちやジャーナリストらとの交流は華やかに続いた。ハーディの名声は英米は勿論世界中に知られ、世界中から作家やジャーナリストらがマックス・ゲイトに殺到することになった。そのなかには有名人の生活を覗きみたいという無責任な観光客などもいたから、いかに訪問者を選別し、どのようにして乱暴な観光客からハーディを守るかということがフローレンスの役目になった。

マックス・ゲイトを訪問した綺羅星のごとき有名人の名前はハーディやフローレンスの書簡やマックス・ゲイトの訪問者帳から知ることができる。いわゆる「マックス・ゲイト詣で」と呼ばれた事象であった。シーグフリード・サスーンは一九一八年一一月七日に初めてマックス・ゲイトを訪ねてからハーディの死まで少なくとも一〇回は訪ねたとされている。一九三〇年に桂冠詩人となったJ・メイスフィールド夫妻は一九二〇年代に少なくとも四回マックス・ゲイトに滞在した。G・B・ショウとその妻、J・ゴールズワージィ、レベッカ・ウエスト、H・G・ウエルズ、J・M・

マリーとその妻キャサリン・マンスフィールドらの名前もある。二〇年代に入るとT・E・ローレンス（アラビアのロレンス）やウルフ夫妻の訪問もあった。E・M・フォースターは一九二二年、一九二三年、一九二四年と訪ねている。バリーは頻繁に現れた。(7) フローレンスは一九一八年の初め、「今日は誰もお茶に来ないわ。なんとほっとすることでしょう！」と日記に書いた (Millgate, 525)。

こうした多くの客人たちをフローレンスは手厚くもてなした。ハーディは若いジェネレーションの詩人たちからも尊敬の念をもって見上げられる存在となっていた。ハーディの崇拝者であったサスーンは一九一九年のハーディの七九歳の誕生日のために「詩人たちからの贈り物」を計画した。それは四三人の詩人たちの手書きの詩をまとめたもので、一〇月にハーディに贈られた。そこには当代を代表する著名な詩人たちの名が連なっていた。ハーディはマックス・ゲイトに若い世代を喜んで迎えたが、こうした若い世代との交流がハーディの生き生きとした老後の精神の有り様にも影響があったと思われる。若い世代をこうしてマックス・ゲイトに惹き付けたのは、若くて美しいフローレンスの心遣いと親切なおもてなしによることもあったろう。

こうした社交のハイライトは一九二三年七月二〇日の皇太子（のちのエドワード八世）のマックス・ゲイト訪問であろう。ぎこちない二人の対面だったとも言われるが、ともかくハーディ夫妻は皇太子の訪問をうけて時の人としての面目を施したことは間違いない。ハーディはこうした来客との交友を楽しみながら、しかも着々と自分の仕事も進めていた。

ハーディの規則正しい生活については一九二一年から一九二八年までマックス・ゲイトの部屋付きメイドを勤めたエレン・ティタリントンが語るところに詳しい。ハーディ夫妻の生活は実に規則正しく、朝食は九時、日曜の朝は必ずソーセージが出た。昼食のあとは必ずデザートにカスタード・プディングがついた。そして午後四時にはほんのちょっとした食事がお茶と一緒に出されたが、それは非常に簡素なものでバター付きパンとホームメイドのケーキ少々だったが、それらは客人にも供された。パンをウエハースのように薄く小さく切るように教えられたとき、ティタリントンはこれでお腹の足しになるのかと心配したという。晩餐は七時三〇分ときまっていた。晩餐のテーブルが片付けられると、夫人は一〇時まで、あるいはそれより遅くまで夫のために朗読をした(Gibson, 151-53)。

こうした規則正しい生活はハーディの健康を守り、彼が書斎で仕事をする時間を確保するにはどうしても欠かせないものであったろう。ティタリントンは語っている。「(ハーディの)親しい友人たちの限られたグループの一員でないかぎり、(ハーディに会うためには)事前に約束を取ることが必要でした。そうしないかぎり、ほとんど誰も家には入れませんでした。……約束が必要だと言う私たちの説明を受け入れないで、しつこく面会を求める訪問者らには特別に用意したカードを示しました。それにはこう書いてありました。『あなたが約束をとりつけていないかぎり、ハーディ氏には会えません。手紙を書いて約束を取って下さい』と。大体の訪問者はわかってくれましたが、なおもしつこい人たちにはそのカードを見せてドアを閉めたのです」(Gibson, 153)。おかげでハーディは毎日一〇時間から一二時間を書斎で机に向かって過ごすことができたのである。かつて小説を書いていたときと同じように。

フローレンスの固いガードは様々な不評を買ったが、彼女は断固として自分の信念を貫いた。一九二〇年夏のこととして、マージョリー・リリーが書いている。

ある午後お茶の時でした。玄関のあたりが突然騒がしくなりました。どこからやって来たのか一団の観光客たちが庭に入り込み、家の中に侵入してきたのです、大騒ぎをして。「おお、大変だ、フローレンス！　追い出してくれ！」とハーディ氏がうめき声を上げました。ハーディ夫人は立ち上がり、玄関へ向かい独り闖入者たちと向かい合いました。運悪くまわりに召使いの姿も無く、愛犬のウエセックスもあたりにいません。食堂の物陰にハーディ氏と私はいつ襲われるかもしれないと覚悟して小声でささやきながら、縮こまっていました。闖入者たちは勇み立っていましたが、激しい抗議や言い合いや大騒ぎの後で、ついに引き下がりました。夫人のもの静かですが毅然とした懇願に負けたのです。(Gibson, 145–46)

おそらくこのような状況は度々起こったことであろう。フローレンスは敢然としていつもハーディを守ったのだ。一九二三年から秘書として勤めたメイ・オウラークはハーディの生活が実に規則正しく、克己心にみちたものであったと述べている (Gibson, 188)。

ハーディの方はこうして自分の生活をフローレンスに頼り切っていたのかもしれない。一九二二年一二月一七日にフローレンスはコッカレルに宛てて書いた。「彼は私に何かあったら身を投げて溺れ死ぬつもりだなんて言ったのです。それはお世辞のつもりでしょうけれど」と。たしかにフローレンスはハーディの規則正しい生活をしっかりと支えた。彼の生活全般を管理し、健康に留意し、秘書としてタイピストとして彼の文筆活動を支え、手紙の返事を替わって書いた。

さらに重要なことは三九歳近くも若いフローレンスは自分の世代の文学的関心を夫に伝え、夫を新しい世代への好奇心に目覚めさせ、夫の精神をも若返らせたのではなかったか。晩年にハーディに会った人たちがそろって彼の肉体的な敏捷さと旺盛な好奇心、それを表す輝く目、しなやかに反応する精神などを伝えている。晩年においてもハーディの読書範囲は極めて広く、古いものから新しいものまで、多彩であった。一九二六年一〇月三一日のエドマンド・ブランデンへのフローレンスの手紙では夜の朗読が最新のH・G・ウエルズの *William Clissold* (1926) からA・ハックスリの *Jesting Pilate* (1926) に及んでいることを告げているが、そのなかでフローレンスは次のようにも述べているのは興味深い。「A・ベネットの *Lord Raingo* は私のみるところ耐えられないくらい品が悪いのでT・H・に読むことはしていません」。朗読の本はハーディの希望によったものでもあったが、フローレンスが選んだものも含まれたのである。フローレンスの若い感性はハーディにも新鮮な活力を与え、若い世代に関心を持たせたであろうと思われる。様々な面でフローレンスの影響は大きく、歳を重ねたハーディは次第にフローレンスへの依存を強めていったと思われる。

しかしフローレンスにとってはこのような絶え間のないプレッシャーにさらされ、かつ毎夜、大声で朗読しなくてはならないといった生活は大きな負担であった (M. Roberts, 49)。フローレンスは一九二四年九月三〇日ついに思い切ってロンドンで耳下腺の腫瘍の手術を受けた。手術は成功したが、以後フローレンスから病氣への不安と怖れが消えることはなかった。フローレンスがロンドンから帰ってくるのを待つハーディの心情がうたわれたのが「誰も来ない」である。マックス・ゲイトでフローレンスの帰りを待つ、老いたハーディの不安な、頼りない心情が切々と伝わってくる。

　誰も来ない (Nobody Comes)

木々の葉が上下にざわざわと揺れ
その隙間から微かな明るさが
忍び寄る夜の闇にのみこまれる
道路では電信用の電線が
　暗くなった台地から町へと
旅人にむかってまるで亡霊の竪琴のような調べを奏でる
　亡霊の手でかき鳴らされているかのように

一台の車がやって来るギラギラとライトを光らせて
それは木々や葉を照らし出す
だがわたしには何の関係もない
見る間に音立てて自分の世界へと消えて行く
　さらに深い闇を残して
そして再びわたしは独り黙して門のそばに立つ
　そして誰も来ない（一九二四年一〇月九日）

しかしこの後、以前から「ハーディ劇団」の花形女優であるガートルード・バグラーへハーディが寄せていた関心が、ハーディの一方的な愛着のみで人目につくほどになる、といった事態となり、病後のフローレンスは我を忘れて、直接バグラーにテスへの出演辞退を頼みに彼女の自宅を訪ねるといった事件が起こったりした。ハーディ八四歳のことである。このような中でハーディとフローレンスが密かに計画していたことがあった。それが『ハーディ伝』の執筆だったのだ。

『ハーディ伝』の秘密とフローレンスの反撃

ハーディの文学を論じるとき、フローレンスの名を不朽のものとするのはフローレンス・ハーディ著とされている『ハーディ伝』の存在であろう。ハーディの死後、*The Early Life of Thomas Hardy 1840–1891* (Macmillan, 1928) と *The Later Years of Thomas Hardy 1892–1920* (Macmillan, 1930) が出版され、のちに *The Life of Thomas Hardy 1840–1928* として一九六二年にマクミランから一冊にまとめられて出版された。これがハーディ文学理解のための鍵となる重要な伝記であることは言をまたない。

しかし *Early Life* が死後あまりにもすぐに発表され、その出版の経緯からして、この書物がフローレンス単独で書かれたとは当初から信じられてはいなかった。パーディは「ハーディ夫人が著者として名を出してはいるが、彼女がした仕事はわずかな編集上の些事にすぎず、全体を通して書いたのはハーディである」と、つとに喝破していた (Purdy, 265)。ミルゲイトによれば最後の三七章と三八章が完全にフローレンスの手になるという (*L&W*, xxxiii)。

このけっして単純ではない執筆の秘密に迫るためには、まず『ハーディ伝』執筆にいたる事情を知る必要がある。ハーディ自身は自らの作品を除いては自分について語ることはしないと公言していたのだが、自分に関して間違った叙述や解釈を含んだ伝記が書かれるに至って、こうした誤解を放置しておく事に次第に苛立ちを感じ始めていた。さらに長年の友人であるクロッドがハーディの伝記を書こうとしているという噂もあった。

そういう中で、コッカレルはハーディにあなた自身について、あなたの過ごしてきた青春について何か書いておかれた方がいいのではないかと強く勧めた (Millgate, 507)。そしてなんと幸運なことには、あなたには若く有能なタイピストであり、しかも文筆家として、ジャーナリストとしての実績を持つフローレンスという願ってもない協力者がいるではないかと。フローレンスもこの点では自分の能力を発揮できる場が出来るとして非常に乗り気になり、コッカレルと一致してハーディを説得した。ハーディは一九一五年の終わりあたりから、この『ハーディ伝』の仕事に強い関心を示し始めることはフローレンスの手紙などから見て取れる。

一九一七年の夏ハーディは『映像の見えるとき』の校正をしていたが、その九月九日にフローレンスはコッカレルに書いた。「この仕事（校正）がすんだら、彼は私に伝記的な資料をくれることになっています……私はこの仕事がとても気に入っています」(Millgate, 516–17) と。こうしてハーディもフローレンスも乗り気になって始められた仕事は一九一八年の初めごろまでには、二人の間で確立されたシステムとなっていった。書斎でハーディが集めた資料をもとに手書きの原稿を書く。それをフローレンスがカーボンを用いて三枚のコピーにタイプする。一番上のタイプされたものは印刷屋へ渡すもの、二番目のコピーは夫妻用の記録として保存され、三枚目のコピーは加筆訂正用としてハーディが自筆で自由に手を入れた。その変更はフローレンスによってすぐにタイプで打ち直された。そのためハーディ自筆の加筆訂正はけっして印刷屋にはわからないように仕組まれたのである。そしてタイプによって印刷屋用のものに変更が移されると、その後ですぐに使用した資料は全て破棄された。

しかしパーディが指摘するように、ハーディは自分の筆跡を隠すために、建築家としての修行中に習った楷書体で書き込みをしたコピーを残している (Purdy, 272–73)。こうしたやり方は全て自分が手をいれたことを隠すために取られたシステムではあったが、所々でほころびを見せていた。さらにハーディは執筆のために集めた資料は使用後全てマックス・ゲイトの庭で燃やしたから、『ハーディ伝』に書かれたこと以外を消し去ったと言える。書かれたものの真偽をたしかめる術はない。ミルゲイトが言うように、それは後世に残したい自分の姿を投影した「自伝」として読まれるべきものと考えられている (*L&W*, x)。

一九一八年を通して、ハーディとフローレンスの間で "Materials" とか "Notes" と呼ばれるこの仕事は続けられたのだが、その結果として膨大な古い資料が灰燼に帰した。一九一七年五月七日、ハーディはジョージ・ダグラスに書いている。「過去三〇—四〇年間の書類を燃やしているが、まるで亡霊が立ち昇ってくるようだ」と。こうして自分にとって知られたくない、不都合な過去は完全に消された。ハーディはこのあとも次々と資料を付け加え、新しい書き込みを続けた。一九二六年の七月一四日の段階でも、フローレンスは夫がまだ新しい資料を付け加えたり、今までのものを削除したがったりして、いつ完成するか見通しが立たないと、ダニエル・マクミランにこぼしている (Millgate, 561)。ハーディはまさに死の間際まで、この『ハーディ伝』に手を入れ続けたのである。

Early Life の方は一九二六年ごろまでにはほとんど完成していた。ハーディの描いた自我像では、彼の幼少時代は理想化され、彼の階級の貧しさや息子に教育を与えるための両親の苦労などはまったく触れられず、エマとの不和の始まりや詳細は書かれていない。執筆がおこなわれていた頃のフローレンスの手紙をたどってみると、幾つか興味深い点が浮かび上がってくる。ハーディとフローレンスの共同作業として秘密裡に進められた『ハーディ伝』の仕事の実態にはコッカレルは気づいていたのだが、一九一八年二月七日にフローレンスは彼宛にこう書いている。「例の『ノート』のことですが、どんなことがあっても『自伝』だとか『自伝的』だとかという言葉は使ってはいけないのです。それは判っていますから、こんなことをそっとでも洩らしたりいたしますのは、あなた様だけです」と。その仕事は出版社も含めて、周囲から正式にフローレンスが書いている『伝記』として扱われていたのである。(8)

フローレンスの遺言執行人であるアイリーン・クーパー・ウイリスは『ハーディ伝』について次のように書いている。

　夫人が私に話したところでは、この伝記の大部分はハーディ自身が書いたということです。何年もの間、彼はひそかにこの仕事に没頭していて、彼女はただ少しばかりの追加とか修正をしただけだったそうです。ハーディは夫人が写しを作ると元の原稿をすぐ捨てるようにとくどくどと言いました。そうすることで彼女は自分が何を付け加えたのか思い出すことはできませんでした。このことに関してハーディはものすごく秘密主義でした。彼女に対してさえも。そのため、彼が書いている時、彼女が書斎へ入ったりすると、机で仕事をしていれば、あわてて吸い取り紙の下に書いているページを隠したものでした。(M. Roberts, 80)

ハーディは自分がただ資料を提供しただけで、あくまでそれは夫人が客観的に書いた伝記であるという形式を守り続けた。その秘密主義は至る所でほころびをみせていたにもかかわらず。

事実ハーディは死の数日前まで『ハーディ伝』の再考をしたり訂正をしたりしていたから、彼の死をもってその執筆はようやく終わりを迎えたのである。*Early Life* の方はほぼ完成していたから、フローレンスにとってあまり問題はなかったようである。勿論彼女は見直しの結果削除などは大胆に実行している。しかしより重要な問題は *Later Years* の方にあった。最後の一〇年くらいはハーディのノートが残されているにすぎなかったし、当然のことながら、ハーディの死そのものも含めて新しく書き足されなくてはならない部分が多々あった。それらをどのように書き加えて、かつ書かれたものを見直して加筆訂正もして、出版に漕ぎ着けるか、ハーディ死後のフローレンスにとっては大問題であった。

フローレンスはバリー、ハロルド・チャイルド、フォースター、ローレンス、サスーンなどに助けを求めた。バリーとチャイルドが特にフローレンスを助けた。二人はハーディが残した原稿全てに目を通し、完全に満足したと一九二九年八月二〇日にフローレンスはハロルド・マクミランに書いている。

それまである意味ではハーディの原稿をタイプしていたにすぎなかったフローレンスに、出版を前にあらためて全ての見直しという重責がのしかかってきた。何を削除し、何を付け加えるか、が問題であったが、フローレンスにはまずハーディが書いていた内容に対する抑えがたい不満があった。エマと自分の扱いである。エマと自分が書かれる頻度はあまりにも違いすぎた。エマとのあの不和は一切無く、エマの *Some Recollections* の一部はそのまま引用されている。あのエマとの確執はどこにいったのか。何れにしても、エマはあまりにも書かれる頻度が多い。イタリアで泥棒からハーディを守った部分は削除された。そのときのエマが煩った病氣のこともカットされた。これは事実が判明するまでは、ハーディが冷たかった原因とされたものである。

こうした生々しい事情を白日のもとに明らかにしたのが、ミルゲイト編の *The Life and Works of Thomas Hardy by Thomas Hardy* (Macmillan, 1984) であった。ミルゲイトは完璧な形で残っているのは二番目のカーボンコピーだけという状況の中から、困難な作業の後に、ともかくハーディが書いた形を探りだした。その結果、フローレンスが加えた削除変更も（句読点などの細部はさておいて）初めて明瞭に浮かび上がったのである。これは画期的な仕事となった。読者は初めて、ハーディが書いた自伝の形を知り、ついでフローレンスが行った削除訂正の内容とそのプロセスのあらましを理解したのである。

フローレンスがタイプしたものを常に監督するハーディがいなくなって、フローレンスは初めて

18. Florence Emily Hardy 著として前編と後編が一冊にまとめて出版された『ハーディ伝』。

友人らの忠告を聞きながら、自分の判断で、ハーディの原稿に手を入れた。ロンドン上流階級の人々の名前の羅列や、批評家へのあまりにも過敏なハーディの怒りはハーディの人格にかかわるとして削除された。そのためにそれらをあえて書き入れていたハーディ本来の意図は消されたのだ。

ミルゲイトは 'Selected Post-Hardyan Revisions in *Early Life* and *Later Years*' において細部にわたる削除改変を検証している。その細部についてはミルゲイトの優れた分析に任せるとして、筆者にとってもっとも興味深かったのは、フローレンス自身についての部分である。まずフローレンスはエマの友人として、*The Life and Works of Thomas Hardy* に登場する。「ダグデイル嬢はハーディ夫人がライシーアム・クラブで知り合った文学上の友人である」として。(Miss Dugdale, a literary friend of Mrs Hardy's at the Lyceum Club, whose paternal ancestors were Dorset people dwelling near the Hardys, and had intermarried with them some 130 years earlier.) (*L&W*, 378)。フローレンスはライシーアム・クラブで知り合ったエマの友人として紹介されていて、その後には意味の無い補足がつけられていた。この補足された箇所は一体なんの意味を持つというのか。なにかをカモフラージュする意図が見え隠れする。フローレンスはこの場のマックス・ゲイトに招待した人々の名前を自分も含めて全てカットした。

さらにあの有名な文章である。これは『ハーディ伝』では実に唐突な一文として残されている。後半がカットされているから当然であろう。「翌年の二月（一九一四）この伝記の主人公はこの筆者と結婚した」。(In February of the year following (1914) the subject of this memoir married the present writer, who had been for several years the friend of the first Mrs Hardy, and had accompanied her on the little excursions she had liked to make when her husband could not go.）そして前の箇所と同じように、フローレンスは過去何年間かのハーディ夫人の友人とされ、さらに昔のダグデイル家とハーディ家の交渉云々が続く。ここでも、the present writer に続く who 以下は削除された。そして残念なことにはハーディがあえて書き入れた、結婚式当日の、二月にしては明るい陽射しの美しい朝の描写も消された。結果として『ハーディ伝』には全く唐突な一文だけが残った。Miss Dugdale とはエマの友人としてあるいはカムパニオンのように、エマのためにマックス・ゲイトに出入りしていた女性にすぎなかったとは！　フローレンスにとってこれ以上の屈辱があろうとは思えない。ハーディはフローレンスをそのような女性として『ハーディ伝』に残すつもりであったとは！　削除は彼女の精一杯の反撃であろう。

フローレンスにとって、消すべきはエマではあったが、このような形で自分を伝記の中に登場させて、それを世に認めさせようとするハーディもまたその部分は消されるべき相手であったと言えるのではなかったか。世間体をつくろって、「エマの友人」としていとも簡単に紹介されている自分をこのまま伝記に残すことは、フローレンスにとって、絶対に許す事ができなかったのである。フローレンスの削除という精一杯の反撃はこうして今明らかになり、永遠に残されることになった。

しかしフローレンス自身の手になるハーディ最期の場面は哀切で感動的である。死の少し前ハーディは「オマル・ハイヤームの『ルバイヤート』から、〝おお、卑しき土くれより人を作りし汝よ〟で始まる詩を繰り返し読んで欲しいと言いだした。彼の蔵書からこの作品を手に取り、ベッドの傍らから読んで聞かせた。

おお、卑しき土くれより人を作り、
楽園共々蛇まで生み出した汝よ。人の顔をけがす罪一切に対し、
人への許しを与え、人の許しを受けるがよい！

亡くなるほんの少し前まで意識ははっきりしており、心臓発作で一月一一日夜九時過ぎにこの世を去った」。死の「一時間後、再びベッドの傍らへ行って死に顔を見てみると、これまで目にしたどのようなものとも違う、人間の表情には普通みられない面持ちであった。それは人の想像を超えた、輝ける勝利の表情であった」。そしてその「翌日は比類のないほど光彩を放って夜が明けた。燃え立つような素晴らしい空が、幕を広げるように、歩哨みたいにたたずむ黒々とした松の木々の上へと広がっていった」(9)とフローレンスはその死の状況を描いた。こうしてハーディ最後の作品『ハーディ伝』はフローレンスの流麗な文章で飾られて終わる。彼女の密かに、しかし確実に行われた反撃の証拠を内に秘めながら。『ハーディ伝』は実に不思議な、ハーディとフローレンスの合作となったのである。そしてハーディの死後フローレンスにはまずその葬儀をめぐり、そして遺作遺品などの管理をめぐり、さらにマックス・ゲイトの行方をめぐり様々な問題が残されることになった。

終章　トマス・ハーディと二人の妻が遺したもの

一九二八年一月一一日の夜九時少し前、ハーディはフローレンスの妹で、看護師のエヴァ・ダグデイルに看取られて息をひきとった。最後に発した言葉は「エヴァ、これは何だ?」とされている。死の直前、ハーディの心は過去に向かってさまよっていたらしいから、これとは何だったのだろうか。強い心臓発作への驚きの言葉だったのか、それとも過去の想い出の何かだったのだろうか。ハーディ自身八八歳の誕生日の出版を考えて、自分でも最後になると考えた詩集の準備をしていたから、少なくともその時までは彼自身も、そしてフローレンスの方も当然元気でいるものと信じていたのだろう。老齢になっていたとはいえ、死は当人にとってもまた周りの者にとっても、やはり唐突なものであった。

死から一夜明けるや否や、フローレンスは奔流のように押し寄せる様々な事態に直面することになった。イギリスを代表する文豪逝去のニュースはメディアによりたちまち世界を駆け巡った。まず葬儀をどのように営むのかが差し迫った問題となる。コッカレルは死の直前から呼ばれていたので、動転しているフローレンスに代わって、万事を取り仕切ることになった。またハーディの長年の友人であるバリーも駆けつけた。コッカレルの指示によりハーディの遺体には深紅の博士の礼服が着せられた。ハーディは一九二〇年オックスフォード大学から名誉博士の称号を与えられていた（『ハーディ伝』三九七）。

コッカレルとバリーは、今や国民的な英雄である文人の葬儀は、先祖の眠るひなびたスティンスフォード教会の墓地での昔通りの土葬ではなくて、火葬してウエストミンスター寺院の「ポエッツコーナー」に埋葬されるべきだと主張し、その手筈を整えた。彼らは名だたる不可知論者であるハーディがスインバーンやメレディスには拒否されたウエストミンスター寺院に葬られるのは誇るべき特権なのだ、と途方に暮れているフローレンスを説得した。混乱のなかでフローレンスも弟のヘンリーも妹のキャサリンも何となく押し切られるかたちで同意した。

ハーディの葬儀は三カ所で行われた。火葬にされる前に遺体から心臓が切り取られた。ブリキの缶にとりあえず入れられ、あとで埋葬用小箱に移された心臓は生家に近い、先祖代々の墓地のあるスティンスフォード教会へ、遺灰はウエストミンスター寺院へ、そしてドーチェスターのセント・ピーターズ教会では市長を中心に葬儀が執り行われることになった。遺体から心臓を切り取るという処置に対して、フローレンスも弟妹も、のちのち深く後悔することになった。弟妹や親族は昔通りのスティンスフォード教会での葬式を望んでいたし、フローレンスも不可知論者のハーディが国教会の総本山であるウエストミンスター寺院に葬られることなど望んだであろうかと悩んだのだ。

一月一六日、国家的な一大行事となったウエストミンスター寺院の葬儀にはフローレンスと妹のキャサリンがコッカレルに付き添われて参列し、スティンスフォード教会での心臓の埋葬には病氣療養中のヘンリーが喪主をつとめた。ドーチェスターのセント・ピーターズ教会では市長のもとに葬儀が行われ、町の人々は月曜日の午後、一時間店を閉めて弔意を表した。

ウエストミンスター寺院での葬儀でコッカレルの腕にすがりながら、ようやく未亡人の役を果たしたフローレンスの目の前には息つくひまもなく、次々と仕事が迫ってきた。前述したようにハーディは八八歳の誕生日に出版するつもりで、そしてその実現に疑念を抱く様子もなく、しかし最後の出版になることは予想して、詩集出版の準備を進めていた。その序文も書き、掲載する詩の順序まで考えていた。それをともかく出版しなくてはならない。そして、それにもまして重要なのは、一九一五年頃から、ハーディとフローレンスで書き続けてきたあの『ハーディ伝』を出版することであった。しかもそれをフローレンスの著書として。

さらに、ハーディのために何らかの記念碑を造るという話も持ち上がっていた。哀しみに打ちひしがれながら、フローレンスはこうした仕事に取り組まなければならなかったのである。

詩集は『冬の言葉』として、一九二八年一〇月出版された。ここには前述したようにハーディの遺言ともとれるいくつかの詩が収められている。『ハーディ伝』については、前編にはあまり問題はなかった。ハーディ自身が生前何度となく手を入れ続け、ほとんど彼の満足のゆくまでに仕上がっていたからだ。こちらは細部の訂正がなされて、一九二八年一一月二日に出版された。

問題は後編の部分である。最後の一〇年間あまりは、ハーディのノートのみが遺されていた。それらをまとめ、そして当然のことながらフローレンス自身が彼の死の場面などを書き加えなければならなかった。後編が一九三〇年四月二九日に出版されるまでフローレンスが書き終えるのにいかに苦悩したかは、残された手紙に生々しい。フローレンスはハーディの友人たちに援助を求め、彼らは快く相談にのった。なかでもバリーは特に親切で、落ち込む彼女を励まし続けた。一九二八年二月八日フローレンスはダニエル・マクミランに宛てて書いた。「私には最後の何章かを書き終えられるか、自信がありません！」と。また一九二八年三月二日には、Ｅ・Ｍ・フォースターに打ち明けた。「(自分はこの仕事を完成したいと願ってきたけれど、出来るかどうか判らないと書き、こう続けた）書かれたものや彼の手紙を読んだりしますと、私の心は地面に叩きつけられ押しつぶされるように感じます」。またフローレンスが心を許した数少ない友人の一人であったＴ・Ｅ・ローレンスへは一九二八年三月五日に次のように書き送った。「……一一月二八日に彼はこんなことを云いましたの。自分はやりたいと思っていたことは全てしたが、それらがやるにふさわしいことだったかはわからないと。私には時の経つことは何の役にも立ちません。いっそう淋しくなるばかりです。あの人なしにこれから生きていく歳月を思いますとぞっとします」。

この苦しみのなかで一九二九年七月一一日のシーグフリード・サスーンへの手紙で、フローレンスがやっと後編を書き終えたことがわかる。「……今やっとトマス・ハーディの伝記を書き終えたところです。書きながら、書いていることを全て再体験していくというのは辛い仕事です。これからの人生がどれほど長く、またどれほど成功に輝くものであろうと、私はあの過去を三十分取り戻すことが出来るのなら、捨ててもよいのです、いえたったの五分でもいいのです」と知らせた。美しく感動的な最後の場面の描写を持つ『ハーディ伝』の終わりの部分はこうした苦しみのなかで書かれ、彼女の名で出版された。

フローレンスをもっとも助けたのはバリーであったが、フローレンスの方も『ハーディ伝』の問題も含めて、多くのことでバリーへの信頼と依存を深めていった。二人の関係は今でも謎に包まれている。バリーとの関係が深まるのに反して、コッカレルとの対立は強まり、最後には決定的な破局を迎えることになる（フローレンスは一九三五年五月一〇日にコッカレルとは袂を分つことをダニエル・マクミランへ伝えている）。バリーの『ハーディ伝』についての助言は心の籠ったものであり、精神的にどん底に落ち込んでいたフローレンスにはありがたいものであったろう。

バリーの勧めで、フローレンスは一九二八年八月の終わり頃にはバリーの住まいに近く、かつてハーディも住んだことのあるアデルフィ・テラスに部屋を借りてロンドン暮らしをしている。請われて、再びフローレンスの秘書となったエレン・ティタリントンは、そのフラットからのテムズ川の船の灯りの揺れる夜景や、フローレンスが生き生きした表情でシティ・ライフを楽しんだ様子を伝えている。しかしこのバリーとの特別親密な関係は突然終わり、フローレンスはマックス・ゲイトに戻った。フローレンスはバリーとの再婚を期待していたとも云われているが、真相は不明である。しかし二人の友情はその後も続き、バリーは死（一九三七年六月一九日）の二日前にフローレンスを病室に見舞ったという。そのときフローレンス自身も死の床にあった。

フローレンスにとってハーディの記念碑をどのようなものにするかということも頭の痛い問題であった。紆余曲折を経て結局町の高台にハーディの座像が造られた。ヒースの野原に屹立する塔を主張したコッカレルらとの対立もあった。フローレンスは決して大げさなことを望まなかったハーディの遺志を生かそうと苦労した。また、一九三〇年に出版されたサマセット・モーム（一八七四—一九六五）の『お菓子とビール』は作家である主人公のエドワード・ドリッドフィールドとその

19. 1931年9月2日ドーチェスター市に贈られたトマス・ハーディの像。ドーチェスター市の高台にある。

後妻の描き方が明らかにハーディとフローレンスをモデルにしていると世間から思われた。その悪意にみちた描き方や世評にフローレンスはひどく傷ついた。

バリーはフローレンスをいたわり、世間の噂になるようなことは避けて、座像の除幕式などには関わらないように忠告している。一九三一年九月二日の除幕式はバリーのスピーチで始まり、座像はレイディ・イルチェスターが除幕して彼女からドーチェスター市長へ贈られた。

さて一九三〇年代初めから死に至るまでのフローレンスの活動は、ミルゲイトやギッティングズも指摘するように、十分な光が当てられてはこなかった。フローレンスの手紙もかなりのものが残されているにも拘らず、ミルゲイト編の『エマ・ハーディとフローレンス・ハーディの書簡集』（一九九六）が出るまでは、あまり読まれてはいなかった。書簡集に収録されていない手紙類も今なお世界中のあちこちに散在している。(1)

しかし、現在は特に晩年のフローレンスの社会的活動がめざましいものであったことが知られるようになった。彼女はハーディの死後手にした財力を自由に使って、かつ与えられた立場を生かして、中産階級出身の本来の信念を発揮して社会奉仕活動に専念したのである。

まず、ドーセット・ジェネラル・ホスピタルに気前良く寄付をして、一九二九年には副理事長になり、看護師の教育と地位向上に関わった。妹エヴァは看護師であり、フローレンス自身も若き日にレイディ・ストウカーのカムパニオンを務めたこともあったから、看護師の仕事に対して理解が深かった。

さらにフローレンスは高齢のハーディに代わって一九二四年から市の治安判事を務めていたが、特に貧しい地域の青少年や子供らがおかれている惨状に注目し、改革の手を差し伸べ多大の貢献をした。ドーチェスターのミル・ストリートあたりの貧民が住む街は堕落と退廃と犯罪の温床になっていた。一九三一年一一月には請われて、ミル・ストリート・ハウジング・ソサイアティの会長となり「スラム改革」に乗り出した。この協会はスラム地域により良い住宅を建て、できるだけ安い家賃で貸すことを目的とした。一九三二年一二月一日付けのフローレンスの『タイムズ』への投書はこの事業の重要性を見事に訴えて、彼女の並々ならぬ資質と意欲を示している。「賢明なお金の遣い方」という見出しで書かれたこの投書は協会が行っている活動が貧しい人々を救うだけでなく、投資する人々にも利益になることを強調して、広く人々の協力を求めたものだ。具体的にいかに投資が有利なものか、活動が社会にとって利するものかを説明して、広くこのような改革が進められることを提言した。この協会は以後も順調に発展していく。看護師養成や貧民救済へのこうしたフローレンスの先見の明ある活動は死後高く評価されることになった。

さらに、フローレンスはハーディの生前中には手をつけることができず、そのままになっていた屋根裏部屋のエマの大量の遺品を処分した。フローレンスにとって今やようやくにして自由に処分できることになったのだ。庭師の助けを借りて、マックス・ゲイトの庭にありとあらゆるガラクタ（と彼女が思ったもの）が積まれ、燃え盛る炎となって消えていった。そのなかにはエマの古いコルセットもあったという。

しかしフローレンスは大切な物は燃やさなかった。フローレンスの尽力で残されたハーディにまつわる資料は数知れないと思われる。マックス・ゲイトを訪れるアメリカなどからの研究者たちはフローレンスによって温かく迎えられたし、その結果貴重な資料は紛失や焼失を免れた。その中の一人、リチャード・パーディ（一九〇四―九〇）はのちにハーディ文学研究の土台となる、*Thomas Hardy: A Bibliographical Study* (Oxford, 1954) を出版した。彼はまたマイケル・ミルゲイト（ハーディの伝記で知られるハーディ学者）と共にのちにハーディ書簡集一―七巻の編者となっている。こうしたハーディ文学研究に不可欠な仕事の陰にフローレンスの好意と援助があったことはたしかである。

フローレンスは一九三七年一〇月一七日に世を去るが、その死を迎える二、三年間世間では暗い事件が続いた。コッカレルとの間は一九三五年五月には決定的な終わりを迎えていたし、バリーと共に常にフローレンスを励まし支えたT・E・ローレンスはオートバイ事故により一九三五年五月一九日突然世を去った。一九三六年七月一八日にはスペイン内乱が始まり、ロンドンでも危険が感じられるようになる。フローレンスはマックス・ゲイトの方がまだましだと友人に書いた。一九三六年暮れ、世の中はエドワード八世とシンプソン夫人の話題で持ち切りだった。フローレンスはかつて彼が皇太子であったときに、マックス・ゲイトを訪問したことを思い出す。そしてシンプソン夫人にうつつを抜かす「彼（皇太子）が失業者などに温かい同情を示したなどというのは嘘っぱちだ。彼は彼ら（貧しい人々）のために何もしていない」と厳しい非難を表明している（F・B・アダムズ宛、一九三六年一二月二〇日）。一九三七年五月一二日にはジョージ六世の戴冠式が執り行われた。

一九三七年六月、フローレンスはロンドンのフイッツロイ・ハウス・ナーシング・ホームで宿痾となっていた喉の手術を受けた。結果は思わしくなく、フローレンスはマックス・ゲイトに戻り、妹のエヴァらに看病されて過ごすことになった。マックス・ゲイトの美しい自然の中で書かれた一九三七年八月三〇日の評論家W・パーティントンに宛てた手紙が『エマ・ハーディとフローレンス・ハーディ書簡集』では最後のものとなっている。「マックス・ゲイトは今までにないほど美しく映えて見えます。でも私にはとても残念なことですが、五〇年もかけて築き上げてきた家がやがて壊されていくのですね、それはやむをえないことなのですが」と、フローレンスはマックス・ゲイトの行方を案じた。

妹たちに手厚く看取られて、フローレンスは一〇月一七日に旅立った。享年五八歳。葬儀には彼女の親類のみならずキャサリン・ハーディやエマの甥のゴードン・ギフォードの妻も参列したし、地元の貴族や市長、そしてフローレンスの関係した諸団体の代表が顔を揃えた。特に人々の目を惹いたのが、彼女が改善に尽力し、成果をあげたミル・ストリート・ソサィアティから送られた秋の木の葉や赤い実で飾られた小さな家の模型だったという。借家人たちは家々に咲いた花々で飾られた小さな椅子も供えた。群衆は雨の中を立ち尽くして棺を見送ったという。(2)

夫の死という絶望の中からようやくに立ち上がったフローレンスはその最後の持てる力を貧しい人々のための社会事業に使った。彼女が社会改革に示した強い意志と優しい心はドーチェスターの人々を深く感動させたのである。彼女の遺灰はハーディが指示したとおり、スティンスフォード教会のハーディとエマの傍らに葬られた。

遺書ではロイド銀行とアイリーン・クーパー・ウィリスが遺言執行人に指定され、遺産はフローレンスの姉妹たち、エマの甥のゴードン・ギフォードにまで、そしてフローレンスが生前に関わったドーセット・カウンティ・ホスピタルやドーセット・カウンティ・ミュージアムなどなどの施設に手厚く配分された。しかしそこにはハーディの妹のキャサリンの名前はなかった。キャサリンにとっての驚きはマックス・ゲイトそのものが、その中身とともに、管財人によって競売に付されることになっていたことだ。ハーディから多くを贈られていて裕福なキャサリンは一九三八年五月六日、競売に付されたマックス・ゲイトをその中の先祖伝来の品々とともに、競り落とした。(3) そしてマックス・ゲイトはキャサリンからナショナル・トラストへ寄贈された。普通の住居として人が住み続けること、という条件をつけて。その利益はハーディの生家ハイヤー・ボックハムプトンの田舎屋《コテジ》維持に使われ、やがてハイヤー・ボックハムプトンの生家もナショナル・トラストの管理下におかれることになった。かくして現在、ナショナル・トラストのおかげで、ハイヤー・ボックハムプトンの田舎屋《コテジ》もマックス・ゲイトも当時のままの姿で私たちに残されている。

その後各方面からの寄付により、ドーセット・カウンティ・ミュージアムのなかにハーディ記念の部屋がつくられ、一九三九年五月一〇日、ハーディ家で唯一人生き残ったキャサリンによってテープカットが行われた。そこには生前のハーディの書斎がそのまま移され、私たちはまるでハーディが机に向かって仕事を始めるかのような状況を見ることが出来る。本棚には彼の作品が並び、壁には当時の絵画などが飾られ、机上には使われていた文具がそのまま置かれた。ハイヤー・ボックハムプトンの生家も建築業者としての当時の生活をしのばせる貴重な面影を伝えている。

今日、ハーディとエマとフローレンスが眠るスティンスフォード教会、生家のハイヤー・ボックハムプトンのコテジ、マックス・ゲイト、作品の舞台となった数々の場所、そしてイギリス南西部に広がる、ハーディによってウエセックスと呼ばれた美しい田園地帯には世界各地から訪れる人々が後を絶たない。人々はこれらの場所を訪ねて、あらためてハーディの文学と三人が遺したものに出会う。現代の読者にも迫る「帝国」「階級」「ジェンダー」「神喪失」といった主題をめぐる矛盾と葛藤を内奥に抱え込んだ、歴史と文学と人間が響きあうドラマに直面する。

注

序章

1 Florence Emily Hardy, *The Life of Thomas Hardy 1840–1928* (London: Macmillan, 1975), p. 61. この書の生成に関しては、本書八章で論ずるような問題点があるが、我が国ではもっとも流布している伝記であり、引用箇所も多いので、本書では『ハーディ伝』として頁数を文中に挿入する扱いとした。

2 Patricia Ingham, *Thomas Hardy* (Oxford: Oxford University Press, 2009), p. 2.

3 田所昌幸編『ロイヤル・ネイヴィーとパクスブリタニカ』（有斐閣、二〇〇六年）、三頁。

4 Ingham, 58.

5 フェミニズムとハーディに関しては土屋倭子『「女」という制度――トマス・ハーディの小説と女たち』（南雲堂、二〇〇〇年）を参照されたい。

6 James Gibson (ed.), *Thomas Hardy: Interviews and Recollections* (London: Macmillan. 1999), p. 178. 本書の引用は多いので、本文中に (Gibson, p.) として表示。

7 ハーディの書簡からの引用はすべて *The Collected Letters of Thomas Hardy*, vols. 1–6 (1840–1925), ed. Richard Little Purdy and Michael Millgate (Oxford: Clarendon Press, 1978–87); vol. 7 (1926–7), ed. Michael Millgate (Oxford: Clarendon Press, 1988) による。書簡は日付と宛先が問題であるから、文中にそれらを明記した場合は注が多くなるので書簡集の頁数は省略した。

8 トマス・ハーディは以下のいくつかの箇所で、自分の立場が哲学として統一した、一貫した考えを打ち出したものではないと繰り返し強調していることは注目すべきだ。
Tess of the d'Urbervilles, Preface to the Fifth and Later Editions (July, 1892)

Jude the Obscure, Preface to the First Edition (August, 1895)
Preface to the Wessex Edition of 1912
Introductory Note, *Winter Words* (1928)

9 Emma Hardy, *Some Recollections* (London: Oxford University Press, 1961)
エマの死後発見されたエマ自身による小伝。末尾に一九一一年一月四日、マックス・ゲイトにてとある。
以下本書からの引用は (*Some Recollections*, p) として表示。フローレンス・ハーディ著とされる『ハーディ伝』に一部が引用されている。

第一章

1 Michael Millgate (ed.), *The Life and Works of Thomas Hardy by Thomas Hardy* (London: Macmillan, 1984), p. 73. 本書と『ハーディ伝』は重なっている部分が多いが、筆者はそれぞれからの引用として、本書からの引用は本文中に (*L&W*, p) として表示。

2 Denys Kay-Robinson, *The First Mrs Thomas Hardy* (New York: St Martin's Press, 1979), p. 18. 以下 (Kay-Robinson, p.) として表示。

3 以下詩および詩集のタイトルはハーディの全詩集を翻訳された森松健介氏の訳を使わせていただいた。詩の本文は拙訳による。

4 Michael Millgate, *Thomas Hardy, A Biography* (Oxford: Oxford University Press, 1982), p. 128. 以下本文中に (Millgate, p.) として表示。

5 Michael Millgate (ed.), *Letters of Emma and Florence Hardy* (Oxford: Clarendon Press, 1996), p. 3. 以下本書からの引用は日付と宛先を記して表示。

6 Thomas Hardy, *A Pair of Blue Eyes* (London: Macmillan, 1975), p. 317. 以下作品からの引用は本文中に括弧内

の頁で示す。

7 トマス・ハーディ『青い瞳』（土屋倭子訳、大阪教育図書、二〇〇九）、三四三—四頁。

8 土屋倭子『「女」という制度』一章　エルフリード・スワンコートの「過去」——『青い眼』を参照されたい。時代の言説からみたヒロインの新しさと古さを論じている。

9 Emma Hardy, *Diaries* (Manchester: Mid Northumberland Arts Group and Carcanet New Press, 1985), p. 21. 以下本書からの引用は本文中に (Emma Hardy, *Diaries*, p.) として示す。この書物はカバーにエマの肖像画、裏カバーにエマの日記の実物の写真が掲載されている。内容は各頁の上部に日記そのものの写真が頁ごとに印刷されていて、下部には同じ内容が活字体で書かれているので、実物を想像できる形式となっている。スケッチも描かれているから内容がよくわかる。Diary 一から四まである。

第二章

1 J. O. Bailey, *The Poetry of Thomas Hardy* (Chapel Hill: The University of North Carolina Press), p. 382.　以下 (Bailey, p.) として表示。

2 R. L. Purdy, *Thomas Hardy: A Bibliographical Study* (Oxford: Clarendon Press, 1954), p. 27.　以下本書からの引用は本文中に (Purdy, p.) として表示。

3 Thomas Hardy, *The Return of the Native* (London: Macmillan, 1985), p.31.　以下作品からの引用は括弧内の頁で示す。

4 Harold Orel (ed.), *Thomas Hardy's Personal Writings* (London: Macmillan, 1967), pp. 168–89.　以下本書からの引用は本文中に (Orel, p.) として表示。

5 Merryn Williams, *Thomas Hardy and Rural England* (New York: Columbia University Press, 1972), p. 1.

6 『イギリス史』三（山川出版、一九九一年）一二〇頁。

7 Barbara Kerr, *Bound to the Soil* (London: John Baker, 1968), pp. 228–52.
8 Thomas Hardy, *The Mayor of Casterbridge* (Penguin, 1997), p. 5. 以下作品からの引用は括弧内の頁で示す。
9 R. R. Sellman, *Illustrations of Dorset History* (London: Methuen, 1960), p. 54.

第三章

1 Dorset County Museum は一八四五年、ヴィクトリア朝の科学、特に地質学や考古学への関心の高まりから、ドーセット市内に設立された。ドーセット地方の歴史、考古学、地質学、動植物、手工芸、織物、写真、文学などに関する膨大な蒐集品を蔵している。ハーディは一八八〇年からここで開かれる Dorset Natural History and Antiquarian Field Club の熱心な会員となった。フローレンスの死後、ハーディの残された大部の手紙類や手書き原稿などの貴重な資料が遺言により Museum に贈られた。今日、移設されたハーディの書斎とともに、ハーディに関する資料のかけがえのない宝庫として、Museum は世界中からの研究者を惹き付けている。
2 Thomas Hardy, *The Woodlanders* (London: Macmillan, 1985), p. 39. 以下作品からの引用は括弧内の頁で示す。
3 Herbert Spencer, *Essays on Education and Kindred Subjects* (Everyman's Library, 1924), p. 154.

第四章

1 Thomas Hardy, *Tess of the d'Urbervilles* (London: Macmillan, 1985), p. 38. 以下作品からの引用は括弧内の頁で示す。
2 J. T. Laird, *The Shaping of Tess of the d'Urbervilles* (Oxford: At the Clarendon Press, 1975), pp. 21–27.
3 F. M. L. Thompson, *The Rise of Respectability: A Social History of Victorian Britain 1830–1900* (Cambridge

MA: Harvard University Press, 1988), p. 307.

4 Thomas Hardy, *Tess of the d'Urbervilles* (Oxford: Oxford University Press, 1988), xxvi.

5 Carl J. Weber (ed.), *'Dearest Emmie': Thomas Hardy's Letters to His First Wife* (London: Macmillan, 1963), pp. 18–19.

第五章

1 Thomas Hardy, *Jude the Obscure* (Macmillan Paperbacks, 1986), p. 156. 以下作品からの引用は括弧内の頁で示す。

2 「夢みる女」からの引用は内田能嗣氏の訳による。

3 Pamela Dalziel(ed.), *The Excluded and Collaborative Stories* (Oxford: Clarendon Press, 1992), pp. 260–88.

4 Florence Henniker, *In Scarlet and Grey* (London: John Lane. Vigo St., 1896), pp. 165–210.

5 R. G. Cox(ed.), *Thomas Hardy: The Critical Heritage* (New York; Barnes & Noble, Inc., 1970), p. 314. 以下この書からの引用は本文中に (Cox, p.) として表示。

6 Ronald P. Draper, "Hardy's Comic Tragedy: *Jude the Obscure*", *Critical Essays on Thomas Hardy: The Novels*, ed. Dale Kramer (Massachusetts: G. K. Hall & Co., 1990), pp. 243–54.

7 Marjorie Garson, *Hardy's Fables of Integrity* (Oxford: Clarendon Press, 1991), p. 173.

8 "A Note on the History of the Text", *Jude the Obscure* (Penguin Classics, 1998), xxxvii.

9 ハーディと「時」に関しては多くの研究書で論じられているが、ここでは示唆を受けた論文として森松健介氏の第一一章「ハーディの〈時〉の意識」『十九世紀英詩人トマス・ハーディ』（中央大学出版会、二〇〇三）を挙げさせていただく。

10 Tess O'Toole, *Genealogy and Fiction in Hardy* (London: Macmillan, 1997), pp. 28–29.

第六章

1　詩人としてのハーディの仕事は八冊の詩集や未収録の詩群、詩劇、『覇王たち』三部作など膨大なものである。ここでは『トマス・ハーディの文学と二人の妻——「帝国」「階級」「ジェンダー」「宗教」を問う』という本書の主題に深く関係する詩を選んで論じる。ハーディの世界観を表明した思想詩、哲学詩、反戦詩やエマとフローレンスに関係する詩を取り上げる。取り上げた思想詩や哲学詩は限られるが、ハーディの思想を理解するには中心となる重要なものを選んだ。

2　Lois Deacon and Terry Coleman, *Providence and Mr Hardy* (London: Hutchinson of London, 1998), pp. 64–65. ed. Norman Page, *Thomas Hardy: Family History*, vol. 2.

3　F. B. Pinion, *A Commentary on the Poems of Thomas Hardy* (London: Macmillan, 1976), p. 16.

4　Lois Deacon, p. 81.

5　森松健介『十九世紀英詩人とトマス・ハーディ』四九頁。森松氏は第三章でロマン派の詩人たちとハーディの違いを鋭く分析している。

6　ミルゲイトによれば、ここにはマタイ伝 28: 7 とルカ伝 44: 49 の混同が見られるという (Millgate, ed. *Letters of Emma and Florence Hardy*, p. 20.)。エマの感情にまかせて書くという態度がわかる。

7　Henry Gifford, "Thomas Hardy and Emma", *Essays and Studies*, xix (London: John Murray, 1996), pp. 106–21.

8　Alan Manford, "Who Wrote Thomas Hardy's Novels?" *The Thomas Hardy Journal* 6: 2, 1990, pp. 84–97. Alan Manford, "Emma Hardy's Helping Hand", *Critical Essays on Thomas Hardy: The Novels*, ed. Dale Kramer (Masachusettes: G. K. Hall & Co., 1990), pp. 100–21.

9　エメリン・パンカースト『わたしの記録』（平井栄子訳、現代史出版会、一九七五年）、九九頁。

第七章

1 Robert Gittings and Jo Manton, *The Second Mrs Hardy* (Seattle: University of Washington Press, 1979), pp. 30–31.

2 Pamela Dalziel は全掲書 pp. 332–46 でこの短編が *Tauton Courier*（*Dorset County Chronicle* にも掲載）の記事と酷似している点やハーディの校正などを細かく指摘している。出所や自分の校正など、全てを知っていたハーディはこれをフローレンスの作品として売り込んだと考えられる。ここには作家ハーディのある一面がある。

3 Robert Gittings, *Thomas Hardy's Later Years* (Boston: Little, Brown and Company, 1978), p. 180.

4 Norman Page (ed.) *Oxford Reader's Companion to Hardy* (Oxford: Oxford University Press, 2000), p. 381.

5 Marguerite Roberts, "Florence Hardy and the Max Gate Circle", *Thomas Hardy Year Book* 9, 1980, p. 15. 以下引用は本文中に (M. Roberts, p.) として表示。

6 Pinion, p. 106.

第八章

1 近藤和彦『イギリス史10講』（岩波書店、二〇一三年）、一五七頁。

2 Linda Colly, *Britons: Forging the Nation 1707–1837* (New Haven and London: Yale University Press, 1992)

3 第一次世界大戦に至るまでの各国間の軍事同盟や通商条約は開戦へと向かう流れを予感させる。三国同盟（一八八二の独、オーストリア、伊三国間の軍事同盟）に対抗して、英仏露の三国協商（一八九四の露仏同盟、一九〇四の英仏協商、一九〇七の英露協商）がそれぞれ結ばれ、一八九七には英独通商条約が破棄されており、一九一二には英仏軍事協定、仏露海軍協定がそれぞれ結ばれて、英仏露の対独包囲網が形成された。

4 Pinion, 148.

5 トマス・ハーディはアルバート・アインシュタインに早くから強い関心を持っていた。蔵書の中に、C. Nordmann, *Einstein and the Universe* (Fisher Unwin, 10/6) があることが知られている。Bailey, p. 615. Evelyn Hardy (ed.), *Thomas Hardy's Notebooks* (London: The Hogarth Press, 1972), p. 116.

6 Ralph Pite, *Thomas Hardy: The Guarded Life* (London: Picador, 2007), p. 424.

7 マックス・ゲイトの訪問者などは James Gibson (ed.), *Thomas Hardy: Interviews and Recollections* を参照した。

8 フローレンスは一九二六年七月五日のS・サスーンに宛てた手紙で "an official biography" という言い方をして、自分が書いていることを強調している。

9 『トマス・ハーディの生涯』（井出弘之・清水伊津代・永松京子・並木幸充訳、大阪教育図書、二〇一一年）、五〇〇―一頁。

終章

1 フローレンス・ハーディの書簡は世界各地の図書館などに散在しており、筆者もイートン校の薄暗い図書館で、直筆の手紙と対面した経験がある。日本では甲南女子大学図書館の「トマス・ハーディ・コレクション」にフローレンスの未公開の自筆の書簡があり、その内容について、故大榎茂行氏が『日本ハーディ協会ニュース』（二〇一一年九月一日）に興味深い一文を寄せておられる。

2 R. Gittings & Jo Manton, p. 129.

3 Donald J. Winslow, "Thomas Hardy's Sister Kate" in Monograph No. 2. (The Thomas Hardy Society Ltd, 1982), p. 21.

参考文献

I. Primary Sources

1. Thomas Hardy

A. Texts

Macmillan's The New Wessex Edition (General Preface to the Wessex Edition of 1912).

Oxford World's Classics Edition (General Editor, Simon Gatrell).

Penguin Classics Edition (General Editor, Patricia Ingham).

Clarendon Edition.

Thomas Hardy, *The Complete Poems*, ed. James Gibson, London: Macmillan, 1976.

B. Other Writings and Conversations

Bjork, Lennart A. ed., *The Literary Notebooks of Thomas Hardy*, 2vols., London: Macmillan, 1985.

Collins, Vere H., *Talks with Thomas Hardy 1920–1922*, London: Duckworth, 1978.

Dalziel, Pamela, and Michael Millgate, eds., *Thomas Hardy's 'Studies, Specimens &c.' Notebook*, Oxford: Clarendon Press, 1994.

Dalziel, Pamela, ed., *Thomas Hardy: The Excluded and Collaborative Stories*, Oxford: Clarendon Press, 1992.

Gibson, James, ed., *Thomas Hardy: Interviews and Recollections*, London: Macmillan, 1999.

Hardy, Evelyn, ed., *Thomas Hardy's Notebooks*, London: The Hogarth Press, 1955.

Hardy, Evelyn and F. B. Pinion, eds., *One Rare Fair Woman: Thomas Hardy's Letters to Florence Henniker 1893–*

1922, London: Macmillan, 1972.
Millgate, Michael, ed., *The Life and Works of Thomas Hardy by Thomas Hardy*, London: Macmillan, 1984.
Millgate, Michael, ed., *Thomas Hardy's Public Voice: The Essays, Speeches, and Miscellaneous Prose*, Oxford: Clarendon Press, 2001.
Orel, Harold, ed., *Thomas Hardy's Personal Writings: Prefaces · Literary Opinions · Reminiscences*, London: Macmillan, 1967.
Purdy, Richard Little, and Michael Millgate, eds., *The Collected Letters of Thomas Hardy*, 7vols., Oxford: Clarendon Press, 1978–88.
Taylor, Richard H. ed., *The Personal Notebooks of Thomas Hardy*, London: Macmillan, 1978.
Weber, Carl J. ed., *'Dearest Emmie': Thomas Hardy's Letters to His First Wife*, London: Macmillan, 1963.

2. Emma Hardy

Hardy, Emma, *Some Recollections*, ed. Evelyn Hardy and Robert Gittings, London: Oxford University Press, 1961.
—— *Poems and Religious Effusions*, Guernsey: Toucan Press, 1966.
—— *Diaries*, ed. Richard H. Taylor, Manchester: Mid Northumberland Arts Group and Carcanet New Press, 1985.

3. Florence Hardy

Dugdale, Florence E., 'The Apotheosis of the Minx', *Cornhill Magazine*, June, 1908. pp. 642–53.
—— 'Blue Jimmy: The Horse -Stealer', *Cornhill Magazine*, February, 1911, pp. 225–31.
—— *In Lucy's Garden*, London: Henry · Frowde & Hodder & Stoughton, 1912.
Hardy, Florence, *Scout Quack and Dolly Dutch*, London: S. W. Partridge & Co., Ltd., 1916.

—— *The Life of Thomas Hardy 1840–1928*, London: Macmillan, 1962 (1975 ed.)

Millgate, Michael, ed., *Letters of Emma and Florence Hardy*, Oxford: Clarendon Press, 1996.

4. Henniker, Florence

"The Spectre of the Real' in Florence Henniker, *In Scarlet and Grey*, New York & London: Garland Publishing, Inc., 1977.

II. Secondary Sources

1. Biographical and Contextual Sources

Asquith, Cynthia, 'Thomas Hardy at Max Gate', in *Monograph* no. 63, Beaminster: Toucan Press, 1969.

Bugler, Gertrude, *Personal Recollections of Thomas Hardy*, Dorchester: The Dorset Natural Hisotry and Archaeological Society, 1964.

Fowles, John, ed., *Thomas Hardy's England*, London: Jonathan Cape, 1984.

Gibson, James, *Thomas Hardy: A Literary Life*, London: Macmillan, 1996.

Gifford, Henry, 'Thomas Hardy and Emma', *Essays and Studies*, XIX, 1966, pp. 106–21.

Gittings, Robert, *Young Thomas Hardy*, Boston · Toronto: Little, Brown and Company, 1975.

—— *Thomas Hardy's Later Years*, Boston · Toronto: Little, Brown and Company, 1978.

Gittings, Robert, and Jo Manton, *The Second Mrs Hardy*, London: Heinemann, 1979.

Hardy, Evelyn, *Thomas Hardy: A Critical Biography*, New York: Russell & Russell, 1954.

Homer, Christine Wood, 'Thomas Hardy and His Two Wives', in *Monograph* no.18, Beaminster: Toucan Press, 1964.

Hopkins, R. Thurston, *Thomas Hardy's Dorset*, London: Cecil Palmer, 1922.

Ingham, Patricia, *Thomas Hardy*, London: Harvester Wheatsheaf, 1987.

—— *Thomas Hardy*, Oxford: Oxford University Press, 2003.

Kay-Robinson, Denys, *Hardy's Wessex Reappraised*, Newton Abbot: David & Charles, 1972.

—— *The First Mrs Thomas Hardy*, New York: St Martin's Press, 1979.

Lea, Hermann, *Thomas Hardy's Wessex*, London: Macmillan, 1913.

Manford, Alan, 'Emma Hardy's Helping Hand', in Dale Kramer ed., *Critical Essays on Thomas Hardy: The Novels*, Boston: G. K. Hall & Co., 1990, pp. 100–21.

—— 'Who Wrote Thomas Hardy's Novels?' in *The Thomas Hardy Journal*, 6:2, 1990, pp. 84–87.

Meech, M. Dorothy, 'Memories of Mr and Mrs Thomas Hardy', in *Monograph* no. 12, Beaminster: Toucan Press, 1963.

Millgate, Michael, *Thomas Hardy: A Biography*, Oxford: Oxford University Press, 1982.

—— *Thomas Hardy: A Biography Revisited*, Oxford: Oxford University Press, 2004.

Orel, Harold, *The Final Years of Thomas Hardy: 1912–1928*, London: Macmillan, 1976.

Page, Norman, ed., *Thomas Hardy: Family History*, 5 vols., London: Routledge, 1998.

Pinion, F. B., *Thomas Hardy: His Life and Friends*, London: Macmillan, 1992.

Pite, Ralph, *Thomas Hardy: The Guarded Life*, London: Picador, 2006.

Purdy, Richard Little, *Thomas Hardy: A Bibliographical Study*, Oxford: Oxford University Press, 1954.

Roberts, Marguerite, 'Florence Hardy and The Max Gate Circle' in *The Thomas Hardy Year Book*, no. 9, pp. 1–96. Beaminster: Toucan Press, 1980.

Scudmore, Joyce, 'Florence and Thomas Hardy: A Retrospect' in *Monograph* no. 19, Beaminster: Toucan Press, 1964.

Sellman, R. R., *Illustrations of Dorset History*, London: Methuen & Co., 1960.
Seymour-Smith, Martin, *Hardy*, London: Bloomsbury, 1994.
Turner, Paul, *The Life of Thomas Hardy*, Oxford: Blackwell, 1998.
Winslow Donald J., 'Thomas Hardy's Sister Kate', in *Monograph* no. 2, Langport, Somerset: The Thomas Hardy Society, 1982.

2. Criticism

Bailey, J. O., *The Poetry of Thomas Hardy*, Chapel Hill: The University of North Carolina, 1970.
Beer, G., *Darwin's Plots: Evolutionary Narrative in Darwin*, George Eliot and Nineteenth Century Fiction, London: Ark, 1983.
Boumelha, P., *Thomas Hardy and Women: Sexual Ideology and Narrative Form*, Brighton, Sussex: Harvester Press, 1982.
Burke, Peter, *What Is Cultural History?*, Cambridge: Polity Press, 2004.
Butler, Lance St John, *Thomas Hardy*, Cambridge: Cambridge University Press, 1978.
—— ed., *Alternative Hardy*, London: Macmillan, 1989.
Cain P. J. and A. G. Hopkins, *British Imperialism: Innovation and Expansion 1688–1914*, London and New York: Longman, 1993; *British Imperialism: Crisis and Deconstrucion 1914–1990*, London and New York: Longman, 1993.
Casagrande, Peter J., *Unity in Hardy's Novels*, London: Macmillan, 1982.
Colly, Linda, *Britons: Forging the Nation 1707–1837*, New Haven: Yale University Press, 1992.
Cox, R. G. ed., *Thomas Hardy: The Critical Heritage*, London: Routledge, 1979.

David, Saul, *Victoria's Wars: The Rise of Empire*, London: Viking, 2006.

Draper, R. P. ed., *Thomas Hardy: The Tragic Novels*, London: Macmillan, 1975.

Fisher, Joe, *The Hidden Hardy*, New York: St. Martin's Press, 1992.

Garson, Marjorie, *Hardy's Fables of Integrity: Women, Body, Text*, Oxford: Clarendon Press, 1991.

Gatrell, Simon, *Hardy the Creator: A Textual Biography*, Oxford: Clarendon Press, 1988.

—— *Thomas Hardy and the Proper Study of Mankind*, London: Macmillan, 1993.

Goode, John, *Thomas Hardy: The Offensive Truth*, Oxford: Basil Blackwell, 1988.

Gregor, Ian, *The Great Web: The Form of Hardy's Major Fiction*, London: Faber and Faber, 1974.

Griest, G. L., *Mudie's Circulating Library and the Victorian Novel*, Indiana: Indiana University Press, 1970.

Hands, Timothy, *Thomas Hardy*, London: Macmillan, 1995.

Hardy, Barbara, *Thomas Hardy*, London: The Athlone Press, 2000.

Higonnet, M. R. ed., *The Sense of Sex: Feminist Perspectives on Hardy*, Urbana: University of Illinois Press, 1993.

Hobsbawm, E. J., *The Age of Capital 1848–1875*, London: Weidenfeld & Nicolson, 1975.

—— *The Age of Empire 1875–1914*, London: Weidenfeld & Nicolson, 1987.

—— *Nations and Nationalism since 1780: Programme, Myth, Reality*, Cambridge: Cambridge University Press, 1991.

Ingham, Patricia, *The Language of Gender and Class*, London: Routledge, 1996.

Jedrzejewski, Jan, *Thomas Hardy and the Church*, London: Macmillan, 1996.

Kay-Robinson, Denys, 'Hardy's First Marriage: A False Picture?', *The Thomas Hardy Journal*, 1990, pp. 59–70.

Kerr, Barbara, *Bound to the Soil: A Social History of Dorset*, London: John Baker, 1968.

Kramer, D. ed., *Critical Essays on Thomas Hardy: The Novels*, Boston: G. K. Hall & Co., 1990.

—— *The Cambridge Companion to Thomas Hardy*, Cambridge: Cambridge University Press, 1999.

Langbaum, Robert, *Thomas Hardy in Our Time*, London: Macmillan, 1995.

Langland, Elizabeth, *Nobody's Angels: Middle-Class Women and Domestic Ideology in Victorian Culture*, Ithaca, N. Y.: Cornel University Press, 1995.

Levine, George, *Darwin and the Novelists: Patterns of Science in Victorian Fiction*, Cambridge, Massachusetts: Harvard University Press, 1988.

Lowman, Roger, *Thomas Hardy's The Dorsetshire Labourer and Wessex*, Lewiston Queenston・Lampester: The English Mellen Press, 2005.

Mallet, Phillip ed., *Thomas Hardy in Context*, Cambridge: Cambridge University Press, 2013.

Mason, Michael, *The Making of Victorian Sexual Attitudes*, Oxford: Oxford University Press, 1994.

Miller, Hillis, *Thomas Hardy: Distance and Desire*, Cambridge, Massachusetts: Harvard University Press, 1970.

—— *Fiction and Repetition: Seven English Novels*, Cambridge, Massachusetts: Harvard University Press, 1982.

Millgate, Michael, *Thomas Hardy: His Career as a Novelist*, London: Bodley Head, 1971.

—— *Testamentary Acts: Browning, Tennyson, James, Hardy*, Oxford: Oxford University Press, 1992.

Moore, George, *Literature at Nurse or Circulating Morals*, London: Vizetelly & Co., 1885.

Morgan, Rosemarie, *Women and Sexuality in the Novels of Thomas Hardy*, London: Routledge, 1988.

—— *Cancelled Words: Rediscovering Thomas Hardy*, London: Routledge, 1992.

Morris, J., *Heaven's Command: An Imperial Progress*, London: Faber, 1973; *Pax Britanica: The Climax of an Empire*, London: Faber, 1968; Farewell the Trumpets: An Imperial Retreat, London: Faber, 1978.

Nead, Lynda, *Victorian Babylon: People, Streets and Images in Nineteenth-Century London*, New Haven: Yale University Press, 2000.

Orel, Harold, *Thomas Hardy's Epic-Drama: The Dynasts, Lawrence*, University of Kansas Press, 1963.

—— *The Unknown Thomas Hardy*, Brighton: The Harvester Press, 1987.

O'Toole, Tess, *Genealogy and Fiction in Hardy*, London: Macmillan, 1997.

Page, Norman, ed., *Thomas Hardy: The Writer and His Background*, London: Bell & Hyman, 1980.

—— *The Oxford Reader's Companion to Hardy*, Oxford: Oxford University Press, 2000.

Parrinder, Patrick, *Nation and Novel: The English Novel from Its Origins to the Present Day*, Oxford: Oxford University Press, 2006.

Paterson, John, *The Making of The Return of the Native*, Berkeley and Los Angels: University of California Press, 1960.

Perkin, Joan, *Women and Marriage in Nineteenth-Century England*, London: Routledge, 1989.

Pettit, Charles P. D., ed., *Reading Thomas Hardy*, London: Macmillan, 1998.

Pinion, F. B., *A Commentary on the Poems of Thomas Hardy*, London: Macmillan, 1976.

Poovey, Mary, *Uneven Developments: The Ideological Work of Gender in Mid-Victorian England*, Chicago: University of Chicago Press, 1988.

Russet, Cynthia Eagle, *Sexual Science: The Victorian Construction of Womanhood*, Cambridge, Massachusetts: Harvard University Press, 1989.

Rutland, William R., *Thomas Hardy: A Study of His Writings and Their Background*, Oxford: Basil Blackwell, 1938.

Said, Edward W., *Orientalism*, New York: Random House, 1978.

—— *The World, The Text, and The Critic*, London: Aitken & Stone, 1983.

—— *Culture and Imperialism*, New York: Alfred A. Knopf, Ind., 1993.

Samson, Jane ed., *The British Empire*, Oxford: Oxford University Press, 2001.

Sedgwick, Eve Kosofsky, *Between Men: English Literature and Male Homosocial Desire*, New York: Columbia University Press, 1985.

Sumner, Rosemary, *Thomas Hardy: Psychological Novelist*, London: Macmillan, 1981.

—— *A Route to Modernism: Hardy, Lawrence, Woolf*, London: Macmillan, 2000.
Thomas, Jane, *Thomas Hardy, Femininity and Dissent*, London: Macmillan, 1999.
Thompson, F. M. L., *The Rise of Respectable Society: A Social History of Victorian Britain 1830–1900*, London: Fontana, 1988.
Widdowson, P., *Hardy in History: A Study in Literary Sociology*, London: Routledge, 1989.
—— *Thomas Hardy*, Devon: Northcote House Publishers Ltd., 1996.
Williams, Merryn, *Thomas Hardy and Rural England*, New York: Columbia University Press, 1972
—— *Women in the English Novel 1800–1900*, London: Macmillan, 1984.
Williams, Raymond, *The Country and the City*, London: Chatto and Windus, 1973.
—— *Keywords: A Vocabulary of Culture and Society*, London: Harper Collins Publishers Ltd., 1976.
Wotton, George, *Thomas Hardy: Towards a Materialistic Criticism*, Dublin: Gill & Macmillan, 1985.

和書（引用文献のみ）

井出弘之、清水伊津代、永松京子、並木幸充訳『トマス・ハーディの生涯』トマス・ハーディ全集一六（大阪教育図書、二〇一一）
内田能嗣ほか（監訳）『トマス・ハーディ短編全集』三巻（大阪教育図書、二〇〇二）
近藤和彦『イギリス史10講』（岩波書店、二〇一三）
田所昌幸編『ロイヤル・ネイヴィーとパクスブリタニカ』（有斐閣、二〇〇六）
土屋倭子『「女」という制度――トマス・ハーディの小説と女たち』（南雲堂、二〇〇〇）
土屋倭子訳『青い瞳』トマス・ハーディ全集三（大阪教育図書、二〇〇九）

長谷安生訳『諸王の賦』（成美堂、一九七九）
パンカースト、エメリン『わたしの記録』平井栄子訳（現代史出版会、一九七五）
村岡健次、木畑洋一編『イギリス史3』（山川出版社、一九九一）
森松健介訳『トマス・ハーディ全詩集』全二巻（中央大学出版部、一九九五）
森松健介『十九世紀英詩人とトマス・ハーディ』（中央大学出版部、二〇〇三）

初出一覧（本書にまとめるに際して大幅に書き改めた）

一章、二章　科研研究成果報告書（二〇〇三）を中心としてまとめた。

三章　「トマス・ハーディの小説はなぜ面白いのか――『森に住む人々』の世界」塩谷清人・富山太佳夫編『イギリス小説の愉しみ』（音羽書房鶴見書店、二〇〇九年）

四章　『津田塾大学紀要』四三（二〇一一）

五章　『津田塾大学紀要』四四（二〇一二）

「『日陰者ジュード』の衝撃――クライストミンスター・結婚制度・リトル・ファーザー・タイム」日本ハーディ協会編『トマス・ハーディ全貌――協会創立五〇周年記念論文集』（音羽書房鶴見書店、二〇〇七）

六章　『津田塾大学紀要』四五（二〇一三）

七章　『津田塾大学紀要』四六（二〇一四）

八章　『津田塾大学紀要』四七（二〇一五）

「トマス・ハーディと戦争――その反戦思想の行方」『文藝禮讃――イデアとロゴス――内田能嗣教授傘寿記念論文集』（大阪教育図書、二〇一六）

あとがき

以前『「女」という制度――トマス・ハーディの小説と女たち』（南雲堂、二〇〇〇年）を上梓したとき、ハーディと二人の妻との関係性という問題が心に残りました。ハーディ文学理解のためには、彼の文学と生活に表裏一体となって関わっていた二人の妻との関係を考えなければならないと思ったのです。エマとフローレンスに関する資料を自分なりに集め、三人の関係性を探り始めたのですが、それはすぐにそう簡単なものではないことがわかりました。当然のことですが、ハーディの文学も三人の関係性もそれらを取り巻く歴史的、社会的、文化的なコンテクストを内包し、かつそのコンテクストの只中で生成されたものですから、研究は時代のコンテクストとハーディの全作品と三人の生涯とに関係し、その対象の膨大さに圧倒されてしまいました。

いかなる作家であれ、文学であれ、その歴史的、社会的、文化的な、諸々のコンテクストを考慮しないで論じることはできないでしょう。そしてそのコンテクストとはけっして背景とか影響といった簡単な言葉で片付けられるものではありません。そのことは、ポストコロニアリズム、ポストモダニズムの時代を生きる私たちには、痛切に理解されることです。コンテクストとはあらゆる関係性の総体といえます。その中で、ハーディの文学と三人の関係性は何を意味するのでしょうか。研究すべき対象はあまりにも広範です。

しかし特に今世紀に入ってから文学の膨大なコンテクスト探索への果敢な試みが続いているのも、新しく興味深い流れといえましょう。その特筆すべき例としてOxford World's Classic の Authors in Context Series（「時代のなかの作家たち」叢書）がありますし、また Cambridge University Press からは Literature in Context Series（「時代のなかの文学」叢書）が刊行され続けています。ハーディについても Ingham, Patricia, *Authors in Context: Thomas Hardy* (Oxford World's Classics, 2003) が出版され、鮎澤乗光氏により邦訳されています。二〇一三年には Mallett, Phillip, ed., *Thomas Hardy in Context* (Cambridge University Press) が出版され、今後も他の多くの作家についての出版が予定されています。こうした潮流の中で、本書もその流れに呼応するものとなっています。

「帝国」「階級」「ジェンダー」「宗教」といった大きな観点はそれぞれが簡単に論じられるものではなく、筆者の能力を超えることは十分承知していますが、またそれらを挙げないでハーディの文学と二人の妻について書くことはできないと考えたので、副題に掲げました。これらの観点はハーディを論じる手がかりとして、もっとも重要かつ必須であります。一つの観点を論じるだけでも何冊もの書物を要する主題ですから、論じ残した問題はあまりにも多いのですが、本書がこうした研究動向の手掛かりの一助ともなれば、筆者にとっては望外の喜びです。読者の皆様からの忌憚のないご意見、ご批判をお待ちしております。

本書の大体は津田塾大学在職中に取り組んでいました科研研究成果報告「トマス・ハーディと家族の歴史」を端緒として、その後引き続いて『津田塾大学紀要』に発表した数編の論文ほかに依拠しています。本書にまとめるにあたり、大幅に加筆、訂正をいたしました。津田塾大学の知的雰囲気のなかで教育と研究に充実した日々を過ごせましたことを、あらためてありがたく思います。

　本書執筆に向けて筆者が苦闘しておりました間に、日本におけるハーディ研究には素晴らしい成果が続きました。一九九五年に森松健介氏による『トマス・ハーディ全詩集』（中央大学出版会）が出版されましたし、井出弘之、内田能嗣、高桑美子、藤田繁氏監修の『トマス・ハーディ全集』（大阪教育図書）が二〇〇九年から続々と刊行されています。筆者も『青い瞳』の翻訳に関わらせていただきました。多くの優れた研究者たちによるこうした努力により、ハーディ文学の全体像が初めて日本の読者の前に姿を顕したといえましょう。こうした成果から筆者が受けた学恩は測り知れません。

　本書の図版に関しては次の方々から温かい援助をいただきました。内田能嗣氏（帝塚山学院大学名誉教授）は『トマス・ハーディのふるさと』からの転載をご許可くださいました。ナショナル・ポートレート・ギャラリーのライセンスについては、首都大学東京教授の亀澤美由紀氏にお世話になりました。また元日本トマス・ハーディ協会会長の深澤俊氏（中央大学名誉教授）と故ジェイムズ・ギブソン博士夫人ヘレン・ギブソンさんのお骨折りで、ドーセット・カウンティ・ミュージアムから多くの貴重な写真掲載の許可をいただくことができました。ここに記して厚く御礼申し上げます。

　そして最後に音羽書房鶴見書店社長の山口隆史氏に心から感謝申し上げます。氏は本書の出版を快くお引き受けくださり、様々なご迷惑をおかけしたにもかかわらず、丁寧に応対し数々の貴重な助言をくださいました。おかげで、筆者が問い続けてきた主題をこのような形で世に出すことができました。厚く御礼申し上げます。

二〇一七年八月

土屋　倭子

ムア Moore, George 130
メリット勲章 Order of Merit 257
メレディス Meredith, George 2, 126, 137, 359
モウル Moule, Horace 43
モーム Maughm, Somerset 362–63
モリス Morris, Mowbray 121, 127, 131
森松健介 370, 374, 383

や〜わ行

雇い人市 hiring fair 71
レアド Laird, J. T. 125–26
レイディ・デイ Lady Day, Old Style, April 6 71, 73
ローレンス Lawrence, D. H. 187
ローレンス Lawrence, T. E. 343
ロバーツ Roberts, Marguerite 265, 267–68, 346, 351–52, 375
ワーグナー Wagner, Richard 195–96
ワーズワース Wordsworth, William 118, 201–2
ワルテルロー Waterloo 39, 221, 246, 297–98

ま行

Darkling Thrush'　213–16
No.122「無駄にされた病気」'A Wasted Illness'　59
No.137「暗闇のなかで II」'In Tenebris II'　191, 216, 313, 315
No.170「発車のプラットフォームにて」'On the Departure Platform'　246–48, 256
No.191「会う前の一分」'The Minute before Meeting'　26
No.248「両者の邂逅」'The Convergence of the Twain'　260–63
No.250「訪問のあと」'After the Visit'　241–44
No.254「ライオネスに出かけた日」'When I Set Out for Lyonnesse'　22–24
No.255「町なかの雷雨」'A Thunderstorm in Town'　168
No.266「人間に対する神のぼやき」'A Plaint to Man'　217–18
No.277「旅立ち」'The Going'　280–83
No.285「声」'The Voice'　283–84
No.289「ある旅路の果てに」'After a Journey'　284–87
No.291「ビーニィの断崖」'Beeny Cliff'　287–89
No.303「彼女は私を非難した」'She Charged Me'　294–96
No.337「茶を飲みながら」'At Tea'　258–59
No.342「教会付属の霊園にて」'In the Cemetery'　259–60
No.352「映像の見えるとき」'Moments of Vision'　309–10
No.355「彼女とふたり 窓辺に坐り」'We Sat at the Window'　49–51
No.360「〈さよなら〉のひと言に」'At the Word Farewell'　24–25
No.420「独占主義者を愛してくれ」'Love the Monopolist'　26
No.424「スタウア川を見おろしながら」'Overlooking the River Stour'　291–93
No.460「彼には自分が判らない」'He Wonders about Himself'　310–12
No.465「真夜中の大西部鉄道」'Midnight on the Great Western'　187
No.494「彼の故国」'His Country'　301–2
No.495「英国より 1914 年の独国に与える」'England to Germany in 1914'　303–4
No.498「何とも残念なこと」'The Pity of It'　305–7
No.509「私は原稿用紙から目を上げて」'I Looked Up from My Writing'　330
No.520「ときどきぼくの思うこと」'I Sometimes Think'　312, 331–33
No.579「亀裂」'The Rift'　294
No.587「二年間の牧歌」'A Two-Years' Idyll'　293–94
No.687「あの月のカレンダー」'The Month's Calendar　165–66
No.715「誰も来ない」'Nobody Comes'　346–47
No.722「〈絶対〉が説明する」'The Absolute Explains'　318
No.723「こんな訳で〈時〉よ」'So, Time'　318
No.740「彼女は扉を開いてくれた」

of Cornwall 307
短編集
『ウエセックス物語』 *Wessex Tales* 87
『人生の小さな皮肉の物語』 *Life's Little Ironies* 157, 160, 258
短編
「萎えた腕」 "The Withered Arm" 87
「夢みる女」 "An Imaginative Woman" 146, 156–60
詩集
『ウエセックス詩集』 *Wessex Poems and Other Verses* 143, 193–94, 196–212, 232, 294
『過去と現在の詩』 *Poems of the Past and the Present* 12, 59, 203, 212–18, 298–307, 314
『時の笑い草』 *Time's Laughing Stocks and Other Verses* 224, 248, 256
『人間状況の風刺』 *Satires of Circumstance, Lyrics and Reveries with Miscellaneous Pieces* 167, 217, 224, 256–63, 271, 291, 294–96, 307, 339
『映像の見えるとき』 *Moments of Vision and Miscellaneous Verses* 54, 187, 291–93, 299–312, 330, 349
『近作旧作抒情詩』 *Late Lyrics and Earlier with Many Other Verses* 191, 293–94, 307, 312, 331
「我が詩作を擁護する」 Apology 191, 308, 312–13, 315–16, 320
『人間の見世物』 *Human Shows, Far Phantasies, Songs and Trifles* 167, 307, 317, 319
『冬の言葉』 *Winter Words in Various Moods and Metres* 224, 307, 319, 325, 360
詩（James Gibson 番号順）
No.2「仮のものこそ 世のすべて」 'The Temporary the All' 199–201
No.9「中立的色調」 'Neutral Tones' 205, 208–9
No.18「小唄」 'Ditty' 25, 232
No.30「兆しを求める者」 'A Sign-Seeker' 203
No.31「私のシセリー」 'My Cicely' 205–8
No.33「蔦女房」 'The Ivy Wife' 209, 225, 232, 291
No.37「私の外部の〈自然〉に」 'To Outer Nature' 201
No.38「フィーナへの思い」 'Thoughts of Phena' 143, 204–5
No.40「森の中で」 'In a Wood' 201–2
No.41「ある貴婦人に」 'To a Lady' 198
No.42「母を失った娘に」 'To a Motherless Child' 205–7
No.44「知覚のない人」 'The Impercipient' 202–3
No.45「ある宿で」 'At an Inn' 169–71, 209
No.55「出発」 'Departure' 299
No.60「鼓手のホッジ」 'Drummer Hodge' 299
No.61「ロンドンにとり残された妻」 'A Wife in London' 299
No.83「大問題」 'The Problem' 213
No.93「ある晴れた日に」 'On a Fine Morning' 213
No.119「闇のなかのツグミ」 'The

た行

な行

は行

キーツ Keats, John 103, 216
ギッシング Gissing, George 101
ギッティングズ Gittings, Robert 248, 255, 363
キップリング Kipling, Radyard 3
ギフォード Gifford, Edwin Hamilton 14, 34–36, 135, 142, 218–19, 272
ギフォード Gifford, Henry 228
ギブソン Gibson, James 11, 54, 75, 121, 137–39, 141–42, 212–13, 222–23, 316–17, 326, 344–45
グラッドストン Gladstone, W. E. 110
グランディズム Grundyism 102, 126, 128–29, 130–31, 134, 162, 164
グランド Grand, Sarah 154
グレイ Gray, Thomas 249
グロウヴ Grove, Agnes (Lady) 231–32, 257
クロッド Clodd, Edward 122, 226, 234, 255, 265–66, 269, 279, 335–38, 349
ケイ=ロビンソン Kay-Robinson, Denys 28, 31, 140, 142, 172, 226
コールリッジ Coleridge, Samuel Taylor 249
ゴールズワージィ Galsworthy, John 3, 303–4, 306
『コーンヒル』 *Cornhill Magazine, The* 35, 42, 127, 254, 299
穀物法 Corn Laws 67, 69, 81
ゴス Gosse, Edmund 3, 98, 103, 133, 139, 176, 211–12, 265
コッカレル Cockerell, Sydney 270, 315, 334, 345, 349, 351, 358–62, 365
コックス Cox, R. G. 176–77, 210–11
コント Comte, Auguste 12, 64, 317
近藤和彦 375

さ行

サヴィル・クラブ Savile Club, The 53, 63, 135
サスーン Sassoon, Siegfried 342, 352, 361, 376
産業革命 4, 66
シェリー Shelley, P. B. 103, 153, 216
ジョージ五世 George V 264, 299–300
女性・ジェンダー 3–4, 6–10, 16, 28–34, 62–63, 111, 121–26, 130, 172, 182–87, 224, 235–38
　結婚制度 7–9, 32, 125, 129, 151, 173, 175, 182, 184, 202, 210, 224–25, 264, 272
　参政権運動 7–9, 111, 171–72, 235–38
ショーター Shorter, Clement 253–54
ショーター夫人 250
初等教育法 Elementary Education Act 1870 204
ジョーヌ Jeune, Mary (Later Lady St. Helier) 65, 135–37, 139
ショーペンハウアー Schopenhauer, Arthur 12, 220, 317
スインバーン Swinburne, Algernon 149, 359
スティーヴン Stephen, Leslie 11, 41, 64, 127
スティーヴンソン Stevenson, Robert Louis 139
スティンスフォード教会 Stinsford Church 11, 35, 278, 317, 359, 367–68
スパークス Sparks, Tryphena 143, 203–9, 232
スペンサー Spencer, Herbert 12, 64,

索　引

あ行

アーチ　Arch, Joseph　69, 72, 74
アーノルド　Arnold, Matthew　53, 58, 64, 109
アイルランド自治法　Home Rule for Ireland　110
アインシュタイン　Einstein, Albert　323–25
『アシニーアム』 *Athenaeum, The*　211
アシニーアム・クラブ　Athenaeum Club, The　135, 251
新しい女　63, 154, 182, 185, 251
アヘン戦争　5
イエイツ　Yeats, W. B.　277
イラストレイティド・ロンドン・ニュース　Illustrated London News, The　162
インガム　Ingham, Patricia　4, 8
ヴァイスマン　Weismann, August　157
ヴィクトリア女王　Queen Victoria　108–10
　即位 50 周年記念式典　Golden Jubilee　108–9
　即位 60 周年記念式典　Diamond Jubilee　109
ヴィクトリア朝　10, 40, 89, 108–10, 115–44, 145–92, 197, 203
ウイリアムズ　Williams, Merryn　371
ウインボーン　Wimborne　52, 60–64, 74, 81
ウエセックス・ノヴェルズ　Wessex Novels　45, 60–61, 77, 85
ウエルズ　Wells, H. G.　304, 342, 346
ウルストンクラフト　Wollstonecraft, Mary　8
ウルフ　Woolf, Virginia　4, 234, 319, 343
英国国教会（国教会）Church of England, Anglican Church　10–12, 14–15, 70, 125, 128, 135–36, 141–42, 151, 165, 174–75, 178, 180, 216, 224–28, 248, 251, 272
エグドン・ヒース　Egdon Heath　42, 45–49, 188
エドワード八世　Edward VIII　343, 366
エリオット　Eliot, George　58–59, 123, 130, 186
エリス　Ellis, Havelock　175–76
オースティン　Austen, Jane　6–8, 123
オマル・ハイヤーム　225, 356–57
オレル　Orel, Harold　66, 69, 71–73, 78, 112–14, 122–23, 132, 183

か行

ガーソン　Garson, Marjorie　373
階級　Class　1–4, 6–7, 9, 11, 14–16, 28–30, 33, 35–36, 45, 47, 50, 65, 67–68, 71, 73, 75–76, 91–92, 110, 125, 127, 129, 142, 144, 150–51, 165, 174–75, 178, 204, 224, 228, 230–32, 248–49, 272, 338, 351, 355, 364, 368
ガヴァネス　住み込み家庭教師　9, 14
囲い込み　67
家事使用人　9
カムパニオン　9–10, 250, 356, 364
ガリレオ　Galileo, Galilei　191, 193

著者紹介

土屋　倭子（つちや　しずこ）

津田塾大学英文学科卒業。東京大学大学院人文科学研究科修士課程修了。米国ブリンマー大学 MA 課程修了。津田塾大学名誉教授。

著書　『「女という制度」――トマス・ハーディの小説と女たち』単著（南雲堂、2000 年）
『小説と社会』共著（研究社、1973 年）
『トマス・ハーディ』共著（篠崎書林、1975 年）
『イギリス・小説・批評』共著（南雲堂、1986 年）
『ハーディ小事典』共著（研究社、1993 年）
『裂けた額縁―― H・G・ウエルズの小説の世界』共著（英宝社、1993 年）
日本ハーディ協会編『トマス・ハーディの全貌』共著（音羽書房鶴見書店、2007 年）
塩谷清人・富山太佳夫編『イギリス小説の愉しみ』共著（音羽書房鶴見書店、2009 年）
『文藝禮讃』共著（大阪教育図書、2016 年）
訳書　H・G・ウエルズ『アン・ヴェロニカの冒険』（国書刊行会、1989 年）
トマス・ハーディ『青い瞳』（大阪教育図書、2009 年）
他に論文（英語、日本語）など。

Tsuchiya, Shizuko
The Literary Achievements of Thomas Hardy and His Two Wives

トマス・ハーディの文学と二人の妻
「帝国」「階級」「ジェンダー」「宗教」を問う

2017年10月1日　初版発行

著　者　　土屋 倭子
発行者　　山口 隆史
印　刷　　シナノ印刷株式会社

発行所　株式会社 音羽書房鶴見書店
〒113–0033 東京都文京区本郷 4–1–14
TEL 03–3814–0491
FAX 03–3814–9250
URL: http://www.otowatsurumi.com
e-mail: info@otowatsurumi.com

© 2017 by TSUCHIYA Shizuko

Printed in Japan
ISBN978-4-7553-0403-3 C3098

組版　ほんのしろ／装幀　吉成美佐（オセロ）
製本　シナノ